KB0589B9

전생했더니 슬라임이 었던 건에 대하여 20

Regarding
Reincarnated to Slime

목차 — 천지명동 편

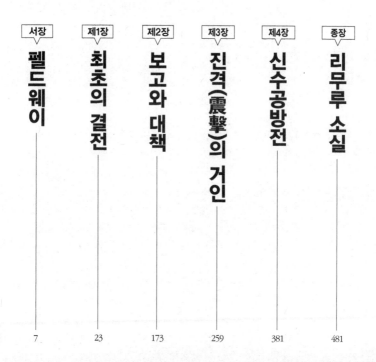

서장

펠드웨이

Regarding Reincarnated to Slime

펠드웨이는 루드라에게 패배한 직후, 만에 하나에 대비해 대기시켜놓았던 마이에게 명령해 안전한 거점인 '천성궁'까지 귀환했다.

피로 물들었던 신의를 갈아입지도 않은 채, 굴욕에 낯을 일그러뜨리며 고함을 지르는 펠드웨이.

"루드라라니, 웃기지 마라!! 베루다나바 님을 지키지 못했던 주제에 뭐가 '용사'라고!!"

그것은 진심으로 격노한 펠드웨이의 본심이었다.

루드라가 강하다는 것은 알았지만 설마 '캐슬 가드(천궁성새, 天宮城塞)'를 가진 지금의 자신을 쓰러뜨릴 수 있을 정도였을 줄은 생각도 못했다.

그렇다. 무적이라고 믿었던 '캐슬 가드'가 깨졌던 것은 펠드웨이에게도 완전히 상정하지 못한 일이었다. 신중한 성격은 아니라지만 후퇴를 선택하기에는 충분한 이유였을 것이다.

그러므로 이것은 수치가 아니다—— 그렇게 이해는 하면서도, 도저히 솟아오르는 분노를 억누를 수 없었다.

가증스럽다고는 생각하지만 결정적인 패배를 맛본 것은 아니다. 그렇게 자신을 타이르면서 펠드웨이는 평상심을 되찾고자 했다.

구체적으로는 자신의 패배를 일단 잊고, 다른 자들의 전황으로 의식을 돌렸던 것이다. 그리고 그 결과 생각지도 못한 사태에 아연실색하게 되었다.

『미카엘 님, 마왕 리무루의 처치는 마치셨습니까?』

첫 번째 우려 사항이었던 것이 마왕 리무루다. 그러므로 펠드웨이는 제일 먼저 미카엘에게 『사념』을 날렸으나, 반응이 없었다.

'……? 어떻게 된 거지?'

미카엘과 펠드웨이는 권능을 공유하는 만큼 일심동체다. 제아무리 떨어져 있어도, 그야말로 다른 차원에 존재하더라도 의사의 공유가 끊어지는 일은 없을 터.

그것이 가능하려면, 한쪽이 대답도 할 수 없을 정도로 위기상황에 빠졌을 경우뿐인데…… 그래도 펠드웨이와 달리 미카엘은 『병렬존재』이므로 어떤 상황에서도 부활이 가능하다.

그렇기에 그렇게까지 서두를 이유 따위는 없을 터.

없을 터——인데, 응답이 없다는 것은 이상했다.

'멈춰버린 시간이 해제되었다는 건, 승부는 이미 났다는 뜻일 텐데…….'

마왕 리무루는 '정지세계'의 존재조차 모를 터. 다시 말해 레온을 미끼로 유인해낸 시점에서 책략은 성취되었다고 말할 수 있다.

그런데도…….

불길한 예감에 가슴이 술렁거렸다.

그리고 그 메시지가 도착했다.

《——아아…… 내 소원은 이뤄졌다. 펠드웨이, 너를 남겨두고

9

가는 것이 유일한 미련이구나——.》

　그것은 사라져가는 순간의 미카엘이 마지막 힘을 쥐어짜내 펠드웨이에게 보낸 『사념』이었다.

　자신의 안에 미카엘의 힘이 깃드는 것이 느껴졌다.

　하지만 거기에는 미카엘의 의지가 존재하지 않았다.

　"그럴 수가……. 미카엘 님은 『병렬존재』인데도? 어떤 상황에서든 내가 무사하다면 부활이 가능할 텐데……."

　펠드웨이는 아무렇지 않은 척 꾸밀 여유조차 잃고 갈팡질팡했다.

　미카엘은 처음으로 얻은 친구였다.

　자라리오나 펜과는 달리, 진심까지 털어놓을 정도로 마음을 허락한 벗이었다.

　신중한 펠드웨이가 틀림없이 안전할 거라고 생각할 때까지 열 겹 스무 겹으로 책략을 강구하고 미카엘의 안전을 우선시했다.

　그런데 미카엘이 부활할 기척이 없었다.

　아니, 얼티밋 스킬 『미카엘(정의지왕, 正義之王)』은 사라지지 않았고, 마나스가 부활한 기척도 느껴졌다.

　물어보면 응답도 돌아왔지만, 자아는 없다.

　그것은 단순한, 완전한 형태로 『미카엘』을 제어하기만 하는 권능에 불과했다.

　자유의지로 베루다나바의 부활을 바랐던 펠드웨이의 벗——미카엘은 근본부터 다른 존재였던 것이다.

　미카엘이 완전히 소멸해버렸음을, 펠드웨이는 인정할 수밖에 없었다.

"어째서지…… 왜 이렇게 됐지?"

자기도 모르게 의문을 입에 담았지만 이에 대답해줄 사람은 없었다.

그런 믿을 수 없는 사태에 펠드웨이는 망연자실했다.

그리고 생각한 것은, 미카엘의 마지막 말.

소원이 이루어졌다는 것은 무슨 의미일까.

도저히 이해할 수 없었지만, 미카엘이 고통 속에 사라진 것이 아님을 알고, 그의 삶에 의미가 있었음을 알고, 조금 마음이 편해졌다.

그리고 동시에, 도저히 질투를 참을 수가 없었다.

치사하지 않은가── 자기만 만족한 채, 나를 두고 가버리다니 ──라고.

…………

……

…

펠드웨이는 고독했다.

'시원의 칠천사' 필두로서 모두를 이끄는 입장이었으며, 온갖 책임이 펠드웨이의 어깨에 얹혀 있었다. 누군가에게 의논할 생각 따위 해보지도 못했고, 모든 결단은 펠드웨이의 의지에 맡겨졌다.

베루다나바가 사라져버렸을 때, 그 중압에서 벗어날 방법도 사라지고 말았다.

모두가 불안해지지 않도록, 펠드웨이는 리더로서 계속 최전선에 서 있었던 것이다.

모든 일을 독단으로 결정한 펠드웨이가, 동료들에게서 동떨어져버리는 것도 필연이었다. 동료들이 어떻게 생각하고 있는지 신경 쓰지도 않았던 펠드웨이의 잘못이었다.

그것이 누적되어 불화로 바뀌고, 펠드웨이도 모르는 사이에 조금씩 톱니바퀴가 어긋나고 있었다. 그 결과, 통일성이 없는 집단이 되고 말았다.

그 현실을 깨닫지 못했던 것은 펠드웨이에게 다행이었는지 불행이었는지…….

펜이라는 말상대도, 친구이기는 했지만 약점을 보일 정도로 신용했던 것은 아니다. 결국 펠드웨이를 이해하고 마음을 치유해주려는 자는, 수많은 넓은 세계에 단 한 사람도 존재하지 않았던 것이다.

그곳에 출현한 것이 미카엘이었다.

같은 목적을 가슴에 품은 동지이자, 서로를 이해하는 친구로서, 미카엘은 펠드웨이를 충족시켜주었다.

그것은 과거에 맛본 적도 없었던 환희였다.

어느샌가 펠드웨이에게 미카엘은 베루다나바에 견줄 정도로 중요한 존재가 되었다.

그런데도 현실은 비정했다.

겨우 손에 넣었던 편안한 친구도, 펠드웨이를 남겨놓은 채 사라지고 말았다.

나는 어떻게 하면──.

그렇게, 펠드웨이는 태어나 처음으로 약한 마음을 품게 되었다.

…………

……

…

"여어, 대장. 눅눅한 표정 집어치우고, 다음엔 뭐 하면 좋을지 지시 좀 해줘."

시간으로 치면 눈 깜빡할 사이였겠지만 펠드웨이가 망연자실했던 것은 사실이었다. 하지만 그것을 전혀 개의치도 않고 말을 건 것은 남의 마음 헤아려주지 않는 것으로는 정평이 난 베가였다.

여기에 또 한 사람, 후루키 마이도 있었지만 그녀는 여느 때처럼 침묵을 지킨 채 정적만을 관철했다.

베가만이 전혀 마음 쓰지 않는 태도였다.

펠드웨이는 기분을 잡쳐 베가를 노려보았다.

"닥쳐라. 나는 지금 미카엘 님과의 연락이 두절되었단 말이다. 네놈 상대를 할 때가 아니란 걸 깨달아라."

그렇게 내뱉어 베가의 입을 다물게 하려 했다.

하지만 베가는 분위기를 파악할 생각이 없었다.

"아? 그렇게 잘난 척하더니 미카엘 녀석 져버렸던 거야? 한심하구만."

그런 폭언을 내뱉었던 것이다.

그것은 펠드웨이가 격앙하기에 충분한 이유가 되었다.

"닥치라고 했다!"

그렇게 외친 펠드웨이는 베가에게 격렬한 공격적 패기를 쏟아냈다.

"윽, 이거 굉장하구만……."

그야말로 하늘과 땅.

펠드웨이와 베가의 강함 사이에는 메울 수 없을 정도의 간극이 존재했다.

하지만 그 사실을 이해하고도 베가는 입을 다물지 않았다.

"이봐 이봐, 대장. 내가 뭐 잘못했어? 미카엘은 약하니까 진 거잖아. 이 세상은 약육강식이니까, 죽어버리면 정의도 뭣도 없지! 안 그래?"

그 말은 심하게 경도되기는 했으나 그것이 베가의 본심이자 행동 원리다.

어떤 의미에서는 정론이며, 진리이기도 했다.

그러나.

그렇다 하더라도 펠드웨이는 고개를 끄덕일 수 없었다.

"네놈 따위가 미카엘 님에 대해 뭘 안다고!!"

그리고 베가의 말을 끊어버리듯 베가에게 주먹을 날려 입을 다물게 만들려 했다.

그래도 베가는 말을 멈추지 않았다.

"뭔 소릴 하고 앉았어! 잘 들으라고. 댁은 코르느란 놈이 죽었을 때도 태연했고, 내가 오르리아나 아리오스를 먹었던 것도 묵인했잖아. 그건 말이지, 내 생각이 맞다고 생각했기 때문 아냐? 내 말이 틀렸어?"

그 지적은 옳았다.

펠드웨이는 코르느의 죽음을 듣고도 슬프다고는 생각하지 않았던 것이다. 그보다도 작전의 실패를 불쾌하게 여기고, 차선책을 생각하느라 부심했다.

오래 된 동료에게도 그런 태도였으니, 장기짝으로밖에 생각하지 않았던 오르리아나 아리오스 따위 그야말로 아무래도 상관없는 존재일 뿐이었다. 베가가 먹었다는 걸 알고도 베가의 강화로 이어졌다면 헛된 희생은 아니었다고, 매우 기계적인 감상을 품었을 뿐이었다.

그러므로 베가를 책망하지 않았고, 오히려 전력 강화로 이어졌다고까지 생각했던 것이다.

"쯧, 억지 논리를……."

"헤헷, 그게 내 성질이라서 말이지."

자신의 심정을 간파당해 펠드웨이는 약간 동요했다. 상대가 그것을 깨닫지 못하도록 베가에게 더욱 위압을 가했다.

"네놈 따위가 뭘 안다는 거냐? 우리에게는 숭고한 목적이 있고, 그러기 위해서라면 어떤 희생도——."

그런 펠드웨이에게 저항하며, 베가가 말을 가로막고 외쳤다.

"시끄러워, 응석 부리지 마!!"

공간이 압축될 정도의 맹렬한 위압을 받아 원래 같으면 거역 따위 불가능해야 할 텐데. 그런데도 베가는 길길이 분노한 것처럼 말했다.

"애초에 말야, 이 세상이 잔혹한 건 상식이라고."

베가가 살아왔던 환경은 가혹하다.

그렇기에 그 말에는 무게가 있었다.

펠드웨이조차 자기도 모르게 입을 다문 채 베가의 발언을 허용하고 말았다.

"내 보스였던 유우키는 말야, 그 부조리에 저항하려고 했어.

15

뭐, 지금 생각해보면 시시한 힘 가지고 용케 그렇게까지 애썼다 싶기도 하지만. 그래도 난 그 사람을 믿었어. 약한 모습을 보이면 언제든 뒤통수를 칠 생각이긴 했지만, 유우키는 방심하지 못할 성격이었고. 아니나 다를까, 조종당하는 척하고 있었잖아?"

"……그래서 어쨌다는 거냐? 그 유우키도 이제는 이 세상에 없지 않나."

"그래, 맞아. 유우키도 무리였어. 어쩔 수 없을 정도로 큰 힘의 차이 앞에서는, 어떤 이상도 정의도 의미가 없다는 거야."

유우키가 조종당하고 있다는 말을 듣고 멸시해주려고 했던 것은 사실이다. 하지만 베가는 마음속 어디선가 유우키를 위험시하고 있었다. 이제까지의 인생에서 물들었던 습성인가 생각하기도 했지만, 아무래도 본능적으로 유우키는 조종당하고 있지 않았음을 깨달았던 듯했다.

유우키 상대로 기고만장하지 않아서 다행이라고 생각하면서, 그런 유우키가 자히르에게 죽었다는 말을 듣고 세상의 무상함을 탄식했다.

그러므로 베가는 펠드웨이에게 말한 것이다.

"즐겁게 재미있게 살 수 있는 세상 따위, 어차피 환상이었다는 거야. 그럼 말이지, 좀 솔직해질 수밖에 없는 거 아냐?"

"솔직해져?"

"그렇다고. 약육강식이란 게 불변의 진리인 이상, 그 정점에 서는 게 유일한 정답이지."

힘이야말로 정의라고, 베가는 재확인한 것이다.

제아무리 아름다운 일이라고 실현하지 못하면 의미가 없다.

반대로 말하자면, 실현할 수 있다면 무엇을 하더라도 용납된다.

요컨대 지지 않으면 되는 일. 그것이 제아무리 악덕으로 가득한 행위라 하더라도, 자신이 쓰러지지 않으면 정의가 된다.

아무리 비겁하게 행동하더라도 최후까지 살아남으면 승리. 그것이 베가의 가치관이었다.

그런 베가가 보기에, 패배한 미카엘 따위 가치가 없다. 자신보다 아득히 강한 펠드웨이가 패자를 생각하고 탄식하는 것 따위 이해하기 힘들었다.

"대장, 당신은 강해. 그 유우키를 꺾었던 자히르조차 당신한테는 못 당하잖아. 베루자도란 여자도 괴물이지만 당신이라면 그보다도 더 강해질 거라고 생각해. 물론 그 미카엘 자식보다도 말야."

"……."

"그러니까 지금부터 댁이 우리 보스야. 불만 있는 놈 없지?"

펠드웨이는 강하니까 그것이 당연한 귀결이다. 베가는 망설임도 없이 그렇게 단언했다.

"네놈은 단순하군."

"너무 칭찬하지 마. 멋쩍게."

칭찬이 아니다만.

펠드웨이는 탄식했다. 하지만 동시에 미카엘을 잃었던 슬픔이 누그러지는 것을 자각했다.

어쩌면 그것이 베가 나름대로 위로하는 방법일지 모른다. 펠드웨이는 문득 그런 생각이 들었다.

"힘이라. 하긴, 그 점에서는 손실이 적었지."

미카엘을 잃기는 했으나, 그 힘은 펠드웨이에게 돌아왔다. 다소는 잃었지만 미카엘이 마지막 힘을 쥐어 짜내 맡겨주었기 때문이다.

그것이 바로 친구가 펠드웨이를 걱정해주었다는 증거가 된다.

그렇다면 그것을 헛되이 할 수는 없었다.

베가처럼 의도적으로 동료의 힘을 빼앗는 것은 좀 그렇지 않나싶지만, 결과를 보면 같은 행위다. 원래 베가를 책망할 마음도 없었지만, 지금 막, 펠드웨이는 베가에게 친근감을 품었다.

"좋다. 그러면 지금부터 미카엘 님을 대신해 내가 왕이 되겠다. 베루다나바 님께서 부활하실 때까지 옥좌를 사수하겠다고 맹세하지."

결의했으면 이제는 행동만이 남았을 뿐이다.

펠드웨이는 이제까지 계속 미카엘의 아래 자리를 감수했다. 그러기 위해 눈에 뜨이지 않도록 진짜 육체를 봉인하고 있었으나, 더 이상은 힘을 아끼고 있을 수가 없었다.

미카엘이 남겨준 힘을 충분히 다루기 위해서라도, 지금에야말로 이계에 숨겨놓았던 본체에 들어가 모든 것을 해방할 때였다.

"오랜만인걸. 내가 진짜 모습을 드러내는 건."

베루다나바가 처음에 창조했던 펠드웨이는 창조주의 모습을 매우 많이 닮았다.

베루다나바가 세계 그 자체와도 같은 별의 광채가 깃든 칠흑의 장발이었다면, 펠드웨이는 찬란한 빛을 나타내는 듯한 백은색 장발이다.

날카로운 눈은 서늘한 광채를 머금고 푸른 별처럼 빛난다. 그것은 아름답다는 표현이 아니라 신성하다고 칭하는 것이 옳을 것이다.

그리고 그 눈에는 결의로 찬 강철의 의지가 깃들어 있었다.

지금까지의, 어딘가 인공물 같은, 인형 같은 얼굴을 했던 것이 거짓말인 것 같았다.

성별이 남자로도 여자로도 보이는 것은 이제까지와 같지만, 그것은 어디까지나 지나치게 아름답기 때문이었다.

그 '아름다움'에 어울릴 만큼, 존재감이 무시무시했다.

미카엘이 모은 권능도 모두 펠드웨이의 것이 되었다.

마나스(신지핵, 神智核) '미카엘'의 관리하에는『라파엘(지식지왕)』,『우리엘(계약지왕)』,『사리엘(희망지왕)』 셋을 제외한 네 개의 천사계 얼티밋 스킬(궁극능력)이 존재했으며, 그에 이어지는 권능도 정보화되어 건재했다.

또한 베루자도와 베루글린드, 두 '용종'의 인자 또한 혈육이 되었다.

전력으로서 본다면 지금의 펠드웨이는 전에 없을 정도로 충실했던 것이다.

"굉장하구만…… 진짜로 괴물이야……."

베가가 꼴깍 침을 삼키며 중얼거렸다.

자기도 모르게 새어 나온 본심이었다.

펠드웨이는 그만한 패기를 내뿜고 있었던 것이다.

이제는 지금까지와 완전히 다른 존재가 되었다.

"베가, 네놈 덕분에 눈을 떴다. 고맙다고 해두지."

"헹, 뭐 그까짓 걸 가지고."

조금 멋쩍어하듯 베가가 웃었다. 그러나 이내 표정을 다잡고 여느 때의 유들유들한 얼굴로 돌아와 덧붙였다.

"하지만 잊지 말라고. 이 몸은 언제나 널 노리고 있어. 지금은 도저히 못 이기니까 따라주지만, 약한 모습 보이면 잡아먹을 줄 알아!"

의심할 여지도 없이 멋쩍음을 감추려는 행동이었지만, 그것 또한 베가의 본심이었다.

그 사실을 이해하기에 펠드웨이는 즐겁게 고개를 끄덕였다.

"훗, 기대하지."

이제까지와는 전혀 다른 섬뜩한 분위기로, 펠드웨이는 미소를 지었다.

각성 펠드웨이

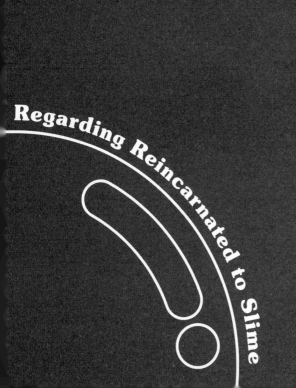

제1장

최초의 결전

Regarding Reincarnated to Slime

구 유라자니아, 마왕 밀림의 신도시 건설예정지.

죽음 바로 옆에서 싸우는 자가 있었다.

명주잠자리 같은 피리오드와 싸우는 에스프리였다.

'솔직히 말해 이렇게까지 진지하게 싸우는 건 내 성격이 아닌데……'

그렇게 푸념하고 싶어질 정도로, 싸움은 절망적이었다.

마법을 무효로 하는 피리오드는 에프스리에게 최악의 극치라고 할 정도로 상성이 안 좋았던 것이다.

밑져야 본전이라고 지근거리에서 날렸던 핵격마법: 뉴클리어 캐논(열수속포, 熱收束砲)도 당연하다는 듯이 반사해버렸다.

피리오드는 자신의 주위에 펼친 프리즘 배리어(다면반사결계)로 온갖 마법을 반사해버렸던 것이다. 심지어 그것은 마법만이 아니라 어느 정도의 방출계 스킬에까지 적용되었다.

마법을 무기로 삼는 데몬(악마족)에게 피리오드는 그야말로 천적이라 할만한 존재였다.

이대로 가다간 시간을 끄는 것조차 불가능하겠다고, 에스프리는 자신의 무력함에 땅을 치고 싶어졌다. 그럴 때 생각지도 못한 도움의 손길이 나타났다.

"도와주지."

그렇게 말하며 에스프리에게 가세했던 것은 부대의 지휘를 스피어에게 내팽개친 포비오였다. 원래 같으면 단장 스피어의 서포트를 맡아야겠지만, '비수기사단(飛獸騎士團)'은 하나하나가 타고난 무인이다. 명령받지 않아도 적절히 움직이며, 부대별로 통솔도 잘 되어 있다. 지휘관이나 부관이 후방에서 대기하는 것보단 선두에 서서 싸우는 편이 군 전체의 사기도 올라가는 법이다.

  평소에는 스피어에게 추월당하기 때문에 이번에는 포비오가 앞장서서 왔던 것이었다.

  "저기 말야, 이 녀석이 말도 안 되게 위험하단 건 보면 알잖아?"

  "맞아. 하지만 네가 상대하는 것보다는 내가 그나마 낫지 않을까?"

  그 지적은 옳았다.

  마법전이 특기인 에스프리는 손도 발도 쓸 수 없지만, 포비오의 주특기는 육탄전이다. 마법이 통하지 않는 상대라도 그나마 활로를 찾아낼 가능성이 크다.

  "뭐, 그럴지도. 그럼 나도 이걸로 싸워버릴까."

  처음부터 그럴 생각이었지만 에스프리는 마법전에서 승산을 찾기로 했다.

  이렇게 해서, 도(刀)를 들고 자세를 잡은 에스프리와 반수화해제 실력을 발휘한 포비오가 요사스럽고도 아름다운 피리오드와 대치하는 형태가 되었다.

  2 대 1. 하지만 그래도 전력으로는 압도적으로 불리했다.

  에스프리가 파고들어 도(刀)를 휘둘렀다.

  그것은 얼마 전까지만 해도 문외한이었다고는 여겨지지 않을 만한 달인의 기술이었다.

취미로 배우기 시작했던 것은 사실이지만, 에스프리는 한번 몰두하면 푹 빠지는 스타일이다. 한가한 시간엔 몇 번이나 반복연습을 하고, 아게라가 보여주었던 동작을 반복했다. 그 결과가 이짧은 기간 동안 날카로워진 기술이었다.

그러나 슬프게도, 피리오드는 그 이상이었다.

"쳇, 가짜로군. 그것도 진짜와 분간이 가지 않을 정도로 정교한……."

그렇다. 분명히 베었다고 생각한 순간 피리오드가 빛의 입자를 뿌리듯 하며 사라진 것이다.

에스프리는 한순간 잔상인가 생각했지만, 이내 아님을 깨달았다. 왜냐하면, 다음 순간 피리오드가 여러 명으로 분열했기 때문이다.

에스프리의 『초감각』으로도 간파할 수 없을 정도여서 어느 것이 진짜인지 분간이 가지 않았다.

이건 무리겠다.

에스프리는 생각했다.

조금이라도 카레라를 도울 수 있다면 좋겠다고 생각했지만 약간의 시간을 끄는 것이 고작이리라.

포비오가 도와주러 나타났지만 그것도 임시방편일 뿐.

'뭐, 솔직히 없는 것보다는 나은 정도?'

둘이서 함께 싸우면 어떻게든 되겠다는 수준의 이야기가 아니었다. 그만큼 피리오드는 탁월하게 강했다.

그리고 아니나 다를까, 에스프리와 피리오드는 사방팔방에서 공격을 받았다. 어느 것이 본체인지 간파할 상황이 아니었다. 폭우처럼 쏟아지는 공격으로부터 몸을 지키는 것이 고작이었다.

에스프리는 매우 현실적인 성격이었으므로 쓸데없는 짓은 하지 않았다. 게임을 리셋하는 것 같은 기분으로 이 싸움을 포기했다.

다만, 죽는 것은 안 된다.

'죽어버려도 부활은 가능하겠지만, 그건 리무루 님의 명령을 지키지 못한다는 거니까. 카레라 님도 제대로 빡칠 거고, 나도 스스로를 용서할 수 없을 거야.'

따라서 에스프리는 죽을 수 없었다.

그렇다고 전선이탈은 용납되지 않아, 단적으로 말해 이도 저도 못 하는 상황이었다.

그런 이율배반적인 사고에 빠져버린 탓에 에스프리의 움직임이 둔해졌다. 그 틈을 놓칠 피리어드가 아니었으므로 그녀의 독니가 상대를 조준하고——.

"멍때리지 마!"

에스프리는 포비오의 발차기를 맞고 날아가 버렸다.

그 직후, 바로 조금 전까지 에스프리가 있던 장소에 피리어드가 날린 독을 포함한 인분이 쏟아져 내렸다. 환상적일 정도로 아름다운 광채를 뿜어내지만 그것은 악마도 죽일 수 있는 맹독이었다. 육체를 좀먹고 정신을 파괴하는 그 독성은 백작급 데몬 로드인 에스프리라 해도 견딜 수 없을 정도의 맹위를 내포한 것이었다.

"아프잖아—— 그래도 고마워."

"뭘."

고분고분 감사를 표한 에스프리에게 가볍게 대꾸하고, 포비오는 그대로 피리오드를 향해 공격을 재개했다. 소용없다는 것을 알면서도 발톱 공격을 반복해 무수한 분신을 없애고 있었다.

　본체를 분간할 수 없는 이상 전혀 무의미했다. 하지만 포비오는 우직할 정도로 포기하지 않았다.

　"너 말야, 나보다 약한 주제에 왜 포기하지 않는 거야?"

　자기도 모르게 물어버린 에스프리였다.

　그런 것을 물어봐도 의미는 없으므로 대답 따위 기대하지 않았다. 하지만 포비오는 대담한 웃음을 지으며 말했다.

　"무례한 놈이군. 뭐, 괜찮지만. 살아있으면 이기는 거다. 게루도 씨도 말했듯 살아남아서 다음에 이기면 문제없거든."

　그러므로 지금은 다음의 승산을 위한 힌트를 얻어야 한다. 그러기 위한 노력이라고, 포비오는 말했다.

　"뭐, 나는 약하니까. 아니꼽지만 내가 할 수 있는 일을 우직하게 다할 수밖에 없는 거다."

　의외로 성실한 포비오의 대답에 에스프리도 만족했다. 그리고 동의했다.

　"나도 지는 걸 상당히 싫어하지만 너도 어지간하구나. 인정해 줄게, '흑표아' 포비오."

　"그거 고맙군, 에스프리 공."

　"더 편하게 대해도 되는데?"

　"전에 그러다 실수한 적이 있어서 말이지. 아, 느긋하게 수다나 떨 틈은 없을 것 같군."

　에스프리와 달리 포비오는 진지했다. 설령 이기지 못한다 해도, 전투에서 도망치지 않고 피리오드에게 맹공을 가했다. 칠흑의 바람이 되어, 발톱으로 수많은 분신을 찢어대고 있지만 전혀 효과를 발휘하지 못했다.

하지만 지금, 그것을 짜증스럽게 생각했는지 피리오드가 처음으로 반격에 나섰던 것이다.

인분이 소용돌이치더니 드릴과도 같이 변해 포비오에게 육박했다. 작디작은 인분이라도 한데 모으면 흉기가 된다. 직격당하면 포비오는 틀림없이 몸이 갈려 나갈 것이다.

이를 가장 먼저 이해한 것도 포비오였다.

실력 차는 명백했으며, 원래 같으면 피리오드에게 맞서는 것은 자살행위다. 하지만 여기서 자신이 노력하지 않으면 카레라의 패배가 확정되고 만다고, 에스프리와 같은 판단을 내렸던 것이었다.

'그렇다면 무리라도 할 수밖에 없잖아. 이렇게 조금이라도 주의를 끌 수 있다면 내 목숨값 정도야 싼 거지.'

포비오에게는 삼수사의 긍지가 있다.

도망치고 싶다는 마음도 있지만, 그것은 칼리온의 신뢰를 잃는 행위임과 동시에 포비오를 믿는 부하들에 대한 배신이기도 하다. 그런 것은 절대 용납할 수 없다는 신념이 포비오의 등을 밀어주었다.

포비오가 주특기로 삼은 전투 스타일은 높은 기동력으로 적을 희롱하며 날카로운 발톱으로 해치우는 것이다. 방어력은 그리 높지 않지만 회피력에 특화한 만큼 별로 문제가 되진 않았다.

이번에는 그 속도 때문에 간신히 목숨을 부지하고 있었다. 집중력이 조금이라도 끊어지면 죽는, 상당히 위험한 줄타기 상태임에도 불구하고 말이다.

에스프리는 그런 포비오를 다시 보았다.

'흐응~ 베니마루 님의 부하인, 고부아 씨였던가? 늘 그녀와의 염장담만 늘어놓는 이상한 녀석이라고 생각했는데, 할 때는 하잖아. 죽어도 부활할 수 있는 데몬과 달리 죽으면 끝인 나약한 인간 주제에 말야…….'

에스프리가 보기에는 상위 마인 중에서도 상당히 강력한 개체가 된 포비오조차 나약한 인간과 다를 바 없는 존재일 뿐이다.

악마의 왕 중 하나인 카레라를 섬기는 대악마, 엘리트 중의 엘리트. 그것이 에스프리라는 존재다. 죽음은 끝이 아니고, 게임에서 컨티뉴를 하듯 부활할 수 있으므로 위기감이란 것이 부족했다. 대미지에 따라서는 수백 년 단위의 잠에 빠져들 때도 있지만, 영원한 시간을 살아가는 데몬에게 그것은 눈 깜빡할 정도의 시간에 불과했다.

그렇기에 에스프리에게는 한정된 시간을 열심히 살아가는 자들이 눈부시게 보였다.

반면 자신은 어떨까?

무언가 곤란한 일이 생겨도 주인인 카레라가 어떻게든 해주었고, 귀찮은 일은 동료인 아게라에게 떠넘길 수 있었다.

이제까지 에스프리는 무언가를 필사적으로 했던 경험이 없었던 것이다.

'혹시 나, 포비오보다도 쓸모가 없는 건가?'

아니다!

그것은 절대로 아니라고, 에스프리의 마음속 깊은 곳에서 누군가가 외쳤다.

그 누군가는 아마도 에스프리가 거의 잊고 있었던, 지기 싫어하는 본심이 아니었을까.

그 증거로, 반쯤 포기했던 에스프리는 다시 힘차게 일어났던 것이다.

죽으면 명령위반이 되기 때문이라느니, 그런 부정적인 이유에서가 아니었다.

이기고 싶다고, 눈동자에 명확한 의지를 깃들이고 있었다.

무엇보다도──.

"까놓고 말해서 쓰러뜨리는 거 무리 아냐? 그러니까 포비오씨. 힘껏 최선을 다해서 저놈을 골탕먹여주자고!"

에스프리는 매우 타산적인 현실주의자였으므로 '이길 수 있을지도 모른다'라는 무모한 꿈은 꾸지 않는다.

매우 냉정하게, 전술적 승리조건을 짜맞추고 있었다.

"훗, 뭐 좋은 생각이라도 있나?"

포비오가 웃으며 물었다.

에스프리의 분위기가 달라진 것을 알아차리고, 승산이 0에서 플러스 방향으로 바뀌었음을 실감한 것이다.

"정공법으로 붙어봤자 못 이겨. 그러니까 말야, 약간 반칙 같긴 한데, 악마계약을 해주지 않을래?"

에스프리가 말했다.

지금도 인분이 몸을 스쳐 포비오의 온몸에는 가느다란 생채기가 늘어나고 있었다. 독이 온몸에 도는 것도 시간문제였고, 그것은 곧 포비오의 목숨이 사라지려 한다는 것과 같은 말이다.

그런 상황임에도 포비오는 웃었다.

"또 계약이야……? 라고는 해도, 고민할 때가 아니니까. 좋아. 근데 그 악마계약이란 건 뭐지?"

포비오에게는 전에 풋맨과 계약했다가 속았던 씁쓸한 기억이 있다. 그래도 응한다는 점에서 포비오는 이미 각오가 끝난 모양이었다.

에스프리는 가볍게 대답했다.

"흔해빠진 거야. 『소원을 말하라. 그것을 이루어주는 대가로 나는 그대의 영혼을 원하노라』 하는 뭐 그런, 악마가 인간을 타락시키기 위해 사용하는 상투수단."

악마는 크든 작든 인간의 영혼을 양식으로 삼기 때문에 그러한 계약이 특기다. 어떤 소원에도 대응할 수 있도록 온갖 마법에 정통하기도 하다.

물론 그것은 갓 태어난 악마가 아니라 태고 시절부터 살아온 고참들에게나 해당되는 말이다.

물론 말할 것도 없지만 에스프리에게는 갓난아기의 손목을 비트는 것만큼이나 가벼운 일이다.

"알았어. 에스프리 공을 믿으니까 그 계약이란 것에 응해주지."

포비오는 오른팔이 산산이 갈려나가는데도 고통의 신음소리 하나 내지 않고 승낙했다.

그 말을 듣고 에스프리가 씨익 웃었다.

"좋은데. 조금이라도 고민했으면 늦었을 뻔했어."

그렇다. 에스프리는 포비오의 대답을 듣기 전부터 이미 준비하고 있었던 것이다.

"그리고 소원은 물론──."

"이 상황을 벗어날 수 있는 힘이다!"

에스프리는 크게 고개를 끄덕이고 포비오의 소원을 이루어주기 위해 악마계약을 발동시켰다.

그 순간, 대가로 포비오의 '영혼'으로 가는 통로가 열리고, 에스프리의 침입이 가능해졌다.

에스프리는 한순간 주저했다가, 망설임을 끊고 육체를 벗어던졌다. 그리고 정신생명체로서 태어날 때의 모습이 되어 포비오의 '영혼'에 침입했다.

이것 또한 악마라는 종족이 갖춘 고유 스킬 『빙의』다. 계약을 한 자의 육체를 차지하거나 하는 데에 쓰이기도 하는데, 이번의 사용 목적도 여기에 가까웠다.

『진짜 이 수법은 쓰고 싶지 않았어. 기껏 리무루 님께 받은 멋진 육체를 이런 전장에 내팽개쳐야 하니까.』

『뭐야, 이건 대체 뭐가 어떻게──.』

『진정해. 지금이 위험 상황 한복판이긴 해도 『초속사고』 덕에 100배 이상 시간이 늘어났으니까.』

에스프리의 침착한 목소리를 듣고 포비오도 상황을 파악할 여유가 생겼다. 듣고 보니 정말로 시간이 정지된 듯 세상이 멈춘 것처럼 보였다.

『……그렇군. 이게 정상에 있는 분들이 보는 세계란 말이지.』

『나 같은 건 아직 멀었지만. 카레라 님은 1억 배 정도도 아무렇지 않다니까 몇 년짜리 의식마법도 한순간에 발동하실 수 있는걸.』

『하하, 그거 굉장한데…….』

굉장하다고 해야 할까, 차원이 완전히 달랐다.

거기까지 가면 포비오가 이해할 수 없는 세계였다.

놀라 어이없어하는 포비오를 무시한 채 에스프리가 설명을 시작했다.

『시간이라기보다, 여유는 있으니까 들어봐. 나는 내 육체를 버리고 원래의 정신적 존재로 돌아가서 너한테 깃들었어. 원래 같으면 숙주를 차지하고 네 힘을 내 것으로 삼겠지만 그러려 해도 수단이 필요하고, 솔직히 그렇게 해봤자 별로 강해질 수도 없어.』

포비오는 물리전투, 그것도 근접격투술이 특기다. 미도레이에게도 단련을 받으면서 기량은 대폭 향상했다.

반면 에스프리는 취미로 검술을 막 시작한 정도. 피리오드는 마법특화형이므로 다소는 통했으나, 금세 대응했기 때문에 패배가 눈앞이었다. 그러므로 포비오에게 주도권을 맡기기로 한 것이다.

물론 자신이 아무것도 하지 않았던 것은 아니었다.

『내가 너한테 깃든 건 말야, 전력을 집중시키기 위해서야.』

『무슨 뜻이야?』

『너는 지금까지대로 회피에 전념하면 돼. 지금 이대로 가면 10분 —— 아니, 5분 이내에 죽어버렸겠지만 내 힘을 통합시킨다면——.』

에스프리는 악마계약을 이용해 포비오에게 깃들었다. 그 상태로 자신의 힘을 모두 맡기기로 한 것이다.

『——내가 그 '힘'을 쓰면 저놈을 쓰러뜨릴 수 있다고?』

이야기가 그렇게 간단할 리가 없다고, 포비오의 직감이 속삭이고 있었다.

그리고 그것은 정답이었다.

『그것만 가지고 쓰러뜨릴 만한 상대가 아니야. 저쪽은 내 이상의『시야』를 가지고 있는 것 같으니까.』

피리오드 또한 온갖 정보를 읽어 들이는『겹눈』을 가지고 있다. 마력요소의 흐름도 확실하게 인식하고 있기에 어떤 마법이 됐든 반사적으로 대응하는 것이다.

그것은 첫수에 카레라의 '어비스 어나이얼레이션(종말붕축소멸파, 終末崩縮消滅波)'을 튕겨냈던 시점에서 명백했다. 그 사실이 바로 피리오드가 에스프리 이상으로 마법을 잘 다룬다는 증거였다.

당연히 사고가속도 에스프리 이상일 것이다.

『그럼 어떻게 해?』

『살아남기 위해 발버둥 쳐야지. 전력으로. 물론 너만이 아니라 나도 도울 테니까.』

포비오가 주도권을 쥐고 근접전투를 하는 동안 에스프리 자신은 마법전을 펼칠 생각이었던 것이다. 그것도 통하지 않는다는 전제로, 포비오에 대한 공격 완화가 목적이었다.

『그렇군. 그렇게 해서 조금이라도 생존율을 높인단 말이지.』

『그거야. 여기서의 전술적 승리는 저 녀석을 쓰러뜨릴 만한 사람이 와줄 때까지 살아남는 거니까. 그걸 전제로 저 녀석의 주의를 끌면서, 카레라 님을 방해하지 못하게 만들면 만점이야.』

분명 그렇겠다고 포비오도 고개를 끄덕였다.

『다시 말해 시간을 끈다는 거지?』

『그것밖에 없잖아. 명확한 실력 차이가 있으니까 어쩔 수 없어. 하지만 안심하라고. 내 계산에 따르면 20분은 견딜 수 있을 테니까.』

『하하, 그거 든든한데…….』

퍽이나 안심하겠다.

포비오는 자기도 모르게 실소했다.

하지만 홀가분해졌다.

스스로 인정하는 것은 아니꼽지만, 포비오는 약하다. 약자에게는 약자 나름대로 싸우는 방식이 있다고, 그것을 전력으로 다하겠노라고 결의했기 때문이다.

이리하여 싸움은 제2라운드로 돌입했다.

※

각설하고, 포비오와 에스프리가 하나가 된 셈인데, 존재치 또한 합산되기에 늘어나기는 했다. 하지만 100만도 안 될 정도였으며, 피리오드와는 비교할 수도 없는 수준이었다.

그래도 조금 전까지보다는 훨씬 움직임이 좋아진 덕에 어떻게든 맞설 수 있게 되었다.

그 이유 중 하나는 에스프리가 대미지를 대신 받아주면서 포비오가 육체의 부상을 신경 쓰지 않게 되었기 때문이다.

게다가 체력의 소모도 신경 쓰지 않는다.

이것저것 고민하던 것을 집어치우고 각오를 다진 포비오는 장기전을 완전히 단념하고 전력을 전개하는 전투형식으로 변경했다.

당연히 그런 짓을 하면 활동 한계 시간이 짧아진다. 그래도 그 전법이 성립된 것은 에스프리가 마력을 보충해주고 있기 때문이다.

포비오의 『수신화』에는 3단계가 있다.

첫 번째가 통상마인 형태.

가장 균형 잡힌 모습이며 부담이 적다.

두 번째가 표두마인 형태.

전투에 특화된 모습이며, 만능형이다.

그리고 세 번째가 완전수화 형태다.

변칙적인 움직임이 가능하며, 속도만을 따지면 최고속도를 자랑한다. 하지만 단련한 기량의 대부분을 다루지 못하게 되므로 대인전투에는 적합하지 못하다고 할 수 있다.

포비오는 지금, 가장 강한 표두마인 형태를 하고 있었다.

연비가 나쁘고, 전력을 다하면 자신의 육체에까지 대미지가 온다. 그러므로 조금 전까지의 포비오는 항상 힘을 제어하다가 순간적으로 해방하는 번거로운 전법으로 싸우고 있었다.

대미지를 입어도 라이칸스로프(수인족, 獸人族)에게는 높은 재생 능력이 있기 때문에 어떻게든 싸울 수 있었다. 하지만 그것을 유지하기 위해 체력과 마력을 소모하므로 장기전에는 불리하다는 측면이 있다.

그런데 지금, 포비오는 그러한 걱정을 완전히 덜어버린 채 싸움에만 전념할 수 있었다. 잃어버린 팔도 재생되어 충분히 힘을 발휘할 수 있는 상태였다.

모두 에스프리 덕이다.

에스프리는 포비오의 '영혼'을 자신의 정신체로 감싸 보호하고 있었다. 이것이 가능한 이유는 에스프리가 보유한 유니크 스킬『꿰뚫어 보는 자(견식자, 見識者)』의 권능 덕이다. 이것이 있으면 아는 사람과의 사이에 시간과 공간을 초월한 다리를 놓을 수 있으므로, 악마계약과 병용하면 더 완벽하게 '영혼'을 장악하게 된다.

그 결과 에스프리가 막대한 대미지를 입지만, 그건 그거. 악마의 전공을 발휘해 온갖 내성으로 견뎌내고 있었다.

하지만 아픈 것은 아픈 것이다.

『진짜 벌레 계열은 싫다니까. 정신에 대한 직접공격이라든가 통각무효가 있어봤자 의미가 없어.』

인섹터(충마족)가 데몬에 대해 우위성이 있는 것은 이런 하나하나의 요소가 누적된 결과다. 상성이 최악이므로 비슷한 정도의 실력자끼리 싸우면 반드시 인섹터가 승리한다.

그러한 악조건도 겹쳐져 에스프리의 대미지가 눈 깜짝할 사이에 축적되었다.

그래도 포비오는 건재했다. 에스프리의 희생을 전제로 하고도 승부는 고착상태를 유지했다.

게다가 한 가지 좋은 소식도 있었다.

『역시. 생각보다 잘 버틴다 싶었는데 그 이유를 알았어.』

『응?』

『아니, 흘려들어도 괜찮아.』

그렇게 중얼거린 후 에스프리가 설명했다.

『역시 저 녀석, 마법특화인 데다 카레라 님의 마법에 대미지를 입었던 모양이야. 그만한 규모의 극대마법을 튕겨내는데 리스크가 없을 리 없다고 생각했지.』

카레라의 '어비스 어나이얼레이션'은 사용하기에 따라서는 행성조차 파괴할 위력이 있다. 그것을 정면에서 받아냈으니, 모종의 이상이 있어도 당연하다고 에스프리는 생각했던 것이다.

그것을 증명하고 싶어도 실력이 부족했지만, 포비오에게 빙의해『꿰뚫어 보는 자』를 풀 활용하면서 이를 겨우 확신했다.

『그럼 그 약한 부분을 노리면── 이길 수 있을까?』

『그건 무리. 약해져서 공격의 손길이 늦춰졌을 뿐이고 수비는 철벽인걸. 그래도 반대로 말하자면 우리한테는 잘된 일이지.』

그런 에스프리의 대답을 듣고 포비오는 한순간 침묵했다. 그리고 무겁게 한숨을 내쉬었다.

『역시 원군이 올 때까지 무조건 도망 다닐 수밖에 없단 거군…….』

매우 유감스럽고 마음에 들지 않는 결론이지만, 그래야만 한다니 도리가 없다.

포비오는 체념하고 자신의 역할을 다하기 위해 피리오드의 동향에 집중하기로 했다.

....

......

...

그리고 40분 정도가 경과했다.

『……우리, 열심히 했지?』

『말하는 것도 피곤해. 이젠 무리. 진짜 죽겠어.』

만신창이이기는 했지만 포비오는 살아있었다. 그런 그의 '영혼'을 보호하며 대미지를 대신 받아주던 에스프리도 간신히 의식을 붙들어놓고 있었다. 20분 버티면 충분하다고 생각했던 만큼 에스프리에게는 매우 만족스러운 성과였다.

하지만 그것은 모든 것을 다 쥐어 짜낸 결과였다.

반면 피리오드는 쌩쌩했다. 전투를 시작했을 때와 비교해도 움직임이 좋아졌을 정도였으며, 그것은 곧 카레라에게 입었던 대미지에서 회복되고 있다는 의미이기도 했다.

전략적으로는 대승리지만 전술적으로는 패배라 할 수 있으리라.

하지만 이것으로 충분하다. 포비오도 에스프리도 자신의 역할을 다했으므로.

『쳇, 기껏 나한테도 여친이 생겼는데. 원통해서 죽겠구만.』

『뭐야 뭐? 그래서 예상보다 애썼던 거였어? 하기야 뭐, 내 예상을 웃돌았던 건 칭찬해줄 수 있고, 상으로 여친에게 말도 전해줄게.』

이제는 일어나지도 못하는 이상, 남은 것은 죽음을 기다리는 것뿐. 그렇게 각오하고 두 사람은 농담을 나누었다.

포비오의 입장에서는 기껏 사귀게 되었던 고부아와의 추억에 젖고 싶었지만, 에스프리가 이를 방해하고 있었다.

『넌 악마냐!』

『네, 악마인데요. 왜요?』

『그랬지. 비아냥거리고 싶어도 안 통하다니 답답하네.』

『아잉, 그렇게 칭찬하면 곤란한데.』

『칭찬 아니거든?』

『아, 그래. 뭐, 그렇겠지.』

두 사람은 농밀한 전투를 거치면서 허물없이 이야기를 나눌 만한 사이가 되었다.

그렇게 죽음의 공포와 패배의 굴욕을 얼버무리면서 그 순간을 기다렸다.

하지만——.

 표정을 움직이지 않은 채 피리오드가 손을 내밀었다. 카레라의 마법에 짓이겨졌던 마법발동기관이 수복되었으므로 더 효율적으로 마력을 운용할 수 있게 되었다.
 드러누운 채 움직이지 않는 포비오 따위 한순간이면 해치울 수 있다.
 그 한순간을 길게 늘여 포비오와 에스프리가 농담을 나누고 있다고는 생각도 못한 채, 피리오드는 포비오가 연주할 죽음의 절규를 기대했다. 자신을 애먹였던 상대에 대한 경의 따위 조금도 느끼지 않은 채, 그저 본능이 시키는 쾌락만을 추구하며.

 ——피리오드의 손끝에서 뿜어져 나온 농밀한 압축마력광선은 포비오를 꿰뚫지 못하고 지면을 파헤쳤다.
 포비오의 그림자에서 튀어나온 한 마리의 홉고블린이 그 기세 그대로 포비오의 발을 붙잡아 내팽개쳤기 때문이다.
 그리고——.
 "웃차! 내 등장 타이밍 딱이지 않았습니까요?"
 그런 얼빠진 목소리가 전장에 울려 퍼졌다.
 그 목소리의 정체는, 말할 것도 없이 고부타였다.
 이 위기상황을 타파하기 위한 원군으로 달려와, 타이밍 좋게 등장했던 것이었다.

 드디어 와준 것은 고부타만이 아니었다.

날아온 포비오를 받아준 것은 붉은색 군복이 잘 어울리는 적발의 미녀, 고부아였다.

가슴으로 포비오를 든든히 받아내며 피리오드의 공격으로부터 감싸듯 후방으로 대피했다.

포비오는 '앗싸――'라고 생각했지만 그건 비밀이다.

그리고 여기에서 그치지 않고, 마지막으로 등장한 란가가 고부타를 방어하듯 측면에 서서는 추가공격을 가하려는 피리오드를 위협했다. 그대로 망설임 없이 '아포칼립스 하울링(종말마랑연무, 終末魔狼演舞)'을 써서 피리오드의 동작을 늦추는 데 성공했던 것이다.

이렇게 포비오와, 포비오에게 깃든 에스프리는 구사일생으로 살아났다.

벗어던졌던 자신의 육체로 돌아간 에스프리가 부스스 일어나며 말했다.

"야아~ 역시 고부타 님이에요! 틀림없이 구해주러 올 거라고 믿었어요!"

반짝반짝 눈을 빛낸 에스프리는, 사실 고부타의 팬이다.

"어, 역시 그렇습까요? 멋쩍지 말입니다요."

"사천왕으로서 멋있는 모습 확실하게 보여주세요!!"

에스프리가 고부타를 띄워주었다.

도발하는 것이 아니라 진심에서 우러난 말이었다.

"그럼 이 싸움이 끝나면 데이트――."

――라고 고부타가 기고만장하려 했지만――.

"아, 그런 건 됐고요!"

좋아한다거나 그런 감정은 없으므로 그 점은 오해해선 안 되는 것이었다.

고개를 푹 떨군 고부타를 남긴 채 에스프리도 전선에서 이탈했다.

이리하여 포비오와 에스프리의 활약으로 전선붕괴는 모면했다.

그리고 선수가 교대된 후, 싸움은 제3라운드로 들어갔다.

●

대전의 막이 열리고 몇 시간이 지나, 전장에는 몇 곳의 불가침 영역이 형성되고 있었다. 이른바 초극자들끼리의 전투가 이루어지는 구역인데, 실력 없는 자들은 다가가기만 해도 몸이 가루가 되어버리고 만다.

전장의 상공에서는 밀림 사천왕 프레이와 충장(蟲將) 토른의 1 대 1 대결이, 그 누구도 접근하지 못할 만큼 점점 치열하게 펼쳐지고 있었다.

음속마저 아득히 초월한 두 영웅의 공중전에 말려들지 않도록, '천상중(天翔衆)'이나 '밀림 친위군'도 멀리 떨어져 지켜볼 수밖에 없었다.

그것은 토른 휘하의 하늘을 나는 벌레들도 마찬가지여서, 대열을 완전히 흐트러뜨린 채 흩어져 있었다.

이리하여 천공의 전장은 두 영웅의 결판에 승패를 맡기는 형태가 된 것처럼 보였으나, 그것은 명확한 착각이었다. 이 상황을 부감해보면, 한쪽의 전력만이 줄어들고 있었던 것이다.

"키히히히! 너, 약하다. 잘하는 거, 도망치는 것뿐이구나!"

처음에는 프레이가 공세에 나섰다. 하지만 특기인 발톱 공격이 번번이 빗나간 후, 방어에만 집중했다.

아니, 몇 번인가 공격을 펼치고는 있지만 그것은 토른에게 별다른 의미가 없었으므로 전혀 위협이 되지 못했다. 이것이 진심이었다면 스피드 이외에는 볼 것이 없는 적이라 단정해도 문제가 없는 수준이었다.

물론 그렇다고 방심할 토른이 아니었으므로 전투가 이렇게까지 장기전에 들어섰던 것인데…… 그렇다 해도 슬슬 끝을 내도 되지 않을까 하는 생각이 들기 시작했다.

그렇기에 토른도 저런 말을 했던 것인데, 프레이는 이를 코웃음으로 날려버렸다.

"어머, 그렇게 보였어? 그럼 고마워해야겠네."

"뭐?"

의미를 이해하지 못하고 토른은 고개를 갸웃했다. 궁지에 몰렸을 텐데도 프레이의 표정에는 분명히 여유의 웃음이 맺혀 있었기 때문이다.

"네가 바보라 다행이야."

"뭐라고?"

"전투에서 가장 중요한 요소가 뭔지 알아?"

"속도다."

"뭐, 그것도 정답이긴 해. 그렇지만——."

실제로 속도가 가장 중요한 요소라는 점에서는 프레이도 동감했다. 하지만 동시에 더더욱 잊어서는 안 될 요소가 존재했다.

그것은 신체능력에서 유래된 것이 아닌, 지능에 기반한 것.

다시 말해 전법이었다.

같은 정도의 실력자끼리 부딪친다면 어떻게 싸울지를 생각할 수 있는가 아닌가에 따라 승패가 크게 좌우된다.

이번 싸움의 경우, 지금의 전황이 이를 증명해주었다.

프레이는 첫 공격이 빗나간 시점에서 전투가 장기화될 것을 내다보았다. 그렇다면 어떻게 지치지 않고 적의 체력만을 빼앗는가가 중요하다고 생각해, 최적효율을 추구한 전법에 나섰던 것이었다.

그것은 자신만이 아니라 부하들도 포함되는 전술이었다.

다시 말해 프레이는, 자신과 토른의 싸움에서 오는 여파에 적의 군세가 말려들게 하면서 전황을 아군이 유리해지도록 제어했던 것이다.

프레이의 특필할 만한 점은 토른의 힘을 이용해 적군을 궤멸로 몰아넣은 그 두뇌에 있었던 것이다.

이것이 프레이.

교활한 스카이 퀸(천공여왕)의 본성이었다.

프레이의 웃음을 보고 토른도 그제야 상황을 깨달았다.

"윽?! 너, 처음부터, 이걸 노리고……."

"글쎄, 어땠더라?"

"건방진…… 하지만, 나에게 상처 하나 입히지 못한 이상, 이기는 건, 나다!!"

격노한 토른이 가속해 프레이에게 육박했다.

하지만 그것 또한 프레이의 예상대로였다.

토른의 변화무쌍한 공중살법은 매우 성가셔서 마왕종 클래스로는 시인조차 불가능한 수준이었지만, 프레이에게는 이야기가 다르다. 몇 번씩 보면 패턴을 간파할 수 있으므로 토른의 발동속도를 통해 예측 공격지점까지 계산해낼 수 있었다.

강자 중에는 물리법칙을 완전히 무시한 움직임을 보이는 자도 있으므로 지레짐작은 위험하지만, 토른의 경우에는 정확하게 기축세계의 법칙에 묶여 있다는 것을 이미 확인했다.

그렇기에 선고했다.

"지레짐작이란 참 위험해. 난 겁이 많아서 확신이 생길 때까지 시간이 걸리지."

프레이가 그 말을 마쳤을 때, 예상했던 위치에 토른이 도착해 있었다.

그리고 토른이 느낀 것은, 자신의 가슴 외골격을 꿰뚫는 발톱의 아픔이었다.

토른이 자랑하던 금속광택의 외골격에는 아리오니움(생체이강, 生體異鋼)인 주먹 정도의 강도는 없었다. 그렇다면 아다만타이트(생체마강, 生體魔鋼)로도 충분히 꿰뚫을 수 있고…… 그 결과가 지금의 현실이었다.

"——헉?"

토른이 동요했지만 때는 이미 늦었다.

저항하고자 필사적으로 발버둥을 쳐도 토른의 권능은 무엇 하나 발동되지 않았다. 프레이의 발톱에 붙들린 시점에서 승패는 결정된 것이었다.

그리고 꿰뚫린 토른의 흉부에는 인섹터(충형마인)에게 중요한 '마핵'이 존재했다. 프레이의 발톱은 이를 단단히 쥐고 있었으며…….

"그렇게 된 거니까, 안녕히."

토른의 '마핵'이 보기 좋게 박살났다.

이것이 토른의 '죽음'이었다.

루치아와 크레아가 프레이를 칭송했다.

"노고가 많으셨습니다, 프레이 님."

"훌륭하셨습니다, 프레이 님. 이로써 본격적으로 토벌전에 나설 수 있겠네요."

프레이는 우아하게 고개를 끄덕였다.

"그래, 부탁해. 역시 피곤하긴 하지만, 싸움은 아직 계속될 것 같으니까. 나도 쉬고 있을 때는 아닌가 봐."

그렇게 말하면서 전장을 둘러보는 프레이.

그녀의 시선 너머에서는 고전하는 동료들의 모습이 비치고 있었다.

●

프레이는 시종 우세했지만, 그렇지 않은 자도 있었다.

포비오와 에스프리만큼 가혹한 격차는 아니더라도, 적에게 희롱당하며 필사적으로 저항하는 자가 있었다. 원군으로 와주었던 가비루였다.

가비루는 절대 약하지 않다.

새로운 힘도 얻어, 강자 중 한 명으로 성장했다.

하지만 상대가 너무 강했다. 충장 비트호프는 가비루에게 지나치게 버거운 강적이었던 것이다.

가비루의 존재치가 126만인 반면 비트호프는 170만이 넘는다. 존재치의 차이가 결정적인 전력의 차이는 아니라 해도, 비트호프는 신체능력 등의 전투능력이 존재치로 직결되는 비중이 높다. 어중간하게 권능이 없는 만큼 인섹터는 근접전투에 특화된 것이다.

만능형인 가비루와는 상성도 최악이었다.

가비루가 혼자였다면 이미 패배를 맛보았으리라. 그렇게 되지 않은 것은 함께 싸우는 동료가 있었기 때문이다.

"가비루 씨, 괜찮아?"

"으, 음. 나는 아직 건재하다! 안심하시게, 스피어 공!"

유라자니아로 쳐들어왔던 미도레이와 싸웠을 때에도 함께 있었던 가비루와 스피어가, 이번에도 손을 잡고 비트호프와 대치했던 것이다.

스피어에게는 '비수기사단'의 단장이라는 역할도 있는데, 그런 것은 부하들에게 내팽개쳤다. 이번에는 포비오가 먼저 지휘관을 포기해버렸으므로 인수인계에 다소 애를 먹었지만, 스피어는 지휘에는 적합하지 않았으며, 늘 모두의 사기를 높여주면 역할은 끝났던 것이다.

그보다도 스피어 개인의 전력을 활용하기 위해, 적장을 하나라도 많이 없애는 편이 더 나은 결과로 이어졌다.

본인도 이를 자각하는 만큼 이번에도 망설이지 않고 전투에 몸을 던졌다. 하지만 제라누스의 군세도 만만치 않아, 2 대 1이라 유리해야 할 전투에서 고전을 면치 못하고 있었다.

"좋은데, 아주 좋아! 역시 전투는 이래야지."

흥분한 비트호프가 소리 높여 웃었다.

비트호프는 자신의 힘에 취해 있었다. 압도적인 힘으로 약자를 쓰러뜨리는 행위가 즐거운 비트호프에게 전투란 승리가 약속된 유희 같은 것이었다.

그 점에서 이번 상대인 가비루와 스피어는 둘이 합쳐 딱 좋은 상대였다.

하나씩이라면 심심했을 테고, 숫자로 불리함을 뒤집는다는 시추에이션도 비트호프를 흥분시켜주었던 것이다.

그러므로 원래 같으면 더 일찍 결판을 냈을 텐데도 이렇게 싸움을 즐기고 있었다.

그런 불순한 생각은 전해지기 쉽다.

가비루와 스피어는 필사적으로 승리의 실마리를 찾으면서 자신들의 실력부족을 한탄했다.

"나도 몇 번이나 강적과 싸워보았으나 귀공은 그중에서도 유독 강한 것 같군."

"호오, 그런가? 기쁜 소릴 다 하는군. 그렇다고 봐주진 않겠지만!"

비트호프의 목소리에서는 정말로 기쁨이 묻어났다.

이와는 대조적으로 가비루와 스피어가 불쾌한 듯 외쳤다.

"흥! 가소롭기는! 이제까지 진심으로 싸우지도 않은 주제에 말은 잘하는걸."

"그래. 누가 아니라나. 무인이라면 무인답게, 적을 희롱하는 짓은 하지 말라고!"

비트호프는 손속에 사정을 봐줄 생각은 없었지만, 즐거운 순간을 길게 끌고 싶었던 것은 사실이었다. 가비루와 스피어는 이를 간파하고 기분이 상했던 것이었다.

게다가 그 덕분에 아직까지 무사했으므로 더더욱 화가 났다. 적의 자만심에 도움을 받았다는 상황은 더할 나위 없는 굴욕이었다.

분개하면서도 가비루는 회복약을 마셨다.

마찬가지로 스피어도 값비싼 풀 포션(완전회복약)을 사양 않고 단숨에 들이켰다.

그런데도 두 사람의 몸에 난 무수한 상처는 회복의 조짐조차 보이지 않았다. 그 이유는 간단해서, 두 사람의 존재치가 회복약의 규정량을 초과했기 때문이다.

스피어도 칼리온이 각성한 영향으로 진화했으며, 이제는 존재치가 50만 조금 못 되는 정도까지 강화되었다. 가비루만큼은 아니더라도 상위마인이나 성기사급 인간 등과는 선을 달리 했으며, 일반인이라면 완전히 회복될 약이라도 효능이 부족한 것이다.

완전회복약의 원리는 마력요소로 세포를 활성화시키고 부족한 부분을 보완해 부위결손까지도 회복시켜주는 것이다. 그런데 가비루나 스피어처럼 세포 내의 마력요소 밀도가 높은 마인들은 한두 개의 회복약으로는 세포를 보완할 수 없는 것이다. 그러므로 두 사람은 이번 전투에서 이미 100개가 넘는 회복약을 사용했다. 다소의 부상이라면 몸에 뿌리기만 해도 효과가 있었으므로 두 사람은 이미 약으로 온몸이 침수상태였다.

"맛도 개량해줘서 다행이야. 당분간은 회복약 마시는 건 사양하고 싶어."

"동감이야. 처음에는 딸기맛도 괜찮다고 생각했지만 이젠 배가

빵빵해."

스피어는 가비루 이상으로 회복약에 의존했으므로 상당히 진저리가 나는 모양이었다.

하지만 이렇게 무사한 것만으로도 행운이다.

이것도 전부 미도레이와의 훈련 덕이다.

두 사람은 지난 몇 달 동안 미도레이를 상대로 근접전투술을 배웠다. 구사할 수 있게 된 〈기투법〉의 방어막이 없었다면 분명 회복약을 쓸 기회조차 없이 죽었을 것이다.

하지만 그 행운도 비트호프의 분위기가 변화하면서 끝나려 하고 있었다.

"어라라, 토른이 죽었어?"

비트호프가 허튼소리를 주고받던 가비루와 스피어를 무시하고 있었던 것은, 동료 중 한 사람이 프레이에게 격파당했음을 알아차렸기 때문이었다.

고착상태였던 전장에서 한쪽이 무너지면 위험하다. 이를 잘 아는 비트호프는 더 이상 놀고 있을 때가 아니라고 판단했다.

"하는 수 없구만. 이대로 천천히 해치우고 싶었지만 비장의 수를 써주지."

비트호프는 그렇게 선언했다.

결코 이제까지 놀고 있었던 것은 아니며, 생각한 것 이상으로 가비루와 스피어가 건투했을 뿐이다. 하지만 그것도 비트호프가 페이스 배분을 생각했기 때문에 성립된 균형상태였던 것이다.

칼기온의 전법이 그랬듯 여기서 전력을 다하는 것을 꺼렸던 비트호프는 여력을 남기는 전투를 하고 있었다. 하지만 이제는 동료의 패배를 계기로, 앞뒤 가리지 않는 섬멸 모드에 들어가려 했다.

"죽이겠다."

그런 중얼거림을 남기고 비트호프가 사라졌다.

각력을 살린 '순동법(瞬動法)'도 빛이 바랠 만한 순발력으로 거리를 좁혔던 것이다. 그리고 그대로 스피어에게 발차기를 날렸다.

스피어는 물론 비트호프를 눈으로 좇지 않고 『마력감지』로 움직임을 파악했다. 예전처럼 자신의 능력만으로 싸우는 스타일에서 벗어나, 확실하게 기량을 갈고 닦았던 것이다.

하지만.

비트호프의 움직임은 너무나도 빨랐다.

그것도 당연하다. 자신의 몸에 대미지가 오는 것도 아랑곳하지 않는, 진정한 전력공격이었기 때문이다.

"크헉?!"

스피어는 간신히 두 팔로 몸을 보호했으나 그 결과는 무참했다. 교차시켰던 두 팔이 부서지고 복부에 강렬한 발차기를 받아버린 것이다.

"스피어 공——?!"

발차기 자세 그대로 움직임을 멈춘 비트호프를 시야 한쪽에 둔채 가비루가 외쳤다.

자세를 잡으며 재빨리 스피어에게 눈을 향했다.

스피어는 간신히 살아있었다.

'으윽…… 겨우 일격에 스피어 공이 저런 꼴이 되다니……'

이로 인해 스피어의 전선 이탈은 피할 수 없게 되었다.

오히려 죽지 않았던 것이 다행이다. 가비루는 그렇게 판단했다.

다만 그렇게 생각한 시점에서 그 판단은 어수룩했다.

가비루는 무인이므로 쓰러뜨린 상대에게 불필요한 고통을 주는 취미는 없다. 하물며 승리가 확정된 후에 일부러 숨통을 끊는 것은 가비루의 미학에 어긋난다.

당연히 가비루도, 이곳은 전장이며 죽이는 것이 정의라 생각하는 자가 있다는 사실 또한 이해한다. 하지만 강적을 앞에 두고 불필요한 추가공격을 가하는 자는 없으리라 생각했다.

다시 말해 비트호프도 뛰어난 전사니 가비루에게 빈틈을 보일 만한 행동은 하지 않으리라고, 제멋대로 지레짐작했다.

하지만 현실은 비정했다.

비트호프는 가비루에게 등을 돌리고, 내리지 않았던 발을 그대로 스피어에게 내리찍었다.

"꺼흑."

콰직, 하는 둔중한 소리가 울리고 스피어가 피를 토했다.

비트호프의 발이 스피어의 심장을 부순 것이다. 이대로 가면 틀림없이 죽음에 이른다── 늘어난 시간 속에서 가비루는 정확하게 그 사실을 이해해버렸다.

'말도 안 돼── 이 몸에게 공격할 빈틈을 주면서까지 마무리 일격을 우선시하다니…… 아니, 이 자에게는 견뎌낼 만한 자신이 있다는 거겠지.'

그 이해는 굴욕 이외의 그 무엇도 아니었으나, 아마도 틀림없을 것이다. 가비루와 비트호프의 역량 차이라면 그 결과가 될 확률이 높을 것 같았다.

가비루는 생각했다.

마음은 지독히 거칠어졌는데도 사고는 냉정했다.

이대로 주어진 한 수에 모든 것을 걸고 승리를 좇을 것인가, 아니면——.

'망설일 필요도 없지 않은가. 리무루 님도 이 몸의 선택을 칭찬해주실 테니까!!'

결의는 한순간이었다.

과연 그 작전이 정말로 성공할지조차 도박이었다. 하지만 가비루는 망설이지 않고 자신의 힘을 믿었다.

"스피어 공을 죽게 두진 않겠다!!"

그렇게 외치며, 전우나 다를 바 없는 소중한 볼텍스 스피어(수와창, 水渦槍)를 비트호프에게 투척했다. 그리고 비트호프가 이를 피한 타이밍에 스피어에게 달려갔다.

그리고 가비루는 자신의 권능을 해방했다.

이 권능이 과연 타인에게까지 영향을 미치는지 어떤지 가비루도 확신은 없었다. 그러나 지금은 여기에 매달리는 것 말고는 스피어를 구할 수단이 남아있지 않았다.

"돌아오라, 운명이여! 이 몸의 바람을 듣고 기적을 일으켜라!!"

가비루는 기도했다.

스피어라면 반드시 부활하리라고, 그리고 자신의 권능이라면 이를 도와줄 수 있으리라고, 무아지경이 되어 굳게 믿었다.

그 결과——.

얼티밋 기프트(궁극증여)『무드메이커(심리지왕)』가 하루에 딱 한 번 발동할 수 있는『운명개변』이, 찾아와야 할 비극을 덧칠해——.

전투 중이면서도 무방비한 모습을 드러낸 가비루에게 비트호프가 의아하다는 시선을 보냈다. 하지만 이내, 창을 놓은 시점에서 승부를 포기한 것이라고 판단했다.

"멍청한 놈."

비트호프는 조롱했다.

"동료와 함께 사이좋게 해치워주지."

비트호프는 전의를 상실한 상대라 해도 봐주지 않는다. 그것은 곧 방심으로 이어진다는 것이 비트호프의 신조였다.

물론 저급 마충족에게는 감정 따위 없으므로, 애정이란 마음을 이해한 것만으로도 비트호프가 우수한 개체라는 뜻이지만, 적대하는 자에게는 위로도 되지 않을 것이다.

그리하여 전장에 한 줄기 바람이 춤을 추었다.

비트호프가 다시 힘을 해방시키고, 가비루를 노린 스핀들 킥(비상선천축격, 飛翔旋穿蹴擊)을 날렸다.

족도를 감싼 아리오니움이 둔중한 빛을 뿜고, 가비루의 운명은 스러지는 것처럼 보였다.

하지만 그 미래는 찾아오지 않았다.

운명이 개변되어 스피어가 완전부활했기 때문이다.

"위험해, 가비루 씨!"

부활하자마자 스피어는 위험을 호소하는 본능에 몸을 맡긴 채 회피행동을 취했다. 여기에 말려드는 것처럼 가비루도 그 자리에서 몸을 굴렸다.

비트호프의 발차기가 지면을 크게 파괴했으나 가비루와 스피어는 무사히 위기를 벗어날 수 있었다.

"후우, 덕분에 살았군."

"그건 내가 할 소리야. 이건 죽었구나 생각했는데 가비루 씨 덕에 목숨을 건졌어."

"음. 이판사판의 도박이었지만 성공해서 다행일세!"

위기를 모면한 안도감 때문인지 두 사람은 가벼운 어조로 말을 주고받았다.

그러나 비트호프는 건재하며, 진짜 의미에서의 싸움은 이제부터 시작이었다.

"……? 분명 죽였다고 생각했는데, 어떻게 무사한 거지?"

"나는 설명을 좋아하지만 귀공에게는 가르쳐주지 않겠네!"

"흥. 뭐, 상관없다. 다음에 확실히 해치워주지."

비트호프는 대화를 중단하고 다시 온몸에 힘을 담으려 했다. 그러나 이를 가로막듯 가비루가 웃었다.

"그건 무리일세. 깨달았네만, 귀공의 힘은 연속으로는 사용할 수 없지? 그렇지 않다면 우리와의 허튼소리에 어울려줄 이유 따위 없으니 말일세."

가비루는 자신만만하게 말했다.

비트호프의 속도는 아피트를 능가하며, 주먹이나 발차기의 위력은 계루도에게 필적할 정도로 무겁다. 게다가 급가속 후 급정지하는 변칙적인 움직임은 아피트도 흉내 낼 수 없을 만큼 절묘했다.

이를 간파하기란 지극히 어려워서 회피는 거의 불가능할 것 같았다. 그렇기에 반대로 가비루는 이를 의아하게 여겼던 것이다.

'아피트 공조차, 가속은 쉬워도 급정지는 어렵다고 했다. 히나타 공은 관성의 법칙을 마법으로 뒤틀어 불가사의한 동작을 가능케 했지만 이 자에게선 마법을 쓰는 기척이 없었다. 그렇다면 생각할 수 있는 것은——.'

특수한 권능에 의한 법칙 지배, 혹은 억지로 그렇게 만드는 것.

이 양자택일을 염두에 두고 관찰을 계속했던 가비루는, 비트호프가 공격을 멈출 때마다 육체를 『초속재생』하고 있다는 사실을 깨달았던 것이다.

다시 말해 비트호프는 물리적인 힘을 동원해 억지로 한계를 초월한 전투능력을 발휘했다는 뜻이다.

그렇다면 대처방법은 하나.

막무가내의 공격을 계속하면 비트호프는 알아서 자멸한다. 가비루는 그저 방어에 전념하며 그 순간을 기다리기만 하면 된다.

그렇기는 하지만 자신보다 강한 상대가 한계를 초월해 펼치는 공격이다. 자칫 잘못했다가는 일격에 즉사해버리는 만큼, 지나치게 위험한 줄타기를 계속하게 된다.

비트호프가 자기 몸을 희생해 사용하는 한계돌파 공격은 아피트의 몇 배나 되는 속도인 데다, 타격부위에 따라서는 일격에 가비루를 죽일 만한 위력이 있다. 팔다리라면 틀림없이 뜯겨 날아갈 것이며, 스치기만 해도 큰일이다.

그런 공격에 계속해서 대처하기란 지극히 어렵다고 생각했기에, 가비루는 비트호프 자신에게 그 전술을 재고시키려 했다.

한계돌파 공격이 없더라도 비트호프는 강하다. 트릭이 탄로 났음을 어필하면 기존의 전법으로 돌아갈지도 모른다고, 가비루는 그렇게 기대했다.

"……."

어색한 침묵.

이를 깨뜨린 것은 비트호프의 홍소였다.

"크하하하하하! 좋아, 좋아! 진짜, 약한데도 싫증 나질 않네."

그렇게 웃더니, 다시 비트호프의 분위기가 달라졌다.

"인정해주지. 그러니까 진심으로 상대해줄게!"

도박은 실패했다.

"뭐라고?!"

가비루는 큰일 났다고 생각했다.

허세를 부려 폼을 잡았으니 이제 와서 물러날 수도 없었다.

가비루의 뒤에는 스피어가 있는 것이다. 도망친다는 선택지는 애초에 없었다.

이렇게 되면 이제는 운을 하늘에 맡기고 전력을 다해 버티는 수밖에.

'하다못해 볼텍스 스피어가 내 손에 있다면…….'

리저드맨의 보물인 그 창은 조금 전에 던져버린 상태였다. 주우러 가고 싶지만 비트호프가 이를 허락해줄 것 같지가 않았다.

가비루는 각오를 했다.

온 신경을 날카롭게 가다듬은 바로 그 순간——.

"가비루 님, 이거 잊어버렸어!"

스케로우의 목소리와 함께 가비루의 손에 볼텍스 스피어가 돌아왔다.

"그 녀석도 말야, 우리하고 같이 계속 싸운 동료 아냐? 이젠 놓치지 말라고."

그렇게 스케로우가 폼을 잡으며 말했다.

"그렇고말고."

그리고 카쿠신도 고개를 끄덕였다.

"맞아맞아! 그게 있으면 가비루 님은 최강이니까 말야, 그딴 녀석, 냉큼 해치우라고!"

그렇게 야시치가 여느 때처럼 막무가내로 말했다.

손에 쥔 볼텍스 스피어까지 고개를 끄덕이듯 떨리고 있었다.

"너희들……."

가비루의 눈에 뜨거운 눈물이 넘쳐나고——.

'응? 어라아? 왜 창이 심장처럼 맥동하고 있는——.'

그렇게, 무언가 매우 중요한 사실을 깨닫기 직전.

"가비루 님, 당신을 믿어."

"그렇고말고!"

"가비루 님, 멋있는 모습 보여줄 거지?"

세 사람의 기대가 무거웠다.

그것은 이제 응원이라기보다는 궁지에 몰아넣는 것 같았으며…….

특히 야시치가 심했다.

자각 없이, 그저 천진난만하게 가비루를 몰아붙이고 있었다.

이제는 창이 어쩌고저쩌고 생각할 상황이 아니었다. 가비루는 여느 때처럼 허세를 부리며 가슴을 폈다.

그런데 그때, 평소와 다른 일이 일어났다.

스피어의 성원까지 들려온 것이다.

그리고 그것은——.

"뭐, 동감이야. 가비루 씨, 이 녀석들 말대로라고. 당신은 내가 보기에도 칼리온 님과 비슷할 만큼 멋있어."

그런, 가비루에게는 폭탄과도 같은 발언이었다.

어? 나 멋있어?

가비루의 머릿속에서 스피어의 목소리가 반복되었다.

이제 다른 생각은 들지도 않았다.

눈앞의 강적이자 위협적인 존재, 비트호프에 대한 것조차 가비루의 머리에서는 날아가버리고 없었다.

그야 어쩔 수 없다.

가비루는 이제까지 인기를 끌었던 적이 없었으니까.

물밑에서야 은근히 호의의 시선을 보내는 자도 있었지만, 가비루는 금세 기고만장하는 성격이다. 여성의 감정 변화를 알아차릴수도 없고, 괜찮은 무드로 발전할 여지도 없었다. 그렇게 되어 지금에 이르기까지 여친 없는 경력을 경신해왔다.

그런데 스피어에게서 『멋있다』라는 발언이 나왔다.

가비루의 인생에서 지금이야말로 최고로 소중한 결단의 순간이 되었다.

'말할 수밖에 없지 않은가! 이 기회를 놓치면 이 몸은 평생 여친 따위 바랄 수도 없을 테고——.'

가비루는 용기를 쥐어짜냈다.

죽음을 앞에 두면 자손을 남기려 하는 본능이 자극된다는데, 지금의 가비루도 바로 그런 상황이었으리라.

"어, 그러니까…… 그 뭐냐. 이, 이 몸도, 스피어 공을, 그, 아,

아름답다고, 그, 생각하는데…….”

뜬금없기 그지없는 이 전장의, 절망에 탄식해야만 하는 이 타이밍에, 스피어에 대한 고백을 입에 담았다. 담고 말았다.

용기가 순식간에 고갈되어 목소리가 점점 작아져버린 것은 애교. 마지막까지 고백의 말을 끝내지 못한 것도 가비루답다고 할 수 있다.

하지만.

그런 한심한 가비루의 마음은 놀랍게도 스피어에게 통했던 것이다.

“어?! 지, 진짜……? 나 귀여워?”

아름답다고 했지 귀엽다고는 하지 않았다.

스피어 또한 이 극한상태에서 갈팡질팡했던 것이다. 그 증거로 어조도 평소의 남자 같던 말투에서 확 바뀌어버렸다.

어떤 의미에서는 잘 어울리는 두 사람이었다.

“어, 바로 그렇다네!”

가비루, 여기서 부정하지 않았던 것은 정답이다.

부정해버렸다면 운명 또한 달라졌을 것이다. 하지만 정답을 선택하면서 가비루에게 행운의 여신이 찾아와주었다.

“하, 하는 수 없구만, 가비루 씨. 지금은 거시기하니까, 저놈을 해치우고 이 전쟁이 무사히 끝나면, 상으로 쪽 해줄게!”

들떠버린 스피어는 자신이 무슨 말을 했는지 이해하지 못한다. 분위기에 휩쓸려 터무니없는 선언을 해버렸지만, 그런 것도 깨닫지 못했다.

하지만 가비루는 달랐다.

분명히, 스피어의 말을 마음에 새겼던 것이다.

'엥? 쪽? 이 몸에게 창피를 준다는 그런 의미가 아니라, 키스, 라는 의미에서 쪽 해준다는 말인가?!'

전대미문의 대사건이었다.

이것은 매우 심각한 일이라고, 가비루의 뇌내가 풀가동해 대공황에 빠졌다.

그런 가비루를 야시치, 카쿠신, 스케로우 삼인방이 추켜세워줬다.

"가비루 님 인기 짱이네!"

"휘익~!! 이거 놀랐는데. 할 때는 하는 남자라고 생각했지만 전장에서 고백이라니 대담하기도 하시지!"

"그렇고말고! 이거야말로 남자의 모습 그 자체!!"

『아앗싸 가비루! 아앗싸 가비루! 아앗싸~!!』

여느 때처럼 가비루 응원이 터져나와 이제는 멈출 수도 없었다.

가비루는 생각을 포기하고, 몸은 제멋대로 움직였다.

몇 번이고 되풀이한 탓에 조건반사가 되어버린 것이다.

그리고 행복 가득한 망상에 젖어버렸다.

'음후훗! 이 몸에게도 마침내 여친이 생기는구나. 인기 있는 남자는 괴롭구나!!'

마음이 너무 앞서나갔지만, 가비루의 망상이므로 누구에게도 들키지는 않았다.

그런 가비루를 보며 견딜 수 없는 자가 있었다. 비트호프였다.

처음에는 함정이라 생각해 상황을 지켜보았으나, 뒤늦게 나타난 세 사람은 지원할 기미도 없었다.

그건 그거대로 다행이었다. 비트호프는 억지로 몸을 움직여 실력 이상으로 전투능력을 높였기 때문에 실제로는 여유가 없었기 때문이다.

물론 『초속재생』으로 부상은 금방 치유되지만, 에너지 소모가 극심한 것이 문제였다. 무리를 하지 않도록 체력을 회복시키며 단숨에 해치우고자 생각했다.

가비루 일당의 꽁트를 용납했던 것은 그런 이유이기도 했다.

그리고 지금, 체력은 완전히 회복되었다.

더 이상 봐줄 필요는 없다고, 비트호프는 가비루에게 맹공을 재개했다. 그렇다기보다 이 일격으로 끝낼 생각이었다.

'나를 무시하고 뭔지 모를 소리나 늘어놓고 앉았다니. 좋아. 분수를 가르쳐주마!'

그렇게 분노에 몸을 맡긴 채 비트호프는 가비루에게 필살의 스핀들 킥을 날렸다.

그러나.

이때 놀랄 만한 일이 일어났다.

"에잇, 방해하지 마라!! 지금 이 순간이 바로 이 몸에게는 일생일대의 중요한 장면이란 말이다!!"

그렇게 외친 가비루가 비트호프를 창으로 강타했던 것이다. 그것만으로도 비트호프는 꼴사납게 날아가버리고 말았다.

그것은 믿기 힘든 사건이었다. 비트호프는 경악해 모든 겹눈을 크게 뜨고 외쳤다.

"네놈, 뭘 한 거냐?!"

하지만 가비루는 듣고 있지 않았다.

"스, 스피어 공, '쪽'이란 건 바로 그런 뜻이겠지?!"

질문을 받은 스피어는 자신이 무슨 말을 해버렸는지 이해했다.

완전히 부끄러워졌지만 이제 와서 물러날 수도 없다.

"그, 그럼. 그거지, 그거."

별로 대단한 건 아니라고 자신을 타이르듯 그렇게 말했다.

몇 번이나 고개를 끄덕이는 가비루.

"알겠소! 나는 전심전력을 다해 승리하겠다고 선언하겠소!!"

가비루는 의욕이 넘쳤다.

절망 따위 이미 사라져버렸다.

이길 수 있을지 어떨지가 아니라, 이긴다. 그런 기백으로 비트 호프를 노려보았다.

"잔챙이 주제에, 날 우습게 보지 마라."

그런 가비루의 태도에 비트호프가 분개했다.

자신보다도 훨씬 약한 주제에 건방지다고 생각하며. 하지만 동시에 조금 전 일어났던 불가사의한 현상을 잊지는 않았다. 단순한 우연이라고는 생각하지만, 만에 하나를 생각해 경계했다.

'정말로 우연인가? 나는 몇 번이나 죽일 작정으로 공격했다. 조금도 봐주지 않았고, 해치웠다는 반응조차 있었다. 그런데 이놈들은 어떻게 살아있지?'

이것은 단순한 우연이 아니리라고 비트호프의 본능이 그렇게 간파했던 것이다.

이것은 생각했던 것보다도 위험하다고, 방심하지 않은 채 자세를 잡는 비트호프. 반면 가비루는 여친이 생겼다고 들떠 있었다.

마음가짐이 전혀 달랐다.

이래서는 비트호프가 불쌍하지만, 세상일이란 항상 부조리한 법이다.

"간다!"

가비루가 표정을 빠릿빠릿하게 다잡으며 목소리를 높였다.

이에 말없이 대처하는 비트호프.

그리고 다음 순간.

두 사람이 다시 교차했다.

손속에 사정을 봐주기는커녕 전력을 넘어선 힘을 담아 초속비상으로 온몸을 회전시키는 비트호프. 그 모든 힘이 두 주먹 끝에 튀어나온 아리오니움 독침에 집약시킨── 이것이 바로 비트호프의 필살오의, 스핀들 니들 스피어(비상선천침격, 飛翔旋穿針擊)였다.

반면 가비루는 기본에 충실하게 볼텍스 스피어를 들고 있었다. 당황하지도 소란을 피우지도 않고, 지긋이 비트호프를 가늠하며 필살의 일격을 날렸다.

커다란 두 줄기의 소용돌이가 꿈틀거리며 전장에서 충돌했다.

그리고 그 결과, 쓰러진 것은 비트호프였다.

"볼텍스 크러시(와창수류격, 渦槍水流擊)!!"

가비루의 필살기가 비트호프를 꿰뚫었다.

"굉장해!"

"가비루 님, 멋있어!"

"음, 훌륭하도다!!"

삼인방이 놀라워하며 칭송하는 것도 당연했다.

조금 전까지 고전했던 건 뭐였냐고 생각될 정도로, 가비루의 공세는 압도적이었다.

비트호프에게는 방심도 자만도 없었다. 그런데도 이 결과라니.

그 비밀은 볼텍스 스피어에 있었다.

가비루는 스피어에 대한 고백으로 머리가 꽉 차 깨닫지 못했지만, 위기상황 속에서 볼텍스 스피어가 갓즈(신화)급으로 진화했던 것이다. 그리고 당연히 가비루는 주인으로 인정받았다.

그 결과, 가비루의 존재치는 총합에서 비트호프를 웃돌게 되었다. 기량으로는 거의 호각이었고, 결국 가비루가 승리를 거두었다.

『가비루! 아앗싸 가비루! 아앗싸!!』

삼인방의 성원을 받으며 가비루가 승리의 환호성 속에 춤을 추었다.

이를 바라보는 스피어도 활짝 웃고 있었으나, 문득 바로 조금 전에 나누었던 약속을 떠올리고 얼굴을 새빨갛게 물들였다.

그런 스피어의 모습을 본 가비루도 얼굴을 붉히고, 두 사람은 서로 마주 본 채 굳어버렸다.

"아무래도 우린 방해만 되는 것 같은데."

"그렇고말고."

"힘내쇼, 가비루 님!"

그런 말을 남긴 채 삼인방은 재빨리 떠나가버렸다.

가비루와 스피어는 둘만 남겨놔도 곤란하다고 생각했지만, 의외로 두 사람은 서로 잘 어울리고⋯⋯.

전장에서의 흔들다리 효과도 편을 들어주어, 서로 솔직해지기까지 시간은 그리 오래 걸리지 않았다.

이리하여 가비루에게도 봄이 찾아왔다.

각설하고, 총장 토른의 죽음이 계기가 되어 전장의 양상이 크게 달라진 셈이었지만, 그것은 딱히 가비루와 스피어에게만 국한된 이야기는 아니었다.

칼리온, 미도레이, 오베라 세 사람도 전장에서 파워 밸런스가 무너지는 것을 경계하며 계속 정황을 주시했던 것이다. 이 타이밍에 승부를 내리기로 결단을 내렸다.

먼저 움직였던 것은 칼리온이었다.

"헹, 프레이가 이겼나? 뭐 당연한 거지만, 나도 지고만 있을 수는 없지."

대담하게 웃으며 아바르트를 노려보았다.

수족이 많은 아바르트는 근접전투만이 아니라 마법전투까지 능숙했다.

아리오니움에 이른 외골격에 덮인 가느다란 팔은 자유자재로 늘어나고, 창보다도 날카롭게 적을 꿰뚫는다. 그것만이 아니라 빈손으로 수인을 맺어 주문을 외우지 않고도 마법을 구사할 수 있다.

이렇게 마법과 독자적인 체술을 조합한 전법으로, 언뜻 보면 칼리온이 곤경에 처한 것처럼 여겨졌다.

그러나 실제로는 달랐다.

칼리온은 기회를 엿보고 있었던 것이다.

필살기인 버스트 로어(수왕섬광후, 帥王閃光吼)를 어떻게 아껴두었다가 피해를 적게 입으면서 쓰러뜨릴 수 있을지. 그것을 생각하며 칼리온은 아바르트의 약점을 찾고 있었다.

　싸움이 시작된 직후, 칼리온은 자신 쪽이 유리함을 깨달았다. 그렇다고 해서 느긋하게 관망했던 것은 아니다.

　아바르트의 실력은 진짜였으며, 방심하면 칼리온이라 해도 쓰러지고 말 우려가 있었다. 게다가 승부를 서둘렀다가 불필요한 부상을 입는 것도 무언가 위험하다는 예감이 들어 피하고 있었다.

　사실은 그것이 정답이었다. 아바르트는 체력이 다해가면 폭주 상태에 빠져 공격력과 회복력이 3배로 늘어나는 특수개체였다. 그렇게 됐을 경우 칼리온도 고전을 면할 수 없었으며 최악의 경우 패배를 맛보았을 것이다.

　하지만 이를 야생의 감으로 간파한 결과 위험을 덜 감수하고 전선을 유지할 수 있었다. 게다가 아바르트의 버릇까지 간파했다.

　마법을 다시 사용할 수 있게 될 때까지 걸리는 시간과, 팔을 창처럼 뻗은 다음 원래대로 되돌리기까지의 시간을 파악한 칼리온은 아바르트가 그 두 가지를 동시에 발동하기를 기다리고 또 기다렸다. 그리고 마침내 그 순간이 찾아왔다.

　프레이가 충장 토른을 쓰러뜨린 것이 계기가 되어, 아바르트가 조바심을 보였던 것이다.

　"오래 기다리게 했구만. 비스트 로어(수마립자포, 獸魔粒子砲)!!"

　아바르트의 몸통을 칼리온의 기술이 꿰뚫었다. 그대로 마립자가 발하는 섬광은 효과범위를 넓혀, 아바르트를 완전히 집어삼켰다.

미도레이는 매우 냉정하게 전장을 부감하고 있었다.

눈앞에 선 충장 사릴 따위 안중에도 없었다.

미도레이는 자신의 육체를 완벽하게 제어했으며, 항상 일정한 힘 이상을 내지 않았다. 싸울 상대와 같은 수준까지 조정해서 더욱 순수하게 전투행위를 즐기고 있었을 정도다. 그 점만을 본다면 디아블로와 동류라고 할 수 있으리라.

그런 미도레이이기에 이번에도 사릴을 상대로 사고를 쳐버렸다.

"흠흠. 좀 더 과감하게 파고들어야지. 귀공은 그 독에 자신감이 있는 모양이지만 내게는 통하지 않는다네. 그 독꼬리에 의존한 공격 스타일이 통하지 않는다면, 글쎄, 어떻게 할 생각인가?"

그렇게 사릴을 도발해댔다.

"젠장, 건방지게!"

미도레이에게 희롱당한 사릴은 머리끝까지 화가 났다.

하지만 그 분노로 위력이 올라가기는 했어도 맞지 않으면 의미가 없다. 행동이 단조로워진 사릴은 미도레이의 의중에 빠지고 말았다.

결정타를 꽂기만 하는 거라면 간단했다. 미도레이가 그러지 않았던 것은 전장을 뒤덮은 불길한 기척을 알아차렸기 때문이었다.

'이 끈적거리는 기척은 뭐지? 흐음. 내 힘을 찾고 있군. 호오, 관심을 잃었나? 다시 말해 나 따위 언제든 죽일 수 있다는 뜻이렷다…….'

그 기척은 마치 미도레이가 숭상하는 밀림을 방불케 하는, 그런 존재감을 풍겼다.

하지만 밀림에게 있는 그런 온기 따위는 조금도 없었다.

냉정하고, 모든 감정이 떨어져 나간 듯한…… 그런 불길함이 느껴지는 기척이었다.

미도레이는 그 정체를 캐내기 위해 일부러 사릴을 살려두고 있었다.

'흐음. 오베라 공은 역시 대단하군. 나와 마찬가지로 이 기척을 알아차렸어.'

오베라 또한 대치한 충장을 쓰러뜨리지 않은 채 전장의 동태를 살피고 있었다.

당장이라도 쓰러뜨릴 만한 역량의 차이가 있으므로 미도레이와 목적은 같다고 생각해도 틀림없을 것이다.

다른 자들은 알아차리지 못한 듯했다.

적장 제스를 상대하는 카레라는 말할 것도 없다. 남이 개입할 여지 따위 없는 격전을 펼치느라 쓸데없는 일에 관심을 둘 여유는 없는 모양이었다.

계루도 또한 마찬가지다.

거대 지네를 의인화한 듯한 충장은 피리오드에 버금가는 존재치를 자랑했으며, 계루도와 거의 동등하게 보였다. 다른 데 신경을 쓸 여유 따위 없어도 이상하지 않았으므로, 미도레이는 쓸데없는 걱정을 끼치고 싶지 않을 거라고 생각했다.

피리오드를 상대하고 있는 고부타와 란가의 콤비는 눈앞의 적이 너무 고위의 존재라 그럴 상황이 아닐 것이다.

그러나 이 콤비가 와주어서 정말로 다행이라고, 미도레이는 진심으로 감사했다. 그대로 두었더라면 포비오와 에스프리의 목숨은 없었을 테니, 미도레이도 구출하러 나가야 하지 않을까를 생각하고 있었다. 하지만 전장에 떠도는 불길한 기척이 신경이 쓰여 움직이려야 움직일 수가 없었다.

나중에 수행에 함께 어울려줘야겠다고, 고부타의 입장에서 보자면 쓸데없는 참견이라고 여겨질 만한 보은을 생각했다.

그렇게 되어, 고착상태가 오랫동안 이어졌으나 상황이 마침내 움직이기 시작했다.

프레이가 충장 토른을 쓰러뜨린 것을 계기로, 가비루가 비트호프를, 칼리온이 아바르트를 각각 물리쳤던 것이다.

미도레이는 전장에 충만한 사위스러운 기척이 더욱 농밀하게 위험도를 더해가는 것을 감지했다.

이유는 알 수 없지만 무언가 좋지 않은 일이 일어나고 있다. 그렇게 확신하고 마음을 다잡았다.

동료인 칼리온과 프레이 또한 상대하던 충장을 쓰러뜨리고 겨우 불길한 기척의 존재를 감지한 듯했다. 아니, 본능적으로는 깨닫고 있었겠지만 지금이 되어서야 겨우 확신을 얻었다고나 할까.

'그 두 분도 아직 멀었군. 싸우는 모습은 그래도 나아졌지만 좀 더 주위에 눈을 돌릴 수 있어야지. 안 그러면 밀림 님을 따라가기 힘들 텐데.'

상당히 신랄한 평가였지만 그것이 미도레이의 숨김없는 본심이었다.

"케케케. 감히 나를 얕봤겠다. 이건 비장의 수지만, 뭐, 상관없지."

전혀 자신에게 관심이 없는 듯한 미도레이에게 사릴이 폭주했다. 자신의 몸에 독꼬리를 박아, 자신의 의지로 오버드라이브(폭주강화상태)를 발동시킨 것이다.

"흠……."

힘도 속도도 몇 배로 치솟은 사릴이 상대라면 아무리 미도레이라 해도 놀고만 있을 여유는 사라진다. 매우 언짢은 예감을 가슴에 품으면서도 승부를 끝내기로 했다.

진심을 다한 미도레이는 강했다.

짓쳐드는 사릴을 질량이 있는 오라(투기)로 묶어 움직임을 봉해버렸다. 그대로 아무것도 못 하게 된 적에게 필살의 정권지르기를 날리자 사릴의 몸은 산산이 부서져버리고 말았다.

그야말로 일격필살.

밀림의 놀이 상대가 될 만한 강자로서 체면이 설 만한 활약을 보여준 셈이었다.

하지만 미도레이의 표정은 어두웠다.

"이거 안 되겠는데. 역시 오한이 점점 강해지고 있어."

그렇게 중얼거린 미도레이는 어느샌가 먹구름이 끼기 시작한 하늘을 올려다보았다.

사릴을 죽인 것은 실수였다고, 그의 뒷모습이 말하고 있었다.

●

미도레이가 추측한 대로 오베라 또한 위기감을 품고 있었다.

'역시 이상해. 적에게서 느껴지는 압력이 개전 직후로부터 전혀 변하질 않아…….'

두 팔의 아리오니움 외골격을 미세하게 진동시켜 만물을 절단하는 흉악한 티스혼을 상대하며 마치 어린아이처럼 가지고 놀던 오베라. 그런 그녀가 티스혼에게 마무리 일격을 가하지 않았던 것은 미도레이와 같은 의구심을 품었기 때문이었다.

전장에서는 수많은 목숨이 사라지고 있다.

아군의 피해는 회복약을 써 최소한도로 억제하고, 교대요원과 즉시 자리를 바꾸어 사망자는 나오지 않고 있었다. 하지만 인섹터의 군세는 소모 따위 아랑곳하지 않는 맹공격을 펼쳤으므로, 전력은 이미 당초의 절반 이하로까지 줄어든 상태였다.

그런데도 오베라가 『초직관』으로 느낀 적의 전력은 전혀 쇠하지 않고 건재했다.

이 위화감이 확신으로 바뀐 것은 프레이가 토른을 쓰러뜨린 순간이었다.

적장의 일각이 죽었음에도 아무 변화가 없었던 것이다. 그것은 다시 말해 충장의 죽음까지도 인섹터라는 군세에 영향을 미치지 않는다는 것을 뜻하며—— 아니, 그보다도 더 안 좋을지도 모른다.

잘못하면 충장의 죽음 그 자체가 적의 책략 중 하나일 가능성마저…….

'설마, 아무리 그래도 그건——.'

아니겠지, 라고는 단언할 수 없었다.

과거에 동료 자라리오가 푸념을 늘어놓았던 적이 있다.

놈들은 정말로 집요해서 난감해. 괜히 쓰러뜨려도 성가시니까 장소를 골라야 하고 말이지——.

그때는 과묵한 자라리오가 이럴 때도 있구나 싶어 피곤하겠다는 생각밖에 하지 않았지만, 지금 돌이켜보면 그 발언의 의미는 매우 중요했다.

인섹터의 상대는 자신의 업무가 아니라고 선을 그었기 때문에 처음부터 상담에 응할 마음 따위 없어 제대로 이야기를 듣지 않았다.

그것은 오베라만의 문제가 아니며, 펠드웨이를 필두로 한 팬텀(요마족) 전체의 나쁜 버릇이기는 했으나, 큰 문제 정도는 서로 정보를 공유했어야 한다고 오베라는 반성했다.

그러나 이미 새삼스러운 이야기다.

적의 정보를 전혀 모르는 이상 임기응변으로 최적의 대응을 모색해나갈 수밖에 없다. 그렇게 생각한 오베라는 티스혼을 상대하며 계속 전장의 분위기를 관찰하고 있었다.

그렇게 결정적인 한 수를 얻지 못한 채 전황이 단숨에 움직이고 말았다.

토른에 이어 비트호프가 쓰러지고, 아바르트도 죽었다. 이만한 적장이 쓰러져도 적측의 전력은 조금도 줄어들지 않았다. 여기까지 결과가 나오면 이제는 이것이 적이 강구한 책략의 일환임을 의심할 여지는 남지 않았다.

'위험해. 이 이상은 충장을 쓰러뜨리지 않는 게——.'

쓰러뜨려야만 할 적이기는 하지만 그보다도 우선시해야 할 것은 안전책이다. 예측하지 못한 사태가 일어나고 있다면 조바심 내지 말고 불안의 요인을 제거해야만 한다.

그렇게 판단한 오베라가 경고를 입에 담으려 했으나, 조금 늦고 말았다. 그 시점에서 미도레이까지도 사릴을 해치워버리고 말았던 것이다.

남은 충장은 오베라가 대치하고 있는 티스혼, 게루도가 붙들어 놓고 있는 무지카, 고부타 & 란가가 고전하고 있는 피리오드, 그리고 마지막으로 카레라와 차원이 다른 전투를 펼치고 있는 제스 네 마리뿐. 이미 반수가 쓰러져버렸던 것이다.

좋지 않은 일이 일어날 것 같다고, 오베라의 가면 같은 표정이 한순간 흐려졌다. 그것을 놓치지 않고 티스혼이 웃었다.

"호호호, 눈치챘나 보네요. 하위 충장 따위 어차피 엑스트라. 그분의 힘이 있으면 있으나 없으나 대국에는 영향 따위 없답니다."

그 말대로, 티스혼은 상위 충장이었다. 제4위의 실력자다.

티스혼의 존재치는 180만 이상이며, 비트호프와 별로 다를 바가 없었다. 그래도 그녀가 긴 시간에 걸쳐 십이충장 상위 간부를 맡고 있다는 사실이야말로 실력을 증명해주고 있었다.

"마구베기(천렬차원참, 千烈次元斬)."

티스혼의 두 팔에서 뿜어져 나오는 충격파가 절단면이 되어 종횡무진 만물을 갈랐다. 그 영향은 차원에까지 미쳐, 차원단열은 세계의 치유력으로 순식간에 회복되지만, 파단면 위에 존재했던 물질이 이를 견디기란 불가능했다.

그것은 물론 오베라조차 예외가 아니었다.

물론 오베라는 한눈에 이를 간파해 그런 공격을 맞을 만한 실수 따위 저지르지 않았지만, 그래도 티스혼이 위협적이라는 사실은 인식했다.

그 점도 더해져 피해가 최소한이 되도록 움직였는데, 그것이

긍정적인 결과가 될지 부정적인 결과가 될지, 지금 단계에서는 판단이 서지 않았다.

"마구베기."

다시 티스혼이 기술을 펼쳐 흉악한 충격파가 날아왔다.

이를 여유롭게 회피하면서도 오베라는 슬금슬금 조바심을 내기 시작했다.

"통하지도 않는 공격을 바보처럼 몇 번이나 반복하는군요."

"호호호, 재미있는 말씀을 다 하시네요. 통하는지 아닌지 판단하는 건 당신이 아니라 저랍니다."

티스혼의 대답은 지당했다.

적의 말을 믿는 바보는 없다. 통하지 않는다고 생각한다면 이미 그만두었을 것이다. 효과가 있다고 생각하기에 티스혼은 같은 공격을 되풀이하는 것이다.

그리고 오베라 또한 그것이 마음에 들지 않았기에 쓸데없다고 도발해 막으려 했던 것이었다. 이것이 실패로 돌아가 오베라는 티스혼을 재평가했다.

'담담히 최적의 행동을 취하는 점에서 정말로 싸움에 익숙하군요. 이기는 것만이라면 간단하겠지만 죽이지 않고 무력화하려면 나도 힘들겠어요…….'

오베라는 이미 티스혼의 실력을 간파하고 있었다. 그녀와 티스혼의 실력 차는 컸으며, 틀림없이 상대가 하수라고 판단할 수 있었다. 다만 그것은 오베라가 미카엘과의 전투에서 부상을 입지 않았을 때의 이야기였다.

오베라의 외상은 전부 치유되어 컨디션에 문제가 없는 것도 사실이다. 하지만 잃어버린 에너지의 보급은 완료되지 않았으며, 만전이라고는 하기 힘든 상태였다.

그렇지 않았다면 티스혼을 이미 무력화했을 것이다. 그러지 못했기에 지금의 결과가 있는 것이다.

그래도—— 이미 망설일 시간은 남지 않았다.

"주군, 지켜봐 주세요!!"

티스혼이 그렇게 외친 것과 동시에 그녀의 전투능력이 대폭 상승했다. 충장 사릴과 마찬가지로 자신의 의지에 따라 오버드라이브를 일으킨 것이었다.

다만 사릴과 다른 점이 있었다.

티스혼은 오버드라이브를 완전히 제어했으며, 제한시간을 유용하게 활용할 수 있었다.

"마구베기—— 종언의 춤."

그것은 이제까지와는 비교도 되지 않는 공격이었다.

그야말로 1만이 넘는 차원단열이 발생했으며, 그 절사공간에서는 어떤 사람도 벗어나기란 불가능하다고, 그렇게 여겨질 만큼 장절한 광경이 펼쳐졌다.

이에 오베라가 취한 행동은—— 그 자리에서 도망치는 것도 아니고, 당당히 서 있을 뿐.

아니, 그렇지 않았다.

오베라는 티스혼의 무력화를 포기하고 전력을 다하기로 결단을 내렸던 것이다.

"'신기' 해방."

가볍게 고하는 오베라.

그것이 오베라가 전력을 다하겠다는 신호였다.

그녀의 온몸에 두른 갓즈급 장비들이 별의 광채를 되찾았다. 오베라의 마력이 순환하면서 본래의 성능을 충분히 회복한 것이다.

그리고 오베라의 손에는 거대한 양날검이 들려 있었다.

그것이 바로 '비스트 슬레이어(거수사냥의 대검)'—— 오베라가 애용하는 장검이 진정한 모습으로 변화한 결과였다.

오베라의 숙적인 클립티드(환수족, 幻獸族)를 상대할 땐 사정을 봐준다는 생각 따위 버려야만 한다. 그런 어수룩한 소리를 했다가는 피해가 그칠 줄 모르고 늘어나기만 하기 때문이다.

항상 전력을 다해, 최적효율에서 오는 제거를 가슴에 새겨두고 있었다. 그렇기에 오베라가 한번 싸우기로 결심했다면 주위에 미치는 피해 따위 상관하지 않고 적을 멸살하는 것 말고는 없었다.

그리고 지금, 존재치 2천만이 넘는 그녀의 진가가 발휘되려 했다.

"호호호, 이제 와서 진심으로 싸워봤자 이미 늦었어요!"

티스혼의 말대로 이미 오베라는 절사공간에 갇혀 있었다. 티스혼의 방해 때문에 『공간전이』로 도망치는 것도 봉쇄되었으므로 그녀의 몸이 갈라져 나가는 것을 피할 방법은 없었다.

그랬어야 했다.

하지만 결과는——.

"애들 장난처럼 유치한 공격이군요."

실제로 직격한 차원참에 공간이 갈라졌다. 그런데도 공간이 원래대로 회복되자 오베라의 몸 또한 원래 그대로 깔끔하게 복원되는 것이었다.

"이, 이럴 리가?!"

"내 육체는 물질세계만이 아니라 정신세계에도 이어져 있으니까요. 이 정도는 아무렇지도 않아요."

오베라는 담담히 설명하면서, 다음은 자신의 차례라는 양 마력을 높여나갔다.

'비스트 슬레이어'가 빛났다.

그 위험한 빛을 보며 티스혼은 태어나서 처음으로 생겨난 감정에 당혹감을 느꼈다.

'몸이 떨린다. 설마, 설마 내가 공포에 떨고 있다고? 겁을 먹고 있다고?!'

그 사실을 이해하기는 했지만, 새삼스러웠다. 이제는 티스혼이 할 수 있는 일은 남지 않아——.

"사라져가는 자여, 아름답게 흩어지거라! 플라네테스 보밍(극성 폭격패, 極星爆擊覇)!!"

하늘에서 무차별로 쏟아지는 대질량의 참격이 무자비하게, 그러나 공평한 죽음을 뿌려댔다. 여기에 말려든 티스혼 또한 강자의 관록을 보여주지도 못한 채 티끌이 되어 사라졌다.

●

게루도는 분투했다.

맞서는 적은 충장 무지카였다.

무사의 갑주처럼 현란한 색깔의 갑각을 몸에 두르고, 태도(太刀)를 두 손으로 휘두르는 무인 타입의 인섹터였다.

무지카의 실력은 게루도와 막상막하였다.

두 사람은 한 발도 양보하지 않았다.

그리고 그들의 부하들 또한 일진일퇴를 반복했다.

철벽의 방어선을 유지하는 옐로우 넘버즈 및 오렌지 넘버즈는 무지카가 이끄는 몸길이 30미터 이상의 거대 지네 무리를 밀어냈다. 체격 차가 있으므로 한 마리에게 팀을 짜 대처하고 있었다.

부상을 입으면 회복약으로 치유하고, 피로가 쌓이면 후방의 멤버와 교대해 무리하지 않도록 하며 전선을 유지했다. 그것은 그야말로 평소부터 이어져 온 훈련의 산물이었다.

그렇게 몇 시간이 지나도록 고착상태가 이어졌는데, 특필할 만한 것은 역시 게루도와 무지카의 1 대 1 대결이리라.

일류 무사 뺨치는 실력으로 태도를 휘두르는 무지카. 그의 높은 기량으로 추측건대 독자적으로 편찬한 기술이라고는 여겨지지 않았다.

'이계'에도 전생자가 있었으리라 생각하지만 그것은 아무래도 상관없는 이야기다. 확실한 것은 무지카가 강적이라는 점이었다.

게루도는 대형 방패로 태도를 받아냈다. 그 방패 또한 게루도와 일체화해 갓즈급에 이른 명품이다. 게루도의 피와 살이나 마찬가지였으며, 인섹터의 외골격과 비슷한 성질로 변화했다.

그렇기에 다소의 대미지 따위 즉시 수복되었다.

대기가 흔들리고 플라즈마가 흩어질 정도의 충격이 내달렸지만 게루도는 태연한 표정을 무너뜨리지 않았다. 답례라는 양 미트 크래서로 무지카를 휩쓸었다.

그런데 무지카 또한 대단해서, 이를 예측하고 태도로 받아 흘려내는 것이었다. 그것만이 아니라 갑주의 틈새에서 무수한 다리가 튀어나와 게루도를 꿰뚫으려 연격을 펼쳤다.

위기일발처럼 보였던 게루도가 취한 행동은 『마왕패기』로 응전하는 것이었다.

얼티밋 기프트 『벨제부브(미식지왕)』로 『부식(腐食)』 효과가 부여된 게루도의 오라——『카오스 이터(혼돈식, 混沌喰)』는 그 자체가 의지를 가진 것처럼 불규칙적인 움직임으로 무지카의 바디를 물어뜯었다.

무지카의 다리도 지지 않겠노라고 사악한 오라를 두르고 게루도의 카오스 이터를 상쇄했다.

이러한 공방이 펼쳐져 아직까지 결판이 나지 않는 상황이었던 것이다.

하지만 그런 싸움도 갑자기 끝을 맞았다.

"흐음. 티스혼까지 죽었나. 설마 이렇게 될 줄은. 이 지역의 전력이 이 정도였을 줄은 몰랐는데, 이로써 그분의 준비도 끝났군."

"음?"

"아니, 귀공과는 상관없네. 소인과 이렇게까지 맞설 수 있는 무인과는 오랜만에 조우했으나 참으로 아쉽군. 좀 더 무용을 겨루어보고 싶었네만, 슬슬 물러나야 할 때가 됐네."

무지카는 일방적으로 그렇게 말하고는 게루도에게서 거리를 벌렸다. 그리고 살아남은 마충들을 데리고 후퇴할 태세를 보인 것이다.

이를 보고도 경계를 늦추지 않는 게루도.

하지만 그때 게루도 또한 깨달았다.

'이건, 전장의 공기가 이상한데. 이 맹렬한 오한은 무언가가 일어날 조짐인가……?'

그리고 이제까지 깨닫지 못했던 것이 이상할 정도로, 그것은 압도적으로 위험한 예감을 내포한 것이었다.

게루도는 하늘을 올려다보았다.

먹구름이 소용돌이치고 누군가가 현현하려는 기척이 있었다.

"전원, 온 힘을 다해 경계태세를 유지하라!!"

게루도의 호령에 치료 중인 자까지 움직였다.

평소 보지 못할 만큼 귀기가 서린 게루도의 모습에, 전투는 끝나지 않았음을 모두가 이해했던 것이었다.

●

포비오를 구출하자마자, 고부아는 전선을 재건하는 데 혈안이 되었다.

베니마루의 지도 덕에 고부아는 일류 지휘관으로 성장했다. 미궁 내에서 대규모 전투훈련을 벌이면 온갖 처참한 전술도 운용하고 훈련할 수 있었으므로 어지간한 전술가 따위 따라오지 못할 만큼 경험이 풍부했다.

고부아가 맡은 '쿠레나이(홍염중)' 300명 또한 고부아와 함께 성장한 역전의 용사다. 일일이 명령하지 않아도 고부아의 뜻을 헤아려 최적의 행동을 취한다.

숫자만 보면 소수의 원군이지만 전황은 크게 개선되었다.

아울러 지휘관의 유무는 그것만으로도 전황에 영향을 미치는 법이다. 포비오가 전선에 복귀해 지휘를 맡게 되면서 '비수기사단' 또한 활기를 되찾았다.

이리하여 밀림의 세력이 조금씩 우세해지고 있었는데…….

그렇게 호전된 상황 속에서 고부타는 죽어가고 있었다.

대치한 피리오드가 믿겨지지 않을 만큼 위험한 자였던 것이다.

독무는 독 내성이 있는 고부타라 해도 즉사할 수준의 극독이었다. 들이마시면 죽는 그런 시시한 수준이 아니라, 닿기만 해도 피부가 녹고 살이 타들어가는 물건이었다.

살짝 피부에 스치기만 해도 격통이 온몸을 내달렸다. 그 덕분에 고부타는 그 독무의 위험성을 깨달았다.

그리고——.

'잠깐, 위험! 죽겠, 이대로 가다간, 틀림없이 성불할 겁니다요!!'

라고 전투를 개시한 지 30초도 지나지 않아 판단했던 것이었다.

그러므로 망설이지 않고, 응원하러 달려와 준 란가에게 부탁해 비장의 수를 쓰기로 했다.

"마랑합일(魔狼合一)!!"

참전하자마자 란가와 『동일화』했던 것이다.

이리하여 고부타와 란가는 사위스러운 두 개의 뿔을 가진 인간형 흑랑으로 변신했는데, 이것은 정답이었다. 이 판단이 조금이라도 늦어졌다면 란가는 둘째치고 고부타는 전사했을 것이다.

"자아~ 그러면 해보겠습니다요!"

『고부타여, 나의 힘을 마음껏 휘두르거라.』

그렇게 처음에는 의욕 충만했던 두 사람도, 이내 기세가 깎여나갔다.

이유는 간단했다. 피리오드가 강해서였다.

고부타와 란가는 『동일화』했다고 전투능력이 그렇게까지 크게 증가하지는 않는다. 란가의 잠재능력과 고부타의 전투 센스가 더해져, 단순 합산 이상의 힘을 발휘할 수 있게 될 뿐이었다.

그렇다기보다 고부타의 존재치는 그리 크지 않기 때문에, 숫자로는 거의 변화하지 않는 것이나 다름없었다.

반면 피리오드는 위치 자체가 으스스한 존재였다.

존재치의 크기는 『동일화』한 고부타 & 란가의 1.5배 이상이나 되는 680만으로, 제스에 버금가는 제2위를 자랑했다.

그것만이 아니라 카레라의 '어비스 어나이얼레이션'조차 반사시킬 정도로 터무니없는 공간계 능력자였다.

비장의 수를 다 드러내고도 까마득한 고위에 있는 존재였다.

그래도 당장 패배하지는 않을 수 있었던 것은 고부타와 란가가 물리계 근접전투가 특기인 반면 피리오드는 마법계 중, 원거리 전투가 특기여서일 뿐이다.

그렇게 되어, 전투가 시작되고 이제까지 고부타는 한치도 마음을 놓을 수 없는 긴박한 상황에 놓여 있었다. 간신히 자신들의 특기인 간격을 유지했던 덕에 나름대로 접전을 펼쳤다.

하지만 그것도 피리오드의 분위기가 달라지면서 끝을 맞으려 했다.

『고부타, 눈치챘느냐?』

『위험합니다요, 란가 씨. 어째 저 녀석 힘이 점점 강해지는 거 아닙니까요?』

고부타와 란가가 의구했던 것은 지금 상대하고 있는 피리오드의 분위기였다. 전투 개시 시점에 비해 그녀의 전투능력이 증대하고 있는 것 같았기 때문이다.

그 증거로, 고부타와 란가의 움직임에 계속해서 대응하고 있었다.

이제는 페인트도 통하지 않고, 공격으로 전환할 여유조차 사라지기 시작했다. 방어일변도까지는 가지 않지만 피리오드의 날카로운 공격이 고부타와 란가에게 닿기 시작했다.

피리오드는 이제까지처럼 단조로운 공격을 가하는 것이 아니라, 하나하나의 공격에 필살의 뜻을 담을 수 있도록 변화하고 있었다.

『전투 중에 성장하다니 반칙이지 말입니다요.』

『흔히 있는 일이다. 나도 경험이 있기에 적이 그렇더라도 놀랄 일은 아니다만…….』

『뭐 그야 그렇지만, 제가 당하면 부조리하게 느껴지지 말입니다요…….』

두 사람은 그렇게 푸념을 나누었으나, 그럴 때가 아니라고 마음을 다잡았다.

고부타는 알고 있다.

자신들이 바로 원군이기에, 이 이상의 도움은 오지 않는다는 것을.

고부타가 경애하고, 무슨 일이 있어도 언제나 도와주러 오는 리무루 또한 다른 전장에서 싸우고 있다. 이번만은 적도 강대하므로 도움은 기대할 수 있을 것 같지도 않았다.

구태여 말하자면, 베니마루가 와줄 가능성은 있다. 하지만 그것은 본국을 위험에 드러낸다는 뜻이므로 고부타도 사양하고 싶었다.

다시 말해——.

『뭐, 우리끼리 어떻게든 할 수밖에 없겠습니다요.』

『그렇겠지. 적이 강하다면 우리가 그 이상으로 강해지면 그만일 뿐!』

그렇게, 결국은 근성론으로 낙착을 보았다.

그것은 지휘관으로서는 글러먹은 생각이지만, 고부타에게는 자신을 몰아붙일 이유가 되었다.

'배수진'이라는 말도 있듯, 항상 도망칠 자세를 무너뜨리지 않는 고부타에게는 도망칠 수 없는 상황은 자신을 몰아넣는 데 한몫을 했던 것이다.

"여기서부터는 단기결전으로 가야겠습니다요!"

그렇게 의기를 담아 공격을 가속시켰다.

하지만 그 모든 것이 허사로 끝났다.

'댄스 위드 울브즈(질풍마랑연무)'로 피리오드를 희롱하는 것과 동시에 필살의 '아포칼립스 하울링'까지 펼치는, 필살을 기한 2단 공격까지 감행했으나 그것조차 빗나가고 말았던 것이다.

'실화입니까요?! 이건 몰래 훈련했던 비장의 수였는데 말입니다요?!'

여기에는 고부타도 위기감을 품었다.

란가도 마찬가지였다.

『고부타여, 잠시 물러나야 하지 않겠는가?』

그런 제안까지 했으나 여기에는 고부타가 반대했다.

『그건 안 됩니다요. 여기서 물러났다간 카레라 씨의 부담이 너무 커집니다요.』

그건 그렇다며 란가도 수긍했다.

원군은 기대할 수 없으므로 태세를 재정비하기 위해 도망치는 것도 한 가지 방법이기는 하지만, 그것은 최후의 수단이다. 이것은 결투가 아니라 전쟁이므로, 적 앞에서 도망쳤다간 전체에 너무나도 큰 영향을 끼친다.

하지만 필살의 비밀무기까지도 통하지 않은 이상, 이대로는 계속해서 불리해져 결국 패배만이 기다리고 있을 뿐이다. 고부타도 남들 이상으로 호승심이 강했으므로 그것만은 피하고 싶다고 없는 머리를 쥐어 짜냈다.

그런데도 좋은 지혜는 떠오르지 않는…… 그런 때였다.

"도와주지, 고부타."

충장 아바르트를 쓰러뜨린 칼리온이, 고부타가 불리한 것을 보고 참전해준 것이었다.

게다가 그것만이 아니었다.

"나도 도와줄게."

피리오드의 위험성을 간파한 프레이까지도 달려와 함께 싸우겠다고 말해주었다.

정정당당한 싸움은 아니지만, 이것은 1 대 1 대결이 아니라 전쟁이다. 명예보다도 승리를 우선시해야 하며, 고부타로서도 대환영이었다.

"고맙습니다요!!"

기뻐하며 외치고, 이로써 싸움은 다시 시작되었다.

——라고 모두가 그렇게 생각했다.

"슬픈걸. 정말정말 슬퍼. 내 아이들은 이렇게나 약했다니."

괴물의 그 중얼거림은 큰 목소리가 아니었음에도, 전장에 있는 모든 이들의 귀에 들렸다.

그리고 그것이 최종 라운드의 신호임을, 그 자리에 있던 모든 이들이 이해했다.

●

카레라는 충장 필두 제스를 상대로 호각의 싸움을 펼치고 있었다.

제스는 강적이기는 했으나 결코 카레라가 이기지 못할 상대는 아니었다. 좋은 호적수라 인식하고 이 싸움을 즐기고 있었다.

카레라는 최근 들어 익힌 기술을 선보였다.

황금총과 도(刀). 콘도 중위와 같은 전투 스타일이 카레라에게 는 잘 어울렸다. 옛날부터 숙달되었다고 해도 수긍해버릴 만큼 매우 자연스럽고 무리가 없는 동작이었다.

게다가 카레라는 인섹터를 상대하는 전투에 익숙했다. 원래 같으면 꺼릴 속성이어야 하는데도, 전혀 뒤처지지 않는 것은 그런 이유 때문이었다.

그렇다. 제스는 카레라가 잘 아는 인물과 매우 닮았던 것이다.

키는 물론, 온몸을 뒤덮은 외골격까지.

전투방식은 전혀 다르지만, 펼쳐지는 기술의 질이나 타인을 압도하는 강자의 기척 등, 카레라가 혼자 라이벌로 인정하고 있는 제기온과 너무나도 흡사했다.

실제로 제스의 존재감은 엄청났다. 카레라의 존재치를 가볍게 웃돌았으며, 제기온과 비교하면 세 배 가까이 되었다.

하지만 카레라는 위협도로 따지면 제기온이 위라고 생각했다.

제기온과는 몇 번이나 싸워보았다.

그렇기에 카레라는 처음 만났음에도 제스의 생각을 앞서나갈 수 있었다.

심지어 지금은 자신에게 부과한 제한이 없다.

제기온의 육체 중 '리무루의 세포로 만들어진 부위는 노리지 않는다'라는, 디아블로가 제기한 괴상망측한 규칙은 제스에게는 적용되지 않는다. 그렇기에 카레라는 전력을 다할 수 있다.

싸우기 시작한 당초는 피리오드라는 훼방꾼이 있었다. 하지만 그것도 에스프리 일행이 사력을 다해 제거해주었다. 아무리 생각해도 몇 수 위의 상대인데 억지에 억지를 거듭해 노력하고 있다.

'뭐, 친구가 정신 바짝 차려서 싸우고 있으니까 나도 못난 모습을 보일 수는 없지!'

카레라는 끓어오르는 마음을 해방시키듯 제스와의 사투를 즐기고 있었던 것이다.

갑각 틈새를 노린 칼날이 제스의 체조직을 갈랐다. 여기에 춤추는 듯한 검격 사이사이로 지근거리에서 발사된 총탄이 제스의 겹눈을 꿰뚫었다.

전황은 조금씩 카레라의 우세로 기울어갔다.

"하하하, 즐거운데!"

"쯧, 악마 주제에 간교한 짓을…….'"

"넌 제법 강하지만 제기온만큼은 아니야."

"뭐야?"

"제기온은 내가 인정한 라이벌인데, 그와의 전투는 이 정도가 아니거든. 며칠 내내 싸운 적도 있는데 한 번도 상처를 입히지 못했을 정도야."

그것은 사실이다.

뚱딴지같은 규칙이 있는 것을 감안하더라도 제기온은 이상하리만큼 강했다.

제스도 분명 강하지만, 카레라의 공격이 몇 번이나 맞았다. 이대로 전투를 이어나간다면 틀림없이 자신이 이길 거라고, 카레라는 그렇게 확신했다.

"그래서, 뭐라는 거냐?"

"다시 말해 네가 더 약하단 거지."

"가소롭군. 그렇다면 진짜로 싸워주지."

카레라의 발언은 제스의 자존심에 흠을 내기에 충분했다.

분노를 에너지로 바꾸어, 제스는 카레라에게 살의를 보냈다.

A랭크 미만인 자들이라면 그 시선만으로도 죽일 수 있었으리라. 아니, 상위마인이라 해도 잘못하면 치명상이 될 수 있는 폭력적인 압력이었다.

하지만 카레라는 어디서 바람이 부느냐는 듯 이를 받아냈다. 그리고 갚아주겠다는 양 카레라 자신도 마력을 높여 오라를 짜내 제스에게 부딪쳤다.

두 사람의 패기가 서로 압박을 가하며 전장에 거대한 회오리가 형성되기 시작했다. 여기에 닿은 자는 무시무시한 마력의 파동에 휩쓸려 생명을 잃어갔다.

밀림 진영은 이렇게 될 위험성을 내다보았기 때문에 아무도 카레라에게 다가가려 하지 않아 무사했다. 하지만 인섹터는 숫자 하나는 많아서 전장을 뒤덮을 정도였기 때문에 이 회오리에 많은 수가 줄어들었다.

그리고——.

제스가 한 걸음 파고들고, 카레라가 이를 받아친다.

제스의 주먹이 카레라의 뺨을 가르고, 카레라의 도(刀)가 제스의 외골격 틈새를 베어냈다.

상위마인조차 일격에 장사 지낼 만한 발차기를 제스가 펼쳤다. 이를 두려워하지도 않고 카레라가 제스의 품으로 파고들며 황금총을 발사했다.

지근거리에서 터져 나온 탄환이 제스의 외골격 틈새를 파고들어 구멍을 뚫었다. 하지만 그 직후, 허공을 가른 줄 알았던 제스의 발차기가 카레라의 머리를 향해 내리꽂혔다.

"쳇?!"

아슬아슬하게 이를 알아차리고 겨우 머리를 보호하는 카레라. 하지만 그것만으로는 부족해 어깨에 발차기를 받고 말았다.

"조금 얕았군."

"내가 참, 이런 실수를 다 하다니 창피하네."

카레라는 왼쪽 어깨가 부서졌지만 입가에서 대담한 웃음이 지워지는 일은 없었다.

노 대미지로 쓰러뜨릴 작정이었는데 부상을 입고 말았던 것을 아쉬워하기는 했어도, 제스에게 패배하리라고는 전혀 생각하지 않는 것이다.

몇 시간에 걸친 전투를 이어오며 카레라는 제스의 버릇을 간파하고 있었다. 그래도 제스의 힘은 진짜였으며, 방심하면 패배하는 것은 카레라 쪽이었다.

조금씩 대미지를 축적시키며 확실하게 승리를 얻어야만 했다.

카레라는 당당히 제스를 깔보듯 노려보았다. 그녀의 어깨 부분은 군복이 찢어져 하얀 피부가 드러났다.

그렇다. 이미 피는 멎고 처음부터 상처 따위 없었다는 듯 완치되었던 것이다.

그것은 제스도 마찬가지여서, 카레라가 입힌 상처는 모두 아물었다.

카레라와 제스 같은 초월적 존재에게 어지간한 대미지는 의미가 없다. 어떻게 효율적으로 상대를 피폐해지게 만드는가가 승부의 갈림길이며, 큰 허점을 보이는 쪽이 불리해진다.

카레라는 첫수에 이미 어비스 어나이얼레이션이라는 큰 기술을 쓴 데다, 제스보다도 에너지의 총량이 적다. 그렇기에 지금부터는 신중하게 행동하기로 생각했다.

'후후후. 제스 녀석의 기량은 파악했어. 강하지만 이기는 건 나야.'

이제는 무리할 필요는 없다고, 카레라는 그렇게 판단했다.

그것도 모두 승리를 확신했기에 가능했지만, 여기서 문득 전장의 공기가 바뀌었음을 깨달았다.

'응? 이 기척은…… 뭐지? 밀림 님이 경계하고 있으니까 맡겨 뒀는데——.'

밀림이 후방에 대기하고 있기에 카레라는 마음대로 설칠 수 있었다. 그 바람에 한발 늦게 알아차렸다.

아니, 그것만이 아니었다.

제스의 역량이 보통이 아니었던 만큼, 주위에 눈을 돌릴 여유가 없었던 것도 큰 이유였다. 그리고 그것은 제스가 의도적으로 일으킨 상황이었다.

"큭큭큭, 이제야 알았나? 네놈은 강하다. 그건 인정하지만, 승리하는 것은 우리다. 이것은 결투가 아니라 전쟁이니까."

"뭐라고?"

카레라가 불쾌하다는 듯 눈썹을 치켜세웠다.

제스는 아랑곳하지 않고 유유히 오른손을 들어 어떤 방향을 가리켰다.

"봐라."

카레라는 돌아보지 않고 『마력탐지』로 상황을 느꼈다.

그리고 제스가 말한 의미를 깨달았다.

●

고부타의 눈앞에서 피리오드가 아름답게 변모하고 있었다.

원래 이형의 미를 숨긴 용모이기는 했으나, 지금의 피리오드는 누가 보더라도 신비한 미녀라 불릴 만한 용모로 변화하고 있었다.

아니, 그것은 변화가 아니라──『진화』다.

이제까지의 전투에서 축적된 피리오드의 상처가 크게 갈라지더니, 그 안에서 아름다운 『피부』를 가진 미녀가 출현했던 것이다.

"처음 뵙겠습니다. 저는 피리오드. 벌레를 통솔하는 황비지요."

말까지 유창해졌다.

이제는 지금까지 싸웠던 상대와는 다른, 초상의 존재에 이르렀음은 명백했다.

그럴 수밖에.

이 피리오드가 바로 인섹터의 부왕이자 진정으로 충장을 통솔하는 여황제였으므로.

그녀의 정체가 밝혀진 지금, 고부타 일행의 승산은 사라진 것이나 다름없었다.

"농담은 관두시지 말입니다요, 진짜……."

고부타는 자기도 모르게 본심을 중얼거렸다.

『이건 이제 힘이 늘어났다거나 그런 정도가 아니군. 우리 쪽이 강해지면 그만이라는 그런 소릴 할 때가 아니야.』

란가도 같은 마음이었는지 크게 수긍했다.

『그럼 어떻게 갑니까요?』

고부타가 되묻자, 란가는 난처하다는 듯 말을 흐렸다. 하지만 결심을 했는지 자신의 생각을 말했다.

『도망칠 수밖에. 고부타여, 네놈도 놈이 위험하다고 느끼지 않았는가?』

딱 잘라 말하니 고부타도 말을 흐렸다.

『아니, 그렇긴 하지만…… 저만 도망치는 건 좀 그렇지 않습니까요…….』

고부타도 란가의 의견이 옳다고 생각했다.

아까까지의 피리오드라면, 싸우기에 따라서는 승산도 있었다. 하지만 지금은 그럴 가능성이 한없이 0에 가까웠다.

그 정도로 지금의 피리오드는 압도적인 존재감을 풍기고 있었던 것이다.

황비를 자청한 만큼, 온갖 충장들의 힘을 초월하고 있었다. 그렇다, 카레라가 상대하고 있는 충장 필두, 제스보다도 위였다.

란가와 고부타는 이를 정확하게 느끼고 있었다.

싸워봤자 패배는 피할 수 없다.

그렇다고 여기서 자신들만 도망치는 것은 싫었다.

도망친다 한들 동료들에게 어떻게 낯을 들 수 있겠는가.

싸워도 지옥, 도망쳐도 지옥. 하지만 여기서 고민할 틈 따위 없었다.

"시끄러워! 생긴 게 달라졌든 말든 할 일은 똑같아."

그렇게 외치며 제일 먼저 칼리온이 공격을 가했던 것이다.

칼리온이 여기서 선택한 것은, 자신이 가진 최고의 필살기인 버스트 로어였다. 나중 일따위 조금도 생각하지 않고, 여기서 힘을 아끼지 않고 변화무쌍한 확산 집속입자포를 쏜 것이다.

칼리온의 몸이 의지 있는 입자로 변해, 당당히 선 피리오드에게 육박했다.

시간으로는 눈 깜빡할 사이. 피리오드는 움직이지 않았다.

그것은 움직이지 못해서가 아니라———.

"이건, 말도 안 돼……."

움직일 필요조차 없었기 때문이었다.

피리오드의 숨이 독무로 변해, 입자로 변한 칼리온에게 달라붙어 있었다. 그리고 그대로 운동 에너지를 빼앗아, 행동불능에 빠뜨렸던 것이다.

하지만 여기서 칼리온이 패배하는 것은 프레이에게는 상정 범위 내였다. 칼리온의 공격을 연막 삼아 날아올라선 자신은 피리오드의 등 뒤로 내려섰다.

그리고 여기서 펼친 것은 프레이가 숨겨놓은 비장의 수였다.

"움직임을 봉쇄하겠어."

그렇게 선언한 것은 '가루다 클로(신조(神鳥)의 조격(爪擊))'로 피리오드를 붙잡은 직후였다.

프레이의 『마력방해』는 신성을 띠어 궁극의 영역으로까지 효과를 발휘한다. 그 위력은 아다루만의 『네크로노미콘(마도지서, 魔道之書)』까지도 봉인할 정도였으며, 그런 그녀가 믿는 '가루다 클로'라면 어떤 상대라 해도 능력을 봉쇄할 수 있다.

──아니, 그랬어야 했다.

궁지에 몰렸을 텐데도 피리오드는 미소를 머금고만 있었다.

그리고 말했다.

"슬픈걸. 내 아이들은 이 정도 상대에게도 졌단 말이지."

"뭐라고?"

그렇게 물은 프레이는 그 직후 복부에 강렬한 충격을 받아 말문이 막혀버렸다.

"크흑, 쿨럭?!"

경악의 표정으로 피를 토하면서도 프레이는 본능에 따라 피리오드에게서 손을 떼었다.

그것이 프레이의 목숨을 구했다.

만약 '가루다 클로'를 믿고 그대로 있었다면 다음 피리오드의 일격에 절명했을 것이다.

"과연, 감이 좋은걸. 그 발톱 때문에 조금 힘이 빠졌지만 두 방이면 죽일 수 있었을 텐데. 그래도 이걸로 이해했겠지? 힘은 둘째치고 전투경험 하나는 풍부했구나. 그렇다면 내 아이들의 명예도 조금은 회복되겠어."

피리오드가 노래하듯 말했다.

"믿을 수 없어…… 내 발톱을, 이렇게 쉽게 무효화할 수 있다니. 당신, 믿을 수 없을 정도로 괴물이었구나."

프레이도 지금 확신했다.

고부타나 란가와 마찬가지로, 이곳이 죽을 곳이 되리란 것을.

그것은 지면에 널브러진 칼리온도 마찬가지다.

칼리온은 목소리도 내지 못할 정도로 소모되었으므로 발버둥칠 수조차 없었다. 이 상황에서는 도망친다는 선택지마저 남지 않은 것이다.

'쳇, 프레이 말대로 설마 이렇게나 괴물이었을 줄은…….'

전투 개시 당초에 간파하지 못했던 것이 후회되었다.

'뭐, 간파했던들 뭘 할 수 있었겠냐만서도.'

칼리온은 자조했다.

생각해보면 카레라의 '어비스 어나이얼레이션'을 튕겨낸 시점에서 좀 더 경계했어야 했다.

완전히 중, 원거리 마법형이라고 지레짐작했던 것이 이 자리에 있던 모두의 잘못이었다.

'하지만 밀림도 몰랐을 것 같진 않은데, 왜 그 자식은 움직이지 않지? 아니, 그렇구나…… 충마왕 제라누스란 게 더 위험한 상대였단 거지…….'

칼리온의 등줄기에 소름이 돋았다.

그리고 생각난 것은 밀림과의 전투였다.

절대적인 존재처럼 여겨졌던 밀림이, 이런 위기에도 움직이지 않는 이유. 그것이 충마왕 제라누스에게 있다는 것은 명백했으며, 다시 말해 그것은 밀림의 도움은 기대할 수 없다는 의미였다.

'그러냐고, 빌어먹을! 그렇다면 이 전쟁은——.'

그다음을 생각하는 것은 동료에 대한 모독이다. 칼리온은 그렇게 생각하고, 아직 무언가 자신이 할 수 있는 일은 없을지 생각하기 시작했다.

*

칼리온만큼은 아니지만 중상을 입은 프레이.

그런 프레이와 피리오드의 시선이 교차했다.

프레이는 죽음을 각오했다.

이 자리의 절대자가 피리오드인 이상, 누구도 그녀를 막을 수는 없으리라. 그렇다면 피리오드는 약한 자부터 숨통을 끊을 것이다. 왜냐하면 프레이라면 반드시 그렇게 할 테니까.

'미안해, 칼리온. 너를 좀 더 알고 싶었는데…… 아무래도 난 여

기까지인가 봐.'

프레이는 그렇게 각오하고, 하다못해 마지막으로 한 방 먹여주기 위해 자세를 잡았다.

하지만 그런 프레이 앞을 한 남자가 가로막고 섰다.

그 남자── 미도레이가 프레이를 지키려는 것처럼 피리오드와 대치했다.

"호오, 호오. 그랬던 거군. 이 전장에 펼쳐졌던 특수한 『결계』는 죽은 동료의 에너지를 귀공에게 모으는 것이 목적이었어."

"모으는 것만이 아니지. 나는 말이야, 더욱 강인한 아이들을 낳기 위해서라도 더욱 더 힘이 필요하단다."

미도레이에게 시선을 돌리며 피리오드가 웃음과 함께 그렇게 대답했다.

그것만으로도 답 맞히기는 충분했던 미도레이는, 반드시 이곳에서 피리오드를 해치워야만 한다고 각오했다.

'여기서 이놈을 놓친다면 지금까지 쓰러뜨렸던 충장 따위와는 비교도 되지 않을 만한 괴물들이 차례차례 태어날 테니까. 다만 도망치고 싶은 건 우리 쪽이란 게 문제지.'

그렇게 쓴웃음을 지으면서도 미도레이의 눈에는 희망이 남아 있었다.

"그렇다면 먼저 나를 쓰러뜨려 보게!"

그렇게 선언하고, 몸을 깊이 낮추며 자세를 잡았다.

오른발에 무게중심을 옮기며 왼발을 가볍게 앞으로 내밀었다. 동시에 오른쪽 주먹을 쥐고 허리춤으로 끌어당겼으며, 왼손을 앞으로 내밀어 피리오드를 견제했다.

그리고 다음 순간 왼발의 발끝을 기점으로 힘을 폭발시키며 자신의 몸을 포탄 삼아 맹렬히 돌진했다.

전력으로 내지는 정권지르기에서 주먹의 형태를 띤 투기의 덩어리가 뿜어져 나갔다.

"드래고닉 캐논(용아성권패, 龍牙聖拳覇)!!"

대지의 에너지를 자신의 투기와 일체시켜 발끝에서부터 온몸을 타고 오르게 해 주먹에 집속시킨다. 그리고 뿜어내는 것이 이 필살기── '드래고닉 캐논'이다.

힘을 아끼지 않고 최대로 전개해 대지의 에너지까지 복합시켰다. 고위의 존재에게도 충분히 통할 위력을 내포한, 신성을 띤 일격이었다.

이것이 바로 상위성마령 '용마인'인 미도레이의 오의였다.

하지만 유감스럽게도 피리오드에게는 통하지 않았다.

"재미있는 기술인걸. 이걸 익히면 아이들은 더 강해지겠지?"

그렇게 웃으며, 매우 간단히 공간을 조작하는 마법진을 전개시켜 드래고닉 캐논을 소멸시켜버렸다.

그러나 그것도 미도레이의 예상대로였다.

사실 미도레이도 처음부터 이것으로 끝나리라고는 생각하지 않았으며, 그 역할은 미끼였던 것이다.

그리고 물론 주역은 고부타였다.

"나를 잊으면 곤란합니다요! 이거나 드시지 말입니다요!!"

그리고 미도레이의 뒤에서 튀어 나간 고부타가, 지금 이때라는 양 '아포칼립스 하울링'을 펼쳤다.

그러나 그것도 통하지 않았다.

피리오드는 조금도 움직이지 않은 채, 또 다른 마법진을 동시에 전개시켜 '아포칼립스 하울링'마저 없애버렸다.

미도레이를 미끼로 삼은 완전한 기습이었지만, 피리오드에게는 닿지 않았다.

하지만 미도레이와 고부타의 얼굴에는 아직 희망의 빛이 남아 있었다.

여기서 또 한 사람, 진짜 주역이 타이밍을 가늠해 기술을 펼쳤던 것이다.

그것은 다름 아닌 오베라였다.

"자만했구나, 벌레 주제에!"

피리오드의 주의가 미도레이와 고부타에게 쏠린 틈에 오베라가 필살의 공격을 준비했던 것이다. 그리고 펼쳐진 것은 오늘 두 번째의 '플라네테스 보밍'이었다.

미도레이나 칼리온 일행과는 달리 오베라의 존재치는 피리오드와 손색이 없다. 그렇기에 이 공격은 아무리 피리오드라 해도 무사하지는 못할 터── 아니, 그렇지 않았다.

"자라리오도 지혜가 있는 자였고, 동료인 당신도 그럴 거라 생각했는데."

"뭐라고?!"

"이건 거짓말입니다요……."

"설마 이 정도일 줄은."

모든 것은 피리오드의 손바닥 위에 있었다.

그리고 절망할 시간 따위 없었다.

"이건 답례야."

웃음을 지으며 피리오드가 그렇게 말한 것이다.

그 의도는, 하늘에서 쏟아져 내리는 운석의 무리로 판명되었다. 피리오드는 미도레이를 비롯한 세 사람이 펼친 세 가지 필살기의 힘을 유용하여 이를 전장으로 확산시켰던 것이다.

악마와도 같은 소행이었다.

그것은 적도 아군도 상관없이 목숨을 앗아가는 폭위였다.

"쳇!!"

미도레이가 황급히 하늘을 노려보았다.

"전원 충격에 대비하시지 말입니다요!!"

고부타는 고부타대로『사념전달』로 동료들에게 위기를 알렸다.

그리고 오베라는, 혼자 냉정하게 피리오드에게 참격을 가하고 있었다.

마법이나 방출계 기술이 통하지 않는 이상 근접전투로 피리오드를 해치울 생각이었다.

피리오드는 여기에 낯을 찡그렸다.

사실 오베라와 피리오드의 종합전투력에는 그렇게 큰 차이가 없었다. 피리오드는『공간지배』로 중, 원거리 계열에서 절대적 우위를 확보하고 있었지만, 에스프리와 고부타를 해치우지 못했던 것으로도 알 수 있듯 근접전투는 그렇게까지 잘하지 못했다.

오베라에게 정신적 우위에 서서 그대로 압도할 예정이었으나, 오베라는 자신의 필살오의가 파해되고도 태연했다.

오베라 또한 클립티드를 상대로 전투경험을 쌓은 강자다. 온갖 특성을 가진 성가신 상대에게 고민해왔던 만큼 이 정도로는 동요하지 않았다.

그런 오베라의 태도는 오산이었지만, 피리오드가 우위인 것은
변함이 없었다. 전장에 죽음을 뿌린 것으로 그 에너지가 모두 피
리오드의 힘이 되었던 것이다.

'하지만 이상한걸? 내 아이들의 힘은 회수할 수 있었지만 그 이
외에는──.'

그렇게 의문을 가지고 전장을 둘러본 피리오드는, 거기서 두
번째의 오산이 있었음을 깨달았다.

적의 세력, 다시 말해 밀림의 군세는 게루도를 비롯한 자들이
지켜주고 있었다.

"포기하지 마라. 우리가 있는 한 누구도 희생되지 않는다!!"

게루도의 힘차고도 든든한 목소리가 전장에 울려 퍼졌다.

"예!!"

게루도가 이끄는 군단원들 또한 군단장의 기대에 부응해 무리
를 하고 있었다.

방패가 부서지고 갑옷이 사라져도. 정강한 육체에 힘을 불어넣
으며, 쏟아지는 운석의 무리로부터 다른 이들을 지켜냈다.

그것만이 아니었다.

카레라 휘하의 악마들 또한, 기회를 놓칠세라 활약했다.

전장에 회복마법이 오가며 상처 입은 병사들을 치유했다. 심지
어──.

"야 야, 넌 아직 더 움직여야 한다고!"

그렇게 농담을 건네며 디아블 슈발리에(상위악마기사) 중 하나가
행사한 것은 신의 기적: 리저렉션(사자소생, 死者蘇生)이었다. 그들은
리무루를 신앙하면서 리저렉션까지도 익혔던 것이다. 설령 육체

가 가루가 되었더라도 악마들이 '영혼'을 회수해 나중에 부활시키도록 이미 준비가 다 되어 있었다.

시간제한은 있지만 죽은 자들까지도 되살려내니, 밀림의 군세는 여전히 사기가 높았다. 모두가 전력을 다해 사명을 이루고자, 이 어려움에 정면으로 맞서는 것이다.

그 사실을 깨닫고 피리오드는 처음으로 동요했다.

"죽은 자가 되살아나? 이 세계에는 그런 비술까지 존재했군요……."

놀라 중얼거리는 피리오드에게 어깨를 으쓱하며 오베라가 설명했다.

"맞아. 금술로 지정되긴 했지만, 이미 걷잡을 수 없을 정도로 퍼져버렸거든."

실제로 이 사실을 알았을 때는 오베라도 어이가 없었다. 작전회의에서 이 이야기를 들었을 때는 농담하는 거냐고 이마를 짚고 싶어졌을 정도였다.

하지만 새삼스러운 이야기다.

이미 회수가 불가능할 정도로 퍼져버린 비술인 이상 유용하게 활용하는 편이 건설적이다. 이에 따라 전장에서의 소모율은 한없이 0에 가까워졌으니, 오베라도 묵인하는 것이 정답이라고 판단했다.

그렇게 되어 오베라 또한 어느 정도는 이 상황을 예측하고 있었다. 설마 자신들의 기술까지 튕겨낼 줄은 몰랐지만, 피해는 적의 벌레들뿐. 그 에너지가 피리오드에게 모여들고 마는 것이 난점이지만 남은 적이 피리오드 하나뿐이라고 생각하면 그렇게까지 상황이 나쁘지는 않았다.

"자, 각오해. 여기서부터는 일방적인 사냥의 시간이니까."

사냥감을 몰아넣고 죽이는 것은 오베라의 특기다. 항상 고위의 존재와 전투하는 것을 염두에 둔 집단전을 지휘했던 만큼 오베라의 표정에는 여유의 웃음까지 맺혀 있었다.

"지시를 부탁하지, 군사님."

미도레이도 전장의 피해가 적었던 데 안도했다. 그 규모의 파괴가 이루어질 줄은 몰랐지만 게루도 같은 이들의 활약으로 화를 모면했던 것도 기쁜 오산이었다.

후환이 사라졌다는 양 기뻐하며 오베라의 지휘를 받았다.

"저도 이의는 없습니다요!"

고부타도 편승했다.

피리오드 같은 강적을 상대할 때는 연계하지 못하면 승산이 없다. 훈련도 하지 않았는데 실전에서 의기투합하기란 어려우니 고분고분 오베라의 지휘를 받기로 한 것이다.

이렇게 오베라, 미도레이, 고부타 & 란가 세 명과 피리오드가 대치하는 구도가 완성되었다. 하지만 여기에 또 다른 난입자가 나타났다.

"어머님. 어머님의 적을 분쇄할 영예를 소인에게 주시옵소서!"

게루도를 방치한 무지카가 지면을 파고 튀어나왔던 것이다.

이로써 3 대 2였지만, 이 숫자는 변동했다.

"이 몸도 잊으면 곤란하지."

"나도야. 그걸로 끝이라곤 생각하지 말았으면 좋겠어."

달려온 게루도에게 치료를 받은 칼리온과 프레이가 만신창이의 몸으로 일어났던 것이다. 보기와 달리 상처는 다 나았지만, 잃어버린 체력은 돌아오지 않는다. 연료가 떨어진 상태로는 큰 기술도 펼칠 수 없겠지만 아무것도 하지 않는 것보다는 낫다고 기력을 쥐어 짜내 참전했다.

"나도 있다고."

푸슈욱 콧김을 뿜으며 게루도 또한 의기충만해 나타났다.

이로써 6 대 2.

고부아나 삼수사는 전장에서 벌레의 잔당을 처리하고 있다. 어쨌든 피리오드가 상대여서는 전력이 되지 않기 때문에 여기 모인 자들이 총전력이라 생각해도 틀림이 없을 것 같았다.

모여든 전사들을 보고도 피리오드는 요사스럽게 웃었다.

"멋진 소체인걸. 그래. 너희를 써서 더 강인한 아이들을 만들어내도록 해야겠어."

여섯 명을 앞에 두고도 자신만만하게 발언했다.

그 근거는──.

"리스트라이프(생명재구축)."

피리오드는 모아두었던 에너지를 이용해 자신이 만들어낸 아이들을 강화할 수 있었기 때문이었다.

그것은 당연히 살아남은 자들에게만 적용된다. 하지만 이 전장에는 아직까지 제스와 무지카가 건재했다.

지금 이 자리에서, 호위인 두 마리의 초전사를 거느리고, 충마왕 제라누스의 아내에 어울리는 황비가 본성을 드러냈던 것이다.

●

제스에게 지적받아 상황을 파악한 카레라는 씁쓸한 표정을 지었다.

기껏 제스와의 전투를 즐기고 있었는데, 찬물을 뒤집어쓰고 흥이 식어버린 기분이었다.

그리고 그 직후, 오한을 느끼고 창졸간에 몸을 날려 뒤로 피했다.

찰나의 차이를 두고 원래 있던 장소가 크게 폭발했다.

"흐음, 훌륭하군. 어머님 덕에 나는 새로운 창세신으로 또 한 걸음 다가간 셈이다. 이 힘을 시험하기 위해 네놈이 도움이 되어 줘야겠다."

조금 전보다도 유창하게 말할 수 있게 된 제스가 주먹을 쥐었다 폈다 하며 카레라에게 말했다.

그것은 강자가 약자에게 건네는 말이었으며, 카레라의 자긍심을 짓밟는 발언이었다.

"헤, 헤에…… 제법 큰소리도 칠 줄 아는데. 나한테 지금, 네가 힘을 시험하도록 놀아달란 거야?"

"거부권 따위 주지 않겠다."

그렇게 말하자마자 제스가 가볍게 주먹을 내질렀다.

가벼운 잽──이라기에는 속도가 음속의 수십 배에 달했다. 그리고 그 충격파는 공기를 태우고 지면을 분쇄할 정도였다.

명백히 조금 전보다도 강력해졌다.

두 배까지는 아니더라도 제스의 존재치는 대폭 증대한 것으로 보였다. 그보다도 성가신 것은 온갖 특수능력이 새로이 부여된 듯하다는 점이었다.

치사하잖아, 진짜…….

카레라는 내심 푸념하고 말았다.

기껏 승리의 시나리오를 세우고 있었는데, 또 처음부터 다시 해야 한다.

그러나 어렵기는 해도 불가능하다고는 여겨지지 않았다. 왜냐하면, 힘은 늘었어도 기량 그 자체에는 변화가 보이지 않았기 때문이다.

여기서 제스가 제기온 수준의 숙련된 기술을 보였다면 카레라도 위기감을 품었을 것이다. 하지만 그렇지는 않았으므로 카레라는 불만스럽게 여기면서도 냉정함을 잃지 않았다.

물론 제스가 자신을 깔보는 태도를 보인 것은 화가 났으므로 제대로 받아쳐 주겠노라 결의했다.

카레라의 표정에서 웃음이 사라진 것은 제스의 힘에 절망해서가 아니다.

문제는 동료들의 상황 쪽이었다.

'그 녀석은 상당히 위험할 거 같아. 내 사냥감보다도 강해 보이고, 오베라나 미도레이 씨가 태그를 맺어도 이길 수 있을지 어떨지──.'

참고로 카레라의 견해에 따르면 고부타 & 란가와 게루도, 그리고 칼리온과 프레이 콤비가 전부 덤벼야 겨우 무지카를 쓰러뜨릴 수 있을까 하는 수준이었다. 강화된 무지카는 그 정도로 강적이 되었던 것이다.

카레라가 예상한 전개가 될 경우, 승률은 반반이었다.

'──희생자가 나오는 건 내 주군의 뜻에 반하는 일이지.'

카레라는 리무루의 명령에 충실했다.

이렇게 제스를 상대하고 있는 것도, 가장 성가신 적을 자신이 맡아 다른 동료 중 희생자가 나오지 않게 하려는 의도였다.

애초에 그것은 적의 대장인 제라누스를 리무루가 어떻게든 해주리라는 전제에 성립된 것이지만, 2인자만 자신이 맡아버리면 나머지는 어떻게든 되리라고 내다보았기 때문이었다.

그 예상이 잘못된 이상, 3인자에 불과한 제스에게 애를 먹고 있을 때가 아니었다. 카레라는 여기서 큰 결단에 사로잡히게 되었다.

'만에 하나에 대비해 아껴두고 싶었지만, 아껴뒀다가 후회하고 싶진 않아. 미안해, 제스. 너와의 싸움을 더 즐기고 싶었는데, 아무래도 작별할 시간인가 봐.'

카레라는 제스를 향해 마음속으로 사과했다.

제스를 실력으로 쓰러뜨려 경험을 쌓고 싶었지만, 동료들의 목숨이 걸린 상황에서 자신의 즐거움을 우선시하는 것은 용납되지 않는다. 그렇게 선을 긋고 제스에게 황금총을 겨누었다.

"훗, 그런 것 따위 통하지 않는다는 걸 아직도 이해하지 못하나?"

제스의 말대로 황금총에 응축된 카레라의 마력탄이라고 해봤자 제스의 외골격에 흠집을 내는 정도의 위력밖에 내지 못한다. 게다가 그 상처는 금세 재생되므로 사실상 대미지는 0이다.

그래도 카레라가 황금총을 계속 썼던 것은 연막작전을 위해서. 그리고 또 한 가지 이유가 있었다.

이쪽이 더 중요한데──

"그럼 죽어."

──이때다 싶은 상황에서 비밀병기로 쓰기 위해서다.

카레라의 말이 제스에게 닿기도 전에, 황금총에서 필살의 탄환이 뿜어져 나갔다.

상대가 누구라 한들 멸해버리는 그 탄환의 이름은—— '저지먼트(신멸탄, 神滅彈)'라고 한다.

"아?"

제스는 어리둥절한 표정으로 자신의 가슴에 뚫린 커다란 구멍을 보았다.

뒤늦게 찾아오는, 생명이 사라져가는 감각. 자신이라는 존재를 유지하던 '마핵'이 파괴되어, 밀려드는 '죽음'으로부터 어떻게 해도 벗어날 수 없음을 이해하고——.

"네놈…… 처음부터 힘을 빼고 싸웠던……?"

"아니, 실력은 거의 호각이었고 지금의 너는 상당해. 정면에서 맞붙으면 이기기는 힘들었을 거야."

"……그러면, 어째서……?"

"그러니까 더더욱."

이길 수 있을지 어떨지 모르는 전투를 계속하는 것은 재미있었지만, 이제는 카레라의 개인적 감정을 우선시할 상황이 아니었다. 카레라가 고전하면 고전할수록 동료들이 전멸할 확률이 높아지고 말기 때문이다.

게다가 본심은 한 가지 더 있었다.

"너와의 싸움은 나름대로 재미있었지만, 제기온보다 약하니까, 이젠 됐다 싶어서."

그리고 카레라는 참으로 천진난만하게 만면의 웃음을 짓더니, 제스에게는 절망이 될 만한 진실을 던져주었다. 그것은 매우 악마다운 소행이었지만, 카레라는 이를 자각하지 못했다.

"……내가…… 못하다고……? 나야말로, 새로운 창세신이 되어야 할…………."

제스가 원통하다는 듯이 그렇게 중얼거렸다.

그리고 그것이 제스의 마지막 말이 되었다.

*

강적의 최후를 보고도 카레라에게 달성감 따위는 없었다. 전투의 여운을 느낄 새도 없이 고부타 일행을 지원하기 위해 가려 했다.

하지만 그때, 숨어있던 적이 마침내 움직였다.

"흐흐흐. 기다리고 있었다, 이 순간을."

"뭣?!"

이제까지 아무 기척도 느끼지 못했던 카레라가, 두 팔에 내달린 '아픔'에 경악했다. 그것은 통각이 아니라 대미지를 알리는 정보였다. 간신히 급소를 막아낸 두 팔 위에 믿을 수 없을 정도로 무겁고 격렬한 충격이 꽂혔던 것이었다.

그 공격의 정체는 카레라의 『만능감지』조차 웃돌며 출현한 충마왕 제라누스의 발차기였다.

카레라는 창졸간에 반응했지만, 다른 이였다면 지금의 일격으로 끝났을 것이다.

"큭, 이제야 납신다 했더니 성질도 급하네."

"칠 수 있는 적은 망설이지 않고 없애놔야 하는 법이지."

충마왕 제라누스는 그 말대로 카레라를 칠 기회를 노렸다.

실력으로는 압도적으로 웃돈다고 자부했지만, 그래도 만에 하나의 가능성을 우려해 호시탐탐 필승의 순간까지 몸을 숨기고 있었다.

그가 경계했던 것은 카레라의 '신멸탄'이었다.

첨병으로 보냈던 미나자로부터 콘도라는 남자에 대한 보고를 받았다. 콘도가 모든 권능을 낱낱이 밝힌 것은 아니지만, 관찰을 계속했던 미나자는 『정체불명의 권능이자 위험도 높음』이라 판단하고, 제라누스 또한 이를 심각하게 받아들였던 경위가 있었다.

이를 기억했던 제라누스는 미카엘이나 펠드웨이에게도 정보를 수집하면서, 콘도의 권능이 카레라에게 이양되었음을 파악했다.

이를 전제로 어느 정도 예측을 세워 이번 작전에 임했다.

미카엘의 경우 '캐슬 가드'로 막은 모양이지만, 제라누스에게 그런 권능은 없다. 자신의 방어로는 불안하다고 판단해, 카레라가 그 성가신 권능을 사용하기를 하염없이 기다리고만 있었다.

그 소극적이고도 주의 깊은 성격이야말로 제라누스를 최강으로 만든 요인이었다.

그리고 때를 기다린 보람이 있어, 겨우 근심이 사라졌다.

제스라는 소중한 말을 잃기는 했지만, 반대로 말하자면 그만큼 경계했던 것이 정답이었다고도 할 수 있다.

'적이지만 훌륭한 위력이었지. 그걸 맞았다면 나라 해도 무사하진 못했을 터.'

그렇게 칭송하면서도 제라누스의 우려는 이미 과거의 것이 되었다.

만전을 기한 지금, 카레라에 대한 위기감 따위 완전히 사라졌기 때문이다.

카레라 또한 제라누스를 직시하며 그 위험성을 이해했다.

'이 자식은 위험해. 난감한걸. 힘의 끝이 안 보이잖아······.'

마치 제기온과 대치하는 것 같았다. 아니, 그 이상으로 심했다. 제라누스에게는 빈틈이 없었으며, 공략의 실마리조차 잡지 못하겠다는 기분이 들었다.

불쾌하지만 인정하지 않을 수 없었다.

충마왕 제라누스가 '메너스 로드(파멸왕)'인 카레라보다도 강하다는 것을.

그러나.

그렇다고 해서 그리 쉽게 포기할 카레라가 아니었다.

"헤에? 왕이라는 이름을 쓰는 주제에 쪼잔하지 않아?"

카레라는 밉살맞은 소리를 했다.

그러나 말싸움에서도 제라누스 쪽이 한 수 위였다.

"훗, 이런 상황에서도 허세를 부리다니. 악마란 정말로 지는 것을 싫어하는 모양이군."

승자의 품격으로 여유만만하게 카레라를 깔보고 있었다.

"혹시 이미 다 이겼다고 생각하는 걸까? 나를 앞에 두고도, 그건 좀 오만이 지나친 것 같은데."

그렇게 되받아치기는 했지만 카레라의 표정에 여유는 없었다.

그도 그럴 것이, 제라누스의 단순한 발차기에 카레라의 두 팔이 짓이겨졌던 것이다. 검을 쥐기는커녕 황금총을 드는 것조차 어려운 상태였다.

카레라의 골격은 원래 리무루 특제 오리할콘(신휘금강, 神輝金剛)

제였다. 그것이 지금은 궁극의 금속 히히이로카네로 진화했다. 갓즈급 상당의 강도, 경도, 점도를 겸비해 불괴속성을 가지기에 이르렀다.

그런데도.

갓즈급 무기에 다친 것이라면 그나마 이해할 수 있지만, 단순한 발차기에 이렇게까지 대미지를 입을 줄은 생각도 못 했다.

그것만 해도 충마왕 제라누스의 위협도를 알 수 있다.

그 비밀은 충마왕 제라누스의 온몸을 보면 이해가 갔다.

그의 외골격은 무지개색으로 빛나고 있었던 것이다.

그것은 바로 히히이로카네의 광채였다.

'설마 온몸이 히히이로카네라니……'

그의 육체를 보면 충마왕 제라누스가 공방일체의 궁극생명체임이 일목요연했다. 온몸이 필살의 흉기이자 최강의 방패였다.

카레라는 천천히 제라누스의 온몸을 관찰했다.

이마에서 등으로 흐르는 은색 섬모는 마치 장발처럼 보이기도 했다. 하지만 자세히 보면 그 한 가닥 한 가닥에는 미세한 돌기가 솟아나 칼날의 형태를 띠고 있다. 각도가 바뀌면 무지개색으로도 보이니 그 섬모조차 히히이로카네라 여겨졌다.

'저 털 한 가닥 한 가닥이 갓즈급 상당의 칼날이란 거야? 어떻게 조작하는지는 모르겠지만 경계하지 않으면 송송 썰려버리겠지——.'

그의 이마에서는 한 쌍의 촉각이 흔들리고 있었다. 등과 허리에서 돋아난 한 쌍의 날개가 붉게 빛을 냈으며 세 쌍의 팔은 빈틈없는 자세를 잡았다.

'저 날개도 위험해 보여. 아마 밀도가 높겠지만, 에너지를 압축하고 있는 탓일까? 저걸 해방하면 그것만으로도 별의 형상이 바뀔 것 같은데…….'

아마도 카레라가 다루는 극대마법을 웃도는 파괴력이 될 것이다. 그 정도로 저 두 쌍의 날개에서는 가공할 정도의 에너지가 느껴졌다.

그리고 세 쌍의 팔.

한 쌍은 아무렇게나 팔짱을 끼고 있지만, 나머지 두 쌍은 임전 태세다.

가장 아래의 복부 앞에서 팔짱을 낀 팔은 언제든 마법을 발동할 수 있도록 준비된 것이었다. 게다가 높은 상단으로 든 팔은 중간부터 변색 변형되기 시작해 칼날처럼 날카로워지고 둔중한 빛을 뿜어냈다.

만약 첫 일격이 저 가느다란 팔이었다면 카레라의 두 팔은 절단되었을 가능성이 농후했다.

관찰을 이어나가는 카레라를 곁눈질하며, 제라누스는 엎어져 있는 제스에게 한쪽 발을 얹었다.

아들을 짓밟는 듯한 꼴이 되었지만, 실상은 그것보다도 가혹했다.

"뭘 하는——."

그렇게 물으려던 카레라에게 대답한 것은 으득, 으득, 하고 제라누스의 발밑에서 울려오는, 무언가를 씹는 듯한 소리였다.

그렇다. 제라누스는 카레라의 앞에서 아들이자 충장 필두였던 제스를 먹고 있었던 것이다.

"이보셔, 그 자식은 차기 창세신이 될 거라고 으스대던데, 혹시 처음부터 버림 패로 쓸 생각이었어?"

카레라는 눈을 가늘게 뜨며 물었다.

그 질문에 대한 대답은 제라누스에게서 울려 퍼진 홍소였다.

"웃기는군. 나의 후계자는 최강이어야만 한다. 그야말로 나보다도 더."

"……."

"나보다도 약한 자가 창세신 따위가 될 리 만무하지."

그리고 느닷없이, 제라누스가 움직였다.

발바닥에 출현한 입으로 제스를 다 먹었던 것이다.

그리고 그 힘을 자신의 것으로 삼고자 지식과 경험을 흡수했다.

그 증거로, 제라누스의 말투에서 서툰 억양이 사라지고 유창해졌다.

그리고 힘은——.

카레라는 필사적으로 방어태세를 취하려 했다.

그러나 손이 움직이질 않았다.

'큰일났다?! 저걸 제대로 맞았다간 회복할 수 없는 대미지를 입을 텐데!!'

백만 배로 가속한 생각이 그 결론을 도출했지만 현실은 무정했다.

적어도 이제까지 카레라가 걸어왔던 인생에서는…….

하지만 아무래도 지금 이 순간은 달랐던 모양이다.

제라누스의 발차기를, 누군가가 막아냈던 것이다.

"와하하하하! 지금이 바로 내가 등장할 차례. 참는 건 이제 관두기로 했다!"

플래티넘 핑크색 머리카락을 나부끼며 등장한 그 소녀는, 매우 즐겁다는 듯이 웃고 있었다.

그리고 그 소녀가 바로, 카레라의 새로운 친구이자 이 세계에서 최강의 자리에 군림하는 자 중 하나── 마왕 밀림 나바 본인이었다.

●

"카레라여, 이놈은 내가 맡겠다!"

그런 말을 남기고, 밀림과 제라누스가 전력전투에 돌입했다.

이렇게 되면 이제 카레라가 나설 자리는 없다.

"뭐, 하는 수 없지. 나도 아직 미숙했다고 생각하고 냉큼 회복이나 하자."

카레라는 매우 침착하게, 재빠르게 기분을 바꾸었다.

그리고 자신을 회복시키면서 오베라 일행의 전황으로 의식을 돌렸다.

그러자 예상보다도 치열한 사투가 펼쳐지고 있었다.

카레라가 제스를 쓰러뜨리면서 남은 충장은 피리오드와 무지카뿐. 하지만 그 두 명이 골치 아팠다.

그중에서도 특필해야 할 이는 피리오드였다. 충마왕 제라누스의 아내이자 모든 인섹터를 낳은 어머니인 그녀는 점점 힘이 강해지는 것 같았다.

그런 피리오드에게 대항하고자 오베라를 필두로 미도레이를

119

제외한 5명이 상대하고 있었다.

오베라가 지휘를 잡으면서 방어를 맡고 있었다. 그리고 그녀가 피로해지면 즉시 게루도가 앞으로 나가 교대하는 전법이었다.

남은 세 명—— 칼리온, 프레이, 고부타 & 란가는 유격을 맡아 피리오드에게 공격을 되풀이했다.

이것은 카레라가 생각하기에 상당히 위험한 전법이었다.

아무리 각성급인 자들이라 해도, 피로에 찌든 칼리온이나 프레이는 피리오드의 일격을 받기만 해도 치명상이 될 수 있다. 그런데 자신의 몸은 자신이 지키면서 싸우고 있으니, 오베라와 게루도가 주의를 끌고 있다고는 해도 자칫 잘못하면 대참사가 벌어질수 있는 상황이었다.

그렇기에 지금은 오베라와 게루도의 역할이 중요했다. 특히 지금은 치유능력을 가진 자가 없기 때문에, 자기재생능력이 높은 게루도 없이는 이 전황이 성립되지 않는 것이었다.

그리고 게루도를 대신해 무지카를 상대하는 것이 미도레이였다.

이쪽은 1 대 1 대결의 양상을 띠고 있었다.

크게 힘이 늘어난 무지카는 존재치만 보면 미도레이보다도 훨씬 강했다. 하지만 이 싸움은 일진일퇴를 반복하며 고착상태를 보이고 있었다.

그 이유는 미도레이가 진심을 다한 모습에 있었다.

힘을 아끼고 있을 때가 아니라는 양, 미도레이는 자신에게 부과했던 제한을 모두 해제하고 밀림을 상대할 때 이외에는 보인 적이 없었던 『드래곤 보디(용전사화)』를 드러냈다.

인간의 모습을 남긴 채 팔다리를 용린이 덮고 있었다. 의복 밑의 온몸도 마찬가지로 관절 부분 이외에는 전부 보호하는 상태였다.

물론 이에 따라 존재치가 상승하는가 하는 그런 이야기가 아니라, 힘을 충분히 발휘하고 있다는 것뿐이었다. 다시 말해 손속에 조금도 사정을 보지 않는 상태가 지금의 미도레이였다.

"헤에, 역시 미도레이 씨야. 제기온하고 어느 쪽이 위일지 관심이 가지만, 역시 우열을 따지기 힘든데!"

그렇게 관전하던 카레라가 감탄성을 낼 만큼 미도레이는 정말로 강했다.

그도 그럴 것이 무인 기질이 있는 무지카는 기량 또한 확실했다. 그렇지 않다면 이미 게루도에게 쓰러졌을 테니까.

강화 전에도 게루도와 호각이었는데, 지금 무지카의 존재치는 몇 배로 부풀어올랐다. 미도레이와 비교해도 3배 이상이라 압도적인 격차가 존재했다.

그런 무지카와 호각으로 맞버티고 있으니, 미도레이가 얼마나 비상식적인지 이해할 수 있었다.

실제로, 진심을 다해 싸우면 제기온이 이길 것이다.

그러나 제기온이 미도레이에게 맞춘 힘으로 싸운다면…….

카레라의 견해로는, 두 사람의 기량은 호각이 아닐까 여겨졌다.

●

격렬한 공방이 이어진 후, 미도레이와 무지카는 간격을 벌리고 마주보았다.

서로가 서로의 허점을 찾으며 함부로 공격에 나서지 못했다.

그런 가운데 무지카가 입을 열었다.

"제법이구나. 귀공의 이름을 들어놓을까."

"미도레이다. 네놈도 이름을 대는 게 어떤가? 이만큼 나를 즐겁게 하는 강자의 이름이라면 기억해둘 가치가 있지."

적이면서도 미도레이와 무지카는 서로를 인정했다. 특히 무지카 쪽은 『리스트라이프』 직후부터 인간미가 늘어났는지 기술도 기계적이지 않고 날카로워졌다.

미도레이도 그 변화를 느꼈는지 진심으로 무지카를 인정했다. 그렇지 않다면 전력을 다하는 모습을 드러내지 않았을 것이다.

하지만 이곳은 전장이며, 두 사람은 적이다.

서로를 인정하면서도, 하고 있는 일은 살육이었다.

미도레이가 웃으면서 물 흐르는 듯한 동작으로 왼쪽 주먹을 내질렀다. 그리고 질렀을 때의 속도를 능가하는 기세로 끌어당기더니 그 반동을 이용해 돌려차기를 날렸다.

소위 말하는 페인트지만 미도레이의 경우에는 그것만이 아니었다. 처음 주먹을 쥐었을 때 공기를 압축시켜 쏘아냈던 것이다.

심지어 여기에 투기를 담아놓았으므로 어중간한 마력탄 따위보다도 위력이 강했다.

무지카는 주먹에 반응해 도(刀)를 내밀었으므로 그 압축공기탄을 튕겨낼 수 있었다. 하지만 그 직후 도를 상단으로 들며 생긴 틈새로 미도레이의 발차기가 깔끔하게 파고들었다.

"크윽."

갑주 밑까지 스며드는 발차기의 위력은 무지카의 온몸을 휩쓸 며 차례차례 신체능력에 영향을 미쳤다. 이것은 말할 것도 없이 미도레이의 발차기에도 투기가 가득 차 있었기 때문이다.

미도레이는 〈기투법〉의 달인이다.

베루글린드가 도달했던 이세계에 '용권'이라는 유파가 싹튼 것 처럼, 이곳 기축세계에서도 독자적인 유파가 전해지고 있었다.

고류 유술과 비슷한 기본동작에 자신의 투기를 담아 신체조작 을 하는 그 유파는 시조인 밀림의 분방함까지도 표현하고 있었다.

유파명 따위는 없지만, 구태여 이름을 붙인다면 '용마권(龍魔拳)' 이 되리라.

덧붙여 '용권'처럼 '혼백'을 계승하거나 하는 의식은 없다. 축적 된 지식과 경험은 그 자가 체득한 것이 전부다.

기축세계에서 사람의 수명은 천차만별이며, 살아가는 방식에 따라 크게 늘어난다. 수행해서 〈기투법〉으로 컨디션을 관리하기 만 해도 몇 배로 늘어나고, 미도레이처럼 격세유전한 순혈종이라 면 천 년을 넘는 시간을 살아간다.

실제로 미도레이의 나이도 2천 살을 넘었다.

그 시간을 모두 수행에 썼기에 미도레이는 강한 것이다.

그런 미도레이의 발차기를 제대로 받은 무지카는 자기도 모르 게 한 걸음 물러났다. 그리고 맞은 곳을 흘끔 보고, 경악했다.

어중간한 공격으로는 생채기 하나 나지 않는 갑각 갑주가 크게 움푹 들어간 채 부서졌기 때문이었다.

인섹터의 하급병사는 공포심 따위가 없으므로 명령을 받은 대 로 아무리 강한 상대에게도 공격을 멈추지 않고 돌진한다. 그러나 상위 개체쯤 되면 희소성 때문에 본능적으로 상대와의 역량 차이를 파악할 수 있게 된다.

충장 정도라면 상당한 정밀도에 이르니 거의 정확한 전투능력을 추정할 수 있다.

다만 이것은 어디까지나 직접적인 능력에만 한한 것이므로, 스킬의 권능 등은 간파할 수 없다. 그리고 당연히 그 대상이 얼마나 많은 수련을 쌓았는지는 실제로 싸워보기 전까지는 모른다.

무지카는 지금의 일격을 받고 미도레이를 최대급으로 경계했다. 피리오드에게서 힘을 받아 우쭐해졌지만, 승부를 오래 끌면 패배할 수도 있다고 냉정하게 판단하게 되었다.

그렇다면 취해야 할 행동은—— 전심전력을 담은 최고의 기술로 상대에 대한 경의를 드러내는 것뿐이다.

"나의 기술을 맛보거라—— 식아(喰牙)."

무지카의 무기는 엄밀히 말하자면 도가 아니었다. 아리오니움을 단조해 칼날의 형태로 만든 것이다. 그것이 지금 무지카의 진화에 따라 더욱 날카롭게 변화했다.

게다가 갓즈급에도 필적할 만한 그 칼날에 무지카의 마력이 주입되어 온갖 물질을 절단할 만한 위력이 되어 미도레이에게 육박했다.

그런데 미도레이는 움직이지 않았다.

흐읍!! 하고 기합성을 내면서 왼팔로 무지카의 칼날을 받아냈다.

그렇다. 받아냈던 것이다.

단단하고 불쾌한 소리가 울려 퍼지며 귀를 찢었다. 그것은 동등한 위력과 경도가 맞부딪쳤을 때 발생한 충격파가 연주하는 멜

로디였다.

"이럴 수가……?!"

"뭘 놀라지? 기합이 있으면 자신의 육체를 무기로 바꾸는 것 정도는 쉬운 일 아닌가."

쉬울 리가 없다.

지금은 무지카의 반응이 옳다.

하지만 미도레이는 항상 밀림이라는 부조리를 상대로 단련해왔던 사나이다. 자신의 논리가 일반인의 비상식이라는 것은 생각도 못하고, 그것이 당연하다고 믿어 의심치 않았다.

물론 정말 기합만으로 어떻게 될 리가 없다.

용린에 뒤덮인 것도 이유지만, 여기에 담긴 것은 확실한 기술이었다.

미도레이는 자신의 투기를 제어해 육체를 경질화시켰던 것이다.

어디에 공격이 올지를 예측하고 그 부위에 의식을 집중시킨다. 그리고 다른 부위의 방어력이 저하되는 것을 두려워하지 않고 모든 투기를 집중시켰다.

이로 인해 갓즈급의 위력에도 견딜 수 있을 만한 방어력을 왼팔에 담을 수 있었는데, 이것을 기합이라는 한 마디로 넘겨버리는 것은 상당히 막무가내라 해야 하리라.

미도레이이기에 가능한 것이다.

미도레이의 본질은 언젠가 가비루가 도달할 '용신'이라는 자리에 존재했으며, 신성을 띤 그의 육체 강도라면 기합이라는 이름의 근성으로 갓즈급과 맞먹을 수 있었다.

그리고 당연히, 이 기술은 방어에만 국한된 것이 아니었다.

"다음은 내 차례군."

그렇게 말하며 씨익 웃은 미도레이는 왼팔로 칼날을 받아낸 채 크게 몸을 낮추었다.

공수도에서 말하는 기마자세였다.

그렇게 왼팔에 발생했던 방대한 에너지를 그대로 흘려보내 오른쪽 주먹에 모았다. 나아가 대지와 닿은 두 발에서 이 별에 흐르는 지맥의 에너지까지도 끌어모았으며── 여기서 그치지 않고 이 별 그 자체의 에너지까지도 자신의 몸에 축적시켰다.

이것이 바로 『성신동화(星身同化)』라는 '용마권'의 극의였다.

물론 몸에 가는 부담은 상상을 초월할 정도지만, 그것을 기합으로 눌러버리는 것이 미도레이다. 이후의 일 따위 생각도 하지 않고 승리만을 생각하는 것이다.

"으음?!"

무지카가 위험을 감지했을 때는 이미 때가 늦은 후였다.

"드래고닉 블래스트(용마강폭패, 龍魔剛爆覇)!!"

이것이 바로 최적의 타이밍에 발사된 미도레이의 오의, 드래고닉 캐논조차 가볍게 능가하는 최강의 기술이었다.

언뜻 보면 충장 사릴의 몸을 산산조각냈던 것과 완전히 똑같은, 단순한 정권지르기였지만, 위력은 이 세계의 법칙이나 상식을 일탈한 것이었다.

무지카에게도 그것은 마찬가지여서── 갑각 갑주의 흉부 중앙에 커다란 구멍이 뚫린 후에야 겨우 무지카도 미도레이의 이상성을 이해했으나, 때는 이미 늦었다.

'경계하는 것만으로는 부족했구나……. 나도 멍청했지…….'

그렇게 마지막에 생각한 무지카.

하지만 어째서인지 그 패배는 기분이 좋았다.

무지카는 총장으로서가 아니라 한 명의 무인으로서 만족스럽게 죽었다.

●

제법인데, 미도레이 씨.

카레라는 눈을 크게 뜨고 있었다.

안 그래도 호감을 가질 만한 인물이었지만, 그의 강함은 카레라가 보기에도 칭송할 만한 것이었다.

각성한 달인급의 고도한 공방을 본 것만으로도 카레라에게는 경험치가 대량으로 늘어난 것 같은 기분이었다.

하지만 지금은 그보다도, 남은 문제인 피리오드를 어떻게 할지가 선결과제였다.

미도레이가 무지카를 쓰러뜨린 지금, 총력전에 나설 수 있게 되었다. 여기에 카레라도 가세하면 되겠지만, 아직 몸이 제대로 움직이지 않았다.

그 정도로 제라누스의 일격은 치명적이었던 것이다.

카레라는 못난 자신을 답답하게 생각하며 냉정하게 전황을 분석했다.

'나 이거야 원. 벌레란 것들은 진짜 성가신걸…….'

그것이 본심이자 결론이었다.

지금 막, 피리오드의 힘이 더욱 증가했다. 무지카를 쓰러뜨린 것까지는 좋았지만 피리오드가 강화되고 말았던 것이다.

그 이유는 무지카의 힘까지 흡수했기 때문이다.

제스의 힘은 제라누스가 직접 흡수했다. 그렇기에 피리오드에게 환원되지는 않았다. 하지만 무지카처럼 이 전장에서 죽을 경우, 힘은 모두 피리오드에게 흡수된다. 그리고 이를 이용해 피리오드 자신의 육체까지도 리스트라이프할 수 있었다.

그것이 바로 이 전장을 지배하고 있는 피리오드의 권능의 성가신 점이었다.

피리오드의 온몸이 무사 같은 갑주에 뒤덮였으며, 손에는 사위스러운 도(刀)가 생겨났다. 무지카의 특성과 경험까지도 자신의 것으로 삼은 결과, 지금의 피리오드는 근접전투까지도 구사할 수 있게 된 듯했다.

'점점 약점이 사라져가는 것 같아. 이 전장에서 쓰러진 자의 힘을 빼앗는다고 하면, 우리 주군이 희생자를 내지 않겠다는 방침을 정한 건 정말 잘한 일이었어.'

적, 아군을 불문하고 이 전장에서 죽은 자의 힘은 피리오드에게 흘러간다. 그런 조건을 파기하려면 이 전장을 뒤덮은 결계를 『파괴』할 수밖에 없다.

하지만 그것은 불가능하다.

왜냐하면 적의 수괴인 충마왕 제라누스만이 아니라 마왕 밀림까지도 결계 유지에 힘을 쏟고 있기 때문이다.

그렇지 않았으면 이 별 그 자체가 이미 사라졌을 것이다.

제라누스의 목적은 이 별을 지배하는 것이지 파괴하는 것이 아니기에, 그 점만은 두 진영의 의도가 일치하며 자연스럽게 『결계』에 의한 환경보호가 유지되었던 것이다. 하지만 그 결과 피리오드의 무쌍 상태까지 완성되고 말았다.

성가시기 그지없는 이야기지만, 이제와서 깨달아봤자 때가 늦었다.

'하지만 뭐, 이 이상의 강화는 없을 거야…… 없겠지? 조바심은 금물. 어떻게든 공략의 실마리를 찾아낼 수밖에.'

인섹터의 생존자는 황제와 황비를 제외하면 없었다. 아군 진영에서 희생자가 나오지 않는 한 이 이상의 강화는 없으리라 생각해도 좋다.

그리고 당연히, 카레라가 깨달은 것처럼 오베라와 미도레이도 지금의 상황을 올바르게 이해하고 있었다. 그렇기에 막무가내로 돌격하거나 자신을 희생하는 전법은 취하지 않고 소극적이면서도 착실하게 대미지를 입히는 지구전을 이어나가는 것 말고는 타개책이 없었다.

물론 첫 작전방침이 바로 그것이었으므로, 아무도 특별히 조바심을 내거나 하는 정신적 부담감을 느끼지는 않았다. 피리오드가 강화되었어도 그것은 여전했으며, 오베라와 게루도를 중심으로 한 전법을 유지한 채, 착실하게 피리오드가 피폐해지기를 기다리고 있었다.

'역시 대단해. 하지만…….'

미도레이라는 강자가 참전했는데도 전황은 유리하게 흘러가기는커녕 반대로 궁지에 몰리고만 있었다.

이대로는 패배한다—— 카레라는 그렇게 판단하고 위기감을 품었다.

밀림과 제라누스의 싸움은 차원이 너무 달라 의식에서 제외해 버렸다.

지금 생각해야 할 것은 동료들에게서 희생자가 나오기 전에 피리오드를 공략하는 방법이다.

결정타가 없었다.

전투가 균형을 이루고 있는 것이야말로 기적적이었으며, 그런 줄다리기 같은 상황이 오래 이어질 것 같지는 않았다. 누구 하나라도 실수하면 그것은 개미구멍으로 방죽이 무너지듯 단숨에 전황을 패배로 이끌어 버릴 것이다.

그렇게 되기 전에 무언가 수단을——.

카레라는 다시 분노의 표정을 지으며, 움직일 기미가 없는 자신의 오른팔을 노려보았다.

여기서 움직이지 않으면 자신이 이 자리에 있을 이유가 사라지고 만다.

그것은 다시 말해 카레라의 존재 이유에까지 영향을 미치는 큰 문제였다.

강함을 추구했던 것은 이럴 때를 위해서였으므로.

그때, 황금총이 살짝 빛을 냈다.

『——그렇다면 내가 네게 힘을 빌려주지.』

카레라의 귀에, 들릴 리가 없는 '목소리'가 들렸다.

설마——.

카레라는 오랜만에 경악했다.

그리고 다음 순간──.

●

그 싸움은 신화의 재래였다.

밀림과 제라누스, 두 사람의 주먹이 허공을 가르기만 해도 대기가 진동하고 대지가 흔들렸다.

별마저 가루를 만들어버릴 것처럼 격렬했지만, 그렇게 되지 않았던 이유는 단 하나.

제라누스와 밀림이 이 전장을 자신의 『방어결계』로 보호하고 있기 때문이다.

애초에 밀림이 처음부터 참전하지 않았던 이유도 이것이었다.

카레라의 극대마법 '어비스 어나이얼레이션'에 의한 영향을 가늠한 후, 이 전쟁이 대지에 미칠 피해를 산출하고 있었다. 이를 전제로 이 별 그 자체를 『결계』로 보호하고자 움직이고 있었다.

밀림은 폭군이기는 하지만 사려 깊은 면도 겸비했다.

언동은 모두 본심이기는 하지만 이면에서는 자신의 행동이 어떤 결과를 가져올지까지도 정확하게 예측하고 이해한다. 그것은 양면성이 있다고 말할 만한 것이었지만, 이를 양립시키는 것이 밀림 나바라는 마왕이었다.

각설하고, 그렇게 되어 밀림은 한껏 설칠 역할을 카레라에게 양보했지만, 이내 자신 말고도 이 별을 지키려 하는 존재가 있음을 깨달았다.

그것은 다름 아닌 적의 수괴, 충마왕 제라누스 본인이었다.

'흐음. 나와 같은 생각을 하고 있는 듯하군. 이건 좀 성가신데……'

제라누스의 행동은 밀림에게도 예상 밖이었다.

이 세계를 침략하려던 존재니, 이 별을 지키려 한다는 것도 생각해보면 당연했다. 하지만 밀림의 입장에서는 그리 쉽게 고개를 끄덕일 수가 없었다.

단순한 『결계』라면 문제가 없지만, 그것은 적에게 유리한 효과가 부여되어 있었다. 그렇기에 부숴버리고 싶지만 그렇게 하면 자신의 『결계』에까지 영향이 미쳐 이 별에 심대한 대미지를 입혀버릴 만한 결과가 된다.

'끄으응, 나의 『결계』를 이용하다니 시건방진 놈!!'

이리하여 불만을 품으면서도, 그렇기에 반대로 함부로 움직일 수가 없게 되었다. 그 상황이야말로 적의 수괴에게 확실한 실력이 있다는 증거였으므로 섣부른 행동을 할 수는 없었다.

어지간한 일은 폭력으로 해결해버리는 밀림이라 해도, 자신에게 필적할 가능성이 있는 적을 앞에 두고서는 신중한 행동을 취해야만 했다.

그렇게 인내하면서 때를 노리다, 마침내 기회가 왔다.

제라누스가 움직였다.

밀림은 즉시 움직이려 했지만, 여기서 한 가지 문제가 발생했다. 제라누스는 용의주도하게도 밀림이 침입할 수 없도록 『결계』에 잔재주를 부려놓았던 것이다.

해제에 필요한 것은 10초도 되지 않는 짧은 시간이었지만, 그것은 치명적인 사태를 초래할 수 있는 시간이었다.

결과적으로 보면 소소한 도발 정도의 효과로 그쳤지만, 자신이 한 발 뒤처졌다는 사실에는 변함이 없었다. 밀림은 이를 반성하면서도 솔직하게 칭송하고, 매우 냉정하게 되갚아주기로 결심했다.

물론 그것은 카레라의 위기를 아슬아슬하게 구해주었기 때문에 할 수 있는 말이었다. 카레라라면 죽지는 않았겠지민, 만약 치명적인 사태에 빠졌더라면 밀림의 분노는 어떻게 됐을지 알 수 없었다.

그것은 이 세계에게도 매우 안도할 만한 사태였다.

아무튼 밀림의 입장에서는 최악의 상황은 면한 셈이었으므로, 남은 일은 제라누스를 쓰러뜨리는 것뿐.

기뻐하며 참전해 제라누스와 싸움을 시작했던 것이었다.

제라누스는 강했다.

밀림의 주먹을 태연히 막아내고 날카롭게 받아친다. 밀림도 이를 태연히 받아 흘리고 발차기를, 팔꿈치를, 박치기를 물 흐르듯이 꽂았다. 그리고 제라누스도 밀림에게 뒤처지지 않고 멋지게 대응해냈다.

두 사람 모두 자신의 육체만을 무기 삼아 격렬한 공방을 되풀이했다.

"제법인데. 봐주지 않고 있는데도 나랑 이 정도로 놀 수 있다니!"

"훗, 웃기는군. 창조주의 딸이라기에 어느 정도인가 하고 경계했더니, 별것 아닌가 보지."

밀림의 농담에 제라누스는 거만한 태도로 대꾸했지만, 사실은 조금도 방심하지 않았다. 내심으로는 밀림을 최대한 경계한 채, 깔보는 듯한 태도를 연기했을 뿐이었다.

카레라의 '신멸탄'을 경계했던 것으로도 알 수 있듯 제라누스는 신중했다. 자만 따위 제라누스와는 무관했다.

절대적인 강자이면서도 자신을 과신하지 않는다. 그러면서 어떤 상대라 해도 방심하지 않고 온 힘을 다하는 것이 제라누스라는 마신의 본질이었다.

그렇기에 제라누스가 경계하는 것은 밀림만이 아니었다. 강적만이 아니라 약자까지도 깔보지 않고 항상 최선을 다하는 것이 제라누스의 본질이다.

그렇기에『결계』에 잔재주를 부려 밀림의 참전을 늦추었다. 그리고 그 한순간 동안 카레라를 해치워 그녀의 힘을 자신의 것으로 삼고자 했던 것이다.

그렇게 되지 않았던 것은 제라누스가 예상했던 것보다도 밀림의 연산능력이 뛰어났으며, 또한 예상했던 것보다도 카레라가 끈질기기 때문이었다.

제라누스의 입장에서도 카레라의 숨통을 끊지 못했던 것은 큰 타격이 되었다.

카레라가 회복되어 밀림과 손을 잡으면 그거야말로 귀찮은 일이 될 것이다. 게다가 지구전으로 들어가기라도 한다면 하루에 한 번이라는 제한이 있는 '신멸탄'을 다시 사용할 우려가 있다. 그런 상황을 냉정하게 판단한다면 결코 낙천적으로 생각할 수만은 없었다.

그러므로 제라누스는 밀림과의 대화에도 고도의 심리전을 구사하고 있었다.

'이걸로 방심한다면 다행이지만, 과연 창조주의 딸은 어느 정
도일까.'

그렇게 생각하며 밀림이 어떻게 나올지를 살피는 제라누스.

"와하하하하! 말은 제법 잘하는군. 그렇다면 더욱 나를 즐겁게
해다오!"

그리고 밀림은 여기서 처음으로 진심을 다하는 모습이 되었다.

아름다운 플래티넘 핑크색 머리카락을 가르듯, 이마에서 예쁜
무지개색의 뿔이 돋아났다. 등에서는 용의 날개를 펼치고 온몸에
는 칠흑색 갑옷을 둘렀다.

손에 들린 것은 기이에게 받은 '아수라(천마, 天魔)'다.

밀림이 무기를 쓰는 일은 드물다.

입으로는 뭐라 하든, 이것만 봐도 제라누스를 인정한 것이었다.

그리고 제라누스 또한 자신의 연기가 밀림에게 통하지 않았음
을 깨달았다. 그렇다면 이를 무마하려 해봤자 아무 의미가 없다.

"그렇게 강한데 왜 그렇게까지 주도면밀하지? 겁쟁이인가?"

의아하다는 듯 묻는 밀림에게, 제라누스는 숨기려고도 하지 않
고 생각을 있는 그대로 대답했다.

"훗, 겁쟁이란 어떤 것인가? 적을 두려워하지 않다가 패배하느
니 차라리 나는 겁쟁이여도 승리자가 되기를 바란다."

왕다운 당당한 태도를 무너뜨리지 않은 채, 스스로에게 부끄러
움 따위 조금도 없이 단언했다. 그것이 바로 제라누스의 본심이
자 긍지였다.

"승리자라고? 네놈의 바람은 뭐냐?"

"훗, 뻔한 소리를. 창조주를 넘어서는 것이야말로 나의 사명이다."

그것이 바로 제라누스의 숨김없는 본심이었다.

실제로 제라누스는 베루다나바에게 이름을 받은 후로 자신의 존재 이유를 생각해왔다.

펠드웨이처럼 창조주에 대한 경의로 눈이 멀지도 않고, 자신이 무엇을 해야 할지를 항상 시행착오와 함께 고민해왔다.

그렇게 도출된 답이 바로── '부모를 뛰어넘는 것'이었다.

제라누스의 육체는 불멸. 모든 세포는 정신의 제어하에 있으며, 재생 정도가 아니라 순식간에 재현할 수 있다. 병이나 부상 따위와는 무관하고, 수명을 초월한 존재였다.

하지만 그래도 에너지가 고갈되면 죽는다.

육체는 불멸이어도 정신에는 한계가 존재했던 것이다.

다시 말해, 불사는 아니다.

제라누스는 언젠가 베루다나바를 초월해야만 한다. 지금은 '죽음'에 저항할 수 없으므로 어디까지고 겁쟁이처럼 신중하게, 온갖 수단을 동원해 자신의 경지를 높이려 했다.

그렇기에 자신 하나로만 완결짓지 않은 채 부하를 늘려왔다.

크나큰 위험성을 알면서도 배우자가 될 피리오드를 창출했다. 그리고 그녀와의 사이에서 자신의 수족이 될 아이들을 만들어냈다.

그 아이들 또한 아버지인 제라누스를 닮아 강함을 추구했다.

제스는 특히 많이 닮아서, 제라누스와 마찬가지로 겁쟁이라 여겨질 만큼 신중했다.

게다가 비열하고 교활했다.

막 태어난 '남동생'에게서 자신을 위협할 가능성을 느끼고 그

싹을 뽑아버리려 했을 정도다.

차세대의 여왕으로 탄생한 개체를 먹어 그 힘을 자신의 것으로 삼고자 꾀했을 정도다.

그 계획은 실패로 끝났다지만, 이러한 모든 것은 제라누스가 관여할 바가 아니었다.

좋을 대로 하게 두었다.

그렇게 해서 제스가 차기 창세신이 된다면 그것은 그것대로 기쁜 일이기 때문이다.

아버지인 자신과 아들인 제스. 어느 쪽이든 이기는 쪽이 정의이며, 다음 세기도 승자가 쌓아나갈 것이다.

물론 제라누스는 왕좌를 양보할 마음은 추호도 없었으며, 제스가 자라나면 그의 힘을 빼앗을 생각이었지만…….

제라누스는 승리를 확실히 하기 위해 제스에게 애정을 쏟아 신용을 얻어내 항상 정확하게 제스의 힘을 파악하고 있었던 것이다.

이번에는 카레라라는 위험분자가 있었기에 제스라는 시금석을 잘 활용할 수 있었다. 그리고 그 힘을 확실하게 빼앗았으므로 제라누스로서는 만족할 만한 결과가 되었다.

제라누스만한 강자가 이렇게까지 교활하게, 주의에 주의를 거듭해 신중하게 행동하는 이상 이제는 난공불락이나 다를 바 없다.

그렇기에 제라누스는 부끄러워하지도 않고 당당히 밀림에게 대답한 것이다.

이 말에 밀림은 제라누스가 생각한 것보다 위험하다고 인식했다. 여기서 쓰러뜨리지 않는다면 손을 댈 수 없을 만한 재앙이 될 테니, 온 힘을 다해 제거해야겠다고 판단했다.

"더 놀아주고 싶었으나 유감스럽게도 네놈은 위험하다. 미안하지만 이제부터는 진심으로 상대해주지."

밀림은 진지한 표정을 지으며 제라누스에게 그렇게 선언했다. 그리고 다짜고짜 힘을 해방했다.

이렇게 되면 이제 제라누스에게도 여유가 없었다. 진심을 다할 수밖에.

"가소롭구나. 정상에 도전하기 전의 여흥으로 상대해주지. 창조주의 딸의 힘을 내게 보여다오!!"

세계에 대한 영향은 더 이상 신경 쓰지 않고, 축적해두었던 사위스러운 힘을 해방한다.

두 사람의 힘이 드높아지며 대기가 흔들렸다.

기량에 큰 차이가 없는 이상, 격투전으로 서로를 깎아대기만 해서는 승부가 장기화될 뿐이다. 그 인식은 공통된 것이었으며, 그렇기에 여기서 밀림이 선택한 것은 필살마법을 사용한 단기섬멸이었다.

이에 대응하고자 제라누스도 투기를 모으기 시작했다.

그리고 맞부딪친 밀림의 패기와 제라누스의 투기가 공간 곳곳에서 플라즈마를 발생시켰다.

어중간한 마물이라면 여파만으로도 가루가 되어버릴 위력이다.

상위마인이라 해도 말려들었다간 무사하지 못하리라.

그런 가공할 만한 폭발이 여기저기서 발생하는 전장에는 제삼자가 끼어들 수도 없었다. 이미 옛날에 피난이 끝나『결계』밖에서 멀리 에워싼 채 상태를 관망하고 있었다.

만약 도망치는 것이 조금이라도 늦었다면 지금쯤 지옥도가 펼

쳐졌을 것이다. 하지만 그만한 에너지 역장이 발생했음에도 불구하고 본방은 아직 시작되지도 않았다.

"비장의 수를 보여주지! 드라고 노바(용성폭염패, 龍星爆炎覇)!!"

밀림의 두 손 사이에 성입자가 번뜩이고, 이 세상의 것이 아닌 파괴의 힘이 소용돌이쳤다. 이를 한데 모아 제라누스를 향해 쏘았다.

피리오드처럼 공간을 뒤틀어버리는 힘이 있다 해도 전부 받아 흘러버리기란 불가능했다. 거기까지 생각하고서 밀림은 포학의 힘을 꽂아넣은 것이다.

'디스트로이(파괴의 폭군)'의 진면목과도 같은 폭거였으나, 이 경우에는 정답이었다. 초상존재끼리의 전투는 오래 끌면 끌수록 피해가 막대해진다. 이 자리에는 밀림과 제라누스의 힘이 합쳐진 『결계』가 있으므로 밀림은 이를 한계까지 이용해 승부에 나서기로 했다.

한편 제라누스가 선택한 것도 밀림과 마찬가지로 적을 섬멸하기 위한 필살오의였다.

"모두 먹어치우거라── '디베스테이터 바이러스(암흑증식식, 暗黑增殖喰)'──!!"

암흑의 미세입자가 제라누스의 몸에서 솟아났다. 그리고 그것이 의지가 있는 존재와도 같이 드라고 노바의 광채를 가로막았다.

그 정체는 제라누스의 몸을 구성하는 암흑세포다.

이계에서 흡수한 물질을 마음대로 조작하는 제라누스는 자신의 몸을 미세화시켜 적을 침식할 수 있다. 의지 있는 극소세포가

『결계』마저 뚫고 대상을 내부로부터 파먹기 때문에 어지간한 자는 저항할 방법조차 없다.

밀림이 쏜 광채와, 제라누스가 지배하는 암흑의 입자가 교차했다.

빛이 어둠을 구축하는 한편, 암흑이 광명을 집어삼켰다.

시간으로 치면 눈 한 번 깜빡할 사이였지만, 그것은 무한으로도 여겨질 만큼 긴박한 순간이었다.

그것은 두 사람에게는 의도하지 않은 상황이었다.

밀림은 압도적으로 승리할 생각이었으며, 제라누스는 제라누스대로 밀림을 잡아먹을 생각이었다.

그리고 마침내 승부의 행방이 판명되었다.

빛과 어둠이 가라앉았을 때, 그곳에 서 있던 것은 밀림이었다.

암흑의 미세입자는 밀림의 몸에도 달라붙어 있었으나, 밀림의 오라(패기)를 뒤집어써 소멸해버렸다. 지치기는 했지만 밀림은 멀쩡했다.

그리고 제라누스는 어떤가 하면.

"······이것이 바로 고통, 인가. 설마····· 내가 먹을 수 없는 것이 있었다니······."

놀랍게도 무사했다.

밀림의 드라고 노바는 성입자라는 특수물질이 주요 성분이다. 이것은 밀림만이 조작할 수 있는, 영자(靈子)조차 능가하는 파괴력을 담은 물질이며, 성질을 해석하지 못하면 누구도 제어가 불가능하다.

이를 먹으려다 실패했더라도 그것은 당연한 일이었다.

물론 제라누스는 먹지 못했을 뿐, 상쇄에는 성공했다. 몇 할 정도는 대미지를 입었지만 충분히 재생이 가능한 수준이었으며, 전투지속에는 아무런 영향도 없었다.

밀림은 정신적 피로를, 제라누스는 약간의 육체적 소모를 입었다. 겨우 그것이 이 오의의 충돌에서 나온 결과였다.

제라누스가 부스스 일어나 겹눈으로 밀림을 노려보았다.

그리고 생각했다.

'과연 나는 이대로 싸워 이길 수 있을까?'

창조주의 딸인 만큼 밀림은 역시 강하다. 힘은 대부분 물려받은 것이라지만 아직도 다 헤아릴 수 없는 저력을 숨기고 있을 것 같았다.

제라누스는 그런 확신이 있었다.

왜냐하면 과거 마왕 기이와 사투를 벌였던 흔적인 '불모의 대지'를 봤기 때문이다.

주의 깊은 제라누스답게, 정보수집력은 만전이었다. 죽음의 사막이라고도 불리는 그 지역은 2천 년 이상 전에 탄생했다고 하는데도 아직까지 농밀한 마력요소에 오염된 채로 남아있다.

밀림이 사용한 드라고 노바의 위력은 무시무시했지만, 그렇게까지 오염되는 일은 없다. 그렇기에 또 다른 무언가가 있으리라 생각해야 한다.

그것이 무엇인지는 알 수 없지만, 제라누스를 불안하게 만들었다.

제라누스는 사력을 다한 승리 따위 바라지 않았다. 확실하게, 안전하게 승리해야만 한다.

제라누스의 이 신념은 절대적이었으며, 이에 따라 생각한다면 이 이상의 전투는 위험했다.

만에 하나의 일 따위 있어서는 안 되는데도, 밀림은 아직까지 미지수니…….

제라누스는 이 시점에서 후퇴를 시야에 두고 있었다.

그리고 그 직후, 제라누스에게 결단을 강요하는 사건이 일어났다.

●

이곳에 있을 리 없는 인물의 목소리를 들은 카레라는 더 이상 관전하고 있을 때가 아님을 깨달았다.

설마 하는 마음이 있었지만 이 상황에서 현실을 의심할 만큼 멍청하지는 않았다.

"여어, 죽다 말았나 봐?"

"훗, 네놈이 못난 탓에 저세상에서 불려 나왔지."

그렇게 말하며 대담하게 웃은 것은 카레라에게 죽었어야 할 콘도 중위였다.

카레라가 알 방법은 없었지만, 이보다도 조금 전에 마사유키의 얼티밋 스킬『진정한 영웅(영웅지왕)』이 발동되었던 것이다.

다시 말해, 이곳에 있는 콘도는 실체는 있지만 산 사람은 아니며, 진짜와 똑같기는 하지만 진짜는 아닌, 디지털 네이처(정보생명체)와 동질의 존재였다. '에인헤랴르(죽은 영웅)'인 것이다. 원래 같으면 있을 수 없는 이야기지만 마사유키의 권능을 통해 카레라의

143

위기에 달려와준 것이었다.

"됐고. 나를 죽였을 정도의 악마가 설마 이걸로 끝났다고 하진 않겠지."

"그거야말로 설마지. 이제 저 자식을 두들겨 패주려던 참이었는데 네가 방해했잖아."

콘도도 "어떻게?"라고 되묻지는 않았다.

대담하게 웃으며 그럼 됐다고 고개를 끄덕이고는.

"나도 힘을 빌려줄 테니, 방해한 건 용서해라."

매우 자연스럽게 협력을 청한 것이다.

그리고 카레라는 마치 당연하다는 듯이 이를 받아들였다.

"음, 그 뭐냐. 나도 이 꼴이니 빌려 갈게."

악마의 긍지 따위 신경도 쓰지 않았다.

아니, 오히려 기뻐하는 듯했다.

그리고 이 자리에서 강력한 콤비가 탄생했다.

이런 때인데도 두 사람은 가볍게 의논을 했다.

"그래서 어떤 작전으로 가려고? 네가 저 녀석을 쓰러뜨려 주기라도 하게?"

동료가 되자마자 아무렇지도 않게 막무가내를 요구하는 카레라.

콘도도 어이없어했지만, 한숨을 쉬고는 설명을 시작했다.

"아무리 나라도 저것에겐 못 이긴다."

콘도는 현실적이었다.

현세에 막 현현했는데도 매우 냉정하게 상황을 파악하고 있었다.

게다가 매우 합리적인 판단을 내렸다.

"하지만 지금은 다행히 놈의 눈이 다른 자들에게 쏠려 있으니까."

"호오?"

"정공법으로 이기지 못할 상대는 꼼수를 쓰면 그만이란 거다."

콘도는 그렇게 말하고 카레라의 손에 자신의 손을 겹쳤다.

더 정확하게 말하자면, 카레라가 쥔 황금총에 자신의 힘을 주입해줄 생각인 것이다.

"갑자기 손을 잡으니까 부끄럽잖아."

"닥쳐라. 지금은 그런 농담이나 할 때가 아니니."

사실은 꽤나 진심으로 발언한 것이었다. 그런데도 싸늘한 대답이 돌아오니 좀 울컥해버렸다.

하지만 콘도의 말은 정론이었다.

분명 지금은 동료들에게 피해를 주지 않기 위해서라도 적을 타도해야만 하는 중대한 때였다.

카레라는 콘도가 무엇을 하려는지 의식을 집중시켜 관찰했다.

그리고 깨달았다.

"그렇구나. 너의 '신멸탄'이군."

"맞아. 이 탄환에 내 힘을 전부 담았다. 네놈은 제어에만 집중하면 돼."

이제는 구사할 수 있겠지? 따위의 질문은 하지 않았다.

콘도는 카레라를 신용하는 것이다.

카레라 또한 이를 느끼고, 기분이 풀렸다.

"그래. 나한테 맡겨."

그리고 만면의 미소와 함께 역할을 맡았다.

●

피리오드는 전장의 지배자였다.

우여곡절은 있었으나, 상황은 이미 계획대로 진행되고 있다.

마음에 들지 않는 것은 생각만큼 많은 이가 죽지 않았다는 점이다.

심지어 적군은 사망자 제로였다.

전장을 이탈할 만한 중상자는 있었어도, 마법이나 회복약 등으로 응급처치를 했는지 죽음에 이른 자는 없는 모양이었다.

기껏 특수한 역장을 형성해 이 전장에서 죽은 자의 힘을 흡수하고 있는데, 이래서는 기대했던 성과를 얻을 수 없다.

'뭐, 그래도 내 자식들을 먹어서 힘을 통합할 수 있었으니까. 잘됐다고 해야겠지.'

실제로 지금 피리오드의 힘은 개전 당시와는 비교도 되지 않을 만큼 강화되었다.

단순한 에너지 수치의 비교에 그치지 않고, 자식들의 기량까지 자신의 것으로 삼았으니 당연하다.

원래 특기였던『공간지배』에, 막 획득한 근접전투능력을 더하면 지금 달라붙어 있는 잡병 놈들에게 밀리는 일 따위는 있을 수 없었다.

다만 그 잡병들── 오베라, 미도레이, 칼리온, 프레이, 게루도, 고부타 & 란가는 훌륭한 연계를 선보이며 대미지를 최소한

도로 억제하고 있다. 피리오드가 치명상을 입는 일은 없었지만, 쓰러뜨리려 하면 그것이 의외로 어려웠다.

그것이 피리오드의 짜증을 유발했다.

'재미없는걸. 이만한 힘을 얻었는데도 아직 이놈들을 쓰러뜨리지 못하다니⋯⋯.'

시간을 들이면 확실하게 이길 수 있다. 그 사실을 알면서도 피리오드는 울컥거리는 마음을 억누를 수가 없었다.

특히 마음에 들지 않는 것은 게루도라는 마인이었다.

지금의 피리오드와 비교하면 별다른 힘도 없는 주제에 매우 끈질긴 것이다.

이미 빈사상태일 텐데도.

필살의 의도를 담은 공격을 몇 번이나 직격시켰음에도 몇 번이나 일어나고 있다.

심지어 눈빛 또한 가증스러웠다.

역량의 차이를 확실히 이해했을 텐데, 전혀 포기하지 않고 피리오드를 노려본다. 그것은 마치 승리를 확신하는 것 같아서——.

'웃기는 짓도 작작 해야지. 그건 내가 너희에게 보낼 눈빛이란 말이다!'

오베라라면 그나마 이해한다.

척후충에게 클립티드의 조사를 맡겨놓았으니, 당연히 대항세력인 오베라 군에 대해서도 보고를 받았다. 그리고 이번 전투에서 그녀의 실력을 직접 보면서 정말로 위험하겠다고 인식했기 때문이다.

그렇기에 큰 기술을 두 번이나 쓰게 해 소모시켰던 것이며, 결코 방심하지 않았다.

그러나 게루도 같은 걸림돌이 나타나리라고는 생각도 못 했다.

'리스트라이프하기 전의 무지카와 비슷한 실력밖에 없었던 주제에, 이놈의 내구력은 보통이 아니야. 내 공격에 언제까지 버티려는 거지……'

이러니 특화형은 성가신 거야.

피리오드는 속으로 짜증이 나는 마음을 필사적으로 달래면서 냉정함을 잘 유지했다. 그리고 그 분노를 터뜨리듯 촉수를 휘둘러 '마구베기'를 발동시켰다.

하지만 대부분 게루도의 카오스 이터에 의해 상쇄되고 말았다. 그리고 남은 참격 또한 깔끔하게 회피해버려, 피리오드의 분노는 커지기만 할 뿐이었다.

이것은 피리오드가 실력이 부족해서가 아니라 게루도 일행이 목숨을 걸고 온 힘을 다한 결과였다.

고부타는 공포를 억누르며 피리오드를 교란하는 데 전념했다.

그런 고부타를 신뢰하고 란가도 전면적으로 협력했다.

미도레이는 싸움을 즐기면서도, 죽으면 죽는 대로 어쩔 수 없다고 선을 긋고 있었다. 공포 따위 초월하고 그저 순수하게 피리오드를 해치우기 위해 움직였다.

칼리온과 프레이는 각성한 힘을 최대한 발휘해 하늘과 땅에서 피리오드에게 공격을 펼쳤다.

그야말로 라미리스 미궁에서 훈련한 덕이었다. 그 경험이 없었다면 이미 힘 분배를 잘못해 전선에서 이탈하고 말았을 것이다.

오베라는 오베라대로 매우 적확하게 전황을 읽고 지시를 내렸다. 게루도가 무사한 것도 그녀가 제때 방패 역할을 교대해주었기 때문이다.

그리고 그 게루도는, 이제 본인의 의식은 몽롱한 상태였다.

피리오드가 내다본 대로, 살아있는 것이 기적인 상태였다.

기백만으로 이 자리에 서 있었다.

권능과 일체화한 『전신개』는 금이 가 부서져 이제는 잔해만이 남았을 뿐. 그리고 육체는 이미 한계를 넘어서 『초속재생』으로도 따라잡을 수 없을 만큼 너덜너덜했다.

그래도 아직 싸울 수 있는 것은 게루도의 권능에 비밀이 있기 때문이다.

게루도에게 주어진 얼티밋 기프트 『벨제부브』에는 타인이 입은 대미지를 대신해주는 『대역』이나, 동료의 방어력을 상승시키는 『수호부여』라는 권능이 있다. 게다가 이 두 가지 권능을 조합하면 완전히 다른 효과를 발휘할 수 있다.

그것은 곧, 자신이 입은 대미지를 타인에게 떠넘기는 효과였다. 게루도는 대미지의 양을 조절하면서, 자신이 입은 대미지를 부하들에게 분배하고 있었던 것이다.

하지만 여기에도 한계가 있다.

부하들은 더 견딜 수 있다고 호소하지만, 뻔한 거짓말이다.

자신이 그렇듯, 모두가 한계를 맞고 있었으므로.

그래도 게루도는 서 있었다.

앞을 보고, 피리오드에게서 시선을 돌리지 않았다.

싸움은 눈을 돌린 놈이 진다── 그런 리무루의 말을 우직하게 지키고 있었던 것이다.

이것은 술자리에서의 농담 같은 것이었지만, 게루도에게는 지고의 금언이었다. 그것이 설령 사실이 아니라 해도, 자신의 힘으로 진실로 만들어버리면 된다고 생각했다. 그것이 게루도라는 사나이였다.

하지만 아무리 게루도라 해도 한계는 있었다.

다시 공격을 받아, 마침내 무릎을 꿇고 말았다.

"으윽…… 설 수가 없군."

"후후후후후, 이제야 주저앉는구나. 그 건투를 칭송하며, 너는 마지막에 죽여주도록 하지."

피리오드가 비웃었다.

게루도를 마지막으로 남긴 것은 자비 때문이 아니라, 나중에 천천히 괴롭혀주기 위해서다. 얼마나 공격에 견딜 수 있을지, 순수하게 실험해보려는 생각이었을 뿐이었다.

게다가 여기서 게루도 하나만을 신경 쓰는 것도 어리석은 짓이다.

다른 자들의 내구력은 게루도만큼은 아니었으므로 당장 위협을 제거해야 한다고 판단했다.

걸림돌이 사라진 지금, 이제 승리는 틀림없었다.

불안요소가 있다면, 피리오드의 주인인 제라누스가 마왕 밀림과의 결투에 돌입해, 승패의 행방을 읽을 수 없다는 점이었다.

예정대로이기는 하다.

하지만 마왕 밀림의 힘은 미지수였다.

피리오드도 제라누스의 승리를 의심하는 것은 아니지만, 만에 하나의 사태 따위가 있어서는 안 되니 확실을 기하기 위해서라도 얼른 지원하러 가고 싶었다.

'뭐, 이 끈질긴 녀석이 쓰러졌으니 다른 잔챙이들은 쉽게 정리되겠지.'

피리오드는 승리를 확신하고 오베라 일행을 향해 필살의 기술을 발동하려다가── 문득 움직임을 멈추었다.

등줄기에 오한이 내달린 탓이다.

이 전장, 피리오드가 지배하는 공간에 누군가의 간섭을 느꼈던 것이다.

'그럴 리가?! 이곳에 들어올 수 있는 자는 손으로 꼽을 정도밖에 없을 텐데──.'

사전에 들었던 강자들이라 해도 이 지배공간에 외부로부터 침입하기란 어렵다. 밀림처럼 공성연산으로 시공간섭을 한다 해도 『결계』에 이상을 느낀 후로 훨씬 시간이 더 걸렸을 터.

그런데도 마치 아무 장애물도 없는 것처럼, 그자는 이 공간에 출현한 것이다.

그런 짓이 가능한 자가 있을 리 없었다.

만약 있다고 한다면 그것은 생명체라기보다는──.

피리오드는 그 인물이 출현한 좌표를 산출하고 시선을 돌렸다.

그리고 그곳에서, 황금색 광채를 보았다.

그 광채는 총신에서 뿜어져 나왔으며, 그리고 그 총구가 향한 곳은 피리오드 자신. 그 총을 든 것은, 이제는 아무것도 할 수 없으리라고 방치해두었던 존느였다.

그런 존느── 카레라에게 몸을 기대다시피 붙어 있던 것이 피리오드가 찾던 인물. 그 날카로운 안광이 피리오드의 머리를 정확하게 노려보고 있었다.

무엇을 하려는 것인지는 명백했다.

그리고 그것은 피리오드를 동요시킬 만한 위협이었다.

"당장 멈——!!"

그 말보다도 빠르게 탄환이 피리오드의 머리를 분쇄했다.

그리고 어김없이 생명의 존재 그 자체를 앗아가 버렸다.

이렇게 피리오드는 유언조차 남길 틈도 없이 소멸하고 말았다.

＊

제라누스는 피리오드가 사라진 것을 감지했다.

존재가 사라졌다—— 다시 말해, 사망한 것이다.

심각한 사태였다.

"물러날 때군."

제라누스는 그렇게 중얼거리고 후퇴를 결단했다.

"음?"

의아해하는 밀림.

"이 이상의 전투는 무의미하다는 거다."

피리오드의 죽음은 제라누스도 예상하지 못했던 일이었다.

향후의 계획에 큰 지장이 생길 정도였으며, 이제는 눈앞의 승
리에 집착할 때가 아니었다.

이대로 밀림과 계속 싸워봤자 제라누스가 이길 수 있을지 어떨
지, 가능성은 반반이었다. 그래도 승부에 임한 것은 피리오드가
어중이떠중이 적장들을 죽여서 그들의 힘을 흡수하고 제라누스

를 지원하러 와주기로 이야기가 되어 있었기 때문이다.

이 전장에 있는 전사들의 힘을 통합해 피리오드가 스스로를 리스트라이프하면 제라누스만큼은 아니더라도 초강화된 존재로 다시 태어날 수 있을 것이다.

하지만 그 계획은 좌절되었다.

이대로 가다간 이길 수 있을지 어떨지도 확실하지 않은 싸움에 몸을 던지게 된다. 그런 불확정요소를 허용할 만큼 제라누스는 달관하지 않았다.

게다가 더 큰 우려사항이 있었다.

이 전장은 복합된 『결계』로 덮여 있는데, 여기에는 이 별에게 입히는 피해를 경감시키려는 목적도 있었다. 그런데 그 『결계』의 일익을 맡은 피리오드가 죽은 탓에 전체적인 『결계』의 강도가 약해지고 말았다.

밀림이 힘을 숨기고 있는 것과 마찬가지로, 제라누스 또한 아직 진심을 다하지 않았다. 이 이상 전투를 지속하면 생각지도 못한 사태를 일으킬 수도 있다는 판단도 있었다.

"도망치려고?"

"웃기는 소리."

제라누스는 밀림의 도발을 코웃음으로 날려버렸다.

밀림도 바보는 아니므로 이대로 『결계』가 사라지면 전력을 다할 수 없게 된다는 것을 안다. 그렇기에 단기결전을 감행했으니까, 그 방법으로 이기지 못한 이상 여기서 제라누스를 붙들어놓을 의미 따위 전혀 없었다.

실제로 밀림은 힘을 숨기고 있다.

자신의 몸에 깃든 권능을 사용하지 않았으며, 이를 사용하면 제라누스에게 이기는 것도 어렵지 않을 것이다.

하지만 그 후가 문제였다.

밀림의 권능은 한번 해방해버리면 멈추기가 어려웠다. 한계를 넘어선 시점에서 밀림의 이성이 사라지고 폭주 상태에 돌입해버리기 때문이다.

과거에 프레이가 클레이만에게 말한 적이 있는 밀림의 『스탬피드(광화폭주, 狂化暴走)』인데, 그것은 정말로 존재했던 것이다. 밀림이 가벼운 어조로 말했기 때문에 프레이도 진짜라고는 생각하지 않았지만, 그것은 틀림없는 실화였다.

밀림은 생각했다.

'동료들도 지쳤고, 치료가 늦으면 위험한 사람까지 있지. 이대로 무리해서 이놈을 해치우는 것보다도 지금은 일단 태세를 가다듬는 게 좋겠어.'

그것이 밀림이 도출한 결론이었다.

그렇게 되어, 밀림도 제라누스를 보내주기로 했다.

*

카레라는 피리오드의 소멸을 확인하고 기뻐하며 웃었다.

"후후후, 봐. 우리가 이겼어."

그렇게 말하며 돌아보았지만, 그곳에 콘도의 모습은 없었다.

콘도는 마사유키의 권능에 정식으로 불려나온 것이 아니라, 카레라에게 양도했던 황금총을 매체 삼아 억지로 현현했을 뿐이었다. 카레라의 선망이 보여준 환영이라고 해도 수긍해버릴 것 같은, 그런 존재였다.

"훗, 다 알아. 내가 못난 모습 보이니 걱정돼서 달려와 준 거잖아?"

카레라는 웃음을 머금은 채, 아무도 없는 허공에 대고 그렇게 말을 걸었다.

쓸쓸했지만 카레라는 강하니 견딜 수 있다.

그렇기에 다음은 같은 실수를 저지르지 않도록 더 더 강해지겠다고 결의했다.

고부타가 승리의 환호성을 올리고 있었다.

란가도 함께 승리의 포효를 올렸다.

의외로 둘이 닮은꼴이라 보기에 흐뭇했다.

기운을 다 써버린 게루도가 쓰러지고, 오베라가 건투를 칭송하듯 그를 부축해 일으킨다.

칼리온과 프레이가 서로 고개를 끄덕이고, 오베라는 손을 빌려주며 게루도와 웃음을 나눈다.

황급히 달려온 가비루 일행이 게루도를 들것에 실으며 회복약을 뿌려댄다. 큰 소동이 벌어졌지만 목숨에 지장이 있는 사람은 없는 듯했다.

그대로 템페스트까지 실려 가는 게루도 일행을 지켜보며, 미도레이가 만감을 담아 중얼거렸다.

"이겼군."

"응, 미도레이 씨."

"후후, 나보다도 오래 산 원초에게 '씨'라고 불리면 역시 좀 멋쩍은데."

"뭐 어때. 나는 내가 인정한 사람에게는 경의를 표한다고."

"영광일세."

거기서 대화가 끊어지고, 한동안 두 사람은 승리의 여운에 잠겨 있었다.

많은 부상자가 나온 이상 완전승리라 하기는 힘들었다.

하지만 아무도 죽지 않았다. 그것만으로도 카레라는 만족스러웠다.

이 전장에 한해 말하자면, 죽은 자의 '영혼'을 회수해야 할 부하 악마들에게 엄명했으므로 이 규모의 피해에는 대응할 수 있었다. 하지만 오베라의 대파괴 기술 같은 고위력 광범위 공격을 맞았다면 수습할 수 없을 만큼 막대한 사상자가 나왔으리라.

이렇게 모두가 무사함을 기뻐할 수 있다는 시점에서 대승리라 해도 과언이 아니었다.

"난 더 강해질 거야."

"흠. 내가 들었던 전설의 악마들은 인간의 마음 따위 이해하지 않으려는 괴물들이었네만…… 이렇게 실제로 이야기를 나눠보니 의외로 마음이 잘 통하는군."

"새삼스럽기는."

미도레이의 노골적인 말에 카레라는 쓴웃음을 지었다.

그런 카레라를 보고 미도레이도 씨익 웃었다.

"귀공이 강함을 추구한다면 나도 질 수는 없지. 조금 진심을 드러낸 정도로 몸이 삐걱거려서야 아직도 단련이 부족하다는 뜻이니."

"아하하. 거의 극에 달했으면서 아직도 더 단련할 생각이라니."

"당연하지 않나? 정신과 육체를 극한까지 혹사시켜 더 오랫동안 전력을 다할 수 있도록 해야지. 카레라 공이라면 내 대련 상대로 적임일 것 같네만, 어떤가?"

"좋은데. 나도 주군에게 받은 몸을 좀 더 단련할까 생각하던 참이었거든. 그 제안, 기꺼이 받아들일게."

카레라와 미도레이는 굳은 악수를 나누었다.

더 높은 경지를 추구한다는 점에서 두 사람의 목적은 일치했으므로 거절할 이유는 전혀 없었다.

그리고 그 대화에, 평소의 분위기대로 밀림까지 끼어들었다.

"치사하구나! 그 훈련 나도 끼워다오!!"

희색이 가득한 얼굴로, 거절을 인정하지 않는 태도였다.

"이봐 이봐, 밀림은 그 이상으로 강해질 필요는 없지 않을까?"

"음. 밀림 님은 최강이시니까 훈련 따위는 필요 없지 않을까요?"

카레라도 어지간하지만 위에는 위가 있다. 밀림이 오버스펙인 것은 주지의 사실이며, 카레라도 이곳에 와서 밀림과 함께 지내게 되면서 그 사실을 진저리날 정도로 이해했다.

그래도 카레라는 그나마 나은 편이라 어지간한 막무가내에도 웃으며 응해줄 수 있지만, 미도레이는 그렇지도 않다. 카레라와 달리 완전히 진심으로 사양하고 싶었다.

하지만 밀림에게는 통하지 않았다.

"와하하하! 무슨 말을 하나. 재미있는 일에 이 몸을 따돌리려 하다니 용납할 수 없지!"

그렇게 억지로 참가를 결정해버렸다.

이때 고부타는 분위기를 파악했다.

위험을 감지했다고도 할 수 있다.

밀림이 하늘에서 내려온 것을 보고 고부타는 몰래 귀를 기울이고 있었다. 그리고 대화의 흐름을 통해 불온한 기척을 감지했다.

이대로는 자신도 강제참가 명령을 받으리라 예감하고 전략적 후퇴를 결단했다.

훌륭할 정도의 상황판단이었다.

"저는 승리 보고를 하고 오겠습니다요!"

그렇게, 합체를 푼 란가에 올라타고 그 자리에서 바람처럼 도망쳤던 것이다.

항상 주위의 상황에 신경을 쓰고 유익한 정보를 놓치지 않는 자세가 고부타를 구해주었다고 할 수 있으리라.

란가는 고부타를 신뢰한다.

그의 위험 예지 능력에는 몇 번이나 도움을 받았으므로 여기서도 의심하지 않고 고부타를 따랐다. 그 결과 란가 또한 위기를 모면하는 데 성공했다.

그리고 다른 이들은 어떤가 하면…….

"응? 아니, 이봐 이봐…….."

"잠깐 밀림, 설마 나까지 끌어들이려고?"

제일 먼저 붙잡힌 미도레이와 카레라만이 아니라, 칼리온과 프레이까지도 허무한 저항과 함께 강제참가가 결정되었다.

이리하여 이 지역에서의 전쟁은 큰 피해를 가져오기는 했지만 치명적인 손해를 내지는 않고 일단 종식을 맞은—— 것처럼 보였다.

——『눈보라여, 만물을 얼리고 잠재우렴.』

모두가 완전히 마음을 놓아버린 그 순간을 노린 것처럼, 세상이 새하얗게 물들었다. 전장의 바깥쪽 가장자리부터 중앙을 향해, 아무도 놓치지 않도록 에워싸듯, 절망의 눈보라가 몰아쳤던 것이다.

"설마 넌——."

밀림이 제일 먼저 알아차렸지만 그때는 이미 손을 쓸 수 없는 상태였다.

완벽하게 허를 찔린 꼴이었다.

밀림만큼 교활한 마왕을 속일 수 있는 자는 별로 없다.

하지만 그녀라면, 용종의 장녀인 '백빙룡' 베루자도라면 불가능하지 않은 일이었다.

"오랜만이야, 밀림."

"무슨 짓이냐, 베루자도."

"후후, 귀여운 조카를 만나러 왔는걸. 도와주었으면 하는 일이 있어."

"날 우습게 보느냐. 나에게 부탁을 하려거든 상응하는 태도가 있을 텐데. 냉큼 그 눈보라를 치워라. 이야기는 그다음에 하겠다!"

밀림이 노기를 누르며 베루자도를 위압했다.

이대로는 동료들이 위험하다.

실제로 바깥쪽에 있던 자들은 이미 얼음 조각상으로 변했다. 죽지는 않았지만 생명 활동조차 정지해버렸다.

가사상태라고 하면 듣기에는 좋지만, 베루자도의 마음 하나로 그들의 목숨은 사라져버릴 것이다.

밀림은 그 사실을 알고 있다.

제라누스와의 사투 직후에 마음이 느슨해진 순간을 노리고, 완전히 허를 찔린 상황이었다.

밀림 이상으로 위기감을 품은 것은 프레이였다.

밀림이 격노해 폭주라도 한다면 이 땅은 잿더미로 변해버린다. 그렇게 되면 피해는 상상을 초월하는 규모가 되고, 나아가 몇 명이 살아남을지조차 알 수 없다.

'내가 결단을 내릴 수밖에 없겠어…….'

지금 이 자리에서 베루자도가 하고 싶은 대로 놓아두는 것은 밀림에게 위험하다고 프레이는 판단했다.

아마도 판단이 늦으면 늦어질수록 상황은 악화될 것이다. 그렇게 생각한 프레이는 밀림의 허락도 얻지 않고 '천상중'에게 명령을 전달했다.

"베루자도를 쳐라!!"

그 목소리를 신호로 '천상중'이 일제히 움직였다.

베루자도의 무서움을 모르는 이는 없다. 모두가 죽음을 각오하고 돌격했다.

경애하는 자신들의 주인인 밀림은 치명적일 정도로 지나치게 다정하다. 이대로 얼음 조각상으로 변해 잠들어버리는 자가 늘어나면 늘어날수록 밀림의 인내심은 한계에 다가갈 것이다.

그렇게 되면 돌이킬 수 없다.

지금도 프레이나 다른 동료들을 배려해 꾹 참고 있는 것이다. 이 이상 사태가 악화되면 희생을 우려해 베루자도가 시키는 대로 따르는 미래밖에는 남지 않는다.

프레이가 아는 한 밀림이 진심으로 싸웠던 것은 프레이가 태어나기 훨씬 전, 나라를 멸망시키고 기이와 충돌했을 때뿐이었다.

아군의 희생 따위 아랑곳하지 않고 상대를 죽일 작정으로 진심을 다해 싸우면 어떤 상대라 해도 밀림이 고전할 리가 없다. 그런데도 밀림은 항상 진심으로 싸운 적이 없었다.

그것은 결국, 자신들이 밀림의 족쇄가 되고 있기 때문이다.

그런 다정한 밀림이기에 프레이는 자신들이 짐이 되지 않도록 움직였던 것이다.

"쳇, 한발 늦었잖아. 너희들, 도망치고 싶은 놈은 도망쳐도 좋지만 남을 거면 각오해라."

"산 넘어 또 산이로고. 게다가 이번에는 우리 주신님의 숙모님이라니. 이길 수 없는 싸움은 싫지만 밀림 님을 위해서라면 우는 소리를 하고 있을 때가 아니지."

칼리온이 사기를 고취시키고, 미도레이도 껄껄 웃으며 그를 따랐다.

물론 '비수기사단'에서 이탈자는 없었다.

헤르메스를 필두로 하는 무승신관단도 위생병의 역할을 깡그리 내팽개치고 전투 모드로 전환했다.

이리하여 밀림의 부하가 일제히 베루자도에게 쇄도했던 것이다.

"너, 너희들, 그만두지 못할까! 냉큼 이 자리에서 도망쳐라!!"

그런 밀림의 비명을 지워버리듯, 난무하는 마법과 기의 탄환이 베루자도에게 집중되었다.

"밀림 님은 사랑받고 계시네요. 저도 좀 더 일찍 모셨으면 좋았을 것을——."

그렇게 중얼거린 것은 오베라였다.

피리오드와의 싸움에서 완전연소해 이제는 여력도 남지 않았다. 하지만 오베라는 다시 일어나 베루자도를 노려보았다.

절대적인 존재인 베루자도.

솔직히 말해 이길 확률은 생각할 것도 없이 0이었다.

프레이가 이 사실을 깨닫지 못한 것이 아니다. 생존을 목표로 삼았다면 『전군 산개하여 이 자리에서 이탈하라』라고 명령했을 것이다.

그러지 않았던 이유는 아마도——.

'후후, 교활한 프레이답네. 원래도 싫진 않았지만 그 결단력은 존경할 만해.'

프레이의 노림수는 밀림에게 망설임을 버리게 하는 것.

자신들이 베루자도에게 죽어버린다면 밀림이 사양할 이유도 사라져버리니까. 밀림이 살아남는다면 그것으로 족하다고, 프레이는 순식간에 판단한 것이다.

그리고 칼리온과 미도레이도 이를 따랐다.

그들의 부하들도 망설임 없이 운명을 함께 하겠다는 선택을 내렸다.

모두 밀림을 좋아하는 것이다.

오베라도 마찬가지였으므로, 모두의 마음을 잘 이해할 수 있었다. 자신이 잃은 부하들과 같은 판단을 내린 자들에게 경의를 표한 것과 함께, 그녀 또한 여기가 죽을 곳이라고 각오를 다졌다.

이 땅에 남았던 카레라 또한 이 상황 속에서 자신이 해야 할 일을 생각하고 있었다.

완전무결한 베루자도를 상대로, 지구전 따위 불가능하다.

베루자도는 베루글린드만큼 다정하지는 않다.

그리고 카레라는 베루자도에게 이길 가망이 없으며, 이곳에서 도망칠 수 있을지 어떨지도 운에 맡겨야 한다.

물론 카레라에게 도망이라는 선택지 따위 애초에 없었다.

'어쩔 수 없네. 잘못하면 주군의 명령을 저버리게 되겠지만 지금은 나도 어울려주겠어. 베루자도 님이라면 상대로 부족함이 없지. 열심히 발버둥 쳐보자고!'

그렇게 신속한 결단을 내린 것이다.

카레라를 따르는 부하들에게는 재난이나 다를 바 없었지만, 어차피 이 자리에서 도망칠 수 있는 사람은 아무도 없었다.

베루자도에게 이기는 것만이 유일한 활로였다.

하지만 그것은 이루어질 수 없다는 사실을 모두가 잘 안다.

그렇기에 카레라가 할 수 있는 것은 이곳에서 나가고자 하는 수많은 망자들의 '영혼'을 인도해 진정한 죽음으로부터 멀어지게 하는 것뿐이었다.

"기합 넣어, 애들아. 놓치는 사람 하나 없도록."

카레라의 말에, 그녀의 부하들이 일제히 고개를 끄덕였다.

이렇게 되면 이제는 회복은 나설 차례가 없다. 악마들도 수육한 육체를 포기하고 본래의 정신생명체로 돌아갔다.

물질세계에 대한 영향력이 줄어들지만 그래도 죽은 이를 인도할 거라면 이쪽이 합리적이기 때문이다.

이리하여 짧은 시간 사이에 모두의 준비가 갖추어졌다.

하지만 다음 순간.

──『어리석구나.』──

그런 냉정한 의지가 전장에 있는 모든 이들의 머릿속에 울려 퍼졌다.

눈보라가 사라진 듯한 조용한 목소리이면서도 매우 큰 사념파가 실려 있었다.

그 목소리에 반응했는지 눈보라가 더욱 매섭게 몰아치고 전장을 화이트아웃 상태에 빠뜨렸다.

그것은 부조리할 정도의 폭력이었다.

저항이라는 개념이 코웃음을 칠 정도로, 어쩔 수도 없는 규모의 초자연재해가 전장에 출현한 것이다.

──『자아, 잠들려무나.』──

새하얀 빙설이 몰아친다.

제일 먼저 병사들이 얼음 조각상으로 변했다.

이어서 부대장들이, 그리고 간부급들까지.

남은 것은 겨우 몇 명. 밀리언 클래스(초급각성자, 超級覺醒者)에 이른 자들뿐이었다.

하지만 그것도 시간문제였으며……

절망적인 현상을 눈앞에 두고 프레이는 죽음을 각오했다.

칼리온과 미도레이도 마찬가지였다.

아직 서 있을 수 있는 것은 밀림이 모두를 감싸주었기 때문이다.

그렇지 않다면 이미 옛날에 베루자도가 해방시킨 에너지에 그들의 몸은 철저히 유린당해버렸을 것이다.

그 증거로, 밀림에게서 조금 떨어진 곳에 있던 카레라는 육체를 벗어던지지도 못한 채 움직임을 봉쇄당하고 말았다.

악마의 왕인 카레라가 이 정도인 것이다. 그녀의 부하들은 어땠는지 짐작할 수 있으리라.

그리고 말할 필요도 없이, 프레이 휘하의 '천상중'이나 칼리온 휘하의 '비수기사단', 미도레이의 부하들인 무승신관단도 모두가 얼음 조각상이 되어 이미 전멸한 상태였다.

베루자도가 공격조차 하지 않았는데도 말이다.

이 매서운 눈보라는 단순한 패기의 해방에 불과했다. 그것을 이해하는 자들에게 이 현상은 어쩔 수 없을 정도의 절망감을 주었다.

프레이와 다른 이들을 감싸던 밀림은 그 자리에서 움직이지 못하고 있었다.

밀림이 그들을 저버리면 그 순간 그들의 목숨은 끊어져 버리기 때문이다.

'아아, 상냥한 밀림. 역시 넌 어수룩해. 너무 좋아.'

프레이는 진심으로 그렇게 생각했다.

문득 시선을 느끼고 의식을 돌려보니, 칼리온이 씨익 대담하게 웃는 것이 보였다.

미도레이도 크게 한숨을 내쉬고 칼리온과 마주 보며 고개를 끄덕인다.

오베라는 묵묵히 기도하고 있었다.

미안하다, 너희들—— 누군가에게 그렇게 사죄하는 듯했다.

그것은 각오를 다진 자들의 모습이었다.

『각오는 된 모양이네.』

『그래. 최대한 요란하게, 일제히 시작하는 거다.』

『음. 어차피 죽을 거라면 밀림 님께 마지막으로 늠름한 모습을 보여드려야지.』

『후후후. 이제야 겨우 내 부하들의 마음이 이해가 되는걸. 그러게, 개죽음은 아니야. 그럼 나도 자랑거리를 가지고 가줘야지.』

밀림의 부하 사천왕은 그 순간 마음을 하나로 했다. 그리고——.

"멈춰라, 너희들——?!"

그 사실을 알아차린 밀림이 제지하는 목소리를 내기도 전에, 행동에 나섰던 것이다.

네 명의 연계는 그야말로 훌륭했다.

천 년을 함께 살아온 전우와도 같이, 찰나의 오차도 없는 연격으로 베루자도에게 육박했던 것이다.

그러나 슬프게도, 그 모든 것이 통하지 않았다.

"다행이야, 정말로. 너희가 내가 생각했던 것과 똑같은 강자이기에 오차 없이 대처할 수 있었어."

그렇게 웃음을 지은 베루자도는, 냉담하게 선 채였다.

그런 그녀의 앞에 네 개의 얼음 조각상이 새로이 탄생했다.

그와 동시에, 밀림의 표정이 얼어붙었다.

그것은 단 하나를 남겨놓고 모든 감정이 떨어져 나간 표정이었다.

다시 말해, 격노의 표정.

동료를 잃고, 밀림이 격노했다.

"용서 못 한다. 내 친구들을 앗아갔겠다. 절대 용서할 수 없다!!"

밀림의 포효가 전장을 갈랐다.

그와 동시에 밀림의 권능── 얼티밋 스킬 『사타나엘(분노지왕)』
이 전력가동을 개시했다. 주위의 마력요소를 흡수하고 자신의 마
력까지도 모두 쏟아부어, 그것은 계속해서 더욱 커다란 힘을 낳
았다.

밀림에게서 발생한 극심한 분노와 마력요소를 연료 삼아 점점
에너지(마력요소)를 증식시켜가는 궁극의 힘. 도저히 제어할 수 없
을 정도로 강력한 『마력요소 증식로』라는 것이 얼티밋 스킬 『사타
나엘』의 정체다.

연료로 삼았던 마력요소는 더 큰 힘으로 환원된다.

문자 그대로 '증식'했다.

이를 발동시키는 한 밀림의 에너지(마력요소) 양은 멈추지 않고
극심하게 증대한다. 심지어 아무리 소비해도 줄어들지 않는, 그
야말로 궁극의 권능이다.

베루다나바의 딸, 용황녀라는 이름은 장식이 아니었다.

개체로서 무한한 힘을 다루는 자, 그것이 밀림이라는 마왕인
것이다.

그리고 다시 밀림이 크게 포효했다.

그 순간 하늘이 진동하고 땅이 부서졌다.

밀림의 몸을 감싼 갓즈급 무구가 그녀의 격정에 호응하듯 사위

스럽게 변화했다. 그것은 밀림의 몸을 외적으로부터 보호하는 것이 아니라 내면의 힘에 부서지지 않기 위한 조치다.

넘쳐나는 힘의 분류가 갑옷과 융화해 변질시켜 밀림의 온몸을 뒤덮어나갔다. 그렇게 밀림의 변신이 완료되었다.

등에는 칠흑의 날개 한 쌍.

이마에서 돋아난 붉은색 외뿔은 한층 광채를 더해 무지개색으로 빛났다.

얼굴 이외의 피부는 불가사의한 무늬를 그렸으며, 둔중하게 색조를 바꿔가며 빛나는 단단한 용린에 덮여 있었다.

이것이 바로 밀림의 본래 모습.

인간의 몸이면서도 '용종'마저 능가하는 힘을 몸에 담고, 절대적인 파괴의 화신으로 현현한, 진정한 용황녀의 모습이었다.

"어머어머, 그 모습을 보는 건 두 번째인걸. 기왕 이렇게 된 거 조금 놀아줄까?"

"죽이겠다."

밀림을 막을 수 있는 자는 이제 아무도 없었다.

태고의 마왕이 진노하매, 천지가 명동하고.

그 직후.

세계는 다시 궁극 용마인의 진노에 휩쓸리게 되었다.

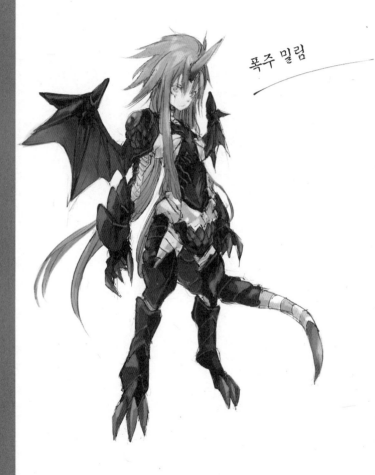

폭주 밀림

제2장
보고와 대책

Regarding Reincarnated to Slime

"베루자도가 움직였나."

그렇게 중얼거린 펠드웨이에게 고개를 끄덕여 대답한 것은 새파랗게 질린 표정으로 영상을 바라보던 베가였다.

"쳇, 마왕 밀림도 제라누스 녀석도 상상했던 것보다도 괴물이냐고……. 젠장, 터무니없는 힘이야. 그걸 보고도 태연하게 웃고 있다니, 역시 저 베루자도란 여자도, 지금의 나한테는 너무 멀어서 닿질 않겠어……."

베가도 밀림과 제라누스의 싸움을 보고 현실을 안 모양이었다.

베가가 아무리 자신감이 넘친다 한들, 두 사람과의 격이 다르다는 정도는 이해할 수 있었다.

"너무 탄식하지 마라. 나도 오랜 적이었던 인섹터가 궤멸했다는 말을 듣고 나름 생각하는 바가 있었으니."

그렇게 말한 것은 이제 막 불려온 자라리오였다.

자신들을 그렇게나 고생시켰던 강적을 상대로, 밀림의 군대가 승리했다. 게다가 피해는 막대했지만 밀림의 부하 중 사망자는 한 명도 없었다고 한다.

조건과 전략의 차이라고 잘라 말할 수도 있겠지만, 그걸 준비하지 못했던 시점에서 잘못은 자라리오에게 있었다는 뜻이 된다. 어찌 됐든 변명은 될 수 없으며, 현실적으로 누구든 자라리오보다도 밀림의 군대가 위라고 단정할 것이다.

자라리오가 짜증을 내는 것도 당연했다.

"그래서 어떻게 할 생각이지, 펠드웨이?"

그 발언은 베루자도의 행동에 대한 물음이었다.

무언가를 꾸미고 있는 듯했지만, 펠드웨이는 이를 방치하고 있었다.

자라리오의 입장에서는 어지러이 변화하는 상황이 당초의 작전에서 크게 일탈했다는 생각이 들었으므로, 슬슬 궤도수정이 필요하지 않겠느냐고 말하고 싶었던 것이다.

그리고 분개하는 자가 한 명 더 있었다.

"바로 그거다. 네놈이 나를 방해하지만 않았더라면 지금쯤 저신적(神敵)을 응징했을 것을! 대체 무슨 생각인지 제대로 설명을 해주실까!!"

'천성궁'으로 돌아온 펠드웨이는 마이에게 명령해 지상 각지의 전황을 영상화시켰다. 그리고 루미너스의 진영에서 양동작전을 펼치고 있었던 자히르를 자라리오에게 명해 데리고 돌아오게 했던 것이다.

자히르의 행동 또한 양동이라고 하기에는 지나치게 화려한 감이 있었다.

자라리오의 입장에서야 말리는 것이 정답이었지만, 당사자인 자히르는 짜증이 났던 모양이었다. 대들듯 마왕 펠드웨이에게 힐문했다.

"훗, 그리 서두르지 마라. 어차피 네놈 혼자서는 마왕 루미너스를 해치울 수 없었을 테니."

"뭐라고, 나를 우롱하는거냐?"

"그게 아니다. 나는 만사를 신중하게 이끌어가고 싶을 뿐이다. 봐라, 다구류루가 우리의 동료로 들어오면서 전력 균형이 크게 이쪽에 유리해졌다. '삼성수(三星帥)'인 펜도 있으니 루미너스 따위 바람 앞의 등불이나 마찬가지지."

분개하는 자히르를 달래듯 펠드웨이가 말했다.

그래도 자히르의 불만은 사라지지 않았다.

"그야 펜의 힘은 인정하지. 그러나 나의 부모이자 위대한 신조님의 원수인 루미너스 놈은 내가 이 손으로 해치워야만 직성이 풀린단 말이다!"

말하자면 자히르의 불만은 분노에서 오는 원한이었다. 풋맨의 몸을 차지한 것이 영향을 미치는지 어떤지는 알 수 없지만, 그의 마음에는 거칠게 날뛰는 분노의 감정이 솟아나고 있었다.

그렇기에 루미너스를 앞에 두고 다소 폭주 기미를 보이며 쳐들어갔던 것이었다. 이를 제지당하는 바람에 자히르는 스스로도 의아해할 정도로 거칠어졌다.

하지만 다음 순간.

"내 말이 들리지 않나?"

그것은 조용히 흘러나온 펠드웨이의 한 마디였다.

특별히 위압하는 것도 아니고 평범하게 건넨 말이었다. 그런데도 그 자리를 압도할 만한 패기로, 대화에 참가하지 않았던 디노 일행에게까지 긴장감을 가져다주었다.

"아, 아니, 내가 잘못했네."

자히르는 침착함을 되찾고 즉시 사죄하는 말을 입에 올렸다.

매우 현명한 판단이라 할 수 있다.

"펠드웨이, 익숙하지 않은 자에게 그 패기는 독이야. 진정한 모습이 된 지금의 너는 예전과 비교도 되지 않는다는 걸 잊지 말아줘."

자라리오가 자히르를 감싸면서 겨우 분위기가 수습되었다.

그리고 이야기는 원점으로 돌아간다.

현재 펠드웨이의 전략적 목표는 세 가지로 좁힐 수 있다.

'용사' 클로노아에게서 얼티밋 스킬 『사리엘』을 빼앗는 것.

위험요인인 '용사' 마사유키의 제거. 여기에는 얼티밋 스킬 『우리엘』 탈취도 포함되어 있다.

그리고 가장 중요한 목적이, 베루도라에게서 '용의 인자'를 흡수하는 것이었다.

펠드웨이는 목적을 다시 한번 생각해보기로 했다.

우선은 권능의 수집에 대해.

미카엘의 권능을 물려받았으므로 펠드웨이도 천사계 얼티밋 스킬은 판별할 수 있지만…….

천사계 권능을 모으는 데에 집착했던 자는 펠드웨이가 아니라 미카엘이었다. 자신이 권능에 깃든 의지였기 때문에 다른 권능을 하나로 집약시켜 만능에 이르고자 생각했던 것이다.

만능—— 다시 말해 전지전능한 창조주의 부활이다.

그 논리는 앞뒤가 맞는 것처럼 보이지만, 펠드웨이는 회의적이었다.

그 이유는 베루다나바가 전지전능하지 않았기 때문이다.

애초에, 베루다나바 자신이 전지전능을 버렸다고 말했으므로 그 말을 의심할 여지는 없다.

오히려 펠드웨이는 그것이 거짓말이라면 얼마나 좋을까 생각할 정도였다. 그렇다면 힘을 잃고 인간 놈들에게 살해당하거나 하지도 않았을 테니까.

애초에 그렇게 따지면, 인간에게 욕망을 부여한 것은 베루다나바 자신이었다. 그 결과에는 인과가 얽혀 있었으며, 자업자득이라고도 할 수 있다.

그렇기에 펠드웨이는 베루다나바가 전지전능하지 않았다는 점에 대해서는 의심하지 않았다.

그렇게 되어, 부족한 권능을 찾는 데에 그렇게까지 의미는 없다고 생각했던 것이다.

게다가 모든 권능을 흡수한다고 해도 그릇이 없으면 의미가 없다.

펠드웨이와 미카엘은 '최초의 용사'의 계보라는 최고의 육체를 숙주로 삼아 베루다나바를 현현시키고자 생각했다. 하지만 그 계획은 완전히 파탄이 나고 말았다.

미카엘은 패배하고, 그의 육체는 사라졌다. 이렇게 되어버린 지금에 와서는 마사유키를 노릴 우선순위는 낮아졌다고 봐야 한다.

'황제 마사유키라. 패배한 채로 두는 것도 아니꼽지만, 승패 따위 한때의 운. 대국을 저버릴 만한 가치는 없다.'

펠드웨이는 그렇게 판단했다.

진정한 용사 루드라의 힘을 손에 넣은 마사유키를 노릴 거라면 자라리오 같은 자들에게는 짐이 무겁다. 심지어 베루글린드까지 있으니 어중간한 전력으로는 되레 당하기만 할 뿐이다.

적어도 펠드웨이 자신 혹은 베루자도가 나서거나, 제라누스에 게 부탁할 수밖에 없다. 그런데도 설령 승리해봤자 얻을 수 있는 것은 적은 것 같았다.

그렇다면 노려야 할 목적은 자연스레 좁혀진다.

마사유키를 방치한다면 '용사' 클로노아를 쓰러뜨려도 의미가 없기 때문이다.

최종적으로는 해치운다 해도, 일부러 노릴 필요는 없다. 먼저 쳐들어오기를 기다리면 그만이며, 귀중한 전력을 분산시키지 않 아도 된다.

'역시 모든 가망은 사라져버린 것 아닐까…….'

그러한 불안을 떨쳐버리듯 펠드웨이의 생각이 정리되었다.

"그러면 어떻게 할 생각인가?"

타이밍 좋게, 조바심을 낸 것처럼 자히르가 물었다.

"노려야 할 것은 베루도라의 인자뿐. 단, 진짜 목적을 들키지 않도록 움직일 필요가 있다."

펠드웨이는 그렇게 서두를 꺼내고 새로운 작전을 제시했다.

그리고──.

모두가 떠나간 후, 펠드웨이는 혼자 중얼거렸다.

"자, 과연 베루자도는 목적을 달성해줄까?"

이 싸움에서 승리의 열쇠는 베루자도가 쥐고 있다.

적어도 펠드웨이는 그렇게 생각했다.

"그녀의 애정은 **진짜**지. 그렇기에 결말 또한 흔들림이 없고──."

펠드웨이는 그렇게 확신하고 미모에 싸늘한 웃음을 머금었다.

●

시온과 아다루만이 파견되었던 지역에 있는 성도—— 신성법 황국 루벨리오스에서.

나는 소파에 앉아 느긋하게 쉬고 있었다.

내 곁에는 시온이 당당하게 차를 더 달라고 요구하고 있다.

이에 대응하는 것은 루미너스의 시녀들이다. 시온은 이를 당연하다는 듯이 받고 테이블에 놓인 다과까지 먹는데, 그녀는 긴장 같은 것과는 무관한 모양이다.

어라? 입장은 내가 더 위일 텐데 이 반응의 차이는 이상한 거 아냐?

왜 주인인 내가 안절부절못하는데 비서인 시온이 태연하담······.

아니, 생각하면 지는 거다.

"리무루 님, 그 과자 맛있어요. 기미는 제가 했으니 드세요!"

그렇게 말하며 시온이 과자를 불쑥 내미는 바람에 나도 모르게 입에 머금고 말았다.

요리치인 시온이 기미를 한다니 무슨 농담인가 생각해버렸지만, 뭐, 아무렴 어떤가. 애초에 나에게 독은 통하지 않으니 기미도 필요가 없지만.

정말로 맛있긴 하다.

시온은 미적 센스는 괴멸적이지만 미각은 확실하다.

그렇기에 부조리하다고도 할 수 있지만······.

솔직히 그렇잖아. 만든 걸 내게 내놓기 전에 맛을 보지 않았다고 하니까. 지금은 스킬로 완벽한 맛을 내고 있지만, 생긴 거나 식감은 아직 영 아니고.

"어때요, 맛있나요?"

"응, 그렇군. 너무 달지도 않고 산뜻한 데다 입 안에서 보슬보슬 풀어지는 느낌도 좋다."

이 과자는 피낭시에 같다.

희미한 향기도 액센트가 되어, 진지하게 맛있었다.

내 대답을 들은 시온은 활짝 웃음을 지었다.

그리고 폭탄발언을 떨구었다.

"다행이네요! 이번에도 자신이 있었지만 리무루 님께서 기뻐해 주시니 정말 다행이에요!!"

"응?"

나는 나도 모르게 동작을 멈추고 시온을 응시했다.

그곳에 있는 것은 변함없는 웃음.

나는 무의식중에 손에 든 과자로 눈을 돌렸다가, 다시 시온을 보았다.

"혹시 이거……."

"네! 제가 만들었어요."

"뭐? 거짓말이지?"

믿기 힘든 발언이 튀어나왔지만 아무래도 정말인 모양이었다. 시온의 으스대는 표정을 오랜만에 봤는데, 자랑하는 것도 이해가 가고 용서가 될 만했다.

시온이, 마침내 외견이나 식감까지도 극복했다니.

덧붙여서.

"이건 너의 스킬로 맛과 모양을 잡은 거냐?"

"아니에요. 전부 제 손으로 만든 거예요!"

그렇다고 한다. 시온이 무시무시할 정도로 진보했다.

역시 환경의 변화란 중요하구나.

슈나나 베니마루가 몇 번을 말해봤자 개선되지 않았는데, 다른 나라에 왔더니 단숨에 각성해버렸잖아.

그렇다 쳐도 뭐가 계기가 됐을까?

그렇게 생각했을 때, 내 의문에 답해주는 목소리가 들렸다.

"고생했다네."

그렇게 투덜거리며 루미너스가 응접실로 들어온 것이다.

루미너스는 자리에서 일어나려 하는 나에게 "오래 기다리게 했군"이라고 인사를 하더니 답례는 필요 없다는 양 소파에 앉았다.

그리고 조금 전의 말을 이었다.

"애초에 뭔가. 자신만만하게 요리를 할 수 있다고 하기에 맡겨봤더니 참신의 극치를 달리는 외견의, 도저히 음식이라고는 여겨지지 않는 걸 내놓지 않았겠나!"

루미너스의 어조가 날카로웠다.

참신이라는 단어의 무게에 나도 입을 다물지 않을 수 없었다.

"게다가 말이다! 식감은 최악인데 맛 하나는 좋으니 도저히 이해할 수가 없었다. 심지어 재미있다고 그걸 재현해보려 하는 자들마저 나타났으니. 우리나라의 식문화에 미칠 악영향이 염려되어 나까지 움직이지 않을 수 없었어!"

보아하니 상당히 울분이 쌓이신 모양이다.

나도 무의식중에 윽?! 하고 신음하며 뭐라 대꾸할 말을 잃어버리고 말았다.

"하, 하지만 용케도 시온을 교정했군. 우린 이미 옛날에 포기했는데, 정말 대단한걸."

일단은 그렇게 얼버무리자 루미너스가 나를 째려보았다.

덧붙여 시온도 불만스러운 표정으로 뺨을 부풀리며 항의하는 시선을 보내고 있었다. 이쪽은 못 본 척하고, 나는 루미너스의 대답을 기다렸다.

"그대들이 얼마나 시온의 응석을 받아주었는지 상상이 가지만, 그건 나와는 상관없는 일. 그렇기에 방치할 생각이었지만, 실제로 피해가 생기기 시작한 이상 그럴 수도 없었다. 그래서 내가 말했지."

"호오?"

응석을 받아주었다는 말에는 어폐가 있지만, 제삼자에게는 그렇게 여겨져도 할 말이 없다.

다만 슈나라면 몰라도 나나 베니마루는 요리를 못하니까 시온에게 강경하게 나설 수 없었을 뿐이다.

자신이 못하는 일을 남에게 이것저것 지적하는 건 매우 실례라고 생각하니까.

그래서 슈나나 고부이치가 퇴짜를 놓아주면 좋겠다고 기대했는데…….

고부이치는 압박에 너무 약해서 그의 말은 시온의 마음에 와닿지 않았고, 결국 현상유지로 지금까지 와버린 것이다.

맛 하나는 괜찮아졌고 죽는 사람이 나올 정도도 아니다── 그렇게 생각하기로 하고 현실도피를 해버렸다.

앞으로 긴 슬라임생이 기다리고 있을 테니 나 자신도 요리에 도전해보면서 시온의 마음에 다가서야 했다. 그랬더라면 여러모로 개선해야 할 점이 보여서 좀 더 일찍 이 문제를 해결했을지도 모르는데.

서툰 분야에서 눈을 돌려버렸던 나와 베니마루의 잘못이었다.

그렇게 반성하는 나에게 루미너스가 답을 들려주었다.

"독이 섞여 있을지도 모르니 손님에게 내놓기 전에 기미를 하라고 말이다!"

그, 그렇구나…….

그래서 아까도 시온이 '기미'라는 말을 했던 거였어.

아니 뭐랄까, 그건 정말 묘안이다.

시온은 미각이 이상한 것이 아니라 단순히 맛을 보지 않았던 것뿐이라는 최악 타입의 요리치였으니까.

스스로 한번 먹어보는 버릇만 들이면 자연스레 그 요리의 문제점도 깨닫게 된다는 방법인 것이다.

"역시 대단해, 루미너스. 훌륭한 현자야."

나는 진심에서 우러난 칭송의 말을 보냈다.

그러자 루미너스는 "흥!" 하며 고개를 돌려버리고 약간 멋쩍은 듯 뺨을 붉혔다.

*

시온의 요리가 개선되었다는 생각지도 못한 낭보가 있었지만,

그건 여기 온 목적과는 아무 상관도 없는 이야기다.

라미리스에게서는 밀림과 충마왕 제라누스의 싸움이 고착상태에 빠졌다는 보고를 받았다. 그와 동시에 루미너스의 지배영역 중에서도 중심지인 이곳, 루벨리오스의 수도도 천공에서 천사군에게 침공당하고 있다는 이야기였다.

밀림에게는 고부타 같은 이들을 원군으로 보냈으니 일단은 마음을 놓아도 될 것이다. 밀림도 있으니 어지간한 일이 일어나지 않는 한 어떻게든 될 것이다.

반면 루미너스에게는 시온과 아다루만을 응원군으로 보내기는 했어도 전력적으로는 불안을 씻을 수 없었다.

그도 그럴 것이, 전력의 핵심인 크루세이더즈(성기사단)는 단장인 히나타를 필두로 잉그라시아 왕국에 배치되어 있고, 루미너스에게는 뱀파이어(흡혈귀족) 부하로 구성된 블러디 나이츠(혈홍기사단, 血紅騎士團)라는 전력도 있지만 숫자가 400명 정도밖에 안 되고.

그 혈홍기사단은 개개인의 전력은 A랭크 오버인 데다, 어중간한 '마왕종'에도 필적할 만한 '초극자'도 몇 명 재적하고 있어서 질은 상당히 높다. 하지만 그래도 자히르의 모습이 확인되었다는 말을 듣고도 가만히 있을 수는 없었다.

그래서 나는 잉그라시아 왕국에서의 뒤처리를 히나타와 마사유키에게 떠넘기고 서둘러 이곳에 왔다. 그랬는데 이미 다툼의 기척은 없고, 이곳으로 안내를 받아 시온의 과자를 먹으면서 루미너스가 오기를 기다렸던 것이다.

그렇다고는 하지만 루미너스가 등장하기까지 기껏해야 10분 정도밖에 지나지 않았다. 오자마자 들려준 시온의 진보에 대해

놀라 나도 모르게 이야기에 빠져든 시간이 더 길었을 정도다.

그렇게 되어, 분위기를 바꿔 본론에 들어갔다.

"그래서 천사 세력과의 전투는 어떻게 됐어?"

"놈들이 물러간 덕에 큰 피해는 나오지 않았다. 애초에 이곳에 쳐들어온 것도 계획에 없었던 일이었던 듯하고."

루미너스에게 자세한 상황을 들었다.

그리고 알게 된 사실은, 아무래도 자히르의 폭주 때문에 이곳이 침공당한 듯하다는 이야기였다.

혹은 시비를 걸기 위해서.

"놈과 나 사이에는 악연이 있어서 말이다. 옛날부터 마음이 맞지 않았지."

루미너스가 말했다.

무슨 뜻이냐고 물어봐도 말해주지 않았지만, 실비아 씨에게 어느 정도 이야기를 들었다고 하자 언짢은 표정을 하며 가르쳐 주었다.

우선 루미너스에게는 아버지라 부를 만한 존재가 있었다.

신조 트와일라잇 발렌타인.

'황혼의 왕'이라는 의미를 가진, 신화에 등장할 만한 존재다.

이 신조 트와일라잇이 수많은 지적생명체를 만들어냈다고 하는데, 그렇게 창조된 생명체 중 몇몇의 시조가 신조의 고제(高弟)라 불리게 되었다나.

그 최초의 한 명이 자히르였다고 한다.

두 번째가 루미너스인 것은 실비아 씨에게 들은 대로였다.

신조의 고제들은 각자 나라를 세웠다.

실비아 씨의 경우 자기 자신은 서포트로 물러나 동족인 하이엘프들을 돕는 데서 그치려고 했지만, 결국 딸인 에르땅, 즉 천제 에르메시아에 의해 엘프가 통일되고 마도왕조 살리온이 탄생했던 것이다.

덧붙여 실비아 씨와 루미너스 사이에는 지금도 조용한 친교가 있다고 한다. 에르땅과는 관계없이 일방적으로 루미너스가 알고 있을 뿐이라고 한다.

"기본적으로는 살리온에 간섭해서는 안 된다고 생각해서 말이다. 물론 처음에는 은근슬쩍 도와주었네만."

그렇다고 한다.

살리온이 건국된 것은 2천 년도 더 된 옛날 이야기이므로, 루미너스의 이야기가 진실인지 어떤지는 알 수 없다. 하지만 장명종인 루미너스나 실비아 씨는 살아있는 사전 같은 존재이므로 거짓말을 할 이유는 없다.

아마 사실일 거라고 수긍하고 나머지 이야기를 들었다.

그 고제들 중 지금도 살아남은 것은 루미너스와 실비아 씨 둘 뿐이라고 한다. 적어도 그 외에 연락을 취하고 있는 자는 없었다.

하이드워프의 시조였던 가젤 왕의 선조는 죽었다고 하고, 아마엔키나 세이렌의 시조들도 수명을 맞은 것으로 보인다. 애초에 장명이었던 건 정령에 가까운 하이드워프뿐인 듯하다.

장명종으로 치면, 하이휴먼도 있다.

이 종족은 순수하게 신조의 속성을 반전시켜 만들어낸 것이라고 한다.

"인정하고 싶진 않지만 나는 신조의 복제체 같은 것이어서, 엄밀히는 뱀파이어가 아니라 하이블러드(진혈마령희, 眞血魔靈姬)다. 신조의 혈액에서 만들어졌거든. 그리고 자히르는 신조의 육체를 배양해 만들어졌지. 다른 자에게서 힘을 흡수하는 권능 따위는 물려받지 않은 듯하네만, 놈 또한 불사에 가까운 존재였다."

신조는 식사 따위가 필요 없고, 타인의 생명력을 빼앗아 살아가기 위한 양식으로 삼았다. 특별한 약점도 없어 불로불사 그 자체였다나. 그런 신조가 자신의 복제체로 고안한 것이 낮에 살아가는 종족인 하이휴먼과 밤의 지배자인 뱀파이어였다.

낮에 살아간다는 것은 비유다.

식물이 광합성으로 에너지를 생성하고, 동물이 이를 먹어서 생명을 이어나간다. 육식동물이 그 동물을 먹어서 큰 에너지를 축적하고, 미생물이 이들의 시체를 분해해 대지가 활력을 얻는다. 하이휴먼은 그러한 먹이사슬의 정점에 서는 자의 역할을 부여받았다는 것이다.

다시 말해 하이휴먼은 먹이사슬에 편입되어 있다. 그렇기에 수명에서 벗어날 수는 없으며, 그것은 자히르도 예외가 아니다.

현재 인류의 수명은 도시에 사는 평범한 인간이 평균 70세 정도. 이것은 마법에 의한 연명 등이 없었을 경우다. 의료가 발달한 것은 아니지만 그 대신 마법의 치료가 있으니 의외로 다들 오래 사는 모양이지.

농촌 지역이나 삼림 등과 인접한 지역에 사는 사람은 평균수명이 더 짧다고 한다. 게다가 어디까지나 수많은 재해에 의한 사망자를 포함하지 않고 계산된 수치라는 것도 언급해둔다.

반면 하이휴먼은 엘프 같은 종족과 동등하게 수백 년에서 천 년 가까운 수명을 가지고 있다고 한다. 지금의 인류와는 육체의 강도도 다르며, 마력요소에 대한 내성도 높으니 잘 포섭해 활용할 수 있었겠지.

하지만 그래도 육체가 불멸이 아닌 이상 수명에서는 벗어날 수 없었고…….

그렇기에 자히르는 자신의 수명을 무한히 늘릴 방법을 고안했다.

그것이 '영체화 비술'이었다.

육체를 구성하는 세 가지 요소, 매터리얼 바디(물질체), 스피리추얼 바디(정신체), 그리고 아스트랄 바디(성유체, 星由體)를 동시에 유지할 수 없다면, 자아를 유지할 수 있는 최저 요소만을 계승하면 된다는 생각이었으리라.

다시 말해 자히르는 스피리추얼 바디와 아스트랄 바디만을 지키기 위해 매터리얼 바디를 영체로 변환시키는 데 성공했던 것이다.

이렇게 자히르는 스스로 원해서 정신생명체로 다시 태어났다.

가드라가 만들어낸 신비오의: 리인카네이션(윤회전생)은 아스트랄 바디에 의해 보호받은 채 '영혼'을 전생시키는 비기였던 만큼 위험은 크다. 그만큼 얻을 수 있는 육체는 완전히 자신의 것이고 경험이나 지식은 모두 이어받을 수 있다.

라젠의 대비술: 포제션(빙의전생)은 스피리추얼 바디와 아스트랄 바디를 남의 몸에 옮겨버리는 탓에 육체에 정착된 스킬 같은 것은 계승되지 않는다. 안전성은 높지만 마력 같은 것도 육체에 의존하기 때문에 잘못하면 약해져 버릴 가능성도 있는 불완전한 기술이다.

반면 자히르의 '영체화 비술'은 완벽했다. 자히르 자신이 정신 생명체가 되었으므로 얻을 수 있는 지식이나 경험, 모든 권능을 완전하고도 확실하게 계승하는 것이다.

"숙주가 될 육체를 준비할 필요는 있지만, 그런 것은 자신의 혈연자에서 얼마든지 조달할 수 있다고 하는군. 이렇게 자히르는 수명 문제를 해결한 걸세."

루미너스는 씁쓸하게 말했다.

과연. 정신생명체가 되었으니 불사에 가까운 것도 수긍이 간다. 풋맨을 간단히 차지했던 것도 그것이 이유였음을 이해했다.

"다만, 놈도 자만했던 탓인지 큰 실수를 저질렀네."

루미너스의 말에 따르면, 그렇게 자히르가 자신의 연구에 몰두한 동안, 정치를 맡았던 자히르의 부하들이 패권을 다투게 되면서 어느샌가 국가도 분열되었다는 것이다.

그리고 결국은 제어 불능의 악마 기이를 소환해버리는 실수를 저질러, 멸망을 맞이하게 되었다나.

"놈은 신조를 없앤 나에게 원한을 가지고 적개심을 품고 있었으니. 혼자서 죽어줬다고 생각해 기뻐하고 있었지만. 설마 이 시대까지 끈덕지게 살아남아 가증스러울 정도의 힘을 얻어 부활할 줄은 생각도 못 했다."

그렇다.

루미너스가 자신의 아버지인 신조를 죽였다고.

그것을 이유로, 자히르는 루미너스에게 원한을 품었다고 한다.

귀찮은 상대에게 찍혀버린 것이다.

"그렇겠군. 우리 베니마루가 고전했을 정도니 상당히 성가시지."

내가 루미너스에게 맞장구를 치자 그 말을 들은 시온이 끼어들었다.

"네? 베니마루가 졌나요?!"

어지간히 놀랐는지 베니마루가 진 것이 되어버렸다. 아니 그보다, 그 이야기는 간부 전원에게 전달한 걸로 아는데 시온의 기억에서는 떨어져 나간 건가?

뭐, 시온답지만.

"지진 않았어."

나는 베니마루의 명예를 위해 시온의 말을 정정했다.

죽지 않았으면 이긴 거라는 내 관점에서 보자면 베니마루가 이겼다고 해도 되겠지만…… 그래도 실제로는 고생해서 타임오버로 끝냈을 뿐이었다.

그대로 계속 싸웠더라면 베니마루가 졌다는 점에는 의심할 여지가 없다. 위협인 것은 틀림없다.

"그렇구나. 그러면 그런 상대를 격퇴한 루미너스 님은 베니마루보다도 강하신 거네요!"

그거다.

나도 그 점이 마음에 걸렸다.

아니, 루미너스와 베니마루를 비교하면, 내 견해로는 그렇게까지 큰 전력의 차이는 없는 것 같은데.

그렇기에 루미너스가 위험하다고 생각해 이렇게 허겁지겁 달려왔던 거고. 루미너스가 어떻게 자히르를 격퇴했는지, 나도 그걸 알고 싶다.

"난 또, 그런 소리였나."

루미너스가 아무것도 아니라는 양 말하기 시작했다.

"나는 말일세, 어디의 사룡에게 도시를 파괴당했던 경험이 있어서——."

뜨끔?!

어디선가 들어본 듯한…… 아니, 몇 번이나 불평을 들었던 듯한 이야기네요…….

"도시를 세울 때…… 가장 먼저 안전확보를 우선시하게 되었다네."

"그, 그렇군. 훌륭한 생각이십니다…….'

나도 모르게 존댓말을 하고 말았지만, 지금은 무조건 손바닥을 비비고 봐야 한다.

루미너스는 그런 나를 싸늘하게 흘겨보더니, 조금 속이 후련해졌다는 양 말을 이었다.

"사룡용『결계』를 몇 겹으로 펼쳐놓았는데, 그것이 잘 돌아갔지."

그 말을 듣고 생각이 났는데, 분명 이 성지에는 몇 겹이나 되는 『방어결계』가 설치되어 있는 듯했다. 우리는 통행이 허가되었지만 수상한 자는 지나갈 수 없도록 되어 있었다.

"그렇게까지 강력한 줄은 몰랐군. 자히르는 베니마루를 압도할 정도의 힘이 있었고, 심지어 얼티밋 스킬까지 다루는 것 같았으니까. 그야 베루도라만큼은 아니어도, 어중간한『결계』 따위는 통하지 않을 거라고 생각했지."

나는 본심을 토로했다.

루미너스는 코웃음을 쳤다.

"우습게 보지 마라! 다른 곳이라면 모를까, 이곳은 나를 믿는 자들이 모인 성지다. 무한히 솟아나는 신앙을 양식으로 삼으면 자히르의 힘을 튕겨내는 정도는 아무것도 아니야."

그 말은 자신감으로 가득했으며, 실제로 결과가 진실임을 증명해주고 있었다.

하지만 그렇게 쉽게?

《──'신앙과 은총의 비오(秘奧)'를 응용하면 이론상으로는 가능할 것입니다. 그러니──.》

루미너스가 이론을 현실로 만들 때까지 단련했단 말이군.

이거 참, 고개가 절로 숙여진다. 이것이 얼마나 대단한 일인지, 지금의 나로서는 상상도 할 수 없을 정도다.

《개인이 이룰 수 있는 업적이 아닙니다. 신앙하는 자의 마음을 잘 알고 상호 이해할 필요가 있습니다. 하루아침에는 실현 불가능하겠지만, 마스터께서도 실현을 목표로 삼아보시겠습니까?》

으음~ 글쎄?

나 하나만의 문제가 아니니…….

일단 지금은 보류해두자.

내 답에 시엘도 수긍하는 듯했다.

현실 문제로, 이것저것 편리해 보이기는 하지만 그 외에도 손을 대지 않은 채 남겨둔 안건이 많다.

게다가 지금도 전쟁 중이라, 아무리 그래도 우리나라의 주민들과 마주할 만한 여유는 없는 것이다.

향후의 과제로 남겨두고 일단은 미뤄두기로 했다.

＊

각설하고. 루미너스가 궁지에서 벗어날 수 있었던 이유는 판명 되었지만, 문제가 해결된 것은 아니다.

오히려 진짜는 이제부터다.

"——그렇게 돼서, 다구류루가 배신했다. 현재진행형으로 진군 중이라 늦어도 일주일 안으로는 접촉하겠지."

나는 루미너스에게 사실을 밝혔다.

펜이라는 다구류루의 동생으로부터 무언가를 당했는지, 사람 이 달라진 것 같다고 한다.

나도 실제로 본 것은 아니고 울티마에게 보고를 받아 알았을 뿐 이지만, 멀리서 본 다구류루는 분명 사악한 오라를 두르고 있는 것 같았다.

그런 다구류루를 따르는 거인군단도 사위스럽게 느껴졌으므로, 막상 전쟁이 벌어지면 상당한 격전이 벌어지리라 예상되었다.

자히르는 오픈 이벤트 같은 것이고, 진짜는 다구류루인 것이다.

도보 진군이지만, '죽음의 사막'을 아무렇지도 않게 나아가는 모 습을 보면 이곳에 도달하기까지 시간은 별로 걸리지 않을 것이다.

솔직히 말해 다구류루가 배신한 것은 큰 타격이다.

가능성을 상정하기는 했어도 막상 현실이 되고 보니 너무 타격 이 커서 머리가 아플 지경이었다.

"그야 다구류루와 나는 옛날부터 사이가 나빴으니. 이해관계의 불일치도 이유겠지만, 다구류루와 신조는 사이가 좋았거든."

"이봐이봐, 자히르만이 아니라 다구류루하고 사이가 나빴던 원인도 신조에게 있었단 건가?!"

"음. 뭐, 지나간 이야기다만."

루미너스는 개의치 않는다는 투로 말했다.

듣자하니 다구류루가 악신이라 불렸던 시대의 이야기라나. 그러므로 루미너스는 신경 쓰지 않는 듯했지만, 그렇다면 반대로 다구류루는 지금 그 원한을 풀고자 움직이고 있는 것 같은데…….

"그렇게 돼서, 놈과 정면에서 전쟁이 벌어지는 것도 그리 놀랄 일은 아니다."

그렇다고는 해도 다구류루는 정말 강할 텐데.

이건 짐작이지만 나도 고전할 수준——.

《훗, 그럴 리가요.》

——이라고 생각했지만 시엘은 다른 의견인 모양이다.

뭐, 됐고. 여기서 왈가왈부할 생각은 없다.

적을 과소평가했다가 패배하는 얼간이는 되고 싶지 않으니, 내가 고전할 수준의 위협이라 단정하고 대책을 세워야만 한다.

《알겠습니다.》

이해해준 것 같아 다행이다.

그러면 당장 어떻게 해야 할지를 생각해보자.

지정학적으로 볼 경우, 신성법황국 루벨리오스는 서쪽 수비의 핵심이다.

이곳이 함락될 경우 서방 열국으로 가는 교두보가 생기는 셈이니 단숨에 정세가 기울어지고 만다.

천사의 군세는 비행이 가능하므로 어딘가에서 요격을 할 수는 없다. 다행인 점은 거인군단의 이동수단이 도보라는 것이리라.

사람이 걷는 것보다 훨씬 빠르고, 레기온 매직(군단마법) 같은 것도 병용하기 때문인지 평균 시속 30킬로미터라는, 일반적인 군단에서는 생각할 수 없을 만한 속도이기는 하지만, 그래도 하늘에서 쳐들어오는 것보다는 낫다.

다구류루의 거점인 '성허' 다마르가니아에서 이곳, 성스러운 도시 '룬'까지는 직선거리로 2천 킬로미터 정도. 불모의 대지나 죽음의 사막을 우회하지 않는 전제라 해도 이동거리가 3천 킬로미터는 된다.

단순히 계산해도 만 4일 이상이 필요할 것이다.

휴식 같은 것도 필요할 테니 보통은 3배 이상의 날짜가 걸리겠지만…… 언뜻 목격했던 진군 광경을 떠올려보면 쉬지 않고 달려올 것 같은 분위기가 있었다.

아무튼 감시마법 '아르고스(신의 눈)'로 감시는 계속하고 있다. 변화가 있으면 파악할 수 있을 텐데——.

《감시마법 '아르고스'를 속이는 것은 간단합니다. 주의 깊은 적이라면 대책을 세웠을 가능성을 부정할 수 없습니다.》

역시 그렇겠지.

'아르고스'는 현지의 양상을 리얼타임으로 보기 위한 마법이니, 풍경에 잔재주를 부려놔도 확인할 방법이 없다.

당연히 나도 상대가 나를 본다는 전제로 대책을 세워놓고 있다. 그러니 적이 똑같은 마법을 다룬다면 모종의 대책을 세워놨으리라고 생각해야 한다.

물론 지나친 걱정일 수도 있지만…… 어쨌거나 방심해선 안 된다는 것은 틀림없다.

걱정거리는 또 있다.

자히르를 요격할 수 있다지만, 그것도 액면 그대로 받아들여서는 안 될 것이다. 다구류루를 배신시켰던 것도 작전의 목적이었으니, 루미너스를 친다면 협공하는 것이 정석 아닐까.

그렇게 하지 않은 이유는 아마도 자히르가 폭주했기 때문인 것으로 보인다.

루미너스와도 악연이 있는 것 같고, 무언가 의도가 있었을지도 모르지만, 전해 들은 바로는 자히르는 폭주했다. 다시 말해 적의 지휘체계에 혼란이 있는 것 같다.

루미너스의 보유 전력은 상당하지만, 서쪽에서 쳐들어오는 거인군단과 하늘에서 습격하는 천사군단에게 협공당하면 속절없이 유린당하는 미래를 떠올릴 수 있다.

적이 그러지 않았던 시점에서 일관성이 없다는 생각이 드는 것이다.

아무튼 나도 이렇게 늦지 않게 합류했으니, 다구류루의 군세가 도착하기 전에 이곳의 요격태세를 완벽하게 갖춰놓고 싶다.

그러면 어느 정도 여유가 있을까가 문제인데.

"이대로 행군속도를 유지한다는 조건으로 예상하자면, 다구류루가 도착할 때까지 최단으로도 4일이야. 히나타도 조만간 돌아오긴 할 텐데, 결전까지는 간신히 타이밍을 맞출 수 있을까 말까하는 정도다."

"흐음. 최악의 경우 히나타만이라도 지금 당장 돌아오게 하고 싶네만……."

"잉그라시아 왕도에서의 뒤처리를 맡기고 나만 서둘러 왔으니까. 각국 VIP들의 호위도 있고, 인수인계를 마칠 때까지는 어려울걸."

히나타만이 아니라 크루세이더즈를 다시 불러들이는 것도 생각해봐야 한다.

잉그라시아에는 마사유키가 있으니 아직까지 안전이 확보된 것은 아니다. 펠드웨이를 퇴각시켰다지만 다음에는 본격적으로 집중공격을 받을지도 모르고.

뭐, 마사유키에게는 베루글린드 씨가 붙어 있고 테스타로사도 남아있으니까. 제국의 장병들도 의외로 믿을 만한 것 같고, 이쪽보다는 상황이 나을 테니까 무슨 일이 있어도 버틸 것이다.

"흐음, 그렇군. 히나타는 서방성교회의 대표로 와준 것이니 무리를 시킬 수는 없나."

루미너스도 마지못한 투로 수긍해주었다.

여기서 제멋대로 히나타를 도로 불러들인다면 성교회가 서방열국을 버렸다고 받아들여질 수도 있다. 그렇게 되면 이제까지 쌓아온 신용이 단숨에 사라져버릴 것이다.

정말로 최악의 상황이라면 어쩔 수 없겠지만, 그렇게 되지 않도록 내가 온 것이기도 하다.

"뭐, 가드라라는 내 부하도 데려왔으니까 지금쯤은 아다루만과 방어에 대해 협의하고 있을 터. 히나타만큼은 아니어도 의지가 되니까 그렇게까지 걱정하지 않아도 되겠지."

내가 그렇게 말하자 루미너스가 분개한 듯 흘겨보았다.

"네놈은 너무 느긋하다! 다구류루의 무서움을 모르니 그렇게 태평한 소리를 할 수 있는 거야!"

아니아니, 나도 다구류루는 위험하다고 생각한다고.

다만 시엘이 쉽게 이길 거라는 분위기를 풍기니까 나도 모르게 안심해서 마음이 느슨해져버렸을 뿐이지.

느긋하다고 말하면 섭섭하지만 그렇다고 되받아쳤다간 긁어 부스럼만 만들 것 같다.

나는 어른의 태도로 불만을 삼키고, 이 이상 딴죽이 들어오기 전에 다음 화제로 넘어가기로 했다.

"그건 그렇다 치고, 전력을 확인해보지."

나는 그렇게 제안했다.

타국의 군사기밀이니 모조리 솔직하게 말해줄 거라는 생각은 하지 않는다. 그래도 듣기 전까지는 작전도 제대로 세울 수 없다.

그러므로 가장 중요한 이야기를 물어보았다.

"솔직하게 까놓고 묻겠는데, '초극자'는 몇 명이나 있나?"

매우 실례되는 질문이지만 이 부분이 가장 중요했다.

그도 그럴 것이 크루세이더즈의 부대장들을 의지할 수 없으므로 주요·전력을 파악해두고 싶은 것이 본심이었다.

이제부터 시작될 전투에서는 A랭크 미만인 사람은 전력으로 헤아리지 않는 편이 낫다. 카레라 같은 이들을 보면 특히 그런 생각이 드는데, 대규모 마법 한 방에 날아가버릴 만한 자들은 전장에 데리고 가지 않는 편이 낫다는 생각마저 들었다.

실제로 신성법황국 루벨리오스가 공표한 방어력에서 루미너스교를 신봉하는 기사들로 구성된 템플나이츠(신전기사단)의 주력군이 존재한다.

그 수는 1만 명.

역시 성지를 수호하는 기사단인 만큼 각국에 파견된 자들보다도 고수다. 소속된 기사들의 전투능력은 최소 B+랭크에 해당된다고 한다.

그러나.

이런 말은 좀 미안하지만, 내가 보기에는 오십보백보다.

인류의 카테고리로 생각하면 강해도, 다구류루 앞에 나갔다간 짓밟히는 미래밖에 보이지 않는다.

물론 운용하기에 따라 다르겠지만, 내 성격으로는 병사를 단순한 숫자로 생각할 수가 없다.

이것은 게임이 아니므로, 희생자 0을 목표로 삼아야 하기 때문이다.

그렇게 되면 전투는 주력급인 사람들만으로 하고, 그 외의 인원은 보조로 돌리고 싶다.

그들은 『결계』의 유지요원이 되어 성지를 수호하는 임무를 다해주었으면 한다.

루미너스도 그런 내 생각을 꿰뚫어 본 듯했다.

"유력한 것은 7명. 나의 대리자에게 맡겨두었던 마왕의 군세는 로이—— 아니, 루이를 정점인 왕으로 두고 7명의 대귀족에 의한 지배체제를 세워놓았다."

오오, 생각보다 대단했구나.

베스터 같은 자들과 사이좋게 연구하고 있는 '초극자'가 그 대귀족 중 한 사람이라니 놀랍지만.

덧붙여서 그 7명 중에 루미너스가 아끼는 귄터 씨는 포함되지 않는다고 한다.

"이 귄터도 신조의 고제 중 한 명이었거든. 말하자면 나와는 형제인 셈이다."

"황송하신 말씀입니다. 루미너스 님께 비하면 저는 아직 멀었습니다."

루미너스는 새로 차를 준비해주던 귄터 씨를 그렇게 소개해주었다. 이미 낯을 익히기도 했고 상당히 강하다는 생각은 했는데, 새삼 정체를 알고 납득했다.

덧붙여 가르쳐준 것이지만, 루이도 신조의 작품이라고 한다. 작품……이라고 말해도 될지 어떨지 나는 좀 의문이 들지만.

만들었지만 도망쳐서 야생화해 날뛰고 있었다고 하니 말이다. 루미너스가 토벌해 지배할 때까지 상당한 피해를 뿌리고 다녔다고 하고.

뭐, 옛날옛적 이야기라고 하니까 이제와서 뭐라고 하긴 그렇지만…… 신조에 관한 에피소드 중에서는 그나마 나은 편이라고 하니, 루미너스가 얼마나 고생했을지 눈에 선하다.

그런 루이에게서 파생된 것이 7대귀족이라고 한다. 그러므로 마왕군으로서도 원숙해졌던 것이다.

아무튼 이로써 루미너스 측의 전력은 판명되었다.

다음은 내 차례라는 양, 막 보곤은 정보를 공개했다.

"울티마에게 들어온 정보에 따르면 다구류루의 전력은 '박쇄거신단(縛鎖巨神團)'이라고 하는데, 3만 명으로 이루어진 자이언트(거인족) 전사들이다. 각자의 전력은 평균 B+랭크 상당. 상위자는 당연하다는 것처럼 A랭크 오버고, 그런 엘리트 전사들만도 천 명 가까이 된다는군."

"압권이군."

내 보고에 루미너스가 고개를 끄덕였다.

여기서 루미너스가 한 말은 '박쇄거신단' 3만 명과 템플 나이츠 1만 명을 비교한 것이 아니라 A랭크 오버 전사의 수만을 가리킨 것이다.

다구류루가 어째서 하급전사까지 끌고 왔는지는 모르겠지만, 중시해야 할 것은 수보다도 질이다. 이제까지 몇 번이나 숫자의 불리함을 뒤집어왔던 만큼 이것은 틀림없다고 단언할 수 있다.

그리고 그 질을 비교할 경우.

루미너스의 전력에는 원래 같으면 블러디 나이츠 400여 명에 더해 크루세이더즈 300명 정도, 그리고 A랭크 오버가 700명 가까이 존재했다. 다구류루 측에는 천 명 가까이 있다고 들었지만 그렇게까지 놀랄 만한 숫자는 아닐 것이다.

하지만 이곳에 크루세이더즈는 없으니 루미너스 측이 압도적으로 불리한 것은 틀림없다.

여기서 루미너스가 패배해 성지가 함락될 경우 서방 열국은 틀림없이 붕괴된다. 신앙의 대상을 잃을 뿐만 아니라, 수호자의 존재가 사라져버리니 한 달도 가지 못해 유린당하고 말 것이다.

다구류루의 목적이 영토만이라면 파괴행위는 적당한 선에서 그칠 수도 있다. 하지만 그곳에 사는 사람들이 피해를 입는 것은 면할 수 없으며, 어떤 취급을 받을지도 모르는 노릇이다.

기껏 우리의 존재가 인지되어, 앞으로 손을 잡고 풍요로운 문명사회를 지향하려는 거사를 앞두었는데, 여기서 방해를 받는 것은 말도 안 된다.

나의 나태한 생활을 방해하는 자는 그 누구도 용서해서는 안 된다.

그런고로 루미너스 진영의 패배는 반드시 막아야만 한다.

그렇다면 지금 염두에 두어야 할 것은 현재의 전력으로 충분한가 아닌가다.

다구류루의 능력은 미지수다. 옛날에 베루도라와 싸운 정도의 강자라고 하니 얕잡아보면 위험하다.

시엘이 보기에는 내 승리가 확실하다지만…… 앞으로 무슨 일이 일어날지 모르는 이상 내가 싸우게 될지 어떨지도 모르는 것이다.

여러 가지 상황을 상정해두어야만 한다.

게다가 루미너스와 1대 1로 맞붙게 되었을 경우, 어느 쪽이 이길지는 모르는 거고.

루미너스도 대죄계 얼티밋 스킬의 소유자인 이상 간단히 패배할 것 같지도 않지만…… 대장끼리 싸우는 것은 최대한 피하는 것이 좋다.

　내가 있다면 신경 쓰지 않아도 되지만, 이번에는 부관급들의 강함을 파악해두어야 할 것이다.

＊

　루미너스와 다구류루는 마왕 중에서도 최대 파벌이라 할 수 있으며, 종합전력은 거의 호각으로 여겨진다. 그러므로 다구류루도 그동안 섣불리 움직이지 않았을 텐데, 이렇게 되어버린 이상 부관이나 간부급의 강함이 승패를 좌우할 것이다.

　루미너스 측에는 귄터 씨와 루이, 그리고 7명의 대귀족이 있다. 그리고 당연히 다구류루 측에도 강자가 있다.

　펜, 그라소드 같은 다구류루의 동생들은 말할 것도 없다.

　그런 밀리언 클래스 강자들에게는 한 발 미치지 못하지만, 마왕종에 상당하는 것으로 보이는 자들이 존재한다고 들었다.

　그것이 '박쇄거신단'의 상급투사 중에서도 최강격인 오대투장(五大鬪將)이다.

　그리고 그들의 대표로 유명한──

　"펜이 부활했던 것이 골치 아프구먼. 이로써 다구류루도 고대의 악신으로 회귀할 테고, '네 팔' 바사라도 눈을 뜰 걸세."

　──그렇다. '네 팔' 바사라란 놈이 '박쇄거신단'의 부장이며, 또 다른 부장인 그라소드에 필적할 정도로 강하다니 밀리언 클래스인 것은 틀림없으리라.

　그건 그렇다 쳐도 루미너스의 세력도 그렇고 다구류루의 진영도 그렇고, 숨은 강자가 너무 많다.

칼리온이나 프레이가 귀엽게 보일 정도의 강자를 휘하에 두었다니, 마왕들 사이의 밸런스는 어떻게 된 거냐고 따지고 싶은 기분이다.

나도 모르게 분개해 그렇게 투덜거리자, 루미너스가 아무 것도 아니라는 양 대꾸했다.

"당연한 것 아닌가? 우리는 옛날옛적부터 마왕 노릇을 해왔다. 강대한 힘을 가진 자를 포섭해 세력을 확대해온 것이다. 오히려 신참 마왕인 칼리온과 프레이가 장래성이 보인다고 해야지."

그렇게, 아주 오만한 태도로 논평했다.

하지만 실제로, '옛날옛적부터'라는 이 말에는 설득력이 있었다. 그도 그럴 것이 루미너스와 다구류루는 일이천 년 정도의 간격이 아니라 그야말로 수천 년 단위, 잘못하면 만 년 단위로 살아왔던 존재니까.

일이백 년 정도로는, 마왕종까지는 될 수 있더라도 밀리언 클래스까지 도달하는 경우는 거의 없다고 한다. 그렇게 받아치면 나도 할 말이 없다.

"그런 의미에서 따지면 네놈이 이상한 것이다! 네놈은 대체 몇 명이나 되는 밀리언 클래스를 부하로 거느리고 있나? 이렇게 눈 깜빡할 만큼 짧은 기간 동안 그만한 자가 모여들다니, 대체 무슨 짓을 한 건지 내가 더 묻고 싶을 정도다!!"

나도 모르게 윽?! 소리를 내버렸다.

어쩌다 이렇게 됐는지 나도 잘 모르겠고, 물어봐도 대답은 나오지 않았다.

이 이상 계속하면 나에게 불리할 것 같다.

그러므로 나는 이 이야기를 얼버무리기 위해 아까부터 궁금했던 것을 루미너스에게 물어보기로 했다.

"그건 그렇고 다구류루 진영에 대해 굉장히 잘 아는데, 루미너스는 펜 같은 녀석들에 대해서도 알고 있나?"

루미너스는 어이없다는 시선으로 나를 쳐다보았으나 순순히 넘어가주었다.

"그야 당연하지. 내가 태어났을 때에는 이미 봉인되어 있었으나, 놈에게 입은 피해는 남아 있었으니 말일세. 신조께서 당시의 이야기를 즐겁게 들려주셨다. 게다가 펜이 원인이 되어 키사라와 바사라 남매를 신조께서 만들어 내셨으니."

루미너스의 말로는 키사라와 바사라 두 사람은 신조가 다구류루를 비롯한 '진정한 거인'을 참고로 창조한 자이언트의 시조라고 한다. 쌍둥이로 탄생한 탓에 누가 누나인지 오빠인지를 두고 다투는 사이였다는데, 그 남매싸움은 무시무시해서 당시의 피해는 상당했다고 한다.

결국 따지면 『모든 재앙의 근원은 신조로 귀결된다』는 것이 루미너스의 말이었다.

그런 상황이 일단락될 수 있었던 것은 키사라와 바사라가 다구류루에게 싸움을 걸었다가 패배하고 부하가 되었기 때문이라고 한다.

"그야말로 독으로 독을 제압한 것이네만, 다구류루의 세력이 확대되는 것은 짜증이 났었지."

그렇다는 이야기였다.

그 이후에는 루미너스와의 세력다툼으로 변화해나갔다고 한다.

그런 상황이 변화한 것은 다구류루와 키사라가 결혼했기 때문이었다. 예로부터 사람은 가정을 꾸리면 건실해진다는 말이 있는데, 바로 그런 느낌이었다나.

그러저러해서 평화로운 시대가 한동안 이어졌지만, 그것도 다음 전쟁을 대비한 준비기간일 뿐이었으며…… 평화와 전쟁이 백년 단위로 반복되어왔다고 한다.

뭐, 나는 그런 역사에 관심이 없으니 설명은 2배 재생으로 들었다.

다구류루의 왕비였던 키사라는 출산과 동시에 사망했다고 한다.

바사라는 쌍둥이 누나의 죽음에 거칠어졌다는데, 싸울 정도로 사이가 좋았던 거겠지. 뭐, 상상일 뿐이지만.

거칠어진 바사라는 다구류루에게 근신 처분을 받았다. 강제적으로 잠들게 해버렸다는 것이다. 하지만 루미너스는 거의 확실하게 잠에서 깨어났을 거라고 말했다.

여기에 대해서는 울티마의 보고도 있었다.

『오래전 옛날에 '네 팔'인지 하는 골치 아픈 망나니가 있었다고 해서 어떻게 됐는지 물어봤는데요, 아무래도 계속 갇혀 있었다나요. 여차하면 출동시키겠다고 아저씨가 그러던데요.』

그런 이야기였으므로 거의 틀림없이 이번에는 적으로 등장할 것이다.

그리고 그런 바사라를 필두로 한 집단이 오대투장인데, 이것은 매년 열리는 힘겨루기 대회로 결정된다고 한다.

그렇다 해도 자이언트의 수명은 평균 500년 이상이므로 천 년 이상의 수명을 가진 고대 거인들—— 상급투사에서만 선출된다고 하니까.

젊은 거인이 격세유전을 하는 경우도 있다고 하니, 이건 다마르가니아의 국위선양을 겸한 연례행사가 되고 있다고 한다.

그런고로, 오대투장은 남들보다 머리 하나 정도는 뛰어난 존재지만 필두인 바사라만한 위협은 아니다. 삼수사 중 누군가나 쌍익의 두 사람보다도 아래라고 생각하면 틀림없겠지.

다시 말해 루미너스 휘하의 7대 귀족이 더 강한 것이다.

여기서 쌍방의 전력을 종합해보자.

우선 루미너스 측은——.

권터와 루이가 밀리언 클래스이며 존재치는 100만 정도.

7대 귀족은 마왕종 상당이며, 20만에서 60만 정도의 존재치를 자랑한다. 개체 차이가 있는 것 같고.

여기에 표면적인 전력으로 '칠요의 노사' 등이 있는데, 슬픈 사건 탓에 전멸해버렸다. 인류의 영웅 클래스를 재보충할 시간은 없었으므로 장래적으로는 지금의 성기사들 중에서 재구성될 예정이라고 한다.

뭐, 대충 이 정도다.

이어서 다구류루 측을 보자면——.

그라소드와 펜이라는 다구류루의 동생들.

그라소드의 존재치는 약 200만이라고 들었고, 펜은 다구류루보다도 위다. 멍청하게 힘이나 자랑하고 있을 때가 아니다.

그리고 아까 화제로 나왔던 바사라가 그라소드보다 조금 떨어져서 약 100만. 귄터 같은 이들과 거의 호각이다.

남은 오대투장의 존재치는 15만에서 30만 정도라고 한다. 지금의 삼수사에게도 못 미치는 위협도지만, 문제는 상급투사가 더 있다는 점이다.

총원이 100명 가까이 되는데, 지금도 존재치가 10만을 넘으며 많게는 15만 가까이에 이른다고 한다.

매년 대회에서 바뀌는 경우가 있으므로 당연하다면 당연한 이야기다. 하지만 그만한 강자가 100명 가까이 된다는 것은 솔직히 말해 무시할 수 없는 위협이었다.

양보다도 질이라고 생각하지만, 최저선을 넘어선 양을 모았다고 생각하면 귀찮은 것이다. 그야말로 베루글린드 씨처럼 무쌍을 찍어버리면 이야기가 빠르겠지만, 다구류루가 그러도록 내버려둘 것 같지도 않고…….

"숫자를 위협으로 생각했던 건 오랜만인걸."

"나도 그렇다. 놈과는 계속 견원지간이었지만 전면전쟁이 되면 내가 불리하리라 생각했거든. 나름대로 준비를 해두었네만 어디의 슬라임한테 전력이 크게 깎여버리는 바람에."

"아니, 저기! 그건 이미 끝난 얘기잖아!"

그렇게 투닥거리기는 했지만 문제 해결로는 이어지지 않았다.

이렇게 되면 우리 템페스트에서 원군을 보낼 수밖에 없는데 ──라고 생각했을 때, 시온이 만면의 미소와 함께 대화에 참가했다.

"후후후, 리무루 님. 다구류루 따위 무서워할 필요 없습니다!"

그렇게 내뱉고는 일어난다. 그리고 문 너머를 향해 말했다.

"너희들, 들어와."

시온의 말에 들어온 것은 긴장한 기색을 띤 남자들이었다.

어라, 저 녀석들은…….

"오랜만입니다! 다구라입니다!"

"류라입니다."

"데부라입니다요!"

시온에게 맡겨놓은 채 제대로 잊어버리고 있었지만, 다구류루의 아들들이다.

아니 뭐랄까, 사실은 머리 한구석에는 있긴 했지만 갑자기 다구류루와 적대관계가 되는 바람에 이 녀석들을 어떻게 취급해야 할까를 전혀 생각하지 못했지…….

"음, 오랜만이구나. 잘 지낸 것 같아 다행이다만, 너희도 지금의 상황은 알고 있나?"

다구류루에게 돌아가고 싶다고 한다면 포로로는 삼지 않고 돌려보내 줘야겠지.

솔직히 이 녀석들은 개개인이 어지간한 마왕종보다도 강하니까 적의 전력이 되면 귀찮아지지만…… 포로로 삼으면 감시에도 전력을 할애해야 하니 공연히 혼란만 초래할 수 있다.

저항하지 않는 상대를 죽여버리는 건 말도 안 되고, 달리 좋은 생각도 없고. 라미리스의 미궁에 격리하는 방법도 없지는 않지만 그건 그거대로 라미리스네에게 부담이 될 것 같으니 관두는 편이 무난하다.

나는 그런 생각을 굴리면서 세 사람의 대답을 기다렸다.

그러자 생각지도 못한 대답이 돌아왔다.

"물론입죠. 아버지가 배신했다고 해서 너무 창피하네요."

"우리도 펜 삼촌에 대해서는 잠자리 이야기로 들었는데, 설마 이 시대에 부활할 줄은 생각도 못했습니다."

"흐에흐에흐에, 극악무도한 걸로는 아버지와 호각이었다고 합니다요."

의외로 우리 쪽에 기울어진 발언이었다.

그렇기에 나는 물어보기로 했다.

"어, 아버지와 전쟁하게 됐는데 괜찮나?"

"그러게요. 불안이 있기야 있지만 그보다도 지금은 우리가 얼마나 강해졌는지 시험하고 싶은 마음이 위라서요."

"형님 말대로입니다. 우린 시온 님에게 매일같이 단련을 받고 있죠. 심신 단련과 맛있는 밥. 게다가 서로 경쟁할 동료들까지 있고. 이 환경을 박살내려는 놈을 쓰러뜨리는 게 우리가 힘을 얻은 이유란 거죠!"

"흐에흐에흐에. 오히려 훈련의 성과를 보여줄 수 있어서 다들 기뻐하고 있을 정도입니다요. 저도 이 힘을 휘둘러 삼촌들 박살 내버리고 싶습니다요!!"

세 사람은 입을 모아 그렇게 역설했다.

아무래도 본심인지, 다구류루의 군세와 싸울 의욕이 넘쳐났다.

시온을 보니, 그것이 당연하다는 얼굴로 만족스럽게 고개를 끄덕인다.

"어……."

자, 이걸 어떻게 한다.

과연 이 셋을 전쟁에 내보내도 될까?

《문제없으리라 생각합니다.》

어떻게 할까 고민하는 내게 시엘이 지체하지 않고 대답해주었다.

하지만 이 녀석들이 배신할 가능성은?

나도 이 녀석들의 말을 진심이라고는 생각하지만, 만약 페이크일 경우 아군을 위험에 빠뜨리게 된다. 적장의 아들들하고 같이 싸울 수 있겠냐고 물어보면 언짢아하는 사람도 있을 것이다.

하지만 시엘의 태도는 흔들림이 없었다.,

《그럴 가능성은 상당히 낮을 것입니다. 왜냐하면——.》

그 대답은 들을 필요도 없었다.

방문이 열리더니, 시온의 부하들이 쏟아져 들어왔던 것이다.

그리고 우락부락한 얼굴의 남자가 제일 먼저 나에게 의견을 제시했다.

"리무루 님, 우린 다굿찌 형제를 믿습니다요!"

어라, 고부조……?

얼굴이 정한해져서 못 알아봤다.

옛날의 흔적은 남아있지만 기합이 달라졌다. 그리고 그의 말은 다구라 형제를 믿는다는 것이었다.

고부조만이 아니었다.

시온의 부하인 '부활자들(자극중, 紫克衆)'이 입을 모아 다구라 형제를 옹호하기 시작했던 것이다.

그것은 그야말로 진심으로 그들을 믿는다는 증거였다.

아니, 이야기를 잘 들어보니 내가 다구라 형제를 처분 내지는 감금할 거라고 생각하는 듯했다.

너무하잖아.

합리적인 생각을 하는 내가, 아무리 그래도 적이 될지 모른다는 불안감 하나 가지고 느닷없이 사람 목숨을 빼앗고 그러겠냐고……

"리무루 님! 저희의 결속은 보시다시피 반석 같습니다. 강철처럼 단련해서 어지간한 일로는 동요하지도 않고요!"

다구류루의 아들들을 맡은 자로서 책임을 느꼈는지 시온 자신도 나를 똑바로 바라보며 진언했다.

이미 그것만으로도 충분했지만, 여기서 루미너스까지 놀랄 만한 발언을 했다.

"리무루, 솔직히 말하면 나도 다구류루의 아들들을 처치해버리고 싶은 마음이 있다."

아니, 나는 그럴 마음 없는데요……라고 말하려 했지만 그보다도 먼저 루미너스가 말을 이었다.

"허나 이 자들은 믿어도 좋을 거다."

다구류루와 견원지간이라고 자칭했을 정도인데, 설마 옹호해주다니.

왜 그런 생각에 이르렀는지 자세한 이유를 들어보았다.

그러자 루미너스는 쓸쓸한 표정으로 가르쳐주었다.

"시온의 요리가 개선된 건 그자들의 도움이 있었기 때문이다."

"무슨 말인지?"

"누가 맛을 보았다고 생각하나. 나는 싫었네만 호기심 왕성한 자들은 어디에나 있었지. 7대 귀족 중 한 명이 어리석게도 자청했다가 한 달 정도 몸져 드러눕고 말았다."

언데드라면 죽진 않을 테니 괜찮을 거라고 섣부른 생각을 했다는 것이다.

바보 아냐, 그 녀석……? 이라고 생각은 했지만 입 밖에는 내지 않았다. 어느 시대에나 그런 도전자가 있었던 덕분에 훌륭한 발명과 발견이 이루어졌으니까.

성게나 해삼을 처음으로 먹은 사람은 정말 대단하다. 강제적으로 엽기적인 음식을 먹이는 형벌도 있었다지만, 훗날의 미식에 엄청난 공헌을 한 행동이라고 생각한다.

그렇게 생각하면 오히려 그 귀족은 용기 있는 행동을 했다고 말할 수 있으리라.

아무튼 나는 가볍게 고개를 끄덕여 루미너스의 뒷말을 채근했다.

"그 후로 아무도 맛을 보지 않으려 했지만, 그때 자청했던 것이 이 자들이었다. 그 패기에 모두가 감동해, 나의 부하들도 다구라 형제를 인정하지 않을 수 없었지."

그렇군. 그렇게 된 거구나.

시온의 요리가 향상된 배경에는 역시 상상을 초월하는 고난의 스토리가 숨겨져 있었던 모양이다.

참고로 아다루만 같은 자는 '식사를 못 한다는 데에 감사하게 될 줄은 몰랐다'는 명언까지 남겼다고 하니, 정말 다들 고맙다고 진심으로 감사해야겠다.

"뭐, 누님이 직접 만드신 요리를 먹을 수 있다고 생각하면 그 역할은 저희에게야말로 딱 어울리는 거였죠."

"형님 말씀이 옳습니다."

"포상이었습니다요!"

응.

그냥 얘들이 이상한 건지도 모르겠다.

하지만 뭐, 결과가 좋으면 다 좋다고 하니까 다구라 형제가 불협화음이 되지 않고 넘어갈 수 있다면 사양않고 전력으로 써먹어야지.

"그럼 나나 루미너스가 다구류루를 상대하기로 하고, 펜은 시온과 너희에게 맡길까."

"흥! 다구류루 상대는 내게 맡기게. 솔직히 말해 조금 힘들겠지만 시간을 끄는 정도라면 쉽네."

루미너스는 다구류루에게 이길 거라고는 생각하지 않는 모양이었다.

다시 말해 전략적으로는 루미너스가 다구류루를 붙잡아놓은 동안 그 외의 적 간부진을 쓰러뜨려버리고 모두가 승부에 나선다는 흐름이 된다.

그렇다면 펜을 내가 상대하면 전략적으로는 이쪽에 여유가 생길 것 같다.

"좋아, 이렇게 되면——."

그때였다.

내가 '승산이 보인다'고 말하려던 것을 가로막듯, 사태가 급변했다.

＊

그 소식은 라미리스에게서 긴급사념전달을 통해 이루어졌다.

『잠깐만 리무루, 큰일났어!』

『너는 늘 큰일 큰일 그러는데, 나도 이것저것 큰일이다만.』

그렇게 가볍게 흘려넘기려 했지만 이번에는 정말로 큰일이었다.

『농담할 때가 아니야! 있지, 밀림네랑 연락이 끊겼어. 곧바로 조사하도록 명령했는데 어쩐지 불길한 예감이 든다구!!』

라미리스가 말하길.

바로 조금 전, 고부타 일행이 귀환해 제라누스 격퇴에 성공했음을 보고했다고 한다.

그러나 문제는 그 직후에 일어났다. 전황을 감시하던 영상이 갑자기 송출되지 않게 되었다는 것이다.

그나마 현지와 '전이문'이 이어진 채였던 것이 다행이었다.

서둘러 고부타 일행을 보내 재조사시키고, 라미리스는 라미리스대로 내게 연락을 취했던 것이다.

『큰일났군.』

『그러니까 내가 그렇다고 했잖아!』

나 이거야 원. 마음 놓을 틈이 없네.

밀림에게 무슨 일이 생겼다고는 생각할 수 없지만 영상방해에는 짚이는 데가 있다.

《베루자도겠군요.》

시엘도 나와 같은 의견이구나.

그렇다면 거의 틀림없다고 판단해도 되겠다.

『고부타한테는 무리하지 말라고 전해다오. 나도 금방 돌아갈 테니.』

나는 라미리스에게 그렇게 전하고 이야기를 마쳤다.

그리고 루미너스를 돌아보았다.

"미안하다. 좀 긴급사태가 발생했다."

"무슨 일이 있었나?"

"이건 짐작이지만, 밀림과 베루자도 씨가 싸우고 있는 것 같군. 기이에게도 연락해야 하니 나는 일단 돌아가마."

내가 그렇게 말하자 루미너스가 느릿느릿 고개를 끄덕였다.

"알았다. 이쪽은 이쪽대로 다구류루에게 대비할 터이니 걱정하지 마라."

"그렇고말고요! 저희만 있어도 거인 놈들은 다 없애버릴 수 있어요!!"

내 불안을 누그러뜨려주려는 것처럼 괜찮다고 하는 루미너스.

그리고 시온까지도, 자기들끼리만으로도 문제없다고 큰소리를 친다.

그 말을 곧이곧대로 받아들일 수는 없지만, 대책을 짜기까지 잠깐의 시간이라면 맡겨두어도 될 것 같았다.

"그럼 난 돌아가마."

"네, 뒷일은 저희에게 맡겨주세요!"

맞아, 생각났다.

가능성의 이야기지만 이것도 말해두어야지.

"루미너스, 일단 말해두겠는데 4일이라는 유예기간은 과신하지 않는 편이 좋을 거다."

다구류루·군의 도달 예정 시간은 최단 4일이다.

하지만 그것은 어디까지나 지금의 행군속도를 유지할 때의 이야기다.

나처럼 군을 통째로 전이시킬 수 있는 녀석이 있을지도 모르니, 경계해둘 필요가 있을 것이다.

"흐음, 그렇군. 나도 그 가능성은 시야에 두었다. 실제로 네놈에게는 가능한 일이지. 이쪽이 가능한 일을 적이 못한다고 생각하는 건 지휘관에게는 나태함이 아니겠나."

응, 잘 이해하고 있나 보네.

그러면 더 이상 내가 할 말은 없다.

여차하면 지원하러 달려가면 되니까, 중요안건부터 대처하자.

"그럼 조심해라."

"네놈도."

나와 루미너스는 서로 고개를 끄덕였다.

"건투를 빌어요, 리무루 님!"

그렇게 시온 일행이 등을 밀어주어, 나는 다시 템페스트로 돌아오게 되었다.

＊

나는 귀환하자마자 신속히 '관제실'로 직행했다.

그리고 경악할 만한 광경을 보게 되었다.

큰일났다…….

진짜로 큰일났다.

대형 스크린에 비친 영상에서는, 격노해 이성을 잃은 밀림이 이형의 모습으로 변신해 날뛰고 있었던 것이다.

그 상대는 베루자도.

미소를 지은 요염한 미소녀지만, '진정한 의미에서 파괴의 폭군'으로 변한 밀림을 상대로 한 발도 물러나지 않은 채 호각으로 싸우고 있다.

둘 다 막상막하.

진정한 신들의 싸움이 재래한 것이다.

"어떻게 된 거지, 이게?"

나도 모르게 중얼거리자 라미리스가 곧장 대답해주었다.

"고부타가 촬영해왔어!"

아니, 내가 물어보고 싶었던 건 그게 아니고…….

"상황이 어떻게 된 거냐는 소리다!"

"아, 그 얘기구나. 보다시피 최악이야!"

응. 라미리스가 전혀 도움이 안 된다는 건 잘 알겠다.

어이가 없어서 한숨을 쉰 내게 설명해준 것은 호화로운 사령관용 좌석에서 일어나 나를 맞아준 베니마루였다.

"제라누스를 격퇴해서 신이 났을 때, 갑자기 연락이 끊겨서, 막 돌아온 고부타에게 정찰을 시켰습니다. 그랬더니 현지에서 베루자도 님과 밀림 님이 전투상태에 들어간 것이 확인됐습니다."

베니마루가 매우 요령 있게 말해주었다.

219

제일 궁금했던 건 현지의 상황이지만, 생존자는 불명.

전장은 온통 새하얀 얼음세계에 뒤덮였으며 생명반응은 0이었다고 한다.

이것은 고부타와 함께 있었던 란가가 『풍조작』으로 냄새의 입자 같은 것을 채집해 상황을 파악해준 것이라나.

결론적으로 말해, 모든 냄새가 사라진 상태였다.

다시 말해 시각정보로는 얼음 조각상으로 변한 자들이 보이는데, 전장 전체가 같은 상황이라 생각해도 틀림없는 모양이었다.

"그, 얼음 조각상이 된 자들을 조사해보고 싶었지만, 란가가 지켜주는 고부타조차 다가가기는 어려웠다……기보다 불가능했다고 합니다."

"그렇게나 위험한가?"

"예. 이 영상도 접근할 수 있는 최대 거리에서 촬영한 겁니다. 고부타가 우는소리를 했지만 오니 같은 마음으로 고생을 시켰죠."

베니마루의 경우에는 마음만이 아니라 진짜 오니지만, 그런 농담을 하고 있을 때는 아닌 것 같다.

저 지역에는 아직 카레라나 그녀의 부하들도 남아있을 텐데 나하고 『사념전달』이 통하질 않는다. 우리는 '영혼의 회랑'으로 이어져 있을 텐데도.

전장에 있는 모두가 생사불명. 이건 분명 터무니없이 최악의 사태다.

카레라 같은 녀석들이 다 죽었다고는 생각하고 싶지 않았다.

게다가 저곳에는 칼리온이나 프레이 씨도 있을 터.

밀리온 클래스가 몇 명이나 있는데 아무것도 못 하고 순식간에 전멸했다고는 생각할 수 없다. 무언가 긴급사태에 빠졌다면 철저하게 시간을 끌도록 미리 정해놓았고.

그런데도 이 상황.

영상으로는 확실하지 않지만, 아무래도 밀림이 폭주하고 있는 것처럼 보였다. 평소와는 비교도 되지 않는 수준의 힘을 해방하며 베루자도와 맞서고 있는 듯했고…….

그렇게 된 원인이 무엇일지를 생각해보면…….

불길한 상상이 뇌리에서 떠나질 않는다.

하지만 그렇다고 거기에 사로잡혀 있어봤자 아무 해결도 되지 않는다.

라미리스가 완전히 당황해서 갈팡질팡하는 것도 어쩔 수 없지만, 나까지 그랬다간 끝장이다.

전장은 분명 터무니없는 상태일 것이다. 그렇게 선을 긋고 생각을 바꾸기로 했다.

그러면 어떻게 할까?

여기서 당황해봤자 의미는 없다.

이럴 때는 지금의 자신이 무엇을 할 수 있을지를 생각해야 한다.

냉정하게, 마음을 가라앉히고. 하나하나 대책을 떠올리며, 할 수 있는 것부터 대처해나가야만 한다.

"남은 미궁십걸도 전원 소집. 이 이상은 위험할 테니까 고부타와 란가도 귀환시키도록."

"하지만……."

"밀림과 베루자도 씨의 싸움이 그렇게 쉽게 결판이 나진 않을게다. 폭주상태에 빠진 밀림을 상대할 수 있는 건 지금 상황에선

나와 베루도라 정도밖에 없지 않느냐."

솔직히 나도 싫지만.

애초에 말이지, 밀림이 진심으로 날뛰면 대체 누가 말릴 수 있겠냐고.

옛날에 기이와 격돌했고, 별별 일이 다 있었다가 라미리스가 중재해줬다던데…… 지금의 라미리스에게는 도저히 기대할 수 없는 이야기다.

하지만 혹시나 하는 0에 가까운 가능성을 기대하고──.

"아, 라미리스…… 혹시나 해서 묻겠다만, 내가 베루자도 씨를 막는 동안 밀림을 제정신으로 되돌릴 수 있겠나?"

"뭐?! 너 나더러 죽으라는 거야?!"

역시.

이 대응책은 무리라고 생각했고, 처음부터 기대도 하지 않았지만 이렇게 확증을 얻었다.

꼬맹이가 된 라미리스에게는 도저히 무리였던 모양이다.

"아니, 무리라고는 생각했다만. 그래도 설마 밀림을 폭주시키는 작전으로 나올 줄은……."

그렇게 중얼거리고 한숨을 쉬었다.

베니마루와 라미리스가 바쁘게 간부를 불러주는 동안, 다음 작전을 생각해야만 한다.

솔직히 예상 밖이었다.

우리 동료 중에서 배신자가 나온 것만으로도 최악인데, 그걸 웃도는 재난이 기다리고 있을 줄은.

아니, 유효한 수단이란 거야 거듭 잘 알고 있지만, 설마 이런 수법으로 나올 거라고는 생각하지 않잖아…….

《……밀림이 진심으로 폭주하면 세계가 붕괴될 가능성이 있습니다. 이것은 적아군 관계가 아닌 금단의 책략이며, 이를 태연히 실행할 각오가 있다면 더 심각한 사태에 대비할 필요가 있을 것입니다.》

……그게 뭔데?

《멸계룡(滅界龍) 이바라제를 해방하는 것 등을 최유력후보로 고려할 수 있겠습니다만, 그 외에도 위험한 수단을 경계해야 할 것입니다.》

다시 말해 규칙 따위 없는 무차별 싸움이란 거지.
진짜 최악이네.
폭주상태의 밀림을 어떻게 제정신으로 되돌릴까 하는 것만도 어려운 문제인데, 그걸 방해하는 상대가 베루자도 씨라니. 베루도라에게 부탁할까도 생각해봤지만 베루자도 씨의 모습이 영상에 비친 시점에서 허둥지둥하다 무슨 볼일이 생겼다느니 변명하며 도망칠 것 같고 말이지.
정작 중요할 때는 의지가 안 된다니까, 그 자식은…….
뭐, 그건 나도 마찬가지니 뭐라고는 못하겠지만.
도망칠 수 있다면 전력질주로 도망쳤다.
하지만 그건 인류의 파멸을 의미한다. 오버가 아니라 진짜로.
솔직히 난감하게 됐다.
나 혼자만 살아남아봤자 그게 무슨 의미가 있겠어.

그런 미래를 허용하느니 차라리 전력으로 저항하는 편이 그나마 낫지.

우는소리는 이제 관두자.

이제부터는 진심으로 대책을 세우자고, 나는 마음의 스위치를 전환했다.

*

간부들이 모이기 전에 또 한 가지 볼일을 마쳐놓기로 했다.

그것은 강력한 도우미를 소환하는 것이었다.

『──그렇게 돼서 당장 응원을 요청한다.』

『알았어요, 리무루 님! 기이 님은 내키지 않는 것 같았지만 저 레인의 교섭술에 맡겨주세요!』

그렇다. 내가 불러내려 한 것은 기이였다.

까놓고 말해 나 혼자 아무리 애써봤자 베루자도와 밀림을 동시에 상대하기란 불가능하다.

정신론으로는 전쟁에서 이기지 못한다.

나는 이기지 못할 싸움 따위는 할 생각도 없고, 꼭 해야만 한다면 승률을 조금이라도 높이고자 노력을 아끼지 않을 것이다.

그리고 기이에게『사념전달』을 연결하려 했는데, 거부당했다.

베루자도와 밀림의 싸움을 감지하고 신물이 났나?

아니, 그게 아니겠지.

기이는 베루자도와 달리 자신이 해야 할 일을 잘 이해하는 녀석이니까.

다시 말해 이 사태보다도 더 위험한 위협이 있다고 생각하는 것이리라.

시엘과 기이가 같은 결론이라는 것이 나의 마음을 우울하게 만들었다.

문제가 산더미 같다.

기이를 끌어들인다 쳐도, 베루자도 씨의 상대는 맡길 수 있지만 밀림의 상대는 필연적으로 내가 맡아야 한다. 거기까지 가는 과정이 보인다 해도 그 이후가 노 플랜인 것이 불안의 원인이었다.

싸우는 것만이라면 어떻게든 된다.

하지만.

지상은 고사하고 이 별에 영향이 미치지 않도록 밀림을 상대할 수 있겠느냐고 묻는다면, 지금의 나로서는 어려울 것이다.

아마 죽지 않으려고 애쓰는 것이 고작 아닐까.

뭐, 죽어버린다 해도 베루도라가 있는 한 부활은 가능하겠지만, 내가 리타이어해버리면 기이의 부담이 늘어날 테니 결국은 아웃이지.

기이가 아무리 강해도 저 둘을 동시에 상대하기란 무리일 거고. 애초에 잘 상대하지 않으면 별 그 자체가 파괴되어버릴 거 같고……

아무리 생각해도 위험하다.

여기에다 펠드웨이나 이바라제라니…… 기껏 미카엘을 쓰러뜨렸는데 계속해서 어려운 문제가 너무 많이 발생한다.

각설하고, 진심으로 대책을 생각하려 해도 불길한 상상만 뇌리를 메우고 있는데.

그런 식으로 내가 고민하고 있으려니 레인에게서 대답이 들려왔다.

『리무루 님, 잘 됐어요! 기이 님도 제 부탁이라면 흔쾌히——.』

『야, 리무루. 왜 네놈이 우리 레인을 막 부려먹고 앉았냐?!』

윽?!

레인의 『사념전달』에 끼어든 자는 말할 것도 없이 기이였다.

나와 레인이 친하게 지내는 걸 이해하지 못하는 모양인데, 물론 여기에는 이유가 있다.

나는 레인이 가진 화가의 재능을 간파하고, 개인 용도로 이것저것 부탁을 했다.

레인도 여기에 기꺼이 응해주어서, 이제는 내 전속 화가라 할 만한 입장을 확립했다.

더 구체적으로 말하자면, 내가 후원자가 되어 레인의 재능을 개화시키고 있었던 것이다.

어째서 이런 관계가 됐느냐고 묻는다면, 그건 그…… 레온의 성에서 있었던 회담 이후의 이야기인데——.

디아블로에게 몰수했던 그림인지 뭔지를 나도 봤다.

그랬더니 레인이 그렸다는 그림이 매우 훌륭했다.

마치 사진처럼…….

레인이 그린 그림은 모델이 없어도 상상의 날개를 펼치기만 하면 수많은 표정을 그려낼 수 있었다.

그런 그림 중에는, 그렇다!

나체 같은 것도 있었다.

나로서는 당연히 관심이 있다.

물론 예술적 관점에서 말이지만요.

미를 추구하는 마음에는 한계 따위 없고, 내 요망은 멈출 줄을 몰랐다.

여기에 사심 따위 전혀 없었으며, 그저 오로지 '미'를 추구하는 자로서의 지적 호기심 때문에, 나도 모르게 이렇게 물어봤다.

레인 너 말야, 모델이 없어도 나체를 그릴 수 있어? 라고.

그러자 레인은 내 순수한 질문에 이렇게 대답했다.

비싸요, 라고.

할 수 있느냐 없느냐가 아니라, 비싸다.

나는 조용히 금화가 담긴 자루를 내밀었지.

그러자 레인은 눈썹 하나 까딱하지 않고 스윽, 그걸 품에 집어넣었다. 그리고는 아무렇지 않은 태도를 유지하며 "악마에게 금화라니 난센스네요. 하지만 나는 리무루 님을 존경하니까요……" 라고 지껄였던 것이다.

나는 생각했지.

이거 고도의 심리전이 시작되었구나, 하고.

그러므로 은근슬쩍 "뭘 바라는데?" 하고 물어보았다.

《……전혀 고도하지 않았고 은근슬쩍도 아니었습니다. 오히려 돌직구
──.》

으, 음. 그윽함을 모르는 외야의 판죽은 무시하고 이야기를 계속하자면, 레인의 답은 이랬다.

난 포인트란 것에 관심이 있거든요──라고. 순수한 눈으로 날

바라보며 호소했다.

거기서부터는 회유가 간단했다고, 그렇게 말해두겠다.

나는 개인적으로 이것저것 레인과 의논을 했다. 그리고 레인의 후원자가 되어, 그녀의 예술활동을 지원하게 되었던 것이다.

시엘이 뇌내보존을 실행해줬다면 이렇게까지 열의를 느낄 일도 없었을지 모른다. 하지만 정작 중요할 때에 비협조적이기 때문에 나로서는 레인의 그림에서 활로를 찾았던 것이다.

《⋯⋯쳇.》

응?

뭔가 혀를 차는 것 같은 소리가 들려온 기분이 드는데⋯⋯ 에이, 분명 기분 탓이겠지.

조금 피곤해져서 그런 환청이 들렸을 거야.

왜냐면 나한테는 켕기는 마음 따위 한 점도 없으니까.

《나체 모티프가 많다는 점도 이해가 가지 않습니다만――.》

에, 에이 왜 그래, 시엘은 참?!

시엘이 이해하지 못할 일이 이 세상에 어디 있겠어.

그러니까 아마 그건 분명 기분 탓!

그런고로 이 이야기는 끝!!

이리하여 나와 레인의 관계는 친밀해졌고, 이제는 외부의 협력자로서 내 의도대로 움직여주게 되었던 것이다.

그런 줄도 모르는 기이가 수상하게 생각하는 것도 당연하지만, 내가 일일이 설명해줄 의무도 없으니까.

그러므로 나는 당당히 이렇게 받아쳤던 것이다.

『지금은 그럴 때가 아니잖아! 긴급사태니까 지금 당장 이쪽으로 와줘. 최대한 빨리!!』

그렇게 말하고 나는 기이와의 『사념전달』을 마쳤다.

레인에게 부탁했던, 히나타를 모델로 삼은 그림도 아직 완성되지 않았다. 그걸 보기 전에 이 세계가 망가지다니, 결코 용납할 수 없는 일이다.

나는 지금 다시 한번, 어떻게 해서든 이 위기를 넘어서야만 한다고 마음속으로 굳게 맹세했다.

＊

내가 베니마루에게 명령하고 5분도 지나지 않아 모두가 집합했다.

베니마루는 지휘관으로서 당당하게── 디아블로는 조금 전까지의 피로 따위 조금도 느껴지지 않을 만큼 태연하게 참가했다.

위험하다고 정찰에서 도로 불러온 고부타는 자리에 앉아 떨고 있었다. 쉬고 있어도 될 텐데, 의외로 책임감이 강한 녀석이다.

참고로 란가는 내 그림자 속으로 이미 대피했다. 약삭빠르지만 요즘은 그런 면도 귀엽다는 생각이 든다. 힘든 꼴을 겪었을 테니 천천히 쉬게 해주자.

실제로 게루도는 중상 때문에 긴급 치료 중이다. 큰 부상은 사라졌지만 회복약 같은 것으로는 따라잡을 수 없을 만큼 지쳤으므로 어지간해선 쓰이는 일이 없는 휴양시설로 보내놓았다.

게루도에게 붙어있던 가비루도 슈나의 판단에 따라 긴급입원했다.

이쪽도 보기보다 소모가 심해서, 쌩쌩해 보이지만 죽기 직전이라 할 수 있는 상황이었다고 한다.

회복약의 생각지도 못한 함정인데, 부상이 없으니 기운이 있는 것처럼 보이는 것이다.

마물에게 마력요소란 생명력과도 같다. 그걸 다 소모해버리면 목숨을 잃는 사태에 빠질 수도 있다.

나는 이름을 지어주면서 몇 번이나 그런 꼴을 겪었으므로 웃을 일이 아니었다. 회의에 참가하려던 가비루를 강제로 쉬게 했다.

그 외에도 중상자가 있다.

레온이다.

디아블로가 의료시설까지 데려왔기 때문에 목숨에는 지장이 없었다고 한다. 이제 곧 눈을 뜰 거라고 슈나의 보고를 받았다. 역시 전 용사이자 현 마왕인 만큼 체력 회복속도도 무시무시한 모양이다.

눈을 떴다면 회의에 참가해주었으면 싶었지만, 무리를 시킬 수는 없다. 레온의 회복을 기다릴 여유도 없으므로 유감이지만 이번에는 불참이다.

그 외에는, 미궁세력 중에서 쿠마라와 제기온, 그리고 아피트가 참가했다.

아다루만 일행은 시온과 함께 루벨리오스 공방전에 참가했고, 가드라 노사도 여기에 가담했다. 용왕세력은 이런 경우에는 불참이므로 이로써 전원이 모인 셈이다.

참고로 하쿠로우는 아이들의 호위로서 수행을 계속 시키고 있다. 사례와 그레고리 두 사람도 그대로 남아서 수행 중이었다.

사례는 유독 우수하다지만 그레고리 쪽은 아이들과 좋은 승부가 된다고 한다.

하쿠로우를 부르지 않았던 것은 아이들을 불안에 빠뜨리지 않도록 하기 위해서였다.

클로에는 몸이 안 좋다고 거짓말을 하고 나를 도우러 와주었지만, 지금은 조용히 쓰러져 있다. 그렇기도 해서 켄야 같은 녀석들이 불안해하지 않도록 배려해주고 있다.

아무튼 적이 미궁으로 쳐들어와도 안심할 수 있도록 안전한 계층에 배치했는데, 그래도 만에 하나가 있어서는 안 된다.

그런 의미에서는 내 전달이 끝나는 대로 쿠마라도 아이들과 합류시킬 예정이었다.

그리고 또 한 가지 이유가 있다.

이 미궁에는 모미지와 아르비스도 피난을 와 있는 것이다.

그들의 수행원으로 카에데 씨도 오게 했다. 출산 경험이 있고 임산부들과의 면식도 있어 불만을 가질 수 없는 인재다. 베니마루가 싸움에 전념할 수 있도록 배려한 것인데, 그런 카에데 씨의 강한 요망도 있고, 베니마루의 부인들이 안전하도록 지키기 위해서라도 하쿠로우는 호위에 전념하게 했다.

그렇게 되어, 이로써 멤버는 전원이 모였는데, 이렇게까지 숫자가 적으면 불안해지는군.

각지에 흩어져 있으니 어쩔 수 없지만 카레라의 안부도 불확실하고…… 전에 없던 위기감을 품어버리는 것도 당연하다면 당연하다.

아무튼 그런 불안도 삼키고, 나도 베니마루처럼 당당하게 행동해야만 한다.

무슨 일이 있으면 즉시 연락하도록 '관제실'에 인접한 회의실에서, 감시를 계속하며 대화를 나누기 시작했다.

그렇다기보다 이번에는 느긋하게 회의나 하고 있을 때가 아니기 때문에, 내 독단으로 작전을 세울 생각이다. 본의는 아니지만 지금도 격전이 펼쳐지고 있고 지상도 조금씩 흔들리고 있다.

아마 잉그라시아 왕국에서도 지진이 발생했으리라.

이것이 계속되면 대륙 규모 정도가 아니라 행성 규모로 피해가 나올 것이다. 그걸 미연에 방지하기 위해서라도 이번에는 제멋대로인 행동을 용납해줄 생각이었다.

내가 내린 결론은 기이와 둘이서 나가 어떻게든 해본다는, 이 판사판에 무대책에 노 플랜이라 할 수 있는 무모한 작전이었다.

하지만 든든한 파트너인 시엘조차 이렇다 할 훌륭한 책략을 발견하지 못했으므로, 이쯤 되면 그냥 얌전히 포기할 수밖에 없었다.

"다들 잘 와줬다."

그렇게 인사하고 곧바로 본론에 들어갔다.

"밀림에게 대처할 사람 말인데, 내가 가겠다."

내가 그렇게 선언하자 모두들 사이에서 긴장감이 돌았다.

그야 그렇겠지. 대장이 직접 움직이다니 원래는 악수 중의 악수니까.

우리의 경우에는 흔한 이야기이기는 하지만, 그래도 이번처럼 대화조차 건너뛰어야 하는 일은 드무니까 다들 생각하는 바가 있을 것이다.

"크흐흐흐흐. 그러면 나도 리무루 님과 함께하죠."

디아블로가 그렇게 말을 꺼냈으나──.

"아냐, 넌 분명 강하지만 밀림을 상대로 봐주거나 할 수는 없지 않나? 더 어울리는 적이 나타날 테니 그때 마음껏 실력을 발휘해다오."

──그렇게 말하며 거절했다.

누가 뭐라 하더라도 이것은 결정사항이다. 밀림이나 베루자도를 상대한다면 많은 인원을 부딪쳐봤자 희생자만 늘어날 뿐이다.

《……그 수준을 상대하려면 전력으로 고려할 수 있는 사람은 없으니까요.》

시엘도 같은 의견이었다.

베니마루나 제기온, 디아블로라 해도 도움이 되지 않는다고 시엘은 단언했다. 가능성의 이야기지만 죽는 사람이 나올 우려가 매우 높다나.

밀림을 죽일 작정으로 덤빈다면 몰라도, 말릴 작정이라면 그것도 있을 수 있다.

그렇게 되면 내가 노력할 수밖에 없지.

이를 전제로, 일부러 와준 기이에게 말을 건넸다.

"미안하지만 기이는 나와 같이 좀 가줘야겠어."

"……아?"

기이가 노려보았지만 그런 것에 겁을 먹을 내가 아니다.

위험하기 그지없는 중재에 혼자서 나서는 것에 비하면, 여기서 기이를 설득하는 편이 훨씬 낫다.

"역시 팔성의 리더는 기이니까 말이지? 여기서는 신참으로서 든든한 선배를 내보낼 수밖에 없지 않나 해서——."

여기서 최대한 기이를 부추겨서 끌어들여 버리려는 속셈이었다. 그편이 다소나마 성공확률이 올라갈 것 같으니 부디 눈감아 줬으면.

하지만 기이는 언짢다는 듯 내 말을 가로막았다.

"날 불러내놓고는 일을 도우라고? 너 이 자식, 배짱도 좋구나."

"아니아니아니, 소심하니까 기이가 도와주길 바라는 거지. 장난 아니고 진짜로 부탁해."

여기서 내 본심이 전해지도록 고개를 숙이며 부탁했다.

그 모습을 보고 기이의 태도도 달라졌다.

그리고 진지한 태도로 본심을 말하기 시작했다.

"너 상황을 알긴 하는 거냐? 밀림과 부하들이 걱정되는 거야 이해하지만——."

흠. 역시 기이도 시엘과 같은 결론을 내린 모양이다.

밀림과 베루자도의 싸움을 중재하는 것보다도 그쪽을 우선시한다는 거지. 생각하면 생각할수록 우울해지지만 지금은 할 수 있는 일부터 대처해야 한다는 결론은 흔들림이 없었다.

"이바라제가 풀려날 가능성이 있단 이야기 말이냐? 그야 그것도 걱정된다만, 그 전에 이 세계가 박살이 나버리면 어차피 끝장이니."

나는 기이의 위압에 굴하지 않도록 각오를 드러내며 말했다.

"……알고 있었냐."

기이는 재미없다는 듯 그렇게 말하고는 잠자코 자리에 앉았다.

일단은 내 반응을 기다리기로 한 모양이다.

기회를 놓칠세라 나는 이야기를 계속하기로 했다.

"솔직히 나는 베루자도의 목적을 모르겠다. 밀림을 진심으로 화나게 만든 것도, 폭주를 일으키는 것이 노림수였다고 생각할 수는 없고."

폭주를 시키는 건 수단이었고, 그 후에 베루자도는 그걸로 뭘 어떻게 하려던 걸까?

그걸 알면 손을 쓸 방법이 있을지도 모르지만…….

지금은 고민할 시간이 없다.

카레라와 부하들을 구출하기 위해서라도, 고민은 뒤로 미룰 수밖에 없다.

그렇게 생각하고 있을 때, 기이가 불쑥 중얼거렸다.

"이건 짐작이다만, 베루자도는 내 진심을 보고 싶은 거다."

"뭐?"

"그 녀석의 바람은 옛날부터 변함이 없었어. 나와 진심으로 싸우고, 자기가 더 위라는 걸 증명하고 싶은 거야."

"으응……?"

뜬금없이 무슨 말을 꺼내나 싶어 기이를 바라보았지만, 그는 매우 진지한 표정이었다.

아무래도 진심인 모양이다.

그러니 상대하고 싶지 않았던 거라며, 기이는 언짢은 투로 말했다.

그런 치정 다툼에 말려들어서 세계가 멸망하려고 하는데요…….

어이가 없었지만, 방치할 수도 없었다.

"그게 사실이라 쳐도, 이대로 싸움이 계속되면 이 별이 박살이 나버릴 것 같다데. 말릴 수밖에 없지 않나."

"우릴 불러 모으는 게 목적이라니깐? 상대하지 않으면 펠드웨이의 책략도 불발로 그칠 거고, 그게 제일 좋다고 생각하지 않냐?"

기이의 말에 따르면, 이 별은 베루다나바의 힘으로 창조되었기 때문에 박살나는 일은 없다고 한다. 다만 밀림의 힘은 아직도 상승하고 있다고 하니, 이대로 방치해두면 마력요소에 의한 오염은 면할 수 없다나.

그래도 별이 박살 나지 않는 만큼 그나마 낫다고 봐야 할지도.

생각해보면 당연한 것이, 카레라가 준비하던 그런 마법은 원래 행성 위에서 발동시켜도 될 만한 것이 아니었다. 이 세계이기에 그렇게까지 말도 안 되는 위력을 견뎌낼 수 있었던 것이다.

그렇지 않았다면 운이 좋아봤자 지축이 뒤틀리는 정도는 됐을 테고.

그런 설명을 들으면 기이의 말도 수긍이 갔다.

여기서 우리까지 참전하면 펠드웨이의 의도대로 돌아가는 것이므로, 잘못하면 이바라제를 불러내 버리는 사태가 될 수도 있다. 그 위험성을 회피하려 한다면 기이의 판단도 틀린 것은 아니라고 수긍할 수 있었다.

그러나.

나도 무의식중에 고개를 끄덕일 뻔했지만, 그 선택지는 이미 사라져버린 것이었다.

"유감이지만 카레라와 다른 녀석들까지 얼음 조각상이 돼버린 것 같으니 방치할 수는 없다."

카레라만이 아니다.

프레이 씨와 칼리온, 그곳에서 싸우던 녀석들을 구출하지 못한다면 모두 함께 웃고 지낼 수 있는 세상은 찾아오지 않는다.

그렇기에 나의 결의는 흔들리지 않았다.

"쳇, 알았다고. 하는 수 없으니 같이 놀아주지."

기이는 그렇게 말하고, 못 말리겠다는 양 자리에서 일어났다.

*

"알고 있겠지만 우리까지 진심으로 싸웠다간 마력요소로 오염되는 영역이 늘어나. 힘을 잘 가감하라고."

어허, 그건 내가 할 소리지.

"너야말로 한번 사고 친 적이 있으니까 조심해라."

"맞아맞아! 이번에는 내가 도와줄 수 없으니까 무리하면 안 돼!"

너희끼리만 가면 걱정된다며 라미리스가 말했지만, 어쩐지 석연찮은 기분이다.

하지만 뭐, 나도 큰소리를 칠 자격은 없고.

이렇게까지 노 플랜이면 어쩐지 웃음이 나와버리지만 어쩔 수 없다.

지금은 센 척할 때다.

그리고 나는 이제까지도 비슷한 경험을 몇 번이나 거듭해왔다.

"그렇게 돼서, 밀림을 막으러 가는 건 나와 기이뿐이다. 너희는 이 거점을 방위하고, 다른 나라에서 구원 의뢰가 왔을 때 대처해 다오."

이번에는 결정사항만 전달했으므로 불만을 가지는 사람도 있을 것이다. 하지만 이것이 시엘과도 의논한 후에 결정한 최적의 방법이었다.

"리무루 님, 역시 나만이라도 같이──."

"기각."

나는 디아블로의 제안을 다짜고짜 거절했다.

디아블로라면 우리의 싸움에도 대응해줄 수 있을 것이다. 그래도 거절한 이유는, 그야말로 예측하지 못한 사태에 대비해 남아주었으면 하기 때문이었다.

"펠드웨이의 노림수는 이바라제의 부활만이 아닐 것 같다. 다구류루가 루미너스를 공격하고 있는 것도 양동책으로 우리의 전력을 분산시키기 위해서가 아닐까. 내가 움직이지 못하게 된 후를 맡길 수 있는 건 너와 베니마루, 그리고 제기온뿐이다."

디아블로는 든든한 녀석이지만 그렇기에 남아주기를 바랐다. 적측에는 아직도 펠드웨이만이 아니라 충마왕 제라누스도 있고…….

그야말로 미궁만 무사하면 진정한 의미에서의 패배는 없다. 지금은 셋 다 이곳에 남아주어야 한다. 그렇지 않으면 내가 불안하다.

베니마루에게는 총지휘라는 중대한 역할이 있다.

제기온에게는 미궁수호자로서 절대적인 신뢰를 기울이고 있다.

베니마루의 지휘와 제기온의 강함, 여기에 미궁이라는 환경이 더해지면 제라누스가 상대라 해도 버틸 수 있을 것이다. 게다가 디아블로의 소름끼치는 대응력이 있으면 적이 미궁에 총공격을 가한다 해도 대응할 수 있다고 믿는다.

이렇게 되어 세 사람을 억지로 이해시켰다.

덤으로 베루도라도.

"나는?"

"비밀병기인 베루도라 씨는 진짜로 최후의 보루지."

이름을 불러주지 않아 불만을 보이던 베루도라는 내 말에 만족스럽게 고개를 끄덕였다.

몇 번이나 말하지만, 베루도라 씨만 무사하면 나는 부활할 수 있다.

실제로 시험해보고 싶진 않지만, 보험이 있고 없고는 큰 차이가 있다.

내 독단과 편견으로 반대 의견을 묵살해버렸으므로, 냉큼 출격하기로 했다.

시간을 들이면 들일수록 결단도 무뎌질 것 같고, 뒷일은 베루도라에게 맡기기로 했다.

"정말 부탁한다, 베루도라!"

"음, 내게 맡기게."

크게 주억거리는 베루도라를 보며 매우 든든하게 생각했다.

그런 나에게 라미리스가 뛰어들었다.

"리무루, 밀림을 부탁해!!"

"음, 내게 맡겨라!"

불안스러워하는 라미리스를 안심시키고자, 나는 밀림을 제정신으로 되돌려놓겠다고 웃으며 약속했다.

최강의 마왕인 밀림에게는 어중간한 수단은 통하지 않으므로, 내 목소리가 닿기를 기대했다. 분노를 잘 억제시킬 수만 있다면 이성도 자연스럽게 돌아올 테니까.

사실은 운에 매우 많은 부분을 의지하게 된다.

베루자도를 기이가 붙잡아주는 것이 대전제다. 거기다 이 별에 대한 영향을 최소한도로 만들기 위해 조정하면서, 장기전을 각오해야만 한다.

전에 없던 막무가내였다.

애초에 폭주상태의 밀림을 상대로 힘을 가감하면서 대치하다니, 자살행위 그 자체인데······.

디아블로에게는 무리라고 단언했지만, 나도 자신이 없다.

하지만 싸울 수밖에 없는 것이다.

"베니마루, 뒷일을 부탁한다."

"안심하십시오!"

베니마루가 있어서 정말 다행이다.

각국에서의 요청에 대비할 필요도 있고, 특히 루벨리오스는 전시 상황이다. 뭐가 어떻게 될지 알 수 없다. 시시각각 상황이 변화하는데, 남은 전력을 잘 분배하면서 임기응변으로 대응해야만 한다.

그렇게 어려운 조정을 맡길 수 있는 것은 베니마루뿐이다.

나는 베니마루에게 고개를 끄덕였다.

그건 그렇고.

'기다려라, 밀림! 실컷 날뛰다가 이 이상 피해를 내지 말고!'

더 늦어지기 전에 밀림이 눈을 뜨게 만들어줘야 한다.

모두의 불안스러워하는 시선을 등으로 받으며, 너무나 커다란 기대를 짊어지고, 나와 기이는 그 자리를 떠났다.

●

리무루와 기이가 떠난 후, 회의실에는 무거운 공기가 감돌았다.

"이렇게까지 내가 무력하다고 느낀 건 처음이네요."

디아블로가 중얼거렸다.

그 말은 곧 그 자리에 있던 이들의 심정을 대변하는 것이었다.

"누가 아니래. 나는 전황을 분석해 지휘하는 큰 역할이 있다지만 그런 걸 내팽개치고서라도 리무루 님의 호위병으로 함께 가고 싶었어."

베니마루도 본심을 말했다.

리무루의 판단이 옳다고 생각하기에 강하게 반대하지는 못했지만, 본심을 말하자면 동료들보다도 리무루가 더 소중하다.

이번에는 평소와 다르다.

늘 표표하던 리무루답지 않게, 매우 긴장한 것 같았다.

모두를 불안에 빠뜨리지 않도록 숨기고 있는 듯했지만, 오랫동안 함께 했던 베니마루에게는 일목요연했다.

그만큼 불리하다는 것을 눈치챌 수 있었다.

"그럴 생각은 없었지만, 나는 아직까지도 리무루 님에게 응석을 부리고 있었군⋯⋯."

"예. 그것이 리무루 님의 바람이라면 따를 수밖에 없겠지만, 힘을 조절할 수 없을 거라고 생각하신 건 서운했습니다."

"그것만이 아니겠지. 펠드웨이, 자히르, 그리고 마왕 다구류루. 경계해야 할 적은 많고 이쪽의 전력은 충분히 갖춰졌다고는 말하기 힘들어. 그러니까 너한테는 우리를 돕게 하는 편이 낫다고 판단하셨을 거야."

베니마루는 거의 정확하게 리무루의 생각을 꿰뚫어 보고 있었다.

오랫동안 알고 지낸 사이인 것이다. 그 정도는 당연히 가능하다.

그렇기에 더더욱 자신을 못났다고 느꼈던 것이다.

"탄식해봤자 소용이 없지. 우리는 맡은 역할을 그저 우직하게 수행할 뿐."

제기온이 그렇게 결론을 내렸다.

제기온도 미궁의 중요성을 잘 안다. 그렇기에 쓸데없는 불안을 품어 원래의 역할에 지장을 가져오지 않도록 경고했다. 그렇게 언제 어떤 적이 쳐들어와도 괜찮도록 만전의 태세를 갖추고자, 제기온은 자신의 지배영역으로 돌아갔다.

그런 제기온의 태도에 베니마루는 쓴웃음을 지었다.

"훗, 제기온 말이 맞아. 각자 마음 꽉 다잡고 임무에 임하도록!"

리무루에게 뒤를 맡은 자의 책임을 다하기 위해, 모두를 고무시키며 일을 재개했다.

라미리스와 그녀의 부하들은 바쁘게 돌아다녔다.

할 일이 많았다. 바쁘면 불안도 줄어드는 법이다.

그러저러하는 사이에 '관제실'에는 평소의 분위기가 돌아왔으나…… 그렇게 되찾은 평상심은 소우에이의 귀환과 동시에 무산되고 만다.

"돌아왔어, 소우에이?"

"그래. 리무루 님은?"

"엄청난 사태가 발생해서 말야. 그거 대처하러 가셨어."

"큭, 또 의지하게 돼버렸군……."

맞는 말이라고 생각하며 베니마루가 물었다.

"그보다, 서두르는 것 같은데 무슨 일 있나?"

그 질문을 받은 소우에이는 순식간에 냉정함을 되찾고 보고를 개시했다.

"리무루 님께 받은 명령으로 다구류루 측 백성들의 동향을 캐고 있었는데——."

그렇게 전제를 깔고, 조사결과를 요령 좋게 설명했다.

'성허' 다마르가니아의 피난장소로 사막에 묻힌 지하도시가 있다.

과거에 번영했던 왕도가 멸망했을 때, 지상을 버리고 지하호수를 중심으로 한 거대 지하공간을 개발했던 결과, 수만 명의 생활을 지탱할 거주공간이 완성되었던 것이다.

자이언트의 여자들과 아이들은 그곳에서 평소와 같은 생활을 영위하고 있다고 한다.

그 모습을 본 소우에이는 다구류루의 변화에 영향을 받지 않았다고 판단했다. 그 사실에 안도하면서, 그러면 어째서 다구류루가 배신했는지 그 원인을 조사하러 갔다.

소우에이가 갔던 곳은 왕궁이었다.

병사들은 손으로 꼽을 정도밖에 남지 않았지만 행정관은 평소대로 일하고 있었다. 그런 그들에게는 다구류루의 변심도 전해지지 않아, 소우에이를 동맹국에서 온 사자로 대접해주었다.

그리고 이야기를 들어본 소우에이는 이번 배신행위의 원인을 짐작할 수 있었다. 그것이 정답이란 보장은 없지만, 달리 해당하는 정보도 없었으므로 일단은 보고를 위해 돌아왔던 것이었다.

"──그렇군. 봉인된 동생도 포함해 과거의 삼형제는 하나의 거인, 세계의 파괴자로서 날뛰던 악신이었단 거군."

"맞아. 베루다나바 님에게 패배해 개심하고 왕비 키사라와 만나면서 지금처럼 차분한 성격이 됐다는데…….

"신화란 것도 무시하면 안 되겠는걸. 어느 정도의 진실이 베이스가 되었다고 생각해야지."

"그래. 나도 그렇게 봐. 그렇게 되면 말이지."

"악신의 대상을 경계해야겠군…….

그렇게 의견을 맞춰나가며 베니마루와 소우에이는 함께 고개를 끄덕였다.

두 사람의 대화를 듣고 있던 자들도 진지한 표정으로 눈치를 살폈다.

"으음~ 하긴 그럴지도. 다구류루는 자연발생한 힘의 화신이고, 베루다나바와 싸웠던 건 까마득한 옛날이니까."

라미리스까지 그런 소리를 꺼내니 그 추론의 중요도는 더욱 올라갔다.

"참고로 그 악신인지 뭔지는 어느 정도로 강했던 겁니까?"

베니마루가 라미리스에게 물었다.

"엄청 강했지. 나 정도는 아니지만 옛날 스승님보다도 강하지 않았을까?"

"으음?"

"물론 지금이라면 스승님이 더 강할 거야!!"

자신보다도 강하다는 말에 언짢아지려 하는 베루도라를 황급히 달래는 라미리스. 그것이 본심인지 어떤지는 모르겠지만 적어도 악신이 '용종' 상당의 위협이란 것은 모두에게도 전해졌다.

*

나쁜 소식은 잇달아 찾아오는 법인지도 모른다.

그 연락은 묘르마일이 가지고 왔다.

"큰일났습니다! 지금 막 누님, 아니, 에르메시아 폐하로부터 긴급한 소식이 왔는데, 살리온이 교전상태에 들어갔다고 합니다!!"

그렇게 외치며 '관제실'로 뛰어들었던 것이다.

"뭐라고?!"

베니마루는 자세한 상황을 말하라고 다그쳤다.

휴대전화를 통해 연락이 왔다며 묘르마일이 대답했다.

템페스트와 마도왕조 살리온 사이에는 몇 가지 연락수단이 있는데, 에르메시아는 직통회선이 확실하다고 판단한 모양이었다.

묘르마일도 그 사실을 눈치 채고 대화를 나누며 이곳까지 달려왔던 것이었다.

묘르마일은 크게 숨을 헐떡이면서도 요점을 말했다.

살리온을 습격한 것은 자라리오와 자히르 콤비였다. 주력 군단을 이끌고 강습을 가했다고 한다.

"양동이 아니라 본격적인 공세였지?"

"그렇습니다."

"살리온에는 실비아 공이 있는데, 힘들려나…….."

상황을 파악하고 베니마루가 신음소리를 냈다.

실비아는 분명 강하다. 베니마루가 싸운다 해도 상당히 괜찮은 승부가 될 거란 생각이 들 정도로.

하지만 상대는 베니마루조차 고전했던 자히르다.

싸움에는 상성이란 것도 있지만, 자히르에 더해 자라리오 같은 강자까지 있다면 실비아 혼자서는 어떻게 할 방법이 없을 것이다.

"감시마법 '아르고스' 전환에 성공. 현지의 영상을 비춥니다!!"

센스를 발휘해 알파가 살리온의 상황을 대형 스크린에 띄웠다.

그곳에는 거대도시를 끌어안은 듯이 거대한, 신대(神代) 시절부터 우뚝 솟아 있던 수목이 비치고 있었다. 이것이 바로 살리온이 자랑하는 신수(神樹)의 모습이다.

그리고 그 신수의 줄기나 가지 곳곳에 섬광이 번뜩이고 있었다.

영상으로 보았을 때는 선향폭죽처럼 조그맣고 덧없는 불빛이지만, 규모로 추측컨대 거대한 폭발인 것은 분명했다.

"자히르의 불이로군. 이거 진심으로 나섰나 본데."

"어떡하지, 베니마루?"

소우에이의 질문에 베니마루는 씁쓸한 표정을 지었다.

여기서 전력을 파견하지 않는다면 살리온이 함락될 것이다. 그러나 보낼 만한 멤버가 없었다.

어중간한 전력을 보내봤자 임시방편밖에 되지 않는다. 보낼 거라면 확실하게 승리할 전력을 쥐어짜내야만 한다.

미궁 내에서라면 '죽음'을 신경 쓰지 않고 특공작전도 감행할 수 있었다. 확실하게 승리를 바라지 않더라도 시간을 끄는 정도라면 쉽다.

하지만 누구를 파견할지…….

"내가 갈 수밖에 없나."

베니마루, 디아블로, 제기온. 이 세 사람조차 자히르와 자라리오가 상대라면 확실하지 않다. 다른 자들의 경우에는 죽으러 가는 것과 마찬가지다.

"제가 갈까요?"

디아블로가 그렇게 자청했으나 베니마루는 이를 거절했다.

확신은 없지만 불길한 예감이 들었기 때문이었다.

"아니야, 자히르와는 한번 싸워봤어. 그때는 전혀 상대가 안 됐지만 지금이라면 승산이 있지."

베니마루는 자신의 능력을 재고하고자 미궁 내에서 맹렬히 훈련했다. 에너지(마력요소) 양이 크게 늘어났다거나, 그런 눈에 보이는 변화는 없었지만, 실력은 분명히 올라갔다.

그래도 자히르 상대로 보장 따윈 전혀 없지만, 다른 이들의 불안을 날려버리기 위해서라도 자신만만하게 호언장담했을 것이다.

"흐음."

디아블로도 그렇게 베니마루의 의견을 받아들여 반론을 삼갔다.

그런 디아블로에게 시선으로 감사를 표하며 베니마루가 말을 이었다.

"게다가 이게 양동작전일 경우, 본성이 있는 미궁의 방어력을 이 이상 낮추면 위험하니까. 내 직감이 너는 여기 남는 편이 낫다고 하고 있어."

"그렇군요. 베니마루 공이 그렇게 말씀하신다면 저는 따를 뿐이죠."

베니마루는 리무루에게 뒷일을 맡은 사나이다. 지휘계통으로 보면 디아블로의 상위다.

그렇게 이해했으므로 거역할 마음은 없었다.

없었지만, 디아블로는 생각하는 바를 말해두기로 했다.

"——하지만 자라리오는 강한걸요?"

베니마루가 경계하는 것은 자히르지만, 디아블로는 자라리오 쪽이야말로 성가시다고 생각했다.

"그자는 진정한 무인이니까요. 에너지(마력요소) 양은 그렇다 쳐도 기량은 상당합니다."

그렇게 지적을 받아도 베니마루의 결단은 흔들리지 않았다.

아니, 고민하고는 있었지만 이를 겉으로 드러내지 않고 이를 꾹 깨물었다.

"내가 나간다. 이건 결정사항이다."

"훗, 리무루 님 흉내라도 내나? 하지만 지휘는 어떻게 하고?"

"그건 멀리 나가더라도 할 수 있어."

베니마루는 그렇게 단언했다.

상당히 막무가내라는 자각은 있지만, 그래도 그 의견을 밀어붙일 생각인 것이다.

그런 베니마루를 향해 베루도라가 말했다.

"베니마루, 날 잊은 건 아닌가? 나라면 자히르인지 하는 소인배와 자라리오인지 뭔지가 상대여도 단숨에 비틀어 쓰러뜨릴 수 있다네."

자신만만한 베루도라의 발언은 다시 베니마루의 결의를 흔들어놓았다.

리무루가 미카엘을 쓰러뜨린 지금, 펠드웨이가 베루도라를 노릴 이유는 희박해졌다. 미궁 깊은 곳에서 최대 전력을 온존해두는 것보다도 유용하게 활용해야 한다고 지휘관으로서의 지식이 호소하고 있었다.

그러나―― 그와 동시에 베니마루의 본능이, 야생의 직감이라고 해야 할 만한 것이, 그래서는 안 된다고 말하고 있기도 했다.

그러므로 베니마루는, 표정으로는 조금의 동요도 보이지 않고 즉시 부정했다.

"그야 베루도라 님이라면 자히르 따위는 상대도 안 되겠죠. 하지만……."

"음? 뭔가 우려할 요소라도 있나?"

그렇게 묻자 베니마루는 쓴웃음을 지었다.

우려할 요소밖에 없다.

자히르를 상대로 최대 전력인 베루도라를 파견하지 못하는 것도 그것이 이유였다.

"내가 걱정하는 건 조금 전의 이야기에서 나왔던 악신입니다.

마왕 다구류루조차 베루도라 님의 싸움 친구였다고 들었죠. 게다가 태고 시절에 봉인되었다는 다구류루의 동생, 펜이라는 거인까지 있고요. 이 둘은 거의 호각이랬지?"

베니마루의 시선을 받은 디아블로가 고개를 끄덕였다.

"싸우는 모습을 본 건 아니지만, 멀리서 보기엔 펜이 더 위라는 느낌이었죠."

"그렇군. 울티마의 보고에도 있었으니까 위협이란 건 틀림없겠지. 그렇다면 말이죠. 아무리 마왕 루미너스가 있다곤 해도 시온이나 아다루만이 도와줘봤자 이길 수 있을지 어떨지는 의심스러운 겁니다."

다구류루와 펜, 이 둘은 '용종'에 필적한다고 상정해야 한다.

게다가 그라소드도 무시할 수 없는 존재다. 마왕 레온과 호각으로 싸웠다고 하니, 그를 쓰러뜨리는 것만도 한 고생할 거라 예상된다.

게다가 거인 군세에는 아직 보지 못한 강자가 있다고 한다.

그런 상황에서 만약 악신이 부활하기라도 한다면…….

모든 것은 가능성의 이야기일 뿐이다.

하지만 베니마루는 아무래도 불안을 씻을 수가 없었다.

"하지만 놈들이 루벨리오스에 도달할 때까지 아직 시간은 있지 않은가? 내가 가서 재빨리 정리해버리고 오면――."

"아닙니다. 그건 희망적 관측일 뿐이죠. 리무루 님께 군단을 전송시키는 비술이 있듯, 적도 같은 짓을 할 수 있다고 생각하고 가야 합니다."

시간을 끌 수 있으면 본전 이상은 건진다는 정도의 생각으로 있으라고 리무루에게도 충고를 받았다. 베니마루도 그 의견에 찬성했으며, 결코 방심해서는 안 된다고 명심해두고 있었다.

게다가──.

베니마루는 피부가 저려오는 듯한 기척이 목덜미에서 떠나지 않는 것을 느끼고 있었다.

그것은 본능이 가르쳐주는 위험예지였다.

루벨리오스에서도 무언가가 일어날 거라고, 근거도 없는데 거의 확신했다.

"그러니까 베루도라 님은 만약의 때를 대비하고 계셔야 합니다."

리무루는 언제나 언제나 베루도라를 비밀병기라고 했지만, 베니마루도 같은 생각이었다.

비밀병기는 마지막까지 내놓지 않는 편이 여러모로 잘 풀리는 법이다. 내놓아야만 하는 상황에 빠진 시점에서 최악의 사태가 되었다고 증명하는 거나 마찬가지이므로.

그리고 여기에 생각지도 못한 일들이 겹쳐진다면…… 그것은 곧 아군 진영의 패배를 의미하는 것이다.

"좋다. 내가 있으니 네놈은 마음껏 활약하고 오거라!!"

"크흐흐흐흐, 베니마루 공이 직접 나가다니. 이쪽은 제게 맡겨주시죠. 다만 지휘만은 부탁드립니다."

디아블로도 베니마루를 보내는 데에 동의했다.

이렇게 베니마루의 출진이 결정되었다.

*

베니마루가 출진하면서 그 외에도 몇 명을 데리고 가게 되었다.

자히르와 자라리오 두 사람은 확인되었지만 그 외에도 강자가 나타날 가능성이 있었다.

이럴 때 수비 측은 불리한 법이다. 어떤 전력이 쳐들어와도 대처할 수 있도록 나름대로 대비를 갖추어야만 하기 때문이다.

"나도 가지."

그리고 소우에이가 제일 먼저 나섰다.

베니마루도 여기에는 반대하지 않아 동행이 금세 결정되었다.

소우에이의 실력이라면 적을 희롱하는 데에는 제격이었다. 수치상의 전력보다도 응용력이 뛰어나므로 큰 전과를 기대할 수 있다.

하지만 그 후가 문제였다.

'쿠레나이'는 심하게 지쳤으므로 데려갈 수 없다.

고부타와 란가도 마찬가지다.

리무루의 그림자에서 고부타의 그림자로 옮겨간 란가도 잃어버린 체력을 회복시키기 위해 깊은 잠에 들었다.

고부타는 비교적 기운이 있었지만…….

"고부타만 데리고 가도 좀…….."

"저는 아직 죽고 싶지 않습니다요!"

이건, 모두의 의견이 일치해 참가는 반려되었다.

미궁의 군세에서 데려간다는 안도 나왔지만, 익숙하지 않은 지역에 데려가는 것보다는 미궁 내에서 활약시키는 편이 좋겠다고 베니마루가 기각했다.

이렇게 되면 단둘이 참전할 수밖에 없다.

"하는 수 없지. 뭐, 소우에이와 나의 상성이라면 최악의 경우에도 죽지는 않을 거야."

"그렇지. 저쪽에는 실비아 공과 에르메시아 폐하도 있고. 잘 협력하면 싸울 만할 걸세."

소우에이도 베니마루에게 동의했다.

살리온을 감시하는 영상에는 에르메시아의 모습도 비치고 있었다.

"누님도 싸울 수 있었네요—— 그렇다기보다 엄청나게 강해서 놀랐지만요……."

이것은 묘르마일의 발언이기는 했지만, 실제로 모두가 놀라면서 그 사실을 받아들이고 있었다.

실비아와 에르메시아, 거의 분간이 가지 않는 두 사람은 놀랍게도 전투능력 또한 별로 차이가 없었다. 다른 점이라면 실비아가 '번개'를, 에르메시아가 '바람'을 구사한다는 것이었다.

아무튼 예상 밖의 전력이 아군에 있다는 사실이 뒤늦게 판명된 것은 베니마루와 소우에이에게도 기쁜 오산이었다.

그러므로 그들은 비관하지 않고 둘이서만 출발하게 되었다.

하지만 그때.

각지의 영상을 확인하던 베타가 굳은 목소리로 외쳤다.

"긴급보고! 전투 중인 밀림 님과 베루자도 님이 이동을 개시했습니다. 지금의 방향으로 나아갈 경우 살리온을 지키는 신수에 직격합니다!"

그 말을 듣고 전원의 시선이 대형 스크린으로 집중되었다.

그곳에 비친 광점은 붉은색이 밀림, 푸른색이 베루자도를 뜻하는 것이었다. 그들 둘이 한데 얽혀 무시무시한 속도로 이동을 개시하고 있었다.

베타의 말대로, 이대로 가면 살리온에 도달할 것이다.

"어떻게 된 거야? 리무루가 뭔가 했나?"

베루도라가 의문을 입에 담았다.

하지만 아무도 대답하지 못했다.

"저런 전투에 말려들면 어떤 곳이라도 잿더미가 될 텐데."

베니마루가 새파랗게 질린 얼굴로 중얼거렸다.

"어쩌면 그게 펠드웨이의 노림수였는지도 모르죠."

구 유라자니아에서는 베루자도의 눈보라에 휘말려 모든 것이 얼음에 잠겨버렸다. 그 결과 다행인지 불행인지 피해 그 자체는 최소한도로 그쳤다.

베루자도가 얼음을 거둬주기 전까지는 의미가 없지만, 그래도 완전히 잃어버리지는 않았기에 희망은 남아있다.

그러나 앞으로도 그러리라는 법은 없다.

이성을 잃은 밀림의 공격이 직격하면 어떤 도시라도 순식간에 증발해버릴 테니까…….

그리고 그것은 살리온만이 위기에 빠졌다는 뜻은 아니었다.

"밀림 님의 손으로 세계를 멸망시킬 생각인가?"

"단정할 수는 없지만, 그 자식은 머리가 이상하니 그럴 가능성도 있죠."

베니마루의 물음에 디아블로가 태연히 대답했다.

만약 정말로 펠드웨이의 노림수가 죽음과 파괴를 뿌려대는 것이라고 한다면, 그것을 시발점으로 삼아 이바라제를 소환하려 든다고 생각할 수 있다.

디아블로는 그 가능성을 지적한 것이다.

베니마루도 있을 수 있는 일이라고 생각했다.

디아블로가 이상하다고 말했으니 어지간히 위험한 것이리라. 그런 인물이라면 무슨 생각을 하고 있을지 모르는 일이다.

어느 쪽이 됐든 이대로는 살리온이 소멸한다.

그다음에는 과연 어디가 표적이 될지…….

서방 열국일지, 아니면 황금향 엘도라도일지.

그대로 모든 도시를 지나쳐 미궁으로 향할 가능성도 있다.

정보가 부족했다.

다시 말해, 생각해봤자 답은 나오지 않는다는 뜻이다.

"느긋한 소리를 할 때가 아니군."

베니마루는 그렇게 말하며 일어났다.

현지에는 리무루도 있다.

만약 디아블로의 추측이 옳다면, 지금쯤 필사적으로 이를 막으려 할 것이다.

그렇다면 베니마루도 고민보다 행동으로 옮겨야 한다.

베니마루는 근성론을 싫어하지 않는다.

자신감이 과도한 면도 있으므로 해보면 어떻게든 될 거라고 생각하기도 한다.

다만 그것은 자신에 한한 이야기이며, 타인을 끌어들이는 것은 그의 이념에 반하는 일이었다.

"미안하다, 소우에이."

"신경 쓰지 말게."

두 사람의 대화는 그것만으로 충분했다.

그것만으로도 각오를 마치고, 사지로 향해 출전하려다가——.

"나도 가지."

——어느새 왔는지, 병실에서 빠져나온 마왕 레온이 그렇게 말하며 참전을 표명했다.

게다가.

"저도 동행하겠어요. 자히르에게는 할 말을 다 못한 원한이 있으니까요."

절대 양보할 수 없다는 각오의 표정으로 카가리까지 '관제실'에 찾아왔다.

그런 그녀의 뒤에는 티어도 있었다.

"그 빌어먹을 자식을 날려버리고 풋맨을 해방해줘야지! 그러기 위해 나도 힘내겠어!!"

눈물을 버리고 그렇게 선언했던 것이다.

베니마루는 거절할 이유가 없었다.

"사양하진 않겠어. 그 말 고맙게 받아들이지."

이렇게 멤버가 정해졌다.

이리하여 부족했던 전력이 모인 것이다.

＊

베니마루 일행이 떠나간 후로도 '관제실'은 여전히 바빴다.

세계 각지에서 정보가 모여들고, 이것이 베니마루에게 전해졌다.

이 이상 아무 일도 일어나지 않기를.

그것이 바쁘게 일하는 자들의 공통된 바람이었다.

다들 무사히 돌아와주기를 모두가 기도하고 있었다.

하지만 그런 소소한 희망조차 박살이 나버렸다.

"아다루만 님의 긴급전달! 사막의 장벽에서 거인의 군세와 접촉했다고 합니다!!"

베니마루의 위험예지가 최악의 형태로 적중한 순간이었다.

무정하게도, 큰 전투가 시작되었던 것이다.

제3장
진격(震擊)의 거인

Regarding Reincarnated to Slime

불모의 대지와 서방 열국의 경계에는 장벽이라 불리는 길고도 긴 건조물이 있다.

이 장벽 안쪽에 있는 소국가군에서는 죽음의 사막이라고도 불리는 열사(熱沙)로부터 문명권을 지키기 위해 신 루미너스의 위업으로 세워진 것이라 전해진다.

이 장벽이 신성시되는 이유는 특별한 『결계』로 보호받기 때문이다.

그것이 바로 『대마침입방지장벽』이다.

이름 그대로, 마물의 침입을 막는 것이 목적이다.

이 『결계』로 인류생존권이 수호되고 있다는 것은 변경에서 살아가는 자들에게는 상식이다. 장벽을 지키도록 발동되며, 죽음의 사막에서 오는 마물의 침공을 차단하고 있는 것이다.

원리는 단순해서, 마력요소가 고이는 것을 저해해 거대한 마물이 발생하지 않도록 막는 목적을 가지고 있다. 그와 동시에 마력요소와 반발하는 성질을 띠어서, 힘이 있는 마물일수록 다가오지 못하게 된다.

당연히 만능은 아니므로 결계가 해진 곳을 뚫고 마물이 침입하기도 한다. 하지만 이를 사냥하며 생활하는 사막의 백성도 있으므로 큰 문제는 발생하지 않았다.

또한 이 장벽이야말로 마물과의 전투에서 최전선으로 여겨져 크루세이더즈가 순찰하는 루트에도 들어가 있다.

이 정기적인 순찰 덕에 결계가 해진 곳도 발견되자마자 수복된다. 또한 어쩌다 침입한 마물의 토벌 같은 것도 업무 내용에 포함되기 때문에 변경 백성들의 생활은 보호받고 있다.

이러한 사실이 누적되어 신 루미너스에 대한 신앙심이 높아져 왔다.

그와 동시에, 이 장벽의 안전신화도 흔들리지 않는 것이 되었다.

하지만, 오늘.

장벽은 2천 년의 세월을 거쳐 진정한 모습을 드러내게 된다.

장벽 위에는 신성한 법의를 입은 해골의 모습이 있었다.

아다루만이다.

바로 조금 전 공간왜곡이 검출되었다. 그 직후 대규모의 전이로 거인군단이 모습을 나타냈던 것이다.

"오오, 나의 신께서 예언하신 대로 적이 전이해왔군."

아다루만은 당황하기는커녕 기뻐하듯 중얼거렸다.

리무루의 예상이 맞았기 때문에 위협을 느끼기보다도 흥분한 것이다.

다만 들떠서 본분을 잊거나 하지는 않았다. 본국으로 『사념전달』을 마친 후, 본격적으로 전쟁을 위해 의식을 전환하고 있었다.

한편, 전이해온 거인의 군세는 자신들의 기습이 성공했다고 믿어 의심치 않았다. 마이의 권능으로 모두가 며칠 거리를 이동했으므로 적이 갈팡질팡할 거라고 지레짐작했다.

다구류루 군은 루미너스를 방심시키기 위해 일부러 행군을 보여주었다. 적측은 이를 보고 대책을 세울 테니, 요격태세는 만전이 아니리라 예측했다.

하지만 실제로는 달랐다.

어제오늘 단계에서 당황할 만한 이야기는 아니었으며, 자지도 쉬지도 않고 대응이 가능한 방어태세를 구축해놓았던 것이다.

아직 거리가 있는데도 '박쇄거신단'의 위용은 극명했다.

숫자보다도 질이 압도적이다.

개개인이 거대해서 그야말로 근육덩어리였다.

자이언트 오거(거대귀인)며 사이클롭스(단안거인). 헤카톤케이레스(다완거인) 같은 여러 종류의 거인들이 무리를 지어 밀려왔다.

모습을 드러낸 다구류루의 군세를 보고 아다루만이 깔깔 웃었다.

"거 참 장관이군요. 이건 내 귀여운 해골들로는 다소 힘들지도 모르겠는데요."

"다소?"

아다루만에게 대답한 것은 그 옆에 서 있던 보라색 머리의 미녀. 정장이 잘 어울리는 시온이었다.

"본심을 말하자면 약간…… 상당히 힘들겠지만, 뭐, 어떻게든 되겠죠."

아다루만은 의외로 지는 것을 싫어했으므로 싸우기 전부터 우는소리를 하지는 않았다. 자신의 군세는 불사 속성이기에 대기도 간단하므로 더더욱 그랬다.

"호오…… 무언가 대책이 있나요?"

아다루만의 자신감 있는 태도에 시온은 그 이유를 물었다.

"흐음, 대책이라고 할 정도는 아니지만 알베르트의 지휘는 제법이지요. 게다가 잘 보십시오. 우리 군세의 진용을!!"

아다루만은 그렇게 말하며 질서정연하게 늘어선 자신의 부하들—— 이모탈 레기온(불사자의 군단)을 가리켰다.

"어떤가요? 나의 신께 하사받은 장비가 본 솔저(해골병사)에게까지 두루두루 전달되지 않았습니까?!"

그 말을 듣고서야 시온은 깨달았다. 요컨대 이 자식은 자랑을 하고 싶었던 거구나, 하고.

....

......

...

아다루만이 이끄는 것은 아다루만 자신이 소환한 불사의 마물들이다.

그런 불사의 마물들이 장벽 내측에 일사불란한 상태로 정렬한 모습은 장관이었다.

주력은 데스나이트(사령기사, 死靈騎士) 2천 기였다.

데스로드(사령기사장, 死靈騎士長)가 이끄는 데스나이트는 데스호스(사령마, 死靈馬)를 모는 불멸의 기사단이다.

그런 데스나이트들이 장비한 것은 둔중하게 빛나는 매직 메일(전신마강개, 前身魔鋼鎧)이다. 말할 것도 없이 드워프 공방에서 만들어진 템페스트표의 최고 아이템이다.

가름 본인이 손댄 것은 아니지만, 그의 제자들이 순도 높은 마강을 아낌없이 사용해 만들어낸 고급품이다. 성능은 확실하며,

데스나이트들의 마력과도 잘 맞아떨어져 하나가 되었다.

위험도가 높아지고 있다. 지금은 A랭크에 한없이 다가섰으며 주력의 이름에 부끄럽지 않은 강함이 되고 있었다.

그것만이 아니다.

주력 이외에도 히든카드가 잘 준비되어 있었다.

장벽 위에 전개된 것은 직접공격력이 떨어지는 하위 마물들이다.

그 수는 5만 마리.

좀비 솔저(부육병사, 腐肉兵士) 1만 마리.

본 솔저(해골병사, 骸骨兵士) 2만 마리.

본 아처(해골궁사, 骸骨弓士) 1만 마리.

본 나이트(해골기사, 骸骨騎士) 1만 마리.

이처럼, 숫자만 보면 압도적인 전력이었다.

물론 평균 D랭크 정도의 강함밖에 없는 약한 육체이므로 그대로 운용해도 별로 도움이 되진 않을 것이다.

하지만 여기서 주목해야 할 점은 마물들의 장비였다.

아다루만이 자랑한 만큼, 템페스트의 공방이 풀 가동해 제작한 최신병기가 아낌없이 투입된 것이다.

방어구는 통일되어 있었으며, 계급에 따라 여러 가지 차이가 있기는 하지만 템페스트표 제복 덕에 성능은 동일했다. 그보다는 방어력, 화기내성, 냉기내성 등의 효과까지 부여되어 있다.

특필해야 할 점은, 본 아처가 등에 짊어진 휴대형 무반동 미사일 런처일 것이다. 음속의 5배 속도로 발사되는 미사일 탄에는 작약만이 아니라 압축된 마력도 담겨 있었다.

이것을 운반하는 것은 본 솔저들이며, 본 아처 한 마리에게 2마리가 보조하도록 훈련을 받았다.

이렇게 해서 1만이나 되는 이동포대가 탄생한 셈이다.

다만 탄수는 그렇게까지 많지 않다. 처음부터 장전된 1발에, 병사 한 마리가 2발씩 운반하므로 총 5만 발이다.

여기에 좀비 솔저가 휴대한 것은 어설트 라이플이다.

마력도 담기지 않은 화약식 병기지만, 파괴력은 우습게 볼 수 없는 위력이다. 물리내성이 있는 적에게는 효과가 없어도 하위거인 상대라면 성과를 기대할 수 있을 것이다.

이러한 총화기는 제조방법을 연구 확립하긴 했어도 리무루의 판단으로 제조 금지 지정된 병기였다. 하지만 이번에 한해 제조번호와 추적마법을 각인하는 조건으로 실험운용 허가가 내려졌다.

실상은 바쁜 와중에 서류가 올라와 잘 확인하지도 않고 도장을 찍어버린 것이었지만, 그 사실을 눈치챈 것은 시엘뿐. 리무루 자신은 그런 일이 벌어지고 있으리라고는 알지 못했지만 아다루만이 그 사실을 몰랐던 것은 어쩌면 행운이었을 수도 있다.

그리고 비밀병기는 이것만이 아니었다.

마지막으로 소개할 것은 본 나이트의 장비다.

놀랍게도 '매직 세이버(제국식 마법검)'로 통일된 것이다. 그들의 허리에는 '스펠 건(마총, 魔銃)'까지 매달려 있는 것을 보면 준비는 정말 철저한 듯했다.

제국병에게서 압수한 장비를 배치하고, 방어력을 무시한 채 공격력만을 대폭으로 끌어올린다.

엉망이기는 하지만, 아다루만은 죽음을 두려워하지 않는 불사의 병사에게 특공전술을 도입하면 실력 따위 상관없다고 판단했다.

이것이 바로 이모탈 레기온의 전모였다.

식사도 수면도 필요 없는 불사의 군세가 요격을 위한 제1진으로 할당되었던 것이다.

성가시게도 이 언데드들은 아다루만의 지배를 받아 모든 능력치가 상승했다. 게다가 얼티밋 기프트 『네크로노미콘(마도지서, 魔道之書)』의 권능인 『성마반전(聖魔反轉)』으로 속성이 변화했기 때문에 장벽이 펼쳐진 『대마침입방지장벽』에도 영향을 받지 않은 채, 낮에도 문제없이 활동할 수 있었다.

미궁 내와 달라 멸살당하면 부활은 불가능하지만…… 신성마법이 통하지 않으므로 사자정화(死者淨化): 턴 언데드 등으로 정화되지 않는 것은 강점이었다.

성스러운 존재가 된 언데드가 얼마나 흉악한 존재인지, 그것은 적대한 자들이 아니면 모를 것이다. 통상공격으로 죽지 않으므로 움직임을 막으려면 파괴할 수밖에 없기 때문이다.

그런 이모탈 레기온이, 장벽을 활용해 적을 요격하고자 전개하고 있다.

높이 5미터가 넘는 장벽 위에서 아래를 내려다보면서, 저격하기 쉽도록 배치되었다.

실제로 장벽의 본래 역할은 바로 다구류루의 영토적 야심을 저지하기 위해 루미너스가 만들게 했던 방위시설이었다. 이렇게 병기의 등장까지는 상정하지 못했으며, 원래는 뱀파이어의 마법으로 요격할 예정이었지만, 이렇게 우위를 확보할 수 있었으니 사소한 점은 아무래도 상관없었다.

…………

……

…

그런 아다루만이 자랑하는 부하들을 보며, 시온은 눈을 가늘게 떴다.

솔직히 말해, 시온은 피라미(해골)가 아무리 많아봤자 의미가 없다고 지레짐작했다.

하지만 배치된 장비를 보고 생각을 바꾸었다.

아니, 그보다도 마음에 걸렸던 것은――.

"이봐요, 아다루만……. 묻고 싶은 게 있는데, 어떻게 저만한 장비를 입수했죠?"

부하의 장비는 상사가 준비하는 것이다. 그것이 각 군단장이나 간부들의 공통인식이었다.

물론 신청해서 허가가 내려오면 장비를 배급할 수 있다. 하지만 그것은 순서를 기다려야 하며, 간부라 해도 새치기는 용납되지 않는다.

템페스트의 공방에서는 게루도가 이끄는 제2군단이 우선시되었다. 이것은 국방에 직결되므로 아무도 불만을 제기하지 않았다.

최근에는 모두에게 장비가 돌아가기는 했지만, 수가 많다 보니 정비만도 큰 고생이었다. 마강제니까 어지간한 흠집은 저절로 수복된다 해도, 예약의 대부분이 제2군단으로 꽉 차버린 것은 사실이었다.

그다음이 모험자들에게 팔 용도다.

이것도 국책에 따라 외화를 벌 목적으로 삼고 있으므로 시온이 끼어들 수는 없었다.

이렇다 보니 무료로 지급되는 장비를 가지려면 시간이 상당히 많이 들었다.

그런 가운데 '부활자들' 중에는 기질이 거친 자도 많이 있으며, 매일 훈련으로 날을 지샌다.

그 자체는 칭찬받을 만한 일이지만 생산성은 없다.

직업군인이니 문제없다는 사고방식도 있겠지만, 곧잘 장비를 망가뜨리고 제복을 찢어먹으므로 나름 잦은 빈도로 수리공방을 이용한다.

당연히, 무료로.

그러므로 시온에게는 많은 불만 사항이 접수되곤 했다.

그런 상황에서 새 장비의 신청이 가능할 리도 없어, '부활자들' 의 정식 장비는 아직 초기 장비 그대로였다.

그것도 간부들이나 초기 멤버들에게만 주어진 것이며, 최근 들어 가입한 신참에게는 돌아가지 않고 있었다.

그런 자들에게는 수습 기술자들이 연습용으로 만든 것을 지급해서 꾸준히 장비를 갖춰나가고 있지만…… 보기에도 통일감이 없고, 반다나와 완장으로 보라색을 강조해 간신히 체면을 유지하는 것이 지금의 상황이었다.

방법이 없으므로 또 리무루에게 부탁해 새 장비를 받을까 생각했던 시온의 마음속은, 신참 아다루만이 어떻게 장비를 구했을까 하는 심정으로 그득했다.

이 의문에 아다루만이 웃으며 대답했다.

"뭘요, 간단한 이야기죠. 모험자가 착용하던 싸구려 장비를 빼앗아 녹이거나, 입수한 돈으로 철광석을 직접 구입하거나, 여러 가지 방법이 있었습니다. 저도 상인에게 연줄이 있으니 그것도 활용했고요."

"아니, 잠깐만. 당신이 수호하는 계층까지 도전자가 왔을 것 같진 않은데요?"

시온이 의문으로 여기는 것도 당연했다.

아다루만의 수호계층은 61~70계층이니 이면으로 지정되었을 텐데.

"하하하! 그건 제 부하들을 출장 보냈기 때문입니다. 훈련도 돼서 일석이조였죠."

아다루만은 부하 마물을 위쪽 계층으로 파견해 돈을 마구 벌어들였던 것이다. 들키지 않으면 된다는 정신으로, 상당한 막무가내를 저지르고 있었다.

"맞아맞아, 요전의 제국병 분들은 꽤 좋은 장비를 가진 분들이 많아서 정말 기뻤죠! 그래도 제일 짭짤했던 건 아이언 골렘 토벌이었지만요."

그렇게 명랑한 목소리로 말하는 아다루만의 설명을 듣고 시온도 수긍했다.

미궁 내에서 모험자를 상대로 부하들을 놀게 해주었을 뿐만 아니라, 꾸준히 소재도 수집했다는 것이다.

51층부터 60계층은 바위너설 같은 지형이 많고 이따금 골렘 계통의 마물이 발생한다. 그 중에서도 아이언 골렘은 질 좋은 철분이 풍부하게 함유되어 있다. 그런 마물을 쓰러뜨려 미궁 내에 보관해두면 어느샌가 우수한 마강이 생겨난다는 수법이었다.

아이언 골렘 토벌은 전투훈련도 되는 데다 소재까지 모을 수 있다. 이것도 일석이조다. 아다루만의 풍부한 자금이 어디서 왔는지를 살짝 엿본 시온은 신음할 수밖에 없었다.

그렇다기보다——.

'어라? 혹시 이 자식 나보다도 돈을 더 잘 벌고 있는 거 아냐?!'

시온은 갑자기 깨닫고 말았다.

그뿐 아니라, 보아하니 다른 계층수호자들도 모종의 돈벌이 방법을 실천하고 있을 가능성이 있었다.

반면 시온 본인은 어떤가 하면.

시온은 원래 돈에 대한 집착이 별로 없었다. 시온이 속했던 오거(대귀족, 大鬼族) 마을에서는 이세계인의 혈통과 지식이 계승되고 있었다. 그러므로 경제 관념 자체는 알고 있었지만······.

애초에 시온은 돈 따위에는 관심이 없다. 그런 데 신경을 쓰게 된 것도 최근이었다.

아다루만이 나보다도 돈을 더 잘 번다—— 그런 마음조차 주제넘은 생각일 정도다. 사실 그녀는 지갑조차 들고 다니지 않았다.

최근 시온의 부하도 늘어나, 이대로는 안 되겠다고 인식하기 시작하고 있었다.

대충 얼버무리는 데에도 한도가 있다. 시온보다도 '부활자들'의 간부들이 더 힘들게 사는 것 같으니, 이제는 시온도 돈벌이 방법에 무관심할 수는 없었다.

참고로 베니마루나 소우에이는 놀랄 만큼 돈을 많이 벌고 있기 때문에 풍부한 자금으로 전원의 장비를 새로 맞춰버렸다. 대원에 대한 복리후생도 후해서 인기 있는 직장이 되었을 정도다.

의외로 가비루도 나름 유복하다.

연구로 발견한 내용을 특허 내서 베스터와 공동으로 등록하고 정기적으로 수입을 얻는 것이다. 가비루의 부하들도 급료를 받기 때문에 장비를 사지 못해 어려워하는 사람은 아무도 없었다.

이렇게 되어, 가장 돈이 없는 것이 시온이었다.

아연실색한 시온에게 말을 걸었던 것은 리무루에게 명령받아 지원차 달려온 울티마였다.

"진정해, 시온 씨! 돈벌이 방법 같은 거 생각하지 않아도 적한 테서 빼앗아버리면 되잖아!"

그렇게 매우 막무가내로 악마다운 제안을 해왔다.

국내의 거악을 수사하는 검찰청의 검사총장으로서 문제밖에 없는 발언이었다.

하지만 시온은 그 말을 듣고 눈앞이 탁 트이는 기분이었다.

"그렇군요, 일리 있네요!"

"그치? 나 머리 좋지!"

그렇게 두 사람은 신이 났다.

옆에서 듣고 있던 아다루만은 생각했다.

그건 아무리 그래도 전장에서 화제로 삼을 얘기는 아니지 않느냐고.

실제로 아다루만 자신도 미궁 내에서 모험자들에게 장비를 빼앗곤 한다. 하지만 그것은 안전을 확보한 후의 이야기다.

게다가——.

이래봬도 아다루만은 원래 인간이었던 시절의 영향이 남아 상식적인 면도 있었다.

장비를 갖출 때도 기술자들에게 이것저것 뇌물을 건네거나 해서 자신들을 우대하도록 부탁하기도 한다. 시온처럼 "공짜로 해!" 같은 소리는 입이 찢어져도 못한다.

그렇기에 나름대로 물건을 신속하게 준비할 수 있었던 것이고……

'큰일이군요. 시온 공에게는 잠자코 있는 편이 좋겠습니다.'

그런 생각을 한 아다루만은 매우 현명하다고 할 수 있으리라.

입은 재앙의 원천. 도움을 주러 온 아다루만의 절친인 가드라 노사도 그것이 정답이라는 양 고개를 끄덕이고 있었다.

아니, 그야 아다루만조차도 고참인 시온 친위대보다도 신참인 자신의 부하들 쪽이 좋은 장비를 갖추고 있는 것은 여러모로 문제가 된다고는 느끼고 있었다.

상식적으로 생각해봐도 조무래기보다 강자를 우선시해야 할 테니까.

그 점을 지적받으면 곤란하므로, 이 이상 시온의 관심을 끌어서는 안 된다.

그래서 아다루만은 냉큼 말을 돌리기로 했다.

"그러면 시온 공, 예정대로 저희가 선봉에 서도록 하겠습니다."

그렇게 칼끝을 적에게로 향한 것이다.

"좋아요! 허락할 테니 마음껏 날뛰세요!"

이렇게 허가가 내려졌다. 아다루만은 안도의 한숨을 내쉬었다.

그리고 전투가 시작되었다.

모든 것을 휩쓸어버릴 파죽지세로 성도를 향해 달려가려 했던 다구류루의 군세는 느닷없이 진군을 저지당한 꼴이 되었다.

●

"으음, 건방진 것들……."

다구류루는 적과 접촉한 전열부대가 미사일에 휩쓸리는 것을 보며 자기도 모르게 분통하다는 듯 중얼거렸다.

생각지도 못한 사태였다.

완전히 방심한 적을 쳐버릴 생각이었는데, 그 생각은 덧없이 짓밟히고 말았다.

"어떡하지, 형님?"

다구류루에게는 든든한 동생, 그라소드가 물었다.

그제야 비로소 다구류루는 자신의 입에서 목소리가 새어 나왔음을 깨달았다.

"후후후, 본격적인 전투는 오랜만이니 말이지. 감을 되찾기 위해서라도 한동안은 어떻게 돌아가는지 지켜보자꾸나."

첫 수에서 예상이 빗나가버린 것은 분했지만, 그것은 별다른 문제가 되지 않았다.

생각했던 것 이상으로 적의 저항이 격렬하지만 그것조차도 다구류루에게는 사소한 문제였다.

'박쇄거신단' 3만.

그중에는 당연히 경험이 부족한 신병도 섞여 있다.

그런 자들이 낙오된다 해도 정예만이 남으면 상관없었다. 오히려 전투가 격화되기 전에 탈락하는 편이 병사들의 생존율도 높아질 것이다.

"알았어. 신병이나 『초속재생』이 없는 자들은 여기서 귀환시키도록 하자."

그라소드도 다구류루의 생각을 알아차리고 가볍게 고개를 끄덕여 지시를 내리기 시작했다. 정말 익숙한 그 모습은 대전쟁을 앞에 두고도 전혀 부담스러워하지 않는 듯했다.

대장이 태연하면 부하들도 평상심을 되찾게 된다.

지휘체계가 흐트러지지 않았으므로 금세 태세를 재정비했다.

그 후, 거인의 괴력을 구사한 투척이 개시되었다. 처음부터 준비되었던 것은 아니고, 거석을 부숴 적당한 크기로 만든 것을 각자 알아서 던져대는 공격일 뿐이었다.

하지만 이것이 무시무시한 파괴력을 낳았다.

잘못하면 본 아처의 미사일 런처와 비슷한 위력을 발휘했으므로, 거인이 얼마나 부조리할 정도의 전투력을 가졌는지 잘 알 수 있었다.

그렇게 투척된 암석이 장벽 위에 쏟아졌다. 공격을 당한 곳에는 심대한 피해가 발생했으며, 그곳에 있던 마물들은 견딜 재간도 없이 박살이 나버렸다.

하지만 장벽 그 자체는 버텼다.

그도 그럴 것이, 외벽이 벗겨져 떨어지고 그 안에서 나타난 것은 마강의 둔중한 광채였던 것이다.

"루미너스 그 녀석, 성가신 것을 준비해놨군."

"결계가 있어서 장벽 내부로는 전이하기가 어려우니까. 저걸 무너뜨리지 않는 한 전황은 고착상태에 빠질걸."

그라소드가 짜증난다는 투로 분석했다.

다구류루는 흥 코웃음을 치고는 차분히 전황을 관찰했다.

첫 수의 책략은 잘못 읽었지만, 생각해보면 당연한 결과였다. 왜냐하면 적측에는 그 교활한 마왕 리무루가 있지 않은가.

미카엘에게 박살이 날 줄 알았더니, 놀랍게도 리무루가 오히려 미카엘을 없애버렸다고 들었다.

이제는 신참 마왕이라고 우습게 보아서는 안 된다. 원래 인정은 했지만 자신에게 필적하거나 혹은 그 이상으로 강하다고 인식해야 할 만한 상대가 되었다.

그런 리무루의 주특기는 적의 책략을 간파하고 그 뒤를 치는 전술이다. 아군 중에 희생자가 나오는 것을 꺼려하는 것은 이제까지 알고 지내면서 다구류루도 충분히 이해하고 있었다.

그런 리무루가 세운 작전답게, 첫 수에 투입된 것은 불사의 마물들이었다. 낮인데도 움직이는 이상성을 무시한다면 나약한 마물일 뿐이다.

하지만 공격력은 무시할 수 없었다.

본 적도 없는 무기지만 하급전사는 견딜 수 없을 만한 위력인 것은 눈으로 보아 잘 알았다.

그렇다면 이건 어떠냐며 특공을 가하는 자도 있었지만, 이것도 정렬한 좀비 솔저가 가한 공격에 퍽퍽 쓰러져나가는 판국이다. 아무래도 마법이 아니라 작은 투사체 같은 것을 고속으로 날리는 것 같았다.

어느 공격도 자이언트에게는 효과적이었다. 종족특성으로 높은 마법내성을 보유했지만 이것은 물리공격인 것 같아 의미가 없었다.

재생능력이 없는 하급전사들은 속절없이 당해버릴 뿐이었다.

다행인 점은 적의 방어력도 평범한 언데드와 같은 정도라는 것이었다. 현재는 서로 원거리 공격을 가하면서 양측에 상당한 피해가 나오는 상황이었다.

루미너스가 구축한 장벽이 있었기에 가능한 전법이지만, 원래 같으면 신경도 쓰지 않을 만한 상대에게 고전을 면치 못하니 다구류루도 짜증이 났다.

"환장하겠군. 리무루를 우습게 볼 생각은 없었지만 설마 이럴 줄이야. 하급 중에서도 하급 언데드 따위에게 내 귀여운 병사들이 쓰러질 줄은 몰랐다."

다구류루는 자기도 모르게 푸념을 했다.

다구류루는 옛날 기억을 떠올리고 있었다. 그는 성격까지 달라져버린 것은 아닌 것이다. 리무루는 싫어하지 않고, 옛날의 지기들과도 가능하다면 적대하고 싶지 않았다.

하지만 그저 순수하게 이 별을 지배하고자 날뛰던 무렵의, 오래 된 신이었던 기억이 다구류루의 마음을 거칠게 만들었다.

신인 베루다나바에게 반역해 자신의 존재를 과시한다.

그리고 그것이야말로 베루다나바의 바람이기도 하다고, 다구류루는 믿고 있었다.

자식은 부모를 넘어서는 존재──라는 순수한 바람.

그 기대를 배신하는 짓을 해서 신을 실망시킬 수는 없는 것이다.

'신살'의 업을 짊어지고 만 자들이 있다.

다구류루 또한 그중 한 사람인 것이다.

그러므로 멈출 수 없다.

친구를 배신하게 되더라도, 과연 그것이 정답인지 어떤지 알 수 없더라도.

그러고 보니.

다구류루는 문득 기억을 떠올렸다.

"내 친구인 트와일라잇을 시해한 루미너스와는 그날 이후 견원지간이었지. 이 또한 싸워야만 하는 이유이리라."

그렇다. 다구류루가 라이벌이라고 인정한 마왕 루미너스는 부모살해를 달성했던 것이다.

절친을 살해당한 원한과 질투, 그리고 존경. 그러한 온갖 감정이 뒤섞여 다구류루는 루미너스에게 복잡한 마음을 품고 있었다.

문득 생각한다.

다구류루의 아들들, 다구라, 류라, 데부라 세 사람에 대해.

이 전장에 있는 자는 기척으로 탐지하고 있다.

이번에는 적대하게 되고 말았지만, 그들은 어떤 싸움을 보여줄까.

응석받이로 길렀기에, 힘은 강해도 실력은 그렇게 뛰어나지 않은 아들들. 평범한 마왕이라면 몰라도 '진짜'를 만나면 순식간에 당하고 말 것이 틀림없다.

다구류루는 아들들을 사랑하지만 기대는 하지 않았다.

아니.

'부모 살해'의 숙업을 짊어지게 하고 싶지 않기에 일부러 단련시키지 않았던 것이다.

창조주에게 거역하다니, 절대 불가능하다.

하지만 자신의 아들들은 주박으로부터 해방되었다.

'그렇고말고. 나는 나의 길을 갈 것이다. 그러니 너희는 너희가 믿는 길을 자유롭게 살아가거라!!'

그리고 당연히 자유를 구가하려면 자유를 지키기 위한 힘이 필요하다.

"형님, 꼬마들은 어떻게 할 거야?"

펜이 재미있다는 듯 다구류루에게 그렇게 물었다.

"뻔한 소릴 묻는구나. 적으로서 내 앞을 가로막는다면 조금도 봐주지 않고 박살을 낼 뿐! 그 아픔을 양식으로 삼을 수 있다면 다행이고, 아니라면——."

——스러져갈 뿐.

그것이 이 세계의 절대적인 규칙—— 약육강식인 것이다.

'강해졌으면 좋을 텐데. 하다못해 나를 앞에 두고도 겁을 먹지 않을 정도로는 말이지.'

다구류루에게는 망설임 따위 없었다.

그는 그의 사명을 다할 뿐이다.

우직할 정도로, 다구류루는 무인이었다.

그리고——.

이 전장에 거인의 폭위가 휘몰아칠 때까지 남은 시간은, 얼마 되지 않았다.

아다루만의 부대가 싸우기 시작하는 것을 곁눈질하며 시온 쪽도 준비를 다 갖추었다.

"듣고 있었겠지, 너희들. 많은 말을 하진 않겠다. 하지만 해야 할 일은 이해했나?"

"""우오오오오오오오——! 장비는 적에게서 빼앗아 직접 챙깁니다!!"""

역시 시온의 부하들이었다.

주인의 마음을 정확히 읽어선, 의욕을 보이고 있었다.

그 모습을 보고 만족스럽게 고개를 끄덕이는 시온.

'부활자들' 및 시온 친위대는 이제 놀랄 정도의 규모로 부풀었다.

시온은 이제야 겨우 비품값 같은 것을 생각하게 되었지만, 그런 것은 이미 옛날에 고부조 같은 자들이 고민하던 문제였다.

그리고, 포기했다.

시온의 부하는 실력자들뿐이므로 무기나 방어구는 자기들 힘으로 손에 넣게 하면 된다고, 그렇게 합의를 보았다.

그러므로 장비가 제각각인 것은 애교로 넘어갈 수 있지만, 이번에는 말도 안 되는 조달 방법이 제시되었다.

오직 고부조만은 '나중에 야단맞을지도 모르겠습니다요'라고 생각했지만, 이것 또한 늘 있는 일이므로 그렇게 고민하지 않고 수긍했다.

전쟁에서의 약탈은 원래 금지된 행위다. 민간에서의 약탈은 절대 용납되지 않는다.

하지만 무엇이든 생각하기 나름이다.

적을 무력화시키기 위한 무장해제는 허용되는 것이다.

아다루만이 제국병에게서 빼앗은 병기를 활용하는 모습을 봐도 알 수 있듯, 적군을 쓰러뜨리고 입수한 장비를 어떻게 쓸지는 지휘관의 판단에 맡겨지는 면이 많았다.

'후후후, 아다루만조차 부하들에게 장비를 직접 마련하게 하니까요. 나라고 못 할 이유가 없죠!!'

이처럼 시온은 자기평가가 높았다.

리무루에게 부탁할 생각도 했으나 그것은 응석이 지나치지 않나 해서 마음을 바꾸었다. 그 점은 시온도 성장했다고 할 수 있겠지만, 거기서 적에게 빼앗겠다는 안이한 발상으로 비약해버린 점에서 아직 멀었다.

하지만 이번에는 그것이 사기진작에 도움이 되었다.

시온도 의욕이 타올랐다.

그도 그럴 것이, 눈앞의 거인군단은 입고 있는 갑옷도 크다. 소재는 얼마든지 얻을 수 있다.

모두의 얼굴에도 웃음이 떠올랐다.

각설하고, 그런 시온의 부하들은 어떤가 하면——.

100명도 되지 않는 '부활자들'은 모두가 간부급이었다. 그도 그럴 것이, 리무루가 명명해 사귀족(死鬼族)이 되면서 가장 약한 자도 A랭크 오버의 실력자가 되었다.

뿔이 없는 악마라고 해야 하는 존재인 그들은 완전한 개인주의

자로, 친위대에서 부하를 골라온 자도 있는가 하면, 론 울프처럼 행세하는 자도 있었다.

어린 여자아이인데 어른 남자들을 거느린 별종까지 있는 점에서, 가리는 것이 없는 집단이었다.

그리고 시온의 팬클럽(친위대).

그쪽은 다구라, 류라, 데부라가 통솔하고 있다. 명예회장은 고부조지만 이건 뭐, 잡무 담당의 성향도 강하므로 별 의미는 없다.

그런 친위대는 테러 나이츠(공포기사단)라 불렸다.

시온 파의 잡다한 종족이 모여, 전투에 뛰어난 자들의 총 인원은 3천 명에 이른다.

이제까지의 전투를 거쳐 단련되었으며, 데스나이트와 마찬가지로 A-랭크 상당의 정예로 자라났다.

이번 전투에서는 진정한 의미에서 주력군이 될 예정이었다.

다만 문제가 있다고 하면——.

"정말 괜찮은 겁니까요? 아버지한테 돌아갈 거면 지금 돌아가십쇼."

다구류루와 다구라 형제의 관계성이었다.

아버지와 아들들.

육첸의 정도 있을 테고, 진심으로 서로 죽일 수는 없지 않을까 하는 우려도 있었다.

시온을 필두로 누구 하나 배신은 생각하지 않는다. 다만 심정적인 문제로 정말 싸울 수 있을지 어떨지를 걱정하는 것이다.

"고부조 말이 맞다. 싸움이 끝난 다음에 돌아와도 되고, 무리할 필요는 없어."

시온도 그렇게 말을 걸었다.

하지만 다구라 형제는 쾌활하게 웃었다.

"걱정하지 마십시오! 아버지만이 아니라 삼촌이 상대라고 해도 우리가 날려버릴 테니까요!"

"그렇고말고! 우리의 진심을 보여주지!"

"흐엣——흐엣흐엣! 배가 웁니다요."

배가 울어……?

그 말에 시온은 한순간 이 녀석이 무슨 말을 하는 건가 생각했다.

——하지만 데부라의 발언이 이상한 것은 늘 있는 일이다.

뭐, 퉁퉁하니까 배가 좀 울 수도 있겠지. 하지만 그건 결코 의욕의 표명이 아니라는 것이 시온의 생각이었다.

다만 일일이 딴죽을 거는 것도 귀찮았으므로 화려하게 무시할 뿐이었다.

본인들이 괜찮다고 하면 괜찮겠지. 문제는 삼촌인지 뭔지였다.

리무루에게 들은 다구류루의 변심에는 그 삼촌이라는 자가 관여하고 있었다.

두 명이 있다고 하며, 그중 하나가 매우 성가신 존재라고 한다.

"다구류루에게는 동생이 있다던데, 아는 대로 말해봐."

더 일찍 물었어야 했다고 생각하면서도 시온은 직구로 질문했다.

그 말에 다구라 형제는 고분고분 입을 열었다.

숨길 마음 따위 조금도 없었으므로 반응은 신속했다.

"넵! 두 명이 있다고 하는데요. 아버지의 부관을 지내는 그라소드 삼촌에게는 여러 가지로 신세를 졌지만 펜이라는 자식은 만나본 적도 없습죠."

"내가 듣기론 너무 위험해서 봉인됐다나? 아버지한테 이겼다는 말도, 좀 믿을 수 없긴 하지만, 소문대로라면 가능할 법하지."

별다른 정보는 얻지 못했지만 시온은 고개를 크게 끄덕였다.

"그렇군. 다구류루 공은 분명 강했지. 나도 한 수 겨뤄보고 싶었는데, 펜이라는 자가 비슷할 정도로 강하다면 위협적이겠는걸."

대담한 웃음을 짓고 있었으므로 전혀 위협이라고는 여기지 않는 듯했다.

그런 시온을 든든하게 생각하며, 흉내를 내듯 데부라가 기어올랐다.

"뭐, 우리한테 맡겨주시면 아버지가 됐든 삼촌들이 됐든 여유입니다요!"

그 말을 듣고 시온은 왠지 불안해졌다.

'남의 행동을 보고 자신의 행동을 고쳐라'라는 말이 지금 상황에 딱 들어맞았다.

그런 시온에게 울티마가 충고했다.

"하지만 방심하지 않는 게 좋을걸. 다구류루는 정말로 강했으니까, 솔직히 말해 나도 진짜로 붙지 않으면 위험했을 정도야."

시온도 그 의견에는 찬성했다.

도전해보고 싶지만 이길 수 있을 거라는 생각은 들지 않는 것이다.

다구류루를 가까이에서 본 적이 있는 시온은 무인 기질이 있는 다구류루를 상대로 자신의 힘을 시험해보고 싶을 뿐이었다.

"그건 그렇다 치고, 그분이 배신했다는 것도 믿기 힘든 소리네요."

"으음~ 배신이라기보다 하고 싶은 일이 있었던 거 아닐까? 뭐,

쓰러뜨려버리면 확실히 알 수 있을 테고 지금 생각해봤자 소용없
지만."

시온의 의문에 울티마는 천연덕스럽게 대답했다.

다구류루 같은 자들은 자연발생한 토착신이다. 지금의 인류보
다 훨씬 옛날부터 살아온 초생명체다.

그런 장명종은 대개 아는 사이였으며, 모종의 응어리가 있기도
했다.

어쩌면 펠드웨이와도 아는 사이일지 모르고, 그렇다면 배신이
라는 표현도 이상할 수 있다고 울티마는 생각했다.

아무튼 지금 생각해봤자 답은 나오지 않는다.

적이 된 이상 봐줄 필요는 없고, 승리한 자가 정의다.

울티마의 생각에 동의하듯 시온이 말했다.

"옛날의 저라면 혼자 쳐들어가서 다구류루 공에게 1대 1 대결
을 청했겠죠."

이길 수 있느냐 없느냐는 생각도 하지 않고, 옛날의 시온이라
면 그렇게 했을 것이다. 그것은 모두가 수긍하는 이야기였다.

지금도 시온은 자신이 다구류루를 쓰러뜨려버리면 이야기가
빠를 텐데, 하는 생각이었다. 아무리 그래도 군의 지휘를 맡게 된
후로는 그렇게 폭주해선 안 된다는 정도는 이해하고 있었지
만……

"그런데 지금은 이렇게 작전을 고려하게 됐다니. 그렇게 생각
하면 나도 꽤 둥글어졌죠."

그렇게 시온은 자신의 마음이 성장한 데에 만족하며 자화자찬
했다.

아무도 찬동하지 않을—— 줄 알았더니, 여기서도 데부라가 멍청한 발언을 했다.

"네에? 시온 님이 어디가 뚱뚱해졌단 겁니까요?"

그 말에 모두가 생각했다.

넌 죽었다——라고.

삼형제의 막내인 데부라는 아무리 먹어도 옆으로 퍼지기만 할 뿐 뇌까지는 영양이 공급되지 않는 모양이었다.

삼형제 중 가장 바보에, 금방 기고만장하는 것이다.

그리고 고부조보다도 더 분위기를 파악하는 능력이 떨어져서, 이런 실언을 악의 없이 연발해버린다.

그리고 당연히 그 발언은 시온의 격노를 샀다.

아니, 시온은 딱히 뚱뚱하진 않고, 그걸 신경 쓴 적도 없지만, 화가 나는 것은 어쩔 수 없다.

"호오?"

그렇게 말하며 정말로 멋들어진 미소와 함께 시온은 주먹을 쥐었다. 그리고 그대로 후벼파듯 데부라의 배에 꽂아버렸다.

소위 코크 스크류 펀치였다.

"이 덜떨어진 게—— 학습능력을 좀 길러!"

그리고 지면에 널브러진 데부라를 향해 설교가 시작되었다.

"이, 이건 상입니다요——."

그 말을 남기고 어째서인지 기쁜 듯 만면의 미소와 함께 기절하는 데부라.

그리고 그 모습을 부럽게 바라보는 형들.

이 두 사람도 데부라만큼은 아니지만 바보였다.

그런 삼형제를 상대하는 시온은 어이없어하면서도 무섭다는 심정이었다.

사실, 대단한 놈들이라고 감탄하기도 했다.

점점 손속에 사정을 봐줄 필요가 없게 되었기 때문이다.

지금만 해도 상당히 진심을 담아 데부라에게 주먹을 날렸는데, 기절만 했을 뿐 육체 그 자체는 멀쩡하다. 내구력만 보자면 틀림없이 삼형제 중 최강이었다.

세상에는 정말로 무서운 놈들이 있는 법이다.

그렇다. 여러 가지 의미에서.

하지만 그것이 동료라면 든든하기 그지없다.

시온은 진심으로 이 세 사람을 믿고 있었던 것이다.

그리고 시온은 냉큼 생각을 전환하기로 했다.

다구라, 류라, 데부라. 다구류루의 아들들을 흘끔 보고 시온은 생각을 굴렸다.

만에 하나라도 이 장벽이 뚫려서는 안 된다.

그 너머에는 무방비한 성지가, 또 그 너머에는 인류문명권이 펼쳐져 있다.

수비에는 적합하지 않은 지형이지만, 이것을 잃는다는 것은 리무루의 이상이 멀어지는 것을 의미한다.

그것은 시온에게 절대로 허용할 수 없는 사태였다.

시온은 그 사실을 다시 한번 마음에 새겼다.

과연 다구류루의 힘은 어느 정도일까.

'베루도라 님과 호각이었다는 말도 있고, 상대로 부족함이 없지!! 설령 내가 진다 해도 이쪽에는 울티마와 루미너스 님도 있으

니까. 마지막에 이기는 건——.'

다구류루와, 그의 동생이 둘. 그 외 아직 보지 못한 강자들.

실력이 미지수인 적을 상대하면서도 시온의 전의는 수그러들 줄 몰랐다.

최악의 경우 군 전체를 잃는다 해도, 시온 자신이 쓰러지더라도, 이 땅에서 다구류루를 멸할 각오였다.

"주목! 선봉은 아다루만에게 양보했지만 진정한 주인공은 나중에 등장하는 법입니다! 어리석은 놈들에게 우리의 힘을 보여주십시오!!"

시온는 목소리를 높여 사기가 끓어오르는 동료들에게 선언했다.

그에 호응하듯 환호성이 쩌렁쩌렁 울렸다.

그것은 마치 아이돌 콘서트에 참가한 팬 집단 같은 모습이었다.

시온과 그녀의 부하들에게는 긴장감 따위 전혀 없었다.

시온이 대담하게 미소를 지었다.

그 표정은 아군에게 용기와 힘을 주었다.

그런 시온 부대의 모습을 보던 울티마는 어이없다는 듯 웃었다.

시온의 눈은 이미 사냥감을 노리는 포식자의 눈이었다.

'다구류루 쪽이 실력이 위란 걸 잘 알 텐데도, 대단한 멘탈이야. 나도 본받아야지.'

그렇게 몰래 경의를 품기도 했다.

시온에게는 거인군단조차 자신들을 향상시키기 위한 먹잇감에 불과한 것이리라.

그 궁극적인 긍정성은 정신생명체인 울티마가 보기에도 흐뭇

해서, 본받아야 할 점이 많은 이상적인 것이었다.

디아블로가 시온을 인정하는 것도 이해가 갔으며, 울티마도 최선을 다해 시온을 서포트하고 싶어졌다.

그러므로 타이밍을 재 끼어들었다.

"시온 씨, 예정대로 작전은 순조로우니까 슬슬 준비하는 게 좋을지도."

그 지적대로, 일진일퇴의 고착상태에 빠진 전황을 움직이고자 아다루만 본인이 움직이려 하고 있었다.

전쟁은 이제 막 시작됐을 뿐.

이제부터는 한층 격렬해질 것이다.

＊

아다루만은 게헤나 드래곤(명령용왕, 冥靈龍王)의 본성을 드러낸 웬티의 등에 뛰어올랐다.

기다렸다는 양 하늘 높이 날아오르는 웬티. 본래의 모습인 사룡 형태로 돌아가 기뻐하며 사위스러운 오라(요기, 妖氣)를 뿌려댔다.

저항력이 약한 인간이라면 즉사할 만한 오라였지만 아다루만에게는 오히려 힘을 주는 것이었다.

아다루만은 기분 좋게 느끼며 전장의 상공에서 아래를 굽어보았다.

"순조롭군."

아다루만이 중얼거렸다.

하급 언데드 병사들은 미사일을 모두 쏘고 무력해졌다.

이대로 유린당하기를 기다리기만 할 뿐이지만, 원래 피라미였으므로 선전했다고 칭찬해주어야 하리라.

"흠."

아다루만은 고개를 한 차례 끄덕이며 생각했다.

"어디 보자, 지금부터 비인도적인 공격을 감행할 생각인데, 경고를 해야 할까?"

필요 없겠지. 아다루만은 그렇게 생각했다.

침략자와는 함께 할 수 없는 법이다.

그렇게 결론을 내린 아다루만의 옆에서 찬동하는 목소리가 들렸다.

"그렇지. 이건 1대 1 대결도 아니니 장광설을 늘어놓을 의미도 없으니 말일세. 정정당당히 우위의 입장을 버리고 패배하는 것보다는 비겁하더라도 승리를 거머쥐어야 하네."

비상마법으로 따라온 가드라 노사의 발언이었다.

역시 친구라고 아다루만이 웃었다.

"그 말이 맞아. 한껏 화려한 극대마법을 쏴서 놈들이 간 떨어지게 해주자고."

"그렇다면 내기를 할까? 누가 위인지 오늘에야말로 자웅을 겨루어보세!!"

가드라가 즐거워하며 대꾸했다.

그렇게 아다루만과 가드라는 앞을 다투어 주문 영창을 개시했다.

아다루만이 됐든 가드라가 됐든, 지금은 무영창으로도 마법을 쓸 수 있다. 하지만 극대마법을 행사하려면 정신통일도 겸해 주문을 영창하는 쪽이 편했다.

특히 아다루만의 경우, 마법이란 신의 위업을 빌려와 행사하는 것이라는 이미지가 굳어 있었다. 얼티밋 기프트 『네크로노미콘』을 얻은 행운에 감사를 바치듯 기도의 말을 자아냈다.

아다루만이 선택한 것은 미궁 내부에서는 사용이 불가능한 소환계 금술이었다.

영향범위가 지나치게 넓어 피해예측이 어려운 마법이다.

아다루만도 피해를 고려할 필요가 없는 이 전장이기에 선택한 마법이었다.

당연히 세간 일반에는 알려지지 않은 비오였으며, 애초에 지식으로서 안다 해도 인간의 몸으로는 시전이 불가능한 마법으로 여겨졌다.

고대의 문헌에 따르면 대마술사가 몇 명이 붙어 시전하려다가 실패로 끝났다고 전해질 만큼 난이도가 높은 극대마법이다. 그 이유는 제어가 어렵기 때문이기도 하지만, 개개인의 마력을 통합하는 과정이 원활히 이루어지지 않았던 것이 원인이었다.

실제로 아다루만도 처음 사용하는 마법이다 보니 성공할지 어떨지 가슴이 두근거렸다.

물론 가장 화려할 것 같아서라는 주지에서 선택했을 뿐이므로, 만약 실패한다 해도 그건 그때의 이야기다. 가드라에게서는 좀 놀림을 받겠지만 그때는 다른 마법을 쏘면 그만이다.

그렇게 선을 그은 아다루만은 부담없이 주문의 영향범위를 정해나갔다.

마력소비가 큰 마법이지만 지금의 각성마왕급 에너지(마력요소)

양을 자랑하는 아다루만에게는 문제가 없었다.

아무 문제도 없이 마법의 발동준비가 끝났다.

'아아, 그렇구나…… 이거라면 주문 영창이 필요 없는 것도 이해가 가네요.'

기분 좋은 충족감에 가득 차, 아다루만은 자신의 힘을 완전히 파악했다.

"자아 어디, 가드라여 괄목하게. 이것이 바로 고대의 극대마법 —— '템페스트 미티어(폭패유성람, 爆覇流星嵐)'다!!"

한번 성공한 주문이라면 뇌리에 워드(진언, 眞言)가 새겨져, 두 번째는 선택만 해도 즉시 발동이 가능해지는 것 같았다. 그런 식으로 자신의 권능을 확인하며 아다루만이 마법을 해방시켰다.

그 순간—— 천공에 느닷없이 출현한 극대마법진이 휘황찬란하게 빛나고, 빛이 대지를 향해 쏟아졌다.

별이 떨어지는 밤의 기적과도 같이 아름답다—— 그러나 그것은 죽음과 파괴를 부르는 가공할 빛이다.

이 마법에는 아다루만이 사랑하는 나라의 이름이 붙어 있다. 그 점도 마음에 들어서 이를 선택한 것인데, 그 이름에 부끄럽지 않은 무시무시한 파괴력을 담고 있었다.

과거, 고대의 대마술사들이 성취를 바랐던 마법이 이 세상에 완전한 효과를 발휘하게 된 것이다.

지상에 쏟아지는 빛의 정체는, 운석.

천 개가 넘는 미터급 운석이 지상을 파괴로 가득 채워나갔다.

제아무리 『초속재생』을 가진 거인들이라 해도 회복이 따라오지 못할 만한 대미지를 입으면 의미가 없었다.

범위가 너무 넓어 도망칠 곳도 없다.

운석을 받아내려다 팔다리가 날아가고 머리가 박살이 났다.

거대한 힘으로 유린할 생각이었던 자이언트는 더 거대한 힘에 대처할 틈도 없이 짓밟혔다.

아다루만이 시전한 극대마법은 아다루만이 의도한 것 이상의 효과를 발휘했다.

극히 짧은 시간 사이에 다구류루 군의 무려 3할이나 되는 병사를 전투불능에 빠뜨렸던 것이다.

"보게, 가드라. 이건 이미 내 승리 아닐까?"

운석의 충돌로 대폭발이 발생하고 있었다. 이로 인해 끓어오르는 듯한 대지를 내려다보며 아다루만이 승리를 선언했다.

스스로 상정했던 것 이상의 위력에 놀라면서도 자못 당연하다는 듯 자랑했다.

뼈로 된 얼굴에는 표정이 없었으므로 들킬 리는 없다.

라이벌인 사내에게 자랑할 수 있는 것이 무엇보다도 기뻤다.

하지만 가드라는 마음에 들지 않았다.

지금 아다루만이 사용한 것은 암흑마법의 극의 중 하나인 『공상물질(空想物質)』을 응용한 소환마법이었다. 가공의 운석을 이미지(창조)해 이를 소환한다는 궁극의 마법이다.

이 세상에 출현한 공상물질은 물리법칙의 영향을 받아 '진짜'가 된다. 효과는 일시적이기는 하지만, 적을 섬멸하기에는 충분한 시간이었다.

'이놈이 어떻게 이런 마법을 익혔지?! 이건 〈신성마법〉이나 〈사령마법〉이 아니라, 굳이 따지자면 〈암흑마법〉보다도 〈소환마법

〉── 그건 내 특기분야 아닌가!!'

그렇게, 솔직해질 수 없었던 것이다.

전문 외의 분야에서 졌다면 그나마 변명이라도 할 수 있다. 하지만 이래서는 가드라에게 도전하는 꼴이 된다.

'템페스트 미티어'의 위력은 인정하지 않을 수 없고, 친구가 굉장하다고 내심으로는 칭찬하면서도 마법의 대가로서 솔직하게 패배를 인정할 수는 없었다.

무엇보다도 가드라 자신은 이제 막 디아블로의 휘하에 들어갔다. 이쯤해서 뭔가 커다란 공을 하나 세워보고 싶다는 생각이 있었다.

게다가.

이 전투에는 인류의 존망이 걸려 있지만, 관점을 바꾸면 이 세상의 패권을 다투는 것이라고도 할 수 있다. 그렇다면 여기서 무언가 평가를 얻어두는 것이 득책이라고 생각했다.

그렇게 되면 적어도 디아블로에게 버림을 받지는 않을 테니까.

그러므로 가드라는 밉살맞은 소리로 되받아쳤다.

"헛소리! 내가 진정한 마법의 진수를 보여줌세!"

그렇게 큰소리를 치고, 구축 중인 마법을 완성시켜나갔다.

메탈데몬(금속성 악마족)으로 다시 태어나면서 다룰 수 있게 된 궁극의 마법을.

가드라는 얼티밋 기프트 『그리모어(마도지서)』를 마음껏 활용해 마법의 원류에서 온갖 지식을 열어나갔다.

아다루만조차 알 수 없을 이 마법은 디아블로나 울티마에게 배운 암흑마법의 극의다.

가드라는 꾸준히, 시간이 날 때마다 가르침을 청하고 있었다.

그 집대성이 바로——.

"영원한 기아에 고통받는 자들이여, 오라! 너희의 이빨로 모든 것을 먹어치우거라!!"

——'니힐리스틱 퍼레이드(절아허무포식, 絶牙虛無飽喰)'라는, 악랄하기 그지없는 암흑마법이었다.

신성마법 중 최강이 궁극의 대인 대물 파괴마법인 '디스인티그레이션(영자붕괴, 靈子崩壞)'이란 것은 유명한 이야기다.

사용이 가능한 자가 적다는 것도 유명하지만, 위력으로도 정평이 났다. 직격을 받고도 살아남는 자는 존재하지 않는다고 한다.

다만 결점도 있다.

그중 첫째로 꼽히는 것은 영향범위가 좁다는 점이리라.

사람을 상대하는 마법으로는 최강이지만, 군대를 상대하는 마법으로는 운용할 수 없는, 그런 마법이다.

그런데 이 '디스인티그레이션'의 반대편에 있는 암흑마법의 존재는 극히 한정된 자들 외에는 알려지지 않았다.

그것이 바로 울티마 같은 자들의 특기인 암흑마법: 니힐리스틱 배니시(허무소실옥, 虛無消失獄)다.

지옥에서 솟아난 허무로 대상을 먹어치운다는 가공할 마법이다. 하지만 이 마법은 영향범위를 광대화시키는 것도 가능하다.

가드라는 이번에 영향범위를 이 전장 전역으로 설정했다. 자신의 마력을 모조리 쏟아부어 '니힐리스틱 배니시'를 광범위 섬멸마법 '니힐리스틱 퍼레이드'로 완성시켰던 것이다.

술자의 의도대로, 지상과 천공에 극대의 마법진이 출현했다.

그리고 하늘과 땅을 잇듯 암흑의 방전이 개시되고—— 헤아릴 수 없을 정도의 무수한 흑점이 풀려났다.

그것이 바로 모든 물질을 먹어치우는 암흑의 송곳니.

금기로 여겨지는 허무를 다루는, 암흑마법의 금술이었다.

이 세상에 풀려난 허무는 부정의 존재치(마이너스 에너지)를 0으로 만들 때까지 사라지지 않는다. 하늘과 땅을 잇는 마법진의『결계』내부를 가득 메우고, 존재를 소실시키는 것이다.

만약 잘못해서 제어에 실패한다면 이 세상을 파멸시키고도 남는 궁극마법 중 하나다.

마법이 발동된 것과 동시에 가드라는 껄껄 웃었다.

"와하하하하! 어떤가? 대단하지 않나?!"

매우 천진난만하게, 기뻐서 참을 수 없다는 분위기였다.

하지만 아다루만은 그럴 상황이 아니었다.

"멍청아——!!! 네놈 무슨 생각이냐?! 이런 위험한 마법을 쓰다 까딱해서 제어에 실패해 폭주하기라도 하면 어쩌려고?!"

얼티밋 기프트『네크로노미콘』으로 '니힐리스틱 퍼레이드'의 위험성을 이해해버린 아다루만은 표정 따위 없는 얼굴을 새파랗게 물들이며 외쳤다.

그러나 가드라는 주눅 드는 기색도 없이 대답했다.

"그치만 나도 튀고 싶단 말야!"

그 말을 듣고 힘이 쭉 빠지는 아다루만.

"말야는 무슨 말야야……."

위엄은 어딘가로 내팽개쳐버리고 본심을 말해버린 가드라. 그런 아이 같은 발언에 아다루만도 어이가 없어졌다.

실제로 제어에 실패하면 이 세상을 붕괴시킬 우려가 있는 만큼 가드라도 변명하기 힘들다. 그러므로 반대로 배를 째고 당당하게 말했던 것이다.

"아, 아무렴 어떤가. 성공했으니까!"

자신과 아다루만이 있으면 괜찮을 거라고, 가드라는 무책임한 소리를 했다.

반성하는 기색이 없었지만, 그래도 가드라는 역시 광기의 천재라 불릴 만했다.

그 사실을 재확인한 아다루만은 크게 한숨을 쉬며 포기했다.

어차피 말해봤자 소용이 없을 거고, 실제로 성공했으니 문제는 없기 때문이다.

두 개의 극대마법으로 적군은 숫자가 대폭 줄어버려 궤멸 직전에 빠졌다. 처음의 숫자에 비하면 이미 절반 이하로 줄었으며, 일반적인 전투였다면 이미 포기하고 후퇴했을 상황이다.

가드라가 시전한 '니힐리스틱 퍼레이드'의 영향으로 시야는 좋지 못했지만 이대로 격퇴에 성공할 것 같은 기세였다.

이대로 전쟁이 끝나면 좋겠다고 생각한 아다루만과 가드라는 마른침을 삼키며 눈 아래의 양상을 살폈다.

그리고 결과는———.

●

다구류루는 그 마법의 위험성을 한눈에 간파했다.

전투가 시작되자마자 유린할 생각이었는데, 피라미들에게 발이 묶이고. 그리고 고착상태에 빠졌다 싶었더니 극대마법으로 5할 이상의 병력이 줄어버렸다.

이러한 사태는 다구류루에게도 오산이었지만, 그래도 그에게는 큰 손실은 아니었다.

비밀로 해두었기 때문에 세상에는 알려지지 않았으나, **마법으로는** 자이언트를 쓰러뜨릴 수 없다. 이 정도로 죽는 자는 운이 나빴을 뿐만 아니라 실력도 부족했다는 증거일 뿐이다.

쏟아지는 운석은 웃으며 흘려넘겼다.

오히려 훌륭한 마법이라고 칭송하며, 이 전쟁에 참가할 자격이 있었는지 어떤지의 선별에 이용하겠다고 생각했을 정도였다.

이것이 만약 이공간에 보존해두었던 거석을 상공에서 떨어뜨리는 그런 공격이었다면, 질량에 위치 에너지가 가산되어 무시할 수 없는 파괴력이라고 판단했으리라.

하지만 그렇지 않고, '템페스트 미티어'는 마법으로 창조한 운석에 의한 공격이었으므로 아무 문제도 없이 자이언트의 권능으로 없애버렸다.

무인이라면 집단전을 상정한 마법 등에 밀려서는 안 되는 법이다.

실제로 다구류루의 심복이나 주력 전사들은 누구 하나 죽지 않았고, 발을 멈추지도 않았다.

그것이 바로 올바른 모습인 것이다.

하지만 가드라가 발동한 마법은 아니었다.

왜냐하면 '니힐리스틱 퍼레이드'는 진정한 거인이 가진 『마법무효』라는 절대능력까지도 관통하고 대미지를 입혀버리기 때문이다.

안티 매직 가드(절대마법방어)인 『마법무효』가 있으면 온갖 마법 공격을 자동으로 중화해준다.

이 능력이 있기에 마법으로는 거인을 쓰러뜨릴 수 없다. 그렇기에 '템페스트 미티어'와 같은 극대마법이라 해도 웃으며 넘어갈 수 있었다.

여기에 죽을 만한 자들은 미숙하다고 선을 그어버릴 수 있었지만……

"울티마 놈, 금주를 이렇게 쉽게 퍼뜨리다니……"

다구류루는 울티마의 천진난만한 미소를 떠올리며 투덜거렸다.

지옥의 허무를 불러내는 마법은 악마의 왕들밖에는 모르는 것일 터. 그것을 퍼뜨리려는 자가 있다면 7명 중에서는 울티마가 가장 의심스러웠다.

아니면 레인이다.

미저리는 성실하니 그럴 리가 없다.

기이, 디아블로, 테스타로사. 이 세 명은 의외로 상식이 있으므로 제외된다.

카레라는…… 가능성이 있지만 남에게 무언가를 가르치는 것이 서툴기 때문에 제외해도 된다고 판단했다.

그렇다면 역시 의심스러운 것은 울티마나 레인이라는 뜻이 된다.

그리고 범인은 저 아다루만이라는 불사자나 그의 친구와도 사이가 친하던 것으로 보이는 울티마일 것이다.

그것은 정답이었지만, 그 사실을 알았어도 다구류루는 기쁘지 않을 것이다. 게다가 지금은 범인이나 찾고 있을 때가 아니다.

다행히 다구류루라면 이 마법에 대처할 수 있다.

씁쓸한 표정을 지으며, 다구류루는 두 팔을 하늘로 들었다.

그리고 그 힘을 해방시켰다.

니힐리스틱(허무계 마법)의 공격특성은 부정한 존재치에 의한 존재의 삭감에 있다. 그렇다면 정의 에너지를 포화시켜버리면 피해를 0으로 만들 수 있다.

다구류루는 에너지(마력요소)의 덩어리라고도 할 수 있는 거인이다. 가드라의 전력이 담긴 '니힐리스틱 퍼레이드'라 해도 상쇄하는 정도는 아무것도 아니었다.

다구류루의 군은 진격한다.

동료의 죽음을 태연히 받아들이며, 아무 일도 없었다는 듯 넘어서서.

그들의 눈에 깃든 것은 다구류루에 대한 절대적인 신뢰와 충성. 두려워할 것 따위 아무것도 없다는 양, 거인들은 전장을 나아갔다.

●

"미, 믿을 수 없군……."

"역시 다구류루 공이군요. 저렇게나 쉽게, 저 위험하기 짝이 없는 마법을 무력화하다니……."

두 사람은 말문이 막혀버렸다.

'니힐리스틱 퍼레이드'가 소멸되자마자 거인들은 동료의 죽음을 전혀 신경 쓰지 않는 것처럼 진격을 재개했다.

극대마법으로 한번 무너졌던 대열은 어느새 재정비를 마친 후였다.

즉사를 면한 자들은 엄청난 회복력으로 아무 일도 없었다는 것처럼 재생되어—— 크게 줄었다고 여겨졌던 숫자도 그렇지 않았던 것이 판명되었다.

그 모습은 너무나도 소름이 끼쳐, 대치하는 자들의 공포심을 자극했다.

그런 다구류루 군의 동향을 보고 아다루만과 가드라는 진저리를 쳤다.

"나 원…… 저자들은 공포를 모르나?"

"누가 아니라나. 보통은 대책을 생각하거나 일단 물러나거나 할 텐데……."

그러한 상식이 통하지 않는 상대는 적으로 돌리면 성가시다.

'뭐, 그건 리무루 님의 부하 분들도 마찬가지지.'

가드라는 그렇게 생각했지만, 그것을 입 밖으로 낼 만큼 바보는 아니었으므로 지금은 다른 점을 지적했다.

"그보다도 마음에 걸리는 게 있네만, 마왕 다구류루가 허무를 없애버린 건 어쩔 수 없다 쳐도, 자네의 '템페스트 미티어'는 어떻게 견뎌낸 걸까? 나에게는 운석이 부자연스럽게 사라져버린 것처럼 보였네만……."

그렇다. 마치 마법이 사라져버리는 것처럼 보였다고, 가드라는 말했다.

이것은 아다루만도 마음에 걸렸던 점이었다.

하급 거인들에게서는 희생자도 나온 듯했지만, 엘리트 전사인 상급투사들은 모두가 상처 하나 없었던 것이다.

회복은 되더라도 다소는 부상을 입을 줄 알았는데, 그것조차 없다는 것은 부자연스러웠다.

두 사람은 얼굴을 마주 보고 서로의 생각을 헤아려보았다.

그리고 생각해봤자 답이 나오지 않는다고 즉시 판단했다.

"자, 어떻게 할까?"

"음. 역시 마력을 너무 많이 썼는걸. 일단 물러나지. 그건 그렇다 쳐도 내 군단이 죽음을 두려워하지 않는 이모탈 레기온이어서 다행이야."

"그렇구먼. 죽음을 두려워하지 않는 거인군 따위 악몽이네만, 자네의 부하들도 비슷하니…….'

그렇게 말을 나누며 함께 한숨을 토하는 두 사람.

이길 수 있지 않을까 기대했던 직후의 믿을 수 없는 현실은 충격도 컸던 것이다.

아다루만은 웬티의 머리를 쓰다듬으며 귀환을 명령했다.

당초 목적대로 극대마법으로 타격을 입히는 데에는 성공했다. 오래 있을 필요는 없었다.

그보다도 냉큼 돌아가 다구류루 군의 위협을 보고해야 한다.

자이언트에게 가장 무서운 것은 부동의 마음과 회복능력이었다.

전초전은 끝나고, 다음에 기다리고 있는 것은 주력급의 충돌이다.

하지만 지금 직접 보았던 거인군의 위협을 돌이켜보면 이모탈 레기온으로는 불리하다고 말하지 않을 수 없었다.

공포를 느끼지 않는다는 것도, 부활이 가능하다는 것도 비슷한 요소다.

그렇지만 거인들은 압도적인 파괴력으로 이모탈 레기온을 유린할 것이라는 예감이 들었다.

거인에게 결정타를 가하기도 전에 박살이 나 가루가 될 미래가 보이는 것 같았다.

뭐, 그렇다면 그건 어쩔 수 없다.

가능한 한 많은 수로 한 마리를 해치우고, 아무튼 거인의 수를 줄이면 된다.

"아무튼 돌아가서 시온 공께 보고하자."

"그래야지. 향후에 대해서는 의논이 필요하겠네."

아다루만과 가드라는 향후의 전개를 생각하며 시온에게 돌아갔다.

그렇게 보고를 받은 시온은.

어떻게 할까—— 고민하고 있었다.

시온은 장벽 위에 서서 전장을 부감하고 있었다.

아다루만과 가드라의 극대마법도 목격했으며, 어쩌면 이대로 이기는 것 아닐까 생각하기도 했지만, 실제로는 냉엄한 현실이 기다리고 있었다.

아다루만과 가드라에게 보고를 받을 것도 없이, 시온 또한 적이 얼마나 성가신지를 인식하고 있었던 것이다.

전투 개시로부터 2시간이 경과했다.

전황은 다음 단계, 주력급끼리의 충돌로 넘어갔다.

'박쇄거신단'은 3만에서 숫자가 크게 줄어든 것처럼 보였으나, 실제 소모율은 1할 미만이었다. 그것이 지금 정예를 정점으로 충돌진형을 이루어 이모탈 레기온의 주력과 부딪치고 있었다.

데스나이트 2천 기를 중앙에 두고, 비밀병기를 가진 본 솔저 1만 마리가 양익을 담당하는 학익진이었다. 돌진하는 '박쇄거신단'을 포위하듯 맞서지만 숫자에서 밀리기 때문에 제대로 에워쌀 수가 없었다.

평범하게 생각하면 전술 미스였지만, 아다루만은 동요하지 않았다.

"괜찮겠나?"

"문제없고말고. 진정한 '사병(死兵)'의 무서움이 어떤 건지, 공포를 모르는 놈들에게 가르쳐주겠어."

시온의 옆에서 지휘를 맡은 아다루만은 처음부터 승리할 생각 따위 없었다.

목적은 적의 전력을 깎아내는 것.

진정한 주력은 시온 휘하의 '부활자들' 및 테러 나이츠, 루미너스 휘하의 블러디 나이츠였으며 아다루만과 가드라는 말하자면 버림패로 참전한 것이었다.

여기서 가능한 한 다구류루 진영의 A랭크 오버 전사들을 쓰러뜨렸으면 했다. 적어도 적의 약점 같은 것을 간파하기를 원했다. 이 작전은 그런 의도로 입안되었다.

물론 아다루만도 이미 납득한 작전이다.

이 건은 개전 전에 이루어졌던 토의에서 이미 통과되었다. 가

능한 한 사망자를 내고 싶지 않다는 것이 리무루 진영의 한뜻이
었던 것이다.

거인의 전력을 분석하기 위해서라도 이것은 유효한 책략이었다.

불사인 이모탈 레기온이라면 사망자로 카운트되지 않는다는
결론이다. 사실 아다루만의 부하들은 죽어도 사라지지 않는다.

불사자의 특성을 최대한 활용하는 것이 이 작전의 핵심이며,
끌어들인 거인에게 돌격해 함께 쓰러지는 것을 노려, 숫자를 줄
여나간다는 자폭작전이었다.

언뜻 보면 전장은 고착상태에 빠진 것 같았지만, 추세는 거인
군세에게 기울어지고 있었다.

전장에 가득 찬 마력을 폭발시키기라도 하듯 본 솔저가 돌격을
감행한다. 그 공격으로 부상을 입어 쓰러진 거인에게 데스나이트
가 차례차례 마무리 일격을 가하지만, 확실하게 치명상을 입히지
않는 한 거인은 부활해버린다.

여기서 성가신 것이 거인의 거구였다.

거인들은 3미터에서 5미터 정도의 큰 몸집을 자랑하며, 근육의
갑옷은 두꺼워 좀처럼 치명상을 입힐 수가 없다. 그렇다고 시간
을 들이면 반대로 이쪽이 짓밟혀버린다.

처음에는 잘 되었으나, 시간이 지나면서 상대도 대책을 세우기
시작했다.

긴 무기를 가진 자들이 견제를 시작해 함부로 다가갈 수 없게
되었다. 무리를 해봤자 산산이 박살나버릴 뿐이었으며, 그렇게
되니 실력에서 뒤떨어지는 본 솔저들은 아무 쓸모도 없는 존재로
전락해버렸다.

데스나이트도 숫자에서 밀려 고전을 면치 못하고 서서히 숫자가 줄어들었다.

이쯤 되자, 드디어 차례가 왔다며 루이가 이끄는 블러디 나이츠에도 긴장감이 내달렸다.

시온 또한 온존해두었던 테러 나이츠를 투입하려 했다.

데스나이트 2천 기는 거의 건재했다.

여기에 테러 나이츠 3천 명을 더하면 거인의 상급투사들과도 틀림없이 맞붙을 수 있을 것으로 보였다.

블러디 나이츠가 400명인 반면, 적의 A랭크 오버는 천 명이나 된다. 그 차이를 줄이고 싶어도 '부활자들'만으로는 숫자가 부족했다.

10명이 1명을 상대하면 어떻게든…….

시온은 그렇게 생각했다.

평소에는 기합으로 어떻게 할 수 있으리라 생각하지만, 자신의 부하들 중에서 희생자가 나오는 것은 싫었다. 하지만 지금은 지휘관으로서 입술을 깨물고 명령을 내리려 했다.

그때 아다루만이 이를 제지했다.

"나 원, 벌써 비장의 카드를 써야만 하겠군요."

그렇게 너스레를 떨며, 마력이 회복된 아다루만이 다시 웬티의 등에 올라탔다.

"아직도 책략이 남았어?"

흥미가 자극되어 묻는 시온에게, 아다루만은 덜그럭거리는 웃음과 함께 대답했다.

"책략은 다 떨어졌으니 이제는 될 대로 될 겁니다."

그런 말을 남기고 아다루만은 전장으로 돌아가 버렸다.

그리고 발동시킨 것은 아다루만이 이때를 대비해 개발한 사령마법의 개량오의── '이모탈 레기온(불사자군단 창조)'이었다.

그의 군단명에서 유래된 만큼, 그것은 비장의 한 수였다.

이 마법은 광범위하게 특수한 영향을 미치는데, 그 효과는 놀랄 만했다.

그 전장── 영향범위 내에서 사망한, 적아군을 불문한 사자들을 자신의 명령에 충실한 언데드 솔저로 다시 만들어내는 마법이었던 것이다.

이것이 바로 사령마법 금단의 극의.

아다루만의 연구를 집대성한 결과였다.

게다가 이 마법에는 이미 죽은 자들을 핵으로 삼아 재구축하는 개량이 더해져 있었다.

다시 말해 이번의 경우, 데스나이트를 핵으로 삼아, 박살이 나버린 본 솔저들이 모여들기 시작한 것이다.

죽은 거인병, 아직 활동하던 병사들까지도 몸이 끌려들어가기 시작했다.

그렇게 탄생한 것은 2천 마리의 데스 자이언트(거대 사령기사)였다.

데스나이트가 장착했던 마강제 매직 웨폰이 4미터에 달하는 거구를 덮고 있다. 그것도 당연한 노릇이다. 죽은 자의 원념이 모인 통합체이기에 소유자의 의지에 따라 무구도 변질을 이룬다.

아다루만은 처음부터 이렇게 될 것을 내다보고 불사의 거인을 창조할 오의를 편찬해낸 것이었다.

"저거 실화야? 아다루만 녀석, 나한테도 비밀로 하고 저런 걸 숨겨놨다니……."

시온도 놀라움을 감추지 못했다.

그도 그럴 것이, 데스 자이언트는 하나하나가 A랭크 오버의 괴물인 것이다.

"보고도 못 믿겠네. 지금만큼 너희가 우리 편이라 다행이라고 생각한 적이 없어."

이것은 시온의 옆에서 전황을 지켜보던 루이의 발언이었다.

이리하여 전황은 다시 뒤집혔다.

힘으로 압도하던 거인들은 더 큰 힘의 출현으로 우위성을 잃었다.

게다가 데스 자이언트는 불사신이다. 부서져도 박살 나도 아다루만의 권능 아래 즉시 부활한다.

하지만 거인들도 지고만 있지는 않았다.

천 명에 가깝다고 보고되었던 것은 허위였고, 실제로는 2천 명이 넘는 상급투사가 재적했던 것이다.

그리고 A랭크 오버 상급투사들이라면, 자신의 몸에 입은 상처로 『초속재생』으로 순식간에 재생해버린다. 즉사급 대미지를 받지 않는 한 무적이니 데스 자이언트와 호각으로 싸우고 있었다.

서로 숫자는 줄지 않은 채 전황은 다시금 고착상태에 빠졌다.

*

아다루만의 활약으로 시온 일행에게 여유가 돌아왔다.

이런 비장의 수가 있었다는 이야기는 듣지 못했던 만큼 기쁜 오산이었다.

물론 아다루만도 이 '이모탈 레기온'은 첫 공개, 라기보다는 테스트도 없이 곧바로 실전에 투입해버린 것이었기 때문에 괜한 기대를 사고 싶지 않다는 의도가 강했다.

그 결과가 이 사태였으며, 가장 안도했던 것은 아다루만 본인이었다.

"역시 내 절친이군."

가드라는 흡족해했다.

루이도 여기에는 고개를 끄덕일 수밖에 없었다.

"정말이야. '칠요'도 바보 같은 짓을 했어. 저만한 인재를 다른 곳에 유출시키다니."

그렇게 말하는 모습은 상당히 진심으로 분해하는 것 같았다.

....

......

...

루이는 옛날을 떠올리고 있었다.

당시 아다루만과 알베르트는 유명했다.

천재적인 신성마법의 사용자이며 대사제인 아다루만.

역대 최강의 성기사인 알베르트.

둘이 함께 용사의 자격을 보유한 자였다.

그러나 두 사람에게 용사의 알은 깃들지 않았다.

그래도 당연하다는 듯 '선인(仙人)'에 이르렀으며, 아무 일도 없었다면 그대로 '성인(聖人)'에 이르렀을 만한 기세였다.

하지만 두 사람은 너무나도 지나치게 천재였다.

그렇기에 '칠요의 노사'에게 질투를 사, 함정에 빠지고 말았다.

그대로 성장했더라면 자신들의 지위조차 위협할 만한 존재가 되리라고 두려워한 '칠요'가 루미너스에게도 비밀로 하고 손을 썼다.

명목은 분명, 대규모 사령재해의 정화였던가.

하지만 실제로는 '칠요'가 준비했던 드래곤 좀비(부육룡, 腐肉龍)와 의 전투가 벌어져, 두 사람은 상대와 함께 소멸——될 줄로만 알았다.

그들은 의뢰를 흔쾌히 받아들이고 쥬라 대삼림으로 갔다.

그리고 그대로 성도로 귀환하지 않았으므로, 죽은 것으로 여겨졌다.

설마 죽은 후에 마왕 카자리무의 손에 떨어졌으리라고는 생각하지 못했고, 그 후에도 기괴한 운명을 거쳐 마왕 리무루의 부하가 된 것은 루이의 주인인 마왕 루미너스라 해도 예상조차 못한 일이었다.

…………

……

…

루미너스가 분하게 여겼다지만, 루이도 마음은 마찬가지였다.

이 영웅들은 어떻게든 자신들의 동료로 삼았어야 한다고.

그리고 그런 영웅 중 한 명인 알베르트도 지금 막 전장에서 검을 뽑은 참이었다.

"호오, 저자는 아다루만의 부하였지? 멀리서 보니 확실히 알 수 있네만, 대단한 실력인걸."

침착함을 되찾고 전장을 주시하던 시온이 감탄성을 냈다.

그런 그녀의 등 뒤에 서 있던 다구라, 류라, 데부라 세 사람도 동의한다는 듯 고개를 끄덕였다.

"알베르트 씨 진짜 멋있네요."

"가끔 대련도 해주시는데 엄청나게 강합니다, 저 분."

"오오, 상대하고 있는 건 그라소드 삼촌입니다요! 이거 어느 쪽이 이겨도 이상하지 않겠습니다요!"

처음에는 알베르트를 응원하려던 삼형제도 상대를 보자 분위기가 바뀌었다.

"강한걸. 거인에게도 검으로 살아가는 무인이 있었나."

"넵. 저게 아버지의 동생이고──."

"'박쇄거신단'의 부관이고──."

"우리의 스승이었던 삼촌입니다요!"

시온이 중얼거린 말에 다구라 형제가 대답했다.

그 이름은 그라소드.

초일류 양손검잡이로, '박쇄거신단'에서도 최강 중 한 명이라고 한다.

에너지(마력요소) 양의 크기야 다구류루에게 미치지 못하지만, 검술의 실력은 웃돈다고 한다.

자이언트 치고는 온후한 성격이며 이지적인 인물이라는 평판이다.

참고로 온후한 것만으로 친다면 지금의 다구류루도 차분한 모습을 보이지만, 옛날의 악평이 너무 많이 퍼져서 아직까지 두려움의 대상이 되고 있다.

그런 그라소드가 알베르트와 1대 1로 붙고 있었다.

2미터나 되는 거구를 나긋나긋하게 역동시키며 그레이트 소드를 휘두르는 그라소드. 명백히 다른 자들과 선을 달리 하는 강함을 자랑했으며 전장에서는 이질적인 존재였다.

반면 알베르트는 신장의 차이에도 아랑곳하지 않고 호각으로 검을 나누었다.

알베르트가 초일류 검사임을 아는 자들이 본다면 믿기 힘든 광경이다.

거구임에도 불구하고 그라소드는 준민한 동작으로 세련된 기술을 펼쳤다. 알베르트 이외의 사람들은 대척할 수 없을 것 같지만 반대로 생각하면 그런 인물과 맞붙고 있는 알베르트야말로 이상한 것인지도 모른다.

평범하게 받아내면 일격에 짓이겨질 중압공격을 버드나무처럼 받아 흘리고 반격까지 한다. 갓즈급 장비 일습을 받았기에 가능한 기술이다.

이것이 레전드(전설)급 이하의 장비였다면 받은 순간 파괴되었으리라.

게다가 그라소드의 숨겨진 특성 중, 대치한 상대의 『무구파괴』라는 것이 있다.

이것은 말 그대로, 그라소드와 검을 마주한 자는 무기나 방어구가 파괴당해 일방적으로 패배할 운명이라는 뜻이다.

그 사실을 모르는 알베르트가 갓즈급을 장비한 것은 행운이었다. 다구라 삼형제조차 모르는 사실이었으므로 이것은 그야말로 기적적인 우연이었다.

그러한 행운 덕에 간신히 전선붕괴는 막을 수 있었다. 그 사실을 아무도 깨닫지 못한 것은 아이러니라고 하면 아이러니였다.

위협은 분명히 존재하는데도, 그 위험성을 깨닫는 이 없이 두 영웅의 싸움은 과열되고 있었다.

*

마침내 강자도 움직이기 시작한 전장과는 달리, 시온 일행은 관전 모드였다.

"하지만 아버지는 움직이질 않네요."

"삼촌이 나섰으니까 슬슬 때가 됐겠지만."

"그때는 우리가 상대하겠습니다요!"

대담해져서 큰소리를 치는 삼형제.

그런 바보들에게 어이없어하며 시온이 대답했다.

"서두르지 마라. 당연하지만 내가 상대한다. 너희는 테러 나이츠를 이끌고 아무도 방해하지 못하게 해."

세 사람은 반항하지 않고 고개를 끄덕였다.

원래 이길 수 있으리라 생각한 것은 아니었다. 들떠서 말해본 것뿐이었으므로 대답도 가벼웠다.

다만 너스레를 떨면서도 충고는 잊지 않았다.

"잘 알겠습니다만, 아버지를 만만하게 보지 않는 게 좋을걸요?"

"형님 말이 옳습니다. 아무리 누님이 강하다 해도 아버지는 진정한 괴물이니까."

313

"흐엣—헤헤. 한번도 이긴 적이 없습니다요."

이기고 지고를 따지기 전에, 다구류루의 오라 앞에서는 서 있는 것조차 어렵다. 삼형제는 승부조차 되지 않을 것이 명백했다.

시온이 보기에도 이 세 사람은 나름대로 실력이 있었다. 대련을 할 때마다 실력이 올라가고 있었으므로 성장이 기대되는 부하들이었다.

그런 삼형제의 진심은 시온에게도 똑똑히 전해졌다.

"안심해. 나는 막무가내를 부리는 사람이 아니니."

자기 자신을 전혀 볼 줄 모른다는 점에서 매우 시온다운 발언이었다.

전장에 움직임은 없지만 이제 곧 자신의 차례가 온다. 그것을 피부로 느끼며 시온은 임전태세를 갖춰나갔다.

'아예 이대로 단숨에 쳐들어가볼까?'

기다리는 것은 성미에 맞지 않고, 고착상태를 무너뜨리며 단숨에 승리를 거머쥐는 것도 작전이기는 하다.

지금이라면, 적의 장수만 어떻게든 하면 승리는 틀림없을 테니…….

시온이 그렇게 생각했을 때였다.

갑자기 전장에 변화가 발생했던 것이다.

그것은 갑작스러웠으며, 격렬했다.

전장에 무인지대가 발생했다. 몇 마리나 되는 데스 자이언트가 산산이 부서져 날아가버렸다.

"——저건?!"

시온이 눈을 크게 떴다.

은광이 번쩍일 때마다 A랭크 오버의 데스 자이언트가 가볍게 쓰러져갔다.

그곳에 서 있던 것은 온몸이 몇 겹으로 사슬에 묶인, 다른 자들과는 비교가 안 되는 거구를 자랑하는 장신의 남자였다.

그 이질적이고도 격렬한 기척은 사슬에 묶여 있어도 숨겨지지 않았다.

그것은 그야말로 다구류루마저 능가하는 존재감이었다.

시온의 온몸에 소름이 돋았다.

생존본능이 온 힘을 다해 그 남자의 위험성을 호소했다.

"저, 저건…… 그렇구나, 저게 봉인되어 있었지……."

"투신이라고도, 거친 악신이라고도 불리며 두려움의 대상이 되었던 '광권(狂拳)'의 거신, 펜 삼촌인가?!"

"흐에―헤헤헤. 배가 고프구만요!"

이 상황에서 상관없는 발언을 한 데부라의 배에는 일단 코크 스크류 펀치를 꽂아주었다.

"이제 배부르냐?"

그런 말을 내뱉고 시온은 마음의 스위치를 바꾸었다.

데부라가 멍청한 소리를 해준 덕에 긴장이 풀렸다.

바보여도 사랑스러운 바보라고 생각하며, 시온은 펜을 관찰했다.

3미터가 넘는 거구를 자랑하지만, 그보다도 사슬 쪽에 눈길이 끌렸다.

그도 그럴 것이.

"저 사슬이 바로 그레이프니르(성마봉인의 사슬)인가요? 엄청난 물건이군요."

"가드라. 그게 뭐지?"

"예. 인류사 이전의 고문서에 기록된 신화가 있습니다만——."

기회를 얻었다는 양, 잡지식을 좋아하는 가드라가 자신의 지식을 설파했다.

　　…………

　　……

　　…

그레이프니르.

신화시대로로부터, 미쳐 날뛰던 악신을 봉인하던 사슬.

그 이야기가 사실이라면 저 사슬은 악신이 뿜어내는 마력요소를 흡수하고 진화를 이루어왔을 것이다.

당시로부터 성(聖)도 마(魔)도 봉인했다는 용제의 신기였던 사슬이다. 지금 세상에는 갓즈급을 능가하는 성능을 보유했어도 전혀 이상할 것이 없다.

그러나 진정으로 무시무시한 것은 사슬이 아니다.

그 사슬에 봉인되어 있던 악신이야말로 경계해야 할 위협이리라.

　　…………

　　……

　　…

"신화시대에 용제가 악신을 봉인했다고 합니다. 삼형제 중 두 사람은 개심했지만 하나는 흉포한 성격 그대로였기 때문에 신의 사슬로 봉인해버렸다지요. 다시 말해 그게 저기서 날뛰고 있는 펜이라는 자고, 그의 몸에 감긴 사슬이 바로 그 유명한 그레이프 니르인 겁니다."

그렇게, 가드라는 기뻐하며 말했다.

그 말이 옳다고 증명하듯 사슬이 꿈틀거리며 맥동했다.

그런 수상한 사슬에 꽁꽁 묶여있음에도 펜은 웃음을 띠고 있었다.

즐겁고도 즐거워서 견딜 수 없다는 듯.

펜이 아무것도 하지 않아도 사슬이 저절로 움직여 적을 쓰러뜨려준다. A랭크 오버의 전사들이 그의 걸음조차 막지 못하는 것이다.

시온은 경악했다.

펜의 존재치는 다구류루에 필적한다더니, 가볍게 능가하는 것처럼 보였다.

"웃음밖에 안 나오는군. 위에는 위가 있다더니 저렇게까지 격이 다를 줄은⋯⋯."

시온의 동료들도 어지간히 에너지(마력요소) 양이 많고, 옛날과는 비교도 되지 않을 만큼 성장했지만, 펜은 그런 자들조차 미치지 못하는 영역에 있었다.

시온이 아는 최고봉―― '용종'인 베루도라, 베루글린드 급의 존재였던 것이다.

"이거 터무니없는 괴물인데. 너희는 무리겠어."

시온은 그렇게 단언했다.

게다가 다구류루도 남았다.

그 사실을 생각하니 우울해졌다.

"어떡할래? 못 이길 것 같은데, 후퇴해버릴까?"

천진난만하게 묻는 울티마.

시온은 짜증 난다는 표정으로 생각에 잠겼다.

아무리 전황이 일진일퇴라 해도, 저렇게 규격이 다른 괴물이 나타나 버리면 게임판은 쉽게 뒤집혀버리고 만다.

울티마가 말한 것처럼 도망치는 것도 방법이다.

리무루는 희생자가 나오는 것을 바라지 않는다. 그 명령에 충실하게 따르려면 후퇴도 염두에 두어야 한다.

지금이라면 아다루만이 잘 버티고 있으므로, 시온을 비롯한 이들, 마물의 나라에서 온 원군들만이라면 이곳에서 도망치는 것도 가능하리라.

하지만…….

후퇴하는 것은 간단해도, 그 후의 결과는 뻔하다.

남은 자들은, 이 땅에서 살아가는 무고한 백성들은 부조리한 폭거에 모든 권리를 박탈당하게 된다.

그리고 그것은 인류생존권까지 퍼져나가, 리무루의 이상현실을 박살 내버리는 결과로 이어진다.

그렇다면 어떻게 해야 할까?

터무니없는 괴물을 상대로 싸워봤자 전멸은 뻔한 노릇――.

아니, 그렇지 않다.

그렇게 만들지 않기 위해, 이곳에 시온이 있는 것이다.

답은 나왔다.

어렵지 않은 문제였다.

시온은 전의를 높이며 각오를 다졌다.

이것 또한 이제까지 몇 번이나 경험했으므로 간단하다.

몇 번이나 위기 상황에 빠지고, 이를 넘어왔다는 자부심이 시온을 분기시키고 있었다.

그리고 시온만 그런 것이 아니었다.

"울티마는 어떤 쪽이 취향이에요?"

시온이 묻자 울티마는 "역시 도망치지 않는구나" 하며 씨익 웃음을 지었다.

"난 시온 씨의 그런 점이 좋더라."

그러면 아저씨와는 마음이 맞으니까 저기 있는 망나니를 맡을게——라며 울티마는 천진난만하게 대답했다.

마치 자신이 좋아하는 디저트에 대해 말하듯, 누가 누구와 싸울지가 결정되었다.

그렇게 가벼운 분위기로 두 사람의 대화는 종료되었다.

펜의 상대는 울티마가. 다구류루에게는 시온이 가서 대장끼리 싸우기로 정해졌다.

이에 이어 루미너스의 군세도 움직였다.

"나 원, 주인도 주인이지만 부하도 부하구나. 마왕 리무루의 부하는 무서운 게 없나 봐."

그렇게 어이없어하며 루이도 참전을 표명했다.

그 시선 너머에는 마구 날뛰는 '네 팔'의 거인이 있었다.

다구류루의 아들들에게는 외삼촌에 해당하는, 오대투장 필두 바사라였다.

전장 곳곳에는 눈길을 끄는 강자들이 그 외에도 몇 명이나 있었다. 그들을 향해 루이에 이어 블러디 나이츠며 칠대귀족들도 뛰쳐나갔다.

이리하여 전장은 더욱 혼미해져만 갔다——.

＊

전장에 모래폭풍이 몰아쳤다.

펜이 움직이고 사슬이 춤을 춘다. 그 결과 다수의 데스 자이언 트가 박살이 나버렸던 것이다.

그런 펜의 시선이 포착하고 있는 것은 게헤나 드래곤 웬티의 등에 타고 지휘하는 아다루만이다.

대장을 노리는 것은 전장의 정석이다.

실제로 아다루만의 권능이 불사자를 불멸의 존재로 만들고 있었으므로 펜의 행동은 정답이었다.

모래 먼지를 피우며 무시무시한 속도로 달려가는 펜. 그것은 숫제 비행이었으며, 앞길을 가로막는 자의 존재를 무시하는 기세로 아다루만에게 육박했다.

"——음?!"

펜의 접근을 알아차리고 대처하려는 아다루만. 공중이기에 안전하리라는 방심은 하지 않았지만, 펜의 움직임은 너무나도 빨랐다.

그레이프니르가 무한의 길이를 가진 것처럼 공간을 무시하고 게헤나 드래곤 웬티를 꽁꽁 묶었다.

이 사실은 신마저도 봉인하는 갓즈급이었으며, 웬티에게 도망칠 방법은 없었다. 그대로 지면에 처박혀 꼼짝도 못 하게 되어버렸다.

아다루만은 창졸간에 도망쳤지만 이를 놓아줄 펜이 아니었다.

"방~해된다. 죽어버려!!"

단적으로 외치며, 거치적거리는 자들을 배제하고자 주먹을 휘둘렀다.

아다루만은 이를 **예상하고 있었다.**

처음부터 기습당해도 상관없도록 다중의 『결계』로 **자신의 몸을 보호하고 있었던** 것이다.

그런데도, 단 일격으로 아다루만은 지면에 처박혀 널브러지고 말았다.

한없이 무거운 일격이었다.

반항할 기력은 고사하고 살아갈 의욕마저 **빼앗아버릴** 정도의 절대적인 폭력. 아다루만은 몸으로 그것을 맛보았다.

전장에 무시무시할 정도의 정적이 찾아왔다.

펜이 한순간에 전장의 주도권을 장악한 것이다.

한편 울티마도 움직이기 시작했다.

이 전투가 시작되기 전에 울티마는 루미너스와 단둘이 비밀 회합을 가졌다. 다구류루의 위협성을 아는 루미너스는 이 상황을 내다보고 있었다.

폭력은 모든 것을 뒤집는다. 이를 잘 아는 루미너스는 승리를 위해 온갖 책략을 궁리했다. 절대적인 비책을 구사해서라도 다구류루를 쓰러뜨리고자 생각했던 것이다.

전장 속에서라 해도 가련하게, 울티마는 산책하듯 가볍게 펜에게 향했다.

그리고 아다루만을 감싸듯 섰다.

빼앗을 수 있다면 빼앗아보라는 양 펜을 바라보며 웃었다.

"제법 하는걸. 아다루만의 실력은 나도 인정하는데 말이지."

울티마는 그렇게 말했다.

아다루만은 울티마와 마찬가지로 성마십이수호왕 중 하나다. 후방지원이 특기라고는 해도 '게헤나 로드(명령왕, 冥靈王)'라는 이름은 장식이 아니었다.

펜이 지나치게 강한 것이다.

울티마는 그것이 마음에 들지 않았는지, 겁먹지도 않고 펜을 위아래로 훑어보았다.

"헹, 그래? 약하던데?"

펜은 오라(투기)를 두른 주먹 일격으로 아다루만을 땅바닥에 떨어뜨렸으면서 이를 자랑하지도 않았다. 그것이 당연한 결과라고 생각하기에 자랑할 마음도 들지 않는 것이다.

그런 펜의 생각을 꿰뚫어 보고, 그것도 당연하다고 울티마는 생각했다.

자신도 마찬가지이므로 펜의 마음이 이해가 되는 것이다.

강자가 본다면 약자는 장난감에 불과하다. 이제까지 악마의 왕으로서 군림했던 울티마이기에 펜에게 불만을 제기할 자격은 없다고 생각했다.

실력 차이가 너무 크다. 펜이 보기에 자신들 따위는 안중에도 없다.

이번에는 자신들이 약자 쪽에 섰다. 단지 그것뿐이다── 울티마는 그렇게 생각했다.

다만 간단히 포기할 마음은 없었다.

게임을 좋아하는 울티마답게, 패배한다 해도 마지막까지 승리를 노릴 생각이었다.

'계속 도전하면 언젠가는 이길 거고 말이지. 그렇다면 해야 할 일은 하나뿐.'

그렇게 매우 태평하게 생각하고 있었다.

"일단 자기소개나 해둘까. 난 '페인로드(잔학왕, 殘虐王)' 울티마야. 망나니 넌?"

"애송이가 건방지군. 펜이다. 어차피 여기서 죽을 테니 기억도 못 하겠지만!"

그렇게 서로 자기 이름을 대자마자, 전투는 시작되었다.

장벽 위에 남은 시온은 다구류루가 어떻게 나올지를 살피고 있었다.

어떻게 대처하더라도 시온이 패배한 시점에서 전체가 무너질 것은 뻔했다.

루미너스에게는 무언가 책략이 있는 것 같았으므로 그것을 기대하는 마음도 있다.

하지만 그것만으로는 안 된다.

기적이 일어나기를 기대하고 있다가는 이길 전쟁도 못 이긴다. 시온은 억지로라도 승리를 거머쥘 생각이었다.

"저게 작은삼촌── 펜, 이군. 이봐이봐, 아무리 나라고 해도 저런 괴물은 예상하지 못했다고……."

"형님 말이 맞아. 예, 예상 이상으로 위험하잖아."

"그라소드 삼촌도 어지간하지만 펜 삼촌은 격이 다르네."

"그러게. 저건 봉인될만해……."

시온의 옆에서는 다구라와 류라가 처음 보는 삼촌에 대한 감상을 말하고 있었다. 아버지를 쓰러뜨리겠다고 호언장담해놓고는 벌써 의기소침해졌다.

뭐, 무리도 아니지만.

시온은 생각했다.

오히려 이길 수 있으리라고 생각했다면, 그건 자기 자신을 파악하지 못한 바보일 뿐이다.

"흐엣—헤헤. 저렇게 바짝 골은 녀석, 체중으로는 내가 여유로 이기겠습니다요!"

그렇다. 이런 감상밖에 모르는 데부라처럼…….

'데부라에게는 정말로 벌이 필요하겠어.'

시온이 그렇게 생각했을 때였다.

갑자기 상황이 변했다.

"흠. 나를 앞에 두고 강 건너 불구경이라니…… 아주 여유만만 하군?"

그 목소리는 시온의 등 뒤에서 들려왔다.

이곳은 장벽 위였으며, 최전선이기는 하지만 방어거점이기도 한 장소다. 당연히 『대마침입방지장벽』은 가동 중이고, 시온의 주변은 특히 『다중결계』가 몇 겹으로 펼쳐져 있었다.

그런 것들을 모두 무시한 채 이 자리에 서 있다니…… 아니, 그보다도.

그렇게 말을 걸기까지, 시온이 조금도 인식하지 못했던 점이야 말로 문제인 것이다.

감시는 게을리하지 않았다.

설령 『공간전이』 같은 스킬을 썼다 해도 모종의 이상은 감지할 수 있었을 것이다. 애초에 시온도 『공간지배』를 쓸 수 있으므로 자신의 주위에는 만전의 수비를 펼쳐놓았다.

그런데도—— 마왕 다구류루가 그곳에 있었다.

"왜 다구류루 공이 여기 있죠?"

장벽 위에서, 시온의 등 뒤에 선 거인을 향해 돌아본 시온이 그렇게 물었다.

다구류루가 다정하게 대답해주었다.

옛날은 둘째 치고 지금은 의외로 신사였다.

"흐음. 천천히 걸어왔는데, 자네한테는 혹시 안 보였나? 그렇다면 내 앞에 설 자격조차 없겠군. 진지하게 상대하는 것도 바보 같은 짓이겠어."

"뭐라고요?"

시온은 바보 취급을 당했다고 느낀 것이 아니었다.

오히려 그 반대로, 다구류루는 매우 신사적으로, 진심을 말해주었다고 느꼈다.

다구류루가 보기에 시온 따위 조그만 계집아이나 다름없으리라.

지금이라면 이해할 수 있다.

시온도 다구류루와는 몇 번이나 얼굴을 마주했지만, 마치 다른 사람과도 같은 위압감이었다. 다구류루는 틀림없이 왕의 패기를 뿜어내고 있었던 것이다.

하지만 시온은 그것을 기합으로 묵살했다.

위압을 튕겨내고 말했다.

"자격이 있는지 없는지 그 몸에 물어보도록 하죠! '워로드(투신왕, 鬪神王)' 시온. 마왕 리무루 님께서 가장 신뢰하시는 비서를 맡은 자로서, 한 수 부탁드립니다!!"

제멋대로 쓸데없는 말까지 덧붙이며 시온은 자신을 소개했다. 그리고 다구류루를 향해 애도 '신 고리키마루'를 들었다.

'모종의 스킬, 혹은 트릭…… 실력 차이가 있다고는 하지만 지금의 현상에는 이유가 있을 터!!'

공간간섭계 이동이라면 반드시 흔적이 남는다. 고속이동이라 해도 공기조차 일렁이지 않는 것은 말이 안 된다.

다구류루의 허세에 현혹되어서는 안 된다고, 시온은 자신을 타일렀다.

하지만 만약 이것이——.

'훗, 생각해봤자 의미는 없지. 그때는 깔끔하게 죽으면 그만!'

——시온은 뻔뻔하게 나가기로 했다.

만약 답이 시온의 상상대로 최악의 것이라면, 이를 인정해버리면 패배한 것과 다름없다. 그 이상의 항전은 무의미한 것이 되므로 생각해봤자 소용없다고 선을 그은 것이다.

'내 뒤에는 루미너스 님도 계시니 조금이라도 다구류루의 강함을 분석하는 것이 내 역할이겠죠!!'

이런 빠른 태세전환이 시온의 좋은 점이다.

시온은 포효하며 전투 모드로 의식을 몰입시켰다.

유니크 스킬 『잘 처리하는 자(요리인)』로 최적화된 그녀의 육체는 매우 근접전투에 적합한 것으로 바뀌었다. 물리적으로는 불사이며, '마음(심핵, 心核)'이 부서지지 않는 한 죽는 일은 없다.

지금도 육체의 한계를 넘어서는 힘이라 해도 가볍게 받아낼 수 있으며, 시온의 마음에 호응해준다.

그렇게 쥐어짜낸 혼신의 일격은 궁극의 영역에까지 파고들 정도다.

시온은 첫수에서 전력을 터뜨리며 다구류루를 없앨 작정이었다.

"이런! 모두 대피하라!! 이 일대가 통째로 날아간다!!"

지원하고자 눈치를 살피던 가드라가 고함을 지르고, 그 목소리에 반응한 시온 친위대는 신속하게 대피했다.

그 직후, 시온이 다구류루에게 참격을 가했다.

주위에는 눈길도 주지 않은 채 시온의 의식은 다구류루에게만 향했다.

하지만 다구류루는 부동.

불쌍한 이를 보는 눈빛으로 시온을 바라보고──.

"역시 그 정도로군."

그렇게 중얼거렸을 뿐.

그리고 결과가 나왔다.

시온의 검이 정수리에 닿으려던 그 순간, 눈에 보이지 않는 압력으로 그 검이 밀려났던 것이다.

"──아니?!"

시온과 다구류루 사이에는 압축된 오라의 벽이 존재했다. 다구류루를 수호하는 오라가 시온의 검을 막은 것이다.

시온의 기합을 날려버릴 정도의, 너무나도 밀도가 높은 오라였다. 시온의 참격은 다구류루에게 닿지도 못했다.

그야말로 괴물.

이 시점에서 **지금**의 시온으로는 상대가 되지 않는 것은 명백. 그녀의 패배는 확정되었다.

"역시 그렇군. 자네는 내 앞에 설 자격도 없었어."

시온은 놀라 눈을 크게 뜨고 자기도 모르게 그 자리에서 굳어버렸다.

그것을 호락호락 넘어가 줄 다구류루가 아니었지만, 일부러 허점을 노릴 필요도 없었으므로 유유히 자세를 잡은 채 움직이지 않았다.

그저 다정하게 고할 뿐.

"내가 노리는 것은 루미너스뿐일세. 섭섭한 소리 하지 않을 테니, 방해하지 말게."

그렇게 타일렀다고 고개를 끄덕일 시온이 아니다.

한층 투지를 불태우며, 다구류루를 공격하기 시작했던 것이다.

*

이리하여 각지에서 저마다의 싸움이 시작되었다.

정세로 보자면 다구류루 측이 우세하다.

그런 가운데 시온 다음으로 절망적인 싸움을 벌이던 것이 울티마였다.

"이상하지 않아? 왜 내 핵격마법: 뉴클리어 캐논이 직격했는데도 쌩쌩해?!"

그렇게 펜을 상대로 분개한 척하지만, 사실은 표정만큼 여유가 없었다.

울티마는 인정하고 싶지 않지만 펜은 강했다.

지금도 얼티밋 스킬『사마엘(사독지왕, 死毒之王)』의 권능으로 강화해 '사독' 효과를 부여한 뉴클리어 캐논을 갈겨냈는데, 펜은 개의치도 않았다.

"내가 아냐. 약한 놈은 힘들겠다. 열심히 잔재주를 익혀야 그나마 좀 싸울 수 있으니까."

그렇게 말하며 펜이 놀리듯 웃었다.

"애송이 주제에 열 받는 놈."

그렇게 되받아쳤지만 울티마는 사실 냉정하게 전황을 분석하고 있었다.

지지만 않으면 되는 것이므로 처음부터 펜을 쓰러뜨릴 생각은 하지도 않았다.

하지만 아무래도 분위기가 이상했다.

지금의 마법도 그렇지만, 실력 차이로는 설명할 수 없는 답답함이 있었다.

무언가를 간과하고 있는 듯한, 그런 위화감이다.

그리고 문득 신경이 쓰이는 보고가 있었던 것을 떠올렸다.

그렇다. 마치 마법이 사라져버린 것 같았다고── 가드라가 그렇게 말하지 않았던가.

운석 공격도 생각만큼 성과가 나오지 않았다. 그것은 거인들의 재생능력이 뛰어나서라고 생각했는데…….

'그러고 보니 생각만큼 피해가 나오지 않았지? 라기보다 상처를 입은 것처럼 보였던 건 하급전사들뿐인 것 같았고…….'

약하기에 죽거나 다치는 것이고, 그 점만 보자면 부자연스럽지는 않다. 하지만 상급투사에게서 부상자 같은 자가 나오지 않았다는 것은 잘 생각해보면 부자연스러웠다.

'그건 꼭 마법이 안 통한 것 같잖아……?'

문득 떠오른 것이 그 생각이었다.

설마, 설마, 설마——.

울티마의 본능이 경종을 울려댔다.

그것이 진실이라고 한다면——.

빨리 루미너스에게도 알려야만 한다고, 울티마는 조바심을 내기 시작했다.

그리고 그 무렵.

통하지 않을 것을 알면서도 시온은 공격을 되풀이했다.

그것은 이미 전투라고 부를 수도 없었다.

어린아이가 떼를 쓰는 것과 마찬가지였으며, 다구류루는 상대도 해주지 않는 분위기였다.

그래도 시온이 포기하지 않았던 것은 루미너스에게 책략이 있으리라 믿기 때문이다.

시온과 루미너스는 의외라고 할 정도로 친해졌다.

시온의 요리가 먹을만해진 것도, 어떤 의미에서는 루미너스 덕분이라 할 수 있다.

그렇기에 시온은 무조건 루미너스를 믿는 것이다.

"나 원, 포기할 줄 모르는 녀석이군. 몇 번을 반복해도 내 피부에 생채기 하나 내지 못할 텐데."

"맘대로 지껄이시든가!! 이제야 겨우 준비운동도 끝났으니 슬슬 진짜로 상대해드리죠!!"

시온은 기백만은 지지 않겠다는 양 다시 다구류루를 베려 했다.

하지만———.

"어수룩하다고 했을 텐데!!"

다구류루의 일갈에 그 동작이 멈추고 말았다.

그 목소리를 들은 것만으로도 시온은 몸이 꽁꽁 묶여버린 것처럼 움직일 수 없게 되었던 것이다.

움직이지 못하는 시온에게 유유히 다가오는 다구류루. 그리고 꽉 쥔 주먹을 그저 내리쳤다.

그것만으로도 시온 일행이 있던 장벽 한구석이 무너졌다.

2천 년의 역사도 그 폭위 앞에서는 무력했다.

그리고——— 직격을 받은 시온은 말할 것도 없이…….

그것은 슬퍼해야 할 사태가 아니라, 약육강식이라는 자연의 섭리다.

절대적인 강자가, 자신의 뜻에 부합하지 않는 걸림돌을 폭력으로 제거했다는, 그저 그뿐이었으므로.

이리하여 다구류루의 승리가 확정되려 했으나——— 하지만 시온의 얼굴에는 웃음이 떠 있었다. 왜냐하면 다구류루의 발밑에 마법진의 빛이 번쩍이는 것을 시온의 눈이 똑똑히 포착했기 때문이다.

그리고 다음 순간.

"어수룩한 건 네놈이다!"

그런 늠름한 포효가, 미친 듯이 몰아치던 모래먼지를 날려버릴 기세로 터져나왔다.

장미처럼 달콤한 향기와 함께 등장한 것은, 칠흑의 드레스로 몸을 감싼 찬란한 미소녀였다.

부드럽게 시온의 앞에 내려선 은발의 소녀는 바로 이 지역의 지배자인 마왕 루미너스다. 이지적인 의지가 깃든 헤테로크로미아(금은요동, 金銀妖瞳)로 마왕 다구류루를 노려보고 있었다.

그리고 그 직후, 펼쳐놓았던 함정을 완성시켰다.

"멸망하거라. '생추어리 디스인티그레이션(성역형 극대영자붕괴, 聖域型極大靈子崩壞)'――!!"

필살의 의지가 담긴 그것은 성도의 백성이 올린 기도의 결정――이라고 하면 듣기에는 좋지만 실태는 마왕 루미너스가 '신앙과 은총의 비오'로 연산영역을 한계돌파시켜 신도의 신성력을 긁어모은 것이었다.

신도의 수가 많으면 많을수록 모여드는 힘은 극대화한다. 다소의 시간이 필요하기는 해도 그만한 가치는 충분했다.

대(對) 개인 최강마법을 범위화시킨 것만 해도 경악할 만한 위업이었다. 이렇게 펼쳐진 최대최강의 '디스인티그레이션'이라면 카리브디스 같은 거구라 해도 순식간에 소멸할 것이다.

방심했던 다구류루에게는 도망칠 곳도 없어, '생추어리 디스인티그레이션'의 직격을 고스란히 받을 수밖에 없었다.

"흥. 방심했구나, 다구류루. 네놈 같은 녀석은 이겼다고 으스대

는 순간 허점이 생기는 법이지."

루미너스는 생각 이상으로 다구류루에게 허점이 없어 이대로
는 시온이 죽어버리지 않을까 노심초사하고 있었다.

다구류루가 제아무리 거대한 힘을 가졌다 해도 '디스인티그레
이션'의 직격이라면 필살이다. 하지만 다구류루가 몸에 두른 오
라의 방어막이 두꺼워 이를 뚫기가 어려웠다.

그렇기에 이를 통째로 감싸버릴 만큼 극대화한 '디스인티그레
이션'을 시전한 것이다.

숨어서 기회를 엿보는 것은 루미너스의 성미에 맞지 않았지만,
승리를 위해서는 어쩔 수 없었다. 루미너스는 계속 전황을 관찰
하다가, 이때다 싶은 타이밍을 노렸던 것이었다.

그 인내가 보답받아, 이렇게 최고의 결과를 얻을 수 있었던 셈
이다.

"섭섭하게 생각하지 말라고."

루미너스는 승리를 확신하며, 다구류루에게 작별의 말을 보
냈다.

루미너스와 다구류루가 정면에서 싸운다면 루미너스가 이길
확률은 매우 낮았다. 그것을 이해하고 있었던 만큼 루미너스는
비겁하다고도 생각하지 않고 이 작전을 실행에 옮겼다.

이길 수 있도록 사전에 책략을 꾸미고, 반드시 승리한다. 그것
이 그녀의 가치관이었다.

방심했던 다구류루에게, 비장의 수마저 아낌없이 선보였던 최
강의 일격. 이것으로도 무리라면 다른 방법 따위 존재할 수 없는,
완벽한 작전이었다.

그렇기에——.

"흐음, 확실히 그렇겠군. 나에게도 방심이 있었던가? 허나 문제는 없네. 왜냐하면 내게 대미지는 없었으니 말일세."

——그 말에 얼어붙었다.
루미너스의 명석한 두뇌가, 있을 수 없는 그 현실을 제대로 인식했다.
다시 말해, 정말로 다구류루는 상처 하나 입지 않았음을.
그것은 단 한 가지 사실을 명확하게 했다.
"루미너스여, 그것으로 끝인가? 그렇다면 다음은 내 차례로군."
그렇다.
지금의 공격으로 다구류루를 쓰러뜨리지 못한 시점에서, 루미너스와 다른 이들에게 승리는 없다.
"명심하게! 방심했다간 즉사할 걸세."
다구류루의 선언은 절망의 시간을 시작한다는 신호가 되었다.

*

알베르트와 그라소드의 대결은 더더욱 격렬해졌다.
말려들었다간 큰일이라는 양 주위에는 원형으로 커다란 공간이 생겨났다.
그러나 그런 것은 당사자들에게 아무래도 상관없는 이야기였다.
서로가 서로를 라이벌로 인정하며 그 싸움을 즐기고 있었다.

"크카카카카카! 상당한 실력에 감복했네. 귀공과 같은 인물과 검을 나눌 수 있다니, 무인의 영예로군!"

"내 실력은 아니지. 나의 신인 리무루 님께 받은 이 무구가 내게 힘을 빌려주고 있는 거다. 예전 그대로였다면 귀공의 검압에 견디지 못하고 이미 패배했을걸."

"헹! 겸손 떨 필요는 없네!! 자이언트 중에도 나와 맞붙을 수 있는 자는 얼마 되지 않으니. 그 무구를 완벽히 구사하고 있는 것이 야말로 귀공이 일류라는 증거일 텐데."

그라소드의 찬사를 냉정하게 흘려버리는 알베르트. 그것이 마음에 들었는지 그라소드가 기분 좋게 대꾸했다.

실제로 갓즈급 무구의 성능을 이끌어내는 것은 알베르트의 실력이었다.

이를 뽐내지 않는 것이 알베르트가 자신의 실력에 만족하지 않는다는 증거였으며, 적의 말에 감정이 흐트러지거나 하지 않는 강점이기도 했다.

'흐음, 역시 대단하군.'

그라소드도 감탄하고 있었다.

찰나의 순간으로 끝나는 검격에서는 마음이 흐트러진 쪽이 진다. 말로 적을 흔들어놓는 것도 훌륭한 전법이다.

그렇다면 이건 어떠냐는 것처럼 그라소드는 말을 거듭했다.

"그건 그렇다 쳐도 귀공은 왜 그런 자를 따르나?"

"──무슨 말을 하려는 건가."

"기껏 그런 실력을 갖추었다면 나약한 해골 따위를 따를 필요도 없을 텐데. 물론 〈사령마법〉이야 뛰어나겠지만, 진정한 무예란 바로 자신의 육체에 깃드는 법일세."

그레이트 소드를 휘두르며 알베르트를 도발하듯 힐난한다.

그 말은 결코 본심은 아니었으며, 알베르트가 격앙하도록 노린 화술이었다. 흐트러진 감정은 실수를 유발하며, 그것은 즉시 죽음으로 이어진다. 이것도 훌륭한, 그라소드 나름의 전술이다.

진정한 무인이 이런 짓까지 하고 있으니 알베르트도 버티기 힘들다. 그런데도 그의 표정은 조금도 변함이 없으며──.

"착각하지 마라. 물론 나는 아다루만 님의 호위병으로서 전열을 맡은 자다. 그러나 잊은 것 아닌가? ──아다루만 님이야말로 우리의 신께서 인정하신 성마십이수호왕 중 한 분이라는 것을──."

"으음?"

"모르겠나? 다시 말해 나보다도 강하시다는 거다."

알베르트의 태도는 담담히 사실만을 고하고 있었다.

자신의 말을 부정당한 그라소드는 "호오?" 하고 중얼거리며 한쪽 눈썹을 치켜올렸다.

그러나 그 이상은 아무 말도 않고 그레이트 소드를 상단으로 바짝 들었다.

잔재주가 통할 상대가 아니라고, 알베르트를 인정한 것이다.

그렇기에, 아쉬웠다.

"마음대로 되는 것이 없군. 기껏 훌륭한 상대와 만났는데, 이번 전투는 건성으로 할 수가 없거든. 나에게도 역할이 있는지라 슬슬 진심을 발휘하겠네."

그라소드는 딱히 알베르트를 상대로 손속에 사정을 두어 모욕했던 것이 아니었다. 기만술까지 구사해 아슬아슬한 싸움을 즐기면서도, 목숨을 건 진검승부를 하고 있었던 것이다.

하지만 온갖 기술이 통하지 않았던 지금, 집착을 버리고 정면에서 타파해야만 했다.

그라소드는 단순명쾌한 생각으로 그렇게 결심했다.

그라소드의 본질은 무인이며, 그의 기량은 달인 그 자체. 그것은 **힘**에 의존하지 않고 실력을 갈고 닦았기에 얻은 경지. 처음부터 힘이 없어서가 아니라, 그라소드가 바란 결과였다.

다시 말해 자신의 **힘**을, 애검인 그레이트 소드에 봉인했던 것이다.

지금, 그것이 해방되었다.

변화는 한순간이다. 이제 애검은 그라소드의 일부로 변했다.

알베르트는 알 방법도 없었지만, 200만이 못 되던 그라소드의 존재치는 천만까지 부풀어올랐다.

그 변화에 알베르트도 눈을 크게 떴다.

'큭, 무리를 해서라도 더 일찍 승부에 나섰어야 했나……'

그라소드의 검기를 본 알베르트는 쓸쓸하게 그런 생각을 했다. 물론 그것이 틀린 생각이란 것도 잘 안다. 만약 그렇게 했다면 그라소드의 진짜 모습을 보기도 전에 패배했을 것이다.

정답은 단 하나.

우직하게 정면에서, 이제까지 했던 대로 싸움을 되풀이하는 것뿐.

"상대로 부족함이 없다!!"

"그거야말로 내가 할 소리일세."

그리고 다시 시작되는 격렬한 검극.

압도적으로 알베르트가 불리했다. 폭풍을 받아 흘려내는 버드나무처럼 그라소드의 맹위를 쳐내는 것밖에는 할 수 없었다.

하지만 알베르트의 눈은 포기하지 않고 있었다.

그 싸움은 점점 더 가열되어, 이윽고 두 사람은 주위에 신경을 쓸 새도 없이 그저 검에만 의식을 집중했다.

*

아다루만은 지면에 처박힌 채 기절한 듯했다.

시간으로는 눈 깜짝할 사이에 일어난 일이었지만, 전장에서는 치명적인 추태였다. 무사했던 행운에 감사하며 아다루만은 상황 파악을 우선시했다.

무슨 일이 일어났는지 기억을 돌이켜볼 것도 없이, 펜의 일격을 받았음을 이해했다.

절망적일 정도의 힘이었다.

아다루만이 무사했던 것은 게헤나 드래곤 웬티가 감싸 함께 충격을 받아내준 덕이었다. 그리고 추가공격을 당하지 않았던 것은 울티마가 서포트해준 덕이었다.

그렇다 쳐도, 펜은 정말 무시무시했다.

아다루만이 펼친 『다중결계』는 모두 뚫리고, 간신히 하나의 방어수단이 효과를 발휘할 수 있었을 뿐이었다. 그 방어수단이 없었다면 아다루만은 일격에 치명상을 입었을 것이다.

'이미 죽은 이 몸이 치명상을 입는다는 것도 이상한 표현이군요. 그렇다 쳐도 내가 특기로 삼았던 마법계 『결계』는, 깨졌다기

보다도, 이건…….'

무시된 것 같다. 아다루만은 그렇게 느꼈다.

덧붙여 남은 하나의 『결계』는 마법계가 아니라, 혹시 몰라 옛날의 실력을 잊지 않도록 펼쳐놓았던 오라의 방어막이었다. 이것이 없었다면 아다루만은 승천했을 가능성도 부정할 수 없었다.

힘으로 밀어붙인 결과라고 생각할 수도 있지만, 그보다도 관통했다고 생각하는 편이 자연스러운 것 같았다. 그렇다면 펜의 힘에 담긴 비밀이 보이기 시작했다.

'그래…… 설마 싶기는 하지만 짚이는 구석도 있군요. 상위 자이언트에게는 『마법무효』가 있다고 봐도 틀림없겠어요.'

그것이 아다루만이 도출해낸 답이었다.

울티마의 견해와 같았으며, 그것이 바로 정답이었다.

이제 아다루만은 그것이 진실임을 간파하고 있었다.

극대마법의 영향이 적었던 것도, 자신의 방어가 무시당했던 것도, 그렇게 생각하면 설명이 가기 때문이다.

만약 틀렸다 해도 그건 그거대로 상관없다.

거인 상대로 마법을 쓰지 않으면 그만일 뿐이므로, 아다루만은 고민하거나 하지 않았다.

어쨌거나 이미 아다루만의 마력은 바닥이 났다. 이 이상의 마법구사는 어려웠으므로, 적의 특성이 『마법무효』가 됐든 뭐가 됐든 상관없다는 심경이었다.

아다루만은 분명 죽어가고 있었을 텐데, 아무 문제도 없다는 양 일어났다.

온몸의 뼈에는 금이 가고, 성스러운 옷은 흙투성이였다.

그래도 아다루만은 태연했으며, 울티마와 싸우는 펜에게 시선을 돌렸다.

'역시 울티마 양이군요. 이미 마법이 통하지 않는다는 걸 깨달으신 듯하니. 게다가 저만한 힘의 차이가 있는데도 용케 호각으로 싸우고 있고요.'

정확하게 말하면 호각이 아니라 승부를 질질 끌고 있는 것뿐이었다. 단 일격이라도 제대로 맞으면 울티마는 일어설 수 없게 될 것이다.

그런 상황을 두려워하지 않고 공격을 되풀이하는 담력. 그것이 있기에 존재치가 두 배 이상인 적을 상대로 분전할 수 있는 것이다.

그러나 한계도 가까워진 듯했다.

아다루만도 정신을 놓고 있을 때가 아니었다. 그런데도 갈팡질팡하지 않는 것은, 이대로 가봤자 도움이 되지 않을 것을 잘 알기 때문이다.

마력도 바닥난, 다 죽어가는 뼈다귀── 그것이 지금 아다루만을 나타내는 말이다.

그렇다면 지원하러 가기 전에 해야 할 일이 있었다.

"웬티, 무사한가요?"

"네. 방심했네요──."

몰래 인간형이 되어 아다루만의 물음에 답하는 웬티. 대미지가 너무 커, 비밀병기를 사용해서라도 회복해야 한다는 판단을 내렸다.

웬티는 하루에 딱 한 번 육체구성변화를 써서『초회복』을 발동할 수 있다.

용 형태에서 인간으로, 혹은 그 반대로. 어느 쪽이든 상관없지만, 이것으로 치명상까지 무시할 수 있다. 이번에는 인간 형태로 변신해, 아다루만을 대신해 받은 강렬한 대미지를 없애버렸다.

아다루만은 그 힘을 알고 있었으므로 놀라지 않고 대화를 이어나갔다.

"덕분에 살았습니다."

"무사해서 다행이에요."

"하지만 곤란하게 됐군요."

"무슨 말씀인가요?"

"놈에게는 마법이 통하지 않는 것 같아요. 이대로 가다간 울티마 양이 위험합니다."

"그렇군요."

펜의 에너지(마력요소) 양은 비상식적일 정도로 자릿수가 달라 정공법으로 도전하는 것은 무모했다. 마법으로 지원할까 생각하던 윈티는 아다루만의 말은 상당한 충격이었다.

하지만 정작 아다루만은 태연했다.

원래는 사제였던 것이 믿겨지지 않을 정도로, 연구자와도 같은 시선으로 펜을 평가해서 하는 말이었다.

"저 거인은 지나치게 강하군요. 설령 마법이 통했더라도 쓰러뜨리기란 어려웠겠죠."

담담히, 그것이 사실이라고 아다루만은 고했다.

전투속도, 파괴력, 그리고 방어력.

어느 하나를 보더라도 일급품이었으며, 에너지(마력요소) 양만을 보자면 '용종'에 필적할 정도다. 어중간한 전력을 부딪쳐봤자 도로 짓밟히고 말 것이다.

그것은 당연히 아다루만의 마법도 마찬가지였다.

그렇다면 방침을 바꿀 필요가 있다고 아다루만은 말했다.

"나 원. 아무래도 오랜만에 내 단련된 육체가 나설 때가 됐나 봅니다."

"네?"

웬티는 주인인 아다루만을 경애하지만, 그 말은 흘려들을 수 없었다. 자기도 모르게 의문에 찬 목소리를 내고,『머리라도 부딪친 걸까? 금 갔는데 의식은 괜찮나? 혹시 제정신이 아닌 걸까? 역시 꿈을 꾸면서 헛소리를 지껄이는 걸지도……』와 같은 의심에 찬 시선을 아다루만에게 보내고 말았다.

그건 어쩔 수 없는 일이다.

잘 단련된 육체고 자시고, 아다루만에게는 뼈밖에 없는 것이다.

해골 주제에 무슨 소리를 하느냐는 이야기였다.

그런 웬티의 의문에 대답하듯 아다루만이 느긋하게 대꾸했다.

"말한 적 없었나요? 저는 대사제라는 지위에 올랐지만 본업은 따로 있었답니다."

"네, 네에……."

"사실은 '성권도사(聖拳導師)'라고 하는, 승려와 무투가의 상위직이었죠."

"그렇군요?"

우수한 호위병이자 전열을 맡은 알베르트가 있었으므로 아다루만이 근접전투를 벌일 필요가 없었다. 그렇게 해 어느새 후열

직으로서 힐러 노릇만을 하게 되었다.

그편이 효율이 좋아서였지만, 그렇다고 아다루만이 기술을 버린 것은 아니다. 지금도 권법가로서 현역이다.

오라 방어막으로 목숨을 건졌던 것도 바로 그 증거였다.

"당신과 싸웠을 때는 인간형이 아닌 당신에게 유효할 줄은 생각도 못했으니 기술을 보일 기회도 없었지만요."

"그, 그러셨군요……."

웬티는 반응하기 난처해졌다.

수백 년을 알고 지냈지만 처음 듣는 진실이었다.

아니 뭐랄까, 그런 특기가 있었다면 좀 더 활용할 상황도 있었을 텐데 말이다.

아다루만을 경애하는 웬티도 허용할 수 없는 이야기는 이따금 있었다.

"보아하니 수긍해주신 모양이군요."

"어, 아뇨. 하지만, 그…… 네? 잠깐만요?!"

"뭔가 문제라도?"

"어, 이것저것 많지 않나요?"

"호오. 구체적으로는?"

그렇게 물어보면 뭐라 대답할지 곤란했지만, 이것만은 물어봐야겠다고 말을 이었다.

"설마 싶긴 하지만 혹시 그 거인에게 맨손으로 맞설 생각, 이신가요?"

부정해달라는 바람을 담아 웬티가 물었다.

오래 알고 지낸 사이지만, 아다루만이 육체를 단련하는 모습을 본 적은 없었다.

아니, 해골이 단련해봤자 의미가 있을지 어떨지 모르겠고······.

옛날에는 '성권도사'였다고 해도 알 바 아니고······.

그런 불확실한 정보만으로 도전하기에 펜은 너무 강대한 상대고······.

요컨대 웬티는 내키지 않았던 것이다.

그런데도 아다루만은 기세등등했다.

"후후후, 어리석은 질문이군요. 권사니까 당연히 맨손이겠죠? 아직도 의문이 있나요?"

그런 의미가 아닌데요──라고 대꾸하고 싶었지만 웬티는 "아뇨, 아무 것도······"라고밖에는 대답할 수 없었다.

아다루만의 기세에 압도되었던 것이다.

'그렇구나. 옛날에 아군에게 속았다고 하던데 이해했어요. 아다루만 님은 이지적으로 보이지만, 의외로──.'

그 이상 생각하는 것을 그만두고, 미친 듯이 날뛰는 펜에게 눈을 돌렸다.

이렇게 된 이상 경애하는 주인을 믿을 수밖에 없다.

정말로 경애하는지 어떤지 의심스러워지기도 했지만, 웬티는 아다루만에게 모든 것을 맡기기로 한 것이다.

"좋아요. 그러면 작전을 전하죠. 마법이 통하지 않는 것 같으니 물리로 패겠습니다. 이것밖에 없죠."

여기까지 말을 듣기만 해도 웬티는 집에 돌아가고 싶어졌다. 하지만 꾹 참고 그 다음 작전에도 귀를 기울였다.

"당연하지만 당신의 브레스도 통하지 않을 겁니다. 왜냐하면『마법무효』의 원리는 마력요소를 구성하는 '영자' 그 자체에 간섭하는 것 같으니까요."

의외로 제정신——이라고 하면 실례겠지만 역시 아다루만은 든든하다고 그를 다시 본 웬티였다.

하지만 그다음 발언은——.

"다시 말해 우리에게는 공격수단이 없죠. 그래서 제안하겠습니다. 합체하죠!!"

"——네?"

아다루만이 꺼낸 책략은 웬티의 상상을 초월하는 것이었다.

솔직히 말해, 뭐가 뭔지 알 수 없었다.

그런데도 아다루만은 웬티의 대답을 긍정으로 받아들였다.

"후후후, 당신이라면 그렇게 말해줄 줄 알았습니다!"

"엑, 잠깐만요, 그게——."

웬티의 부정은 타이밍을 놓치고 말았다.

아니 그보다도, 들을 마음이 없었던 아다루만이 곧바로 기술을 발동시켜버렸다.

"혹시 이런 일도 있을까 봐 개발했던 비기를 지금 이 자리에서 보여드리죠!!"

웬티의 몸에서 힘이 빠져나갔다……

아다루만이 발동한 비기는 『빙의에 의한 동화』였다.

정말로, 언제부터 개발했냐느니 등등 의문은 얼마든지 있었지만 비기는 문제 없이 성공한 모양이었다.

사령(死靈)인 아다루만은 정신생명체에 한없이 가까운 존재다.

죽은 자신의 육체 = 해골에 빙의한 상태라고도 할 수 있다.

그렇게 현세에 영향력을 미치는 것인데, 빙의할 그릇이 꼭 해골일 필요는 없다.

이번 경우에는 웬티에게 옮겨가듯 빙의했다.

그게 전부라면, 비기라 할 만한 내용은 아니다.

문제는 의식이 혼합되지 않느냐 아니냐 하는 점이었다.

타인의 몸을 빼앗는 것과 같은 빙의와는 달리, 대상의 의식을 보호할 필요가 있다. 그 문제를 해결했기에 아다루만이 비기라고 큰소리를 칠 수 있는 것이다.

"안심하십시오. 빙의해도 당신의 의식은 그대로니까요."

『어, 네…….』

"뭐, 나중에 분리할 때가 조금 불안하지만요……."

그렇게 슬쩍 중얼거리는 아다루만.

그 말을 놓칠 웬티가 아니었다.

아니, 정확하게는 일심동체가 되었기 때문에 확실하게 듣고 말았다.

『자, 잠깐만요?! 정말 괜찮은 거 맞나요?』

당황하는 웬티에게 아다루만이 상냥하게 대답했다.

"최악의 경우에도 우리의 신인 리무루 님께 부탁드려 새로운 육체를 준비해달라고 하면 되겠죠!!"

뻔뻔한 발언이었지만, 그 정도라면 용서받을 것 같다고 웬티도 생각했다.

리무루도 실험을 매우 좋아하니, 이 비기의 성과를 보여주면 크게 기뻐할 것 같았으므로.

그보다도 문제는 어느 쪽이 새 육체로 옮겨가는가 하는 점인데

—— 아니, 그 이전에. 지금 자신의 상태가 어떻게 되어 있는지, 웬티는 겨우 그 점에 의식을 돌릴 수 있었다.

아다루만이 웬티에게 빙의한 시점에서 몸은 크게 변질되었다.

게헤나 드래곤의 에너지(마력요소) 양과, 이를 지탱하는 강인한 육체. 그것을 지배하는 것이 아다루만의 강철 같은 정신이다.

"흐음. 그리운 모습이군요."

그곳에 서 있던 것은, 칠흑의 사제복을 입은 흑발의 청년이었다.

그것은 젊은 시절 아다루만의 모습이다.

머리색이 다른 등 약간의 차이는 있지만 완전한 형태로 재현되었다.

그 모습을 보고 웬티는 생각했다.

'어라? 의외로 멋있잖아?! 역시 아다루만 님은 경애해 마땅한 분이네요!!'

의외로 타산적인 웬티였다.

『나머지는 맡기겠어요, 아다루만 님. 건투를 빌어요!』

아까까지 느꼈던 불안을 없었던 것으로 치고, 웬티는 전면적으로 아다루만을 신뢰하기로 했다. 이리하여 강인한 육체와 방대한 마력을 가진 진정한 '게헤나 로드'가 강림했다.

'후후, 오랜만에 흥분되는걸요. 이 상태라면 어쩌면 제기온 공과도 좋은 승부를 낼 수 있을지 모르지요. 이건 짐작이지만 울티마 양과는 호각이 아닐까요.'

아다루만은 그렇게 내다보았다.

해골 상태로는 주먹을 나누는 것조차 불가능했던 동료를 떠올렸다. 지금이라면 설령 이기지는 못하더라도 싸움은 성립될 것이다.

'그렇죠, 지금이라면——.'

베니마루, 디아블로, 제기온 세 사람은 격이 다르다고 치고, 그 외의 수호왕에게는 지지 않을 자신이 있었다.

아다루만은 대담한 웃음을 지으며 땅을 박찼다.

몸이 나는 듯이 가볍다.

해골이었을 때조차 이렇게까지 중력에서 해방된 듯한 감각을 느껴보지 못했는데.

그래도 펜이라는 거인은 가공할 적이다.

울티마가 방어일변도에 몰릴 정도니, 방심하고 덤비는 것은 자살행위다.

아다루만 혼자였다면 이기기란 불가능하다. 하지만 울티마와 협력한다면…….

다행히 펜의 힘은 진짜이긴 해도 레벨(기량)로 보면 알베르트와 싸우고 있는 그라소드만큼은 아닌 듯했다. '용종' 수준의 에너지를 완전히 다루지 못해 울티마를 해치우지 못하고 있는 것이다.

그렇다면 여기에 승산이 있다—— 그렇게 아다루만은 자신만만하게 생각했다.

"시간을 끈다느니, 그런 전술적 승리가 아니라 압도적일 정도의 완전승리를 지향해보죠!"

『아다루만 님이라면 당연히 가능하고말고요!』

그 근거가 어디에 있는지는 모르겠지만 웬티도 기세등등해 맞장구를 쳤다.

닮은꼴 주종다운 대화였다.

"그렇죠, 그렇고말고! 나는, 우리는 리무루 님의 최강 부하——

성마십이수호왕 중 하나니까!!"

그 사실이야말로 자신감의 원천이다.

아다루만과 웬티, 두 사람은 이 위기상황 속에서도 즐겁게 웃음을 터뜨리며 땅을 박찼다.

＊

빌어먹을, 역시 그랬냐고!

울티마는 지저분한 욕설을 퍼붓고 싶은 심정이었다.

펜에게는 마법이 통하지 않는다는 사실을 씁쓸하게 확신했던 것이다.

하지만 끔찍하게도, 루미너스가 세웠던 작전은 최강의 마법 '디스인티그레이션'으로 다구류루를 없애버린다는 것이었다.

이대로는 안 된다고 전하고 싶어도 펜은 이를 용납할 만큼 호락호락하지 않았다. 그리고 결국 멀리서 빛난 '디스인티그레이션'의 빛줄기를 목격한 울티마는 작전 실패를 깨달았다.

"인섹트(충형마수, 蟲型魔獸) 중에도 마법을 무효화하는 녀석이 있었지만, 이건 다르네."

"하하하하하!! 눈치챘냐? 우리의 『마법무효』는 안티 매직 가드거든. '영자' 그 자체의 활동을 봉인해버리니까 어떤 마법이든 안 통한다고!"

"친절한 설명 감사."

울컥하면서도 비아냥거리는 울티마.

마법이야말로 최강의 무기인 데몬에게는 자이언트도 천적이었던 것이다. 상위종만의 특성인 것 같지만 상성이 너무나 최악이라 숫제 웃음이 나올 정도였다.

'——썩을!! 기이는 분명 알고 있었을 거야. 가르쳐줬으면 좀 좋아……?'

그렇게 투덜거리지만 이곳에 기이는 없다.

지금, 이 순간, 울티마는 리무루가 평소에 늘 입에 달고 다니는 '보고 연락 상담'의 중요성을 진심으로 이해했다.

하지만 결국 새삼스러운 소리다.

여기서 포기할 수는 없으므로, 뭔가 공략방법을 찾아낼 필요가 있다. 그리고 그 힌트는 가드라가 사용했던 '니힐리스틱 퍼레이드'에 있음을 깨달았다.

'일부러 아저씨가 나왔다는 건 위험해서였겠지. 그건 어째서?'

고민할 것도 없이, 답은 나왔다.

통하기 때문이다.

이것은 마법의 성질과 상관이 있다.

마력요소에 영향을 미치며 법칙을 덧씌우는 것이 마법인데, 마력요소 속에 '영자'가 함유되어 있으므로『마법무효』가 안티 매직 가드가 되는 것은 필연적이다. 하지만 암흑마법 중에서도 허무계 마법은 지옥의 허무를 소환해 접촉하는 에너지를 소실시켜버리는 특성이므로,『마법무효』로도 무효가 불가능하다고 생각할 수 있다.

이것은 이미 확신이었다.

울티마는 망설이지 않고 공격방법을 허무계로 한정지었다.

"죽어버려. 암흑마법: 니힐리스틱 배니시——."

울티마의 허무가 펜을 엄습했다.

"쳇, 성가신 놈이구만. 악마란 것들은 진짜 남 괴롭히는 것만 잘하지!!"

펜의 오라가 허무를 긁어 없애 대미지를 입히지는 못했다. '니힐리스틱 배니시'는 '디스인티그레이션'의 반대편에 있는 암흑계 최강마법인데, 펜에게는 괴롭힘 정도의 의미밖에 없는 것이다.

하지만 그렇다 해도 무의미하지는 않았다.

티끌이 쌓여 산이 되듯, 물방울이 바위를 뚫듯, 공격을 되풀이하면 펜도 언젠가는 쓰러질 것이다.

시간 하나는 얼마든지 있다.

울티마는 승리의 시나리오를 찾아내고 한층 집중력을 높이기 시작했다. 하나의 실수도 용납되지 않는 치밀한 공격을 수천, 수만 차례 되풀이할 작정이었다.

단 한 번이라도 펜의 공격이 맞았다간 울티마의 패배는 확정될 것이다. 그만한 힘의 차이가 있다. 하지만 전투에서 가장 중요한 요소인 속도만은 그렇게까지 큰 차이가 없었다.

그렇기에 울티마와 펜의 전투가 성립되고 있다.

이유는 한 가지 더 있다.

그것은 전투경험의 차이였다.

울티마는 제기온이라는 압도적 강자를 상대로 전투훈련을 쌓았다. 그 경험 덕에 강자를 상대로 하는 몸놀림에 익숙했던 것이다.

울티마와 제기온은 존재치의 차이가 두 배까지 나진 않는다. 스무 배 이상의 차이가 있는 펜이 훨씬 더 위험하다고 생각할 수도 있겠지만, 사실은 그렇지 않다.

비유하자면, 제기온의 공격은 창이다. 일격필살이며, 꿰뚫리면 죽는다.

반면 펜의 공격은 거대한 해머 같은 것이다. 스치기만 해도 큰 대미지를 입는 절대적인 위력을 내포하고 있다.

그러나 그것은 점과 면이라는 차이일 뿐이다.

적을 죽이기 위한 에너지(마력요소) 양을 넘어서면 위협도는 같다. 펜의 공격이 위력은 높지만, 어차피 죽는다는 점에서는 제기온의 공격과 다를 바가 없다.

그렇게 단정하고 생각해버리면 마음도 편해진다.

루미너스 쪽이 걱정되기는 하지만, 그쪽은 이미 포기했다. 걱정해봤자 할 수 있는 일은 없으므로 이미 의식에서 밀어내버렸다.

울티마는 콧노래를 부를 여유까지 되찾아, 룰루거리며 펜을 희롱하기 시작했다.

그리고 이때 아다루만이 돌아왔다.

"울티마 양, 오래 기다리셨습니다."

"누구── 엑, 설마 뼈다귀?"

"하하하, 아다루만이죠!"

"뭐 됐고. 뭐 해야 하는지는 알지?"

"물론이고말고요!"

사고가속에 의한 고속 의사전달로 두 사람의 역할분담은 순식간에 이루어졌다.

아다루만이 전열에 나서 펜과 대치하고, 울티마가 서포트로 빠지면서 암흑마법: 니힐리스틱 배니시로 펜의 체력을 깎아내는 작전이다.

이렇게 되면 이제는 작업이나 마찬가지다.

"체력만 많은 망나니 따위 우리의 적이 아니지."

지나치게 조급한 승리선언이었지만, 울티마는 사악하게 웃으며 말했다.

*

대지가 진동했다.

마왕 다구류루의 절대적인 폭위가 전장을 지배하고 있었다.

이건 무리겠구나.

그것이 마왕 루미너스 발렌타인의 솔직한 감상이었다.

첫 공격으로 최강의 비밀 오의 기술을 꺼내면서까지 다구류루를 해치울 작전이었다. 그것이 통하지 않았던 시점에서 패배는 확실했다.

어떤 상대라 해도 티끌로 돌려보내는 '디스인티그레이션'이라면 다구류루라 해도 죽음에 이를 터였는데. '용종'조차 삶을 마치고 다시 태어날 수밖에 없었을 터였는데.

그런데도 결과는 참패.

다구류루의 『마법무효』라는 반칙적 특성으로 승산은 완전히 짓밟히고 말았다.

그 시점에서 루미너스는 반쯤 이렇게 되리라고 예견할 수 있었다.

알베르트와 그라소드의 1대 1 대결은 여전히 이어지고 있다.

두 사람은 한 치도 양보하지 않은 채, 언뜻 호각으로 싸우는 것처럼 보인다. 하지만 얼티밋 스킬『아스모데우스(색욕지왕, 色欲之王)』를 통해 두 사람의 싸움을 관찰하면 상황은 다른 양상을 보인다.

눈이 아찔할 정도로 빛나는 그라소드와 달리, 지금 당장이라도 꺼져버릴 것처럼 희미한 알베르트의 빛. 둘 다 깎여나가는 생명력은 미미하지만, 원래 가진 총량의 차이가 승패를 암시하고 있었다.

알베르트가 그라소드를 다 깎아내기 전에 승패가 결정될 것이다.

알베르트의 패배라는 형태로.

하지만 이것은 알베르트를 나무랄 일이 아니다. 오히려 반대로, 훌륭한 검기로 검왕을 상대하며 당당하게 맞서고 있으니 칭송해 마땅한 위업이었다.

그라소드도 검의 달인인 것이다.

에너지의 차이라는 핸디캡을 고려한다면 알베르트의 기량이 웃돈다고까지 할 수 있으리라.

다만 상황이 뒤집힐 정도는 아니다.

이대로 간다면 알베르트의 패배는 시간문제였다.

반면, 울티마와 아다루만은 펜을 상대로 선전하고 있다.

전투는 더더욱 격렬해졌지만 그것은 이미 의무시합 같은 양상을 띠고 있었다.

잘하고 있다는 정도가 아니라, 역시 리무루의 부하라고 감탄이 들 수준이었다.

아다루만은 어떻게 한 것인지는 모르겠지만 게헤나 드래곤 웬티와 하나가 되었다. 그 덕분에 강인한 육체를 얻어 에너지(마력요소) 양도 대폭 증대한 것 같았다. 하지만 '용종'에 필적하는 '광권' 펜이 상대여서는 그 차이는 엄연했다.

특히 울티마는 오랫동안 루미너스를 괴롭혔던 상대인 만큼 복잡한 심경이었다.

칭찬하고 싶은 마음과 동시에, 역시 성가신 놈이라고 씁쓸한 생각도 들었다.

루미너스는 복잡한 마음을 맛보았다.

생명력을 수치화해 볼 수 있는 루미너스에게는 양측의 차이가 절망적일 정도로 크게 보였다. 그런데도 포기하기는커녕 싸움을 즐기는 여유마저 보였다.

하지만 그것은 살얼음을 밟는 것과도 같은 정신집중 속에서 성립되고 있는 것이다.

루미너스의 시야에는 온몸의 방어를 버린 채 접촉부분에만 에너지를 집중시켜 펜의 공격에 대처하는 아다루만의 모습이 보인다.

울티마도 마찬가지다. 이쪽은 매우 자연스럽게 에너지를 조작하고 있으므로 아다루만보다도 안정적이지만, 그래도 한 방 맞으면 끝장이란 것은 마찬가지다.

에너지 밀도의 차이를 메우기 위해 온몸의 힘을 한 점에 집중시킨 것이다. 그것은 이미 신업(神業)이라 칭해도 좋을 만한 묘기였다.

다만 그것이 오래 이어질 리는 없어서, 한순간의 방심이 목숨을 좌우하게 된다.

그런데도 장기전에서 오는 적의 소모를 주목적으로 삼아야만 하니, 얼마나 절망적인지는 말할 필요도 없으리라.

승부가 성립된다는 것 자체가 기적이었다.

하물며 펜은 그레이프니르를 활용하고 있지 않았다. 그것이 맹위를 떨칠 때, 전황이 단숨에 뒤집힐 거라는 두려움이 있었다.

그리고 마지막으로, 시온.

루미너스의 눈앞에서 얻어맞고 쓰러진 시온은 다시 일어나 다구류루에게 덤벼들고 있었다.

몇 번을 맞든 물러나지 않겠다는 결의가 느껴졌다.

하지만 그것은 만용이었다.

다구류루와 시온의 전투능력 차이는 절망적이어서, 수치로 이를 읽어낼 수 있는 루미너스는 시온의 행동이 무모함 이외의 다른 것으로는 보이지 않았다.

시온이 살아있는 것은 루미너스가 비호하고 있기 때문이다. 그렇지 않았다면 거의 확실하게 즉사였다.

아무리 불사의 육체를 가진 시온이라도 재생할 틈조차 주지 않는다면 육체를 잃어버리고 만다. '영혼' 상태에서도 재생이 가능하기는 하지만 매터리얼 바디만이 아니라 스피리추얼 바디까지 잃어버리면, 알몸이 되어버린 아스트랄 바디와 함께 '마음(심핵)'을 파괴당해 죽음에 이를 것이다.

이를 미연에 방지하는 것이 루미너스였다.

막무가내잖아——.

루미너스는 식은땀을 닦아내며 시온을 지켜보았다.

다구류루의 아들들이 크게 당황해 갈팡질팡하며 시온을 말리려 했다.

"누, 누님! 무리하지 마십쇼!"

"시온 님! 역시 아버지에게는——."

"위, 위험합니다요. 이대로 도망치시는 편이……."

하지만 시온은 겁먹지 않았다.

"닥쳐요!! 리무루 님께 패배란 없습니다. 다시 말해 나도 지지 않는다는 거죠!!"

하나도 말이 안 되는 논리였지만, 루미너스는 시온답다고 생각했다.

그리고 그 말에 갈등을 털어버렸는지, 다구류루의 아들들까지도 활기를 띠었다.

"우오오오오오오오! 아버지이!! 우리가 상대해주지!"

"붙어볼 수밖에 없겠군. 각오는 됐다아!!"

"어디 해보자 이겁니다! 그리고 칭찬받을 겁니다요!"

말 그대로 각오를 다졌는지, 다구류루에게 향해 다가갔던 것이다.

"호오? 내 앞에 설 수 있게 되다니 성장했구나."

그렇게 다구류루도 기뻐하는 듯했지만, 봐줄 마음은 전혀 없었는지 다음 순간에는 삼형제가 나란히 쓰러지고 말았다. 단 일격에 큰 부상을 입어 일어나지도 못하는 듯했다.

그래도 살아있는 걸 보면 역시 봐주기는 한 걸까.

'이건 무리구나. 이길 가망이 안 보여——.'

반쯤 해탈의 경지에 달한 루미너스의 귀에 시온의 포효가 들렸다.

"후후후, 잘 해줬어요 너희들. 좋은 기합이었어. 나머지는 나한테 맡기고 거기서 푹 쉬세요!!"

시온 자신도 다구류루에게 큰 부상을 입었는데도.

이미 치유가 완료되었다고는 하지만, 그 사이에 가로놓인 실력의 차이는 절망적인데도…….

그래도 시온은 일어난다. 굴하지 않는다.

그 모습은 매우 그리운 광경을 떠올리게 했다.

과거 루미너스를 구해주었던 '용사'를 방불케 하는 것이었다.

"저도 한 수 거들겠습니다!!"

그렇게 말을 걸며 가드라가 시온을 서포트하는 위치에 섰다.

하지만 의미는 없다.

시온과 가드라의 공격은 다구류루에게 미치기는커녕 건드릴 수도 없었으므로.

여기서 판단의 기로에 섰다.

이대로 패배를 향해 계속 싸울 것인가, 승부에서 도망쳐 재기를 노릴 것인가.

현명한 자라면 선택하고 말고도 없는 물음이었다.

실제로——.

그렇다, 실제로 예전의 루미너스였다면 망설임 없이 후퇴했다.

승산이 없는 싸움 따위 무의미하다.

국가는 재건할 수 있고, 이 지역에 집착할 이유도 없다.

영원한 수명을 가진 루미너스 같은 이들이 생사를 걸고 싸울 필요성 따위 존재하지 않으므로.

하지만——.

'정말 그래도 될까? 시온 일행을 저버리는 것이 나에게 정답인가?'

루미너스는 망설였다.

다구류루의 표적이 루미너스인 이상, 여기서 루미너스가 물러나면 시온 일행은 살아날 가능성이 높아질 것이다.

그렇게 생각은 하지만, 그것이 변명인 것도 잘 안다.

자신의 마음에 거짓말을 할 수는 없는 것이다.

울티마와 아다루만이 펜을 상대로 계속 도전하듯, 시온도 포기하지 않을 것이다. 하지만 이길 공산 따위 전혀 없는 이상 시온의 죽음은 확실했다.

그러나 여기서 루미너스가 협력한다면?

루미너스의 권능—— 얼티밋 스킬 『아스모데우스』라면 '생과 사'를 관장한다. 설령 즉사하더라도 루미너스만 있으면 부활이 가능하다.

지금 루미너스가 후퇴하면 시온은 틀림없이 죽는다.

그것은 싫었다.

'친구를 저버리고 나만 도망치라고? 그런, 그런 꼴사나운 삶은 절대 인정할 수 없다!! 나는 당당한 '퀸 오브 나이트메어'란 말이다!!'

그렇게 루미너스도 각오를 다졌다.

"귄터!"

"대령했나이다."

루미너스의 말에 집사 같은 심복 귄터 슈트라우스가 그림자처럼 슥 나타났다.

루미너스는 돌아보지도 않고 명령했다.

"나는 당당한 옥타그램(팔성마왕. 八星魔王)으로서 이곳에서 시온과 운명을 함께 할 생각이다."

"도망치신다는 선택지도 있습니다만."

도망치는 것은 수치가 아니라고 귄터는 진언했다.

그러나 루미너스는 이를 코웃음으로 날려버렸다.

"꼴사납게 도망치는 것은 내게 어울리지 않는다. 그리 생각하지 않느냐?"

그렇게 말하고 요염한 웃음을 짓는다.

미소녀의 외견에 어울리지 않는 고혹스러운 웃음이었다.

귄터는 깊이 수긍하고, 기억을 떠올렸다.

그래, 아득한 옛날—— 신조를 없앴을 때에도 이분은 이런 웃음을 짓고 있었지…… 하고.

루미너스는 평소 삶에 집착했지만, 그것은 친구와의 약속을 지키기 위해서였다.

그녀의 본질은 당당한 여왕이다.

'퀸 오브 나이트메어' 루미너스 발렌타인에게는 도망 따위 어울리지 않는다.

고결하게 군림하는 흡혈공주는 귄터와 부하들에게는 지고의 신여(神輿)였으므로.

"——뜻에 따르겠나이다."

귄터는 공손히 고개를 숙였다.

느긋하게 끄덕여주고, 루미너스는 선언했다.

"만약 내가 죽는다면 네놈이 차기 왕으로서 백성들을 통솔하는 것이 좋겠구나."

결의와 각오를 담은 루미너스의 선고였다.

그런데도 귄터는 조용한 태도를 관철한 채 동요하지 않았다. 주인을 따르는 것이 집사라면, 귄터는 틀림없이 루미너스의 사도였다.

"왕을 저버리고 어찌 신하라 할 수 있겠습니까. 그런 자를 따를 어리석은 이는 루미너스 님의 부하 중에는 한 명도 없습니다."

"무엇이라?"

"백성들은 이미 피난을 시키고 있사오나, 저는 아가씨를 따를 뿐이온지라──."

"으음……."

생각지도 못한 반항에 루미너스도 당황했다.

이날 처음으로, 충실한 심복이었던 귄터가 루미너스의 뜻을 저버린 것이다.

"──죽을 때는 함께이옵니다."

그렇게 대답한 귄터는 흔들림 없는 의지를 담은 눈빛으로 루미너스의 대답을 기다렸다.

루미너스는 곤혹스러웠으나, 어느샌가 유쾌한 기분이 들었다.

"훗, 좋을 대로 하거라."

그렇게 즐겁게 명령했다.

누구를 닮았는지는 모르겠지만 바보 같은 놈이구나──.

루미너스는 그렇게 말하며 즐겁게 웃었다.

*

"건투를 빕니다."

고개를 숙이고 귄터는 떠나갔다.

다구류루를 상대로는 전력이 되지 못하리라 판단해, 우선 루이를 돕도록 보냈던 것이다.

언제 봐도 유능한 놈이야.

루미너스는 감탄했다. 그리고 자신은 시온의 곁에 나란히 섰다.

과연 이렇게 하는 게 맞을까, 아직도 망설임은 있었지만 후회는 하지 않았다.

"기껏 세운 작전이 실패로 끝난 것 같습니다만, 아직 포기하지 않으셨나요?"

"물론이지."

발끈해 고개를 끄덕인 루미너스는 다음 순간 씨익 웃으며 되물었다.

"그보다도 시온, 넌 도망치지 않아도 괜찮겠나?"

그 물음에 이번에는 시온이 발끈했다.

"당연하죠!"

마지막에 서 있던 자가 승자니까, 설령 이기지 못하더라도 살아남으면 되는 것이다.

"아주 간단한 조건이죠?"

시온이 대담하게 말했다.

가드라는 두통을 느끼는 표정을 지으면서도 반론할 마음은 없는 듯했다.

그런 두 사람에게 루미너스도 어이가 없을 뿐.

"그렇다면 회복은 내게 맡기게. 설령 즉사하더라도 그 자리에서 되살려줄 테니."

그 말을 신호로, 무모하다고 할 수 있을 돌격이 개시되었다.

시온과 가드라가 파상공격을 반복하고, 루미너스가 후방에서 지원하는 형태였다.

다구류루의 공격으로 시온과 가드라가 즉사하더라도 루미너스는 정말로 소생시켜주었다. 『아스모데우스』의 권능이 무시무시해서이기도 하지만, 루미너스의 적확한 조치는 그야말로 훌륭했다.

그리고 가드라.

메탈데몬이라는 신비한 종족으로 전생한 덕에 마법이 통하지 않는 다구류루 상대로도 선전할 수 있었던 것이다.

다구류루의 『마법무효』는 만능이기는 해도 약점이 없는 것은 아니다. 자신에게 효과가 미치는 마법은 모두 없애는 것 같아도, 타인의 몸에 미치는 영향까지는 다 없애지 못하는 것이다.

신체강화 마법 같은 것이 좋은 예다. 다시 말해 방어결계나 신체경화 등은 무시할 수 있어도, 이미 강화된 속도까지는 그대로였다.

아다루만의 '템페스트 미티어'를 예로 들면, 소환된 운석이 공상물질이었으므로 사라져버렸지만, 그것이 진짜 물질이었다면 나름대로 대미지를 입혔으리라 예상할 수 있었다.

어느 정도 질량을 가진 바위를 이공간에 넣어두고 비행마법으로 상공까지 올라가 그것을 떨어뜨렸다고 가정한다면.

바위에 부여된 위치 에너지를 없애기란 불가능할 것이다. 다시 말해 간접적인 마법까지는 없애지 못한다는 것이 가드라의 추론이었다.

그리고 그것은 정답이었다.

가드라는 자신의 육체에 강화마법을 걸고 교묘하게 싸우려 했다. 그것이 공을 세웠다.

시온이 쓰러진 동안에는 가드라가 앞으로 나왔다.

가드라가 쓰러지면 신속히 시온이 교대한다.

즉흥 조합이지만 숙련된 파티처럼 연계가 이루어졌다.

가장 중요한 요소가 루미너스의 권능임은 두말할 것도 없지만, 누구 한 사람만 없었어도 성립되지 않을 전법이었다.

다만 아쉬운 것은 다구류루가 지치는 기미조차 보이지 않는다는 점이리라…….

루미너스의 눈앞에서, 시온이 다시 일어난다.

아무리 상처를 입더라도 죽음조차 두려워하지 않고 몇 번이나 일어난다.

우직할 정도로, 자신은 자신이 할 수 있는 일을 할 뿐이라고 선을 긋고 있었다.

그 마음속에 있는 것은 오직 루미너스에 대한 신뢰였다.

루미너스라면 즉사에서도 부활시켜줄 거라 믿고 있는 것이다.

이런 표현은 좋지 않겠지만, 우직하고 단순하다. 그것이 시온의 대단한 점이었다.

하지만 가드라의 경우에는 그렇지 않다.

빈사상태에서 회복한 것과 동시에 모든 부상은 치유되어 흔적조차 남지 않는다. 언뜻 보면 멀쩡해서 아무 영향도 없었던 것처럼 여겨진다.

하지만 가드라의 마음에는 피폐가 축적되고 있었다.

시온과 달리 이지적이기 때문에, 자신들이 얼마나 절망적인 싸움을 하고 있는지, 생각하지 않으려 해도 생각해버리기 때문이다.

이런 싸움은 마음을 비워야만 성립되는 것이다. 불안이나 의문을 의식해버린 시점에서 실수를 유발한다.

하물며 상대는 다구류루.

펜에 필적하는 에너지(마력요소) 양을 보유했으면서, 그라소드에게는 조금 못 미치지만 확실한 기량을 익힌 마왕. 종합력은 삼형제 중 최고이면서 가장 위험한 남자인 것이다.

'이대로 가도 괜찮을까? 나라면 더 좋은 방법을 찾을 수 있지 않을까?'

가드라는 고민했다.

그것이 화근이 되어, 가드라의 행동이 조금 늦어지고 말았다.

원래 같으면 실수라고도 부를 수 없는 사소한 지체였지만, 그틈을 놓칠 만큼 다구류루는 호락호락하지 않았다.

아니, 그 반대다.

이제까지는 계속 봐주고 있었지만, 이 이상은 함께 어울려주는 것을 그만두었다는 것이 정답이었다.

"나 원. 좀 더 즐겁게 해줄 거라 생각했더니 기대를 저버리는군."

크게 한숨을 쉬더니, 다구류루는 가도라에게 아무렇게나 주먹을 휘둘렀다.

당연히 루미너스가 곧바로 치유해주었지만, 눈에도 비치지 않을 움직임으로 다구류루가 끼어들어 이를 저지했던 것이다.

*

　루미너스와 가드라의 사이에 다구류루가 가로막고 섰다.

　이래서는 루미너스가 회복을 시키려 해도 다구류루에게 방해를 받아 아무것도 할 수 없었다.

　"네놈……."

　"내가 방해되나? 처음부터 이렇게 했으면 좋았겠지만 더 다채로운 기술을 볼 수 있을까 해서 마음대로 하게 내버려 두었던 걸세. 감사하라고는 안 하겠지만 나를 원망하는 건 적반하장이라네."

　다구류루의 말에 거짓은 없었다.

　처음부터 계속, 상대에게 맞춰주고 있었다. 그렇게 해 다구류루는 조금이라도 싸움을 즐기려 했던 것이다.

　자신이 움직인 시점에서 패배는 없으리라 확신했다.

　그 정도로 다구류루의 힘은 절대적이었다.

　그런데도 루미너스 일행에게 기회를 주었던 것은 절친이었던 신조── 트와일라잇 발렌타인의 말을 떠올렸기 때문이다.

　『그 아이는 말야, 내 최고 걸작이야. 다른 작품과는 다르게 가능성의 덩어리거든.』

　신조는 평소 늘 그렇게 말하며 다구류루에게 자랑했던 것이다.

　신조의 고제들은 제법 뛰어난 실력을 가졌는데, 다른 이들을 제쳐놓고 루미너스만을 특별 취급했다.

　다구류루의 눈에는 그렇게까지 차이가 있는 것처럼 보이지 않았지만…….

신조는 결국 그 이유를 말하지 못한 채 세상을 떠났다.

그것도, 가장 사랑했던 딸인 루미너스의 손에 의해 '영혼'마저 소멸당해서——.

조금 전의 '생추어리 디스인티그레이션'이 바로 신조를 없앴던 필살마법이었다. 하지만 그조차도 다구류루에게는 통하지 않았다.

이제는 비장의 수 따위 존재하지 않을 것 같았다.

그래도 상대의 힘을 가늠하고자 다구류루가 직접 놀이에 어울려주었던 것이다.

하지만 그것도 의미가 없었던 모양이다.

루미너스는 지원에만 매달려, 공격에 가담할 기미는 없었다.

몇 번인가 허점을 보여주었는데도 같은 공격패턴을 반복할 뿐이었다.

'그런 유치한 장난을 아무리 반복해봤자 내가 쓰러지는 건 있을 수 없는 일인데…….'

다구류루는 자신이 얕잡아보였다고 느꼈다.

그러므로 이 이상은 어울려줘봤자 의미가 없다고 판단했다.

그렇다고 해서 경계를 그만둔 것은 아니다.

합리적인 판단으로, 전열과 후열의 분단을 시도한 것이었다.

"꼭 적당히 봐주고 있었다는 것처럼 말하는군요."

"사실이니까."

분개한 시온이 거리를 공격했지만 다구류루는 태연히 받아흘렸다.

"무슨——."

"흐음. 이해가 부족한 모양이군."

다구류루가 사라졌다.

그리고 다음 순간, 시온은 배에 파고드는 주먹에 침묵하고 말았다.

내장이 폭발한 것 같은 충격이었다. 그것은 곧바로 사라질 만큼 귀여운 폭위가 아니라 시온의 내장을 따라 도는 것처럼 계속해서 날뛰었다.

'이래서는, 회복마법 따위 무의미…….'

시온은 그렇게 느꼈다.

실제로 그곳에 파괴 에너지가 남은 상태로는 아무리 회복을 시켜도 의미가 없다.

루미너스도 한눈에 이를 간파했다.

성가시군——.

입술을 깨물며 분통함을 참았다.

"어떤가? 너를 지키는 자가 있다고 완전히 마음을 놓고 있었지?"

"크윽, 이, 이 정도쯤……."

"호오, 아직도 무릎을 꿇지 않나. 그 의기는 가상하다만 기합만으로 어떻게 할 수는 없을 거다."

다구류루는 재미도 없다는 양 시온을 걷어찼다.

다구류루는 시온에게 원한이 있었던 것도 아니고, 오히려 흐뭇하게 생각했다. 이 이상 방해하지 못하도록 이것으로 의식을 날려버릴 생각이었다.

하지만 시온의 근성을 다소 얕잡아보고 있었던 모양이었다.

"가, 가소롭군요! 이 정도로는, 저, 저는, 쓰러지지 않습니다……."

피를 토하면서도 시온은 대담하게 웃으며 일어났던 것이다.

"……나 원, 나도 늙었구먼. 우습게 봤던 건 사과하지."

죽이지 않고 기절만 시킬 생각이었지만, 그래서는 시온은 멈추지 않는다. 그 사실을 깨달은 다구류루는 진정한 의미에서 더 이상 봐주지 않기로 했다.

"네놈이라면 각성해서 그나마 좀 더 나아질 것 같았지만."

다구류루는 시온을 향해 말했다.

"무슨 소리죠?"

"죽을 자에게는 상관없는 이야기일세."

그것이 마지막 작별인사라는 양, 다구류루는 그렇게 내뱉었다. 그리고 그대로 주먹을 쥐었다.

그 모습을 보고 루미너스가 외쳤다.

"머, 멈춰!"

루미너스는 다구류루의 변화를 알아차리고 시온이 위험함을 느낀 것이다.

하지만 다구류루는 그런 루미너스에게 코웃음을 쳤다.

"네놈이 못난 탓에 이자가 죽는 것이다."

"무슨──."

시온이 반론하려 했지만 다시 다구류루의 일격에 침묵했다.

죽지는 않았지만, 의식은 없었다.

살아남은 것은 시온이 운이 좋았기 때문이었으며, 결코 다구류루가 봐주었던 것은 아니었지만, 전투지속은 불가능했다.

고통을 줄 마음은 없었고, 가능하면 죽이고 싶지 않았으므로 다구류루는 시온이 기절해준 데 안도했다.

이렇게 마침내 루미너스와 다구류루 두 사람만이 남았다.

루미너스도 이제는 각오를 했다.

"좋다, 다구류루. 1대 1로 겨뤄보자꾸나. 내가 상대해주마!"

스스로 한 말이 내심 우스꽝스럽게 느껴졌다.

마왕의 긍지 때문에 큰소리를 쳐보기는 했지만, 다구류루가 보기에 루미너스 따위 티끌이나 다를 바 없는 존재일 거라 생각하며.

"흐음. 루미너스여, 트와일라잇이 네놈에게 무엇을 맡겼는지 나에게도 보여다오. 그러지 못한다면── 죽어라!!"

다음 순간 다구류루의 온몸에서 맹렬한 오라가 넘쳐났다.

그것을 보고, 루미너스는 이제까지 얼마나 자신들을 봐주면서 싸우고 있었는지 이해할 수 있었다.

다구류루도 봐주었다는 의식은 없었지만, 처음부터 이 상태였다면 이미 결판이 났을 것이다.

'정말 괴물이구나. 이 녀석을 상대로 유효한 작전은 없고, 가능성이 있다면 리무루가 도와주러 오기를 기다리는 것뿐이라니…….'

비책이 불발로 그친 이상 다구류루와 정면에서 싸워봤자 이길 가망은 없었다. 그런데도 루미너스는 이곳에 서 있다.

한순간, 역시 도망쳐야 했나 생각했지만 그건 아니라고 웃음을 지었다.

친구인 시온을 저버리고 뭐가 마왕이냐고 생각한 것이다.

'신기하군. 시온과는 클로에만큼 오래 알고 지낸 것도 아닌

데…….'

시온 일행의 기대를 배신하고 싶지 않았기에 지금도 이 자리에 서 있을 수 있는 것이다.

그리고 문득 생각했다.

'리무루 녀석도 힘들겠어. 항상 동료들의 기대에 부응하기 위해 실력 이상으로 애쓰고 있으니 말이야.'

이런 상황이 되어서야 처음으로 루미너스는 리무루의 마음을 이해했다.

다구류루에게 이길 수 있는 것은 기이를 제외하면 리무루 정도밖에 없을 것이다.

혹은——.

루미너스의 뇌리에, 자유분방한 검은색 용의 모습이 스치고 지나갔다.

'기분 탓이지. 내가 놈에게 기대하다니, 있을 수 없는 일이다!'

그런 마음과는 달리 루미너스의 입가에는 자연스럽게 웃음이 떠오르고 있었다.

그런 루미너스의 모습을 보고 다구류루는 의아하다는 표정을 지었다.

"이 상황에서 아직도 수가 남았나?"

"흥, 그딴 게 있으면 이미 옛날에 썼다!"

루미너스는 가슴을 펴며 허세를 부렸다.

하다못해 최후 정도는 도망치지 않고 강자에게 도전해 마왕의 긍지를 지키기 위해.

'——어쩌면 나도 믿고 있는 걸까? 옛날처럼, 이번에도 누군가

가 도와주러 올 거라고⋯⋯.'

옛날의 위기 때는 '용사' 클로에가 구해주었다.

그것은 기적 같은 사건이었으므로 몇 번이나 일어날 리가 없다.

세상 일이 그렇게 마음대로 돌아가는 것이 아님은 루미너스도 잘 안다.

그런데도 그렇게 생각해버리는 것은, 시온이나 울티마가 희망을 잃지 않는 모습을 보고, '어쩌면' 하는 생각에 감화되어버렸기 때문이다.

그것이 틀림없다—— 루미너스는 그렇게 생각했다.

'정말 힘들겠구나, 리무루 녀석도. 나처럼 상관없는 자까지 자꾸만 기대를 걸어버리곤 하니⋯⋯.'

그렇게 생각하자 웃음이 나와버리니 신기했다.

"——? 무언가 책략이라도 떠올랐나?"

"아니. 나답지 않지만 마지막까지 발버둥 쳐보겠다고 생각했을 뿐이다!"

"호오."

"그럼 간다!"

기합을 넣고, 루미너스는 마력을 최대로 전개했다.

그와 동시에 나이트로즈(밤의 장미의 칼)에 『아스모데우스』의 권능을 둘렀다.

관장하는 '죽음'의 권능으로 상대의 생명력을 빼앗으면서, 이를 '삶'의 권능으로 자신의 에너지로 변환시키는, 루미너스의 필살필승 전투 스타일이었다.

이 상태라면 다소의 역량 차이 따위 문제도 되지 않으며, 장기

전이 되면 될수록 유리해진다. 상대의 에너지를 소모시키는 데 주안점을 두는 상위자끼리의 전투라면 루미너스도 나름대로 우수했다.

그런 루미너스를 보며 다구류루도 만족했다.

적이지만 훌륭하지 않은가, 하고.

누가 보더라도 훌륭한 자들이었다.

아군이었을 때는 든든했으며, 적이 된 지금은 다구류루의 마음을 더할 나위 없이 들끓게 했다.

'정말로 죽이기 아깝군.'

하지만 절친이었던 사내의 원수를 갚아야만 한다.

그렇게 해 다구류루는 자신에게 부과된 '신살'이라는 숙업을 달성할 수 있는 것이다.

그것이 펜을 통해 펠드웨이와 맺은 밀약이었다.

다구류루는 펠드웨이의 야망에 협력하고 베루다나바를 부활시킨다. 그 뒤가 바로 진짜였다.

게다가 펠드웨이와의 밀약은 그것만이 아니었다.

루미너스를 쓰러뜨린다면 서방 지역은 모두 자이언트의 지배 영역에 편입된다. 그대로 쥬라 대삼림을 유린하면 그곳까지도 다구류루의 소유가 되는 것이다.

숙업을 달성하고자 마음껏 날뛸 수 있는 데다 영토적 야심까지 채울 수 있으니, 『여기서 멈출 수는 없다』는 것이 다구류루의 본심이었다. 그 이전에 본능이 이미 폭주를 시작하고 있었다──.

다구류루는 이 이상의 촌극은 불필요하다고 판단했다.

"애초에——."

다구류루가 그렇게 말을 시작했다.

그 순간 모든 것이 정지했다.

이 전장에서의 전투행위는 모두 의미를 잃어버렸다.

"——이렇게 해버리면 네놈들은 아무것도 못하겠지?"

그런 다구류루의 중얼거림만이 세계에 울려 퍼지고 사라져간다.

"——?!"

의식만이 남은 세계에서, 루미너스는 당황했다.

"호오. **의식**은 있나? 놈이 최고 걸작이라고 자랑할 만하군."

다구류루의 '목소리'에서는 칭송의 감정이 묻어났으나 영혼을 얼어붙게 만들 정도의 공포가 루미너스를 엄습했다.

루미너스는 현명하며, 온갖 삼라만상에 통달했다. 원래 같으면 의식하지 않고 흘려넘겼을지도 모르지만, 전투에 집중하던 지금이기에 이 상황이 어떻게 된 것인지도 이해했다.

이해하고 말았다.

——시간이, 멈춰버린 것인가——.

그것은 절망이다.

'처음부터, 다구류루에게 이길 수 있는 요소 따위 없었던 게야…….'

그 사실을 이해했는데—— 루미너스의 삶에 대한 갈망은 이 상황에서도 사라지지 않았다.

살아남기 위해 정보를 모은다—— 그리고 그것이 더 큰 절망을 초래하는 것이다.

바닥없는 깊은 어둠에 빨려 들어가고 있는 듯한 착각에 빠졌지만 루미너스는 계속해서 발버둥쳤다.

'정지세계' 안에서는 절망의 시간조차 끝나지 않는다.

루미너스는 눈을 감고, 그리고 분통해했다.

'마지막에는 하다못해 그 밉살스럽고 불손한 사룡을 내 손으로——.'

그렇게 루미너스가 생각했을 때.

드높은 웃음소리가 들린 것 같았다.

그것은 다구류루의 주먹이 루미너스에게 도달하려는 바로 그 순간에 일어난 일이었다.

루미너스의 사고는 그곳에서 정지해버렸다.

"크와하하하하! 나 등장!"

그 목소리의 의미를 이해한 것과 동시에, 루미너스는 상황을 파악했다.

눈앞으로 밀려드는 강대한 주먹.

그리고 그것을 받아내는 갈색의 손바닥.

이제까지 어디에도 없었던 그 남자(사룡)가, 루미너스를 향해 날린 다구류루의 주먹을 받아내고 있었던 것이다.

——해가 뜨지 않는 밤이 없듯, 희망이 찾아오며 시간은 움직인다——.

지금, 바로.

시간과 공간을 뛰어넘어 출현한 사룡이, 루미너스가 가증스러워하면서도 애를 태웠던 무적의 베루도라가, 절망적일 정도의 힘을 숨기고 있던 다구류루의 공격을 저지해냈다.

　절망의 시간은 끝을 고했다.

류라

다구라

데부라

제4장

신수공방전

Regarding Reincarnated to Slime

베루도라의 출현으로 시간은 다시 움직이고——.

나는 밀림의 폭주를 저지하고자 구 유라자니아 지방까지 『공간전이』를 했다.

베루자도의 눈폭풍이 휘몰아치는 영역은 시야가 너무 좋지 않아 직접 다가갈 수 없다. 이번에도 그렇게 예상하고 조금 떨어진 지점까지 왔다.

그곳에서부터는 기척을 더듬어 일직선으로.

밀림과 베루자도가 격돌하고 있을 테니 경계하면서 접근했다.

하지만 내 상상은 빗나갔다.

그것도 나쁜 방향으로⋯⋯.

"쳇, 생각보다 빨리 왔군. 하지만 이미 늦었다. 밀림이여, 네놈의 힘으로 방해되는 신수를 때려부숴라!!"

그곳에는 밀림과 베루자도만이 아니라 펠드웨이까지도 있었던 것이다.

아니 뭐랄까, 정말로 펠드웨이인가 의문이 들 정도로 그의 기척은 다른 사람 같았다.

압도적인 존재감을 뿜어내고 있었다.

그것은 미카엘마저도 가볍게 능가했으며, 지금의 내가 진심을 다해 싸워도 이길 수 있을지 어떨지 의심스러울 정도였다.

그리고 어째서인지 으스대며 밀림에게 명령한다.

그리고 밀림은, 척 봐도 위험하게 변화한 상태였다.

영상으로는 확실하진 않아도 이형 같다는 정도였지만, 가까이에서 보니 얼마나 사위스러운지가 일목요연했다.

등에는 칠흑의 날개가 한 쌍 있었다.

이마에서 돋아난 붉은 외뿔은 한층 강하게 빛나며 무지개색 광채를 뿜는다.

얼굴 이외의 맨살은, 불가사의한 무늬를 띄운 채 둔중하게 색조를 바꾸며 빛나는 경질의 용린에 덮여 있었다.

이것이 바로 『스탬피드』(폭주)한 밀림의 모습이구나 하고 생각한 것과 동시에, 나는 몸이 떨려올 정도의 힘을 느끼고 있었다.

절대적인 파괴의 화신으로 현현한 마왕 밀림은 그야말로 '디스트로이'라 불리기에 어울리는 존재였다.

그런 밀림이, 왜 명령을 받고 있지?

대체 뭐가 어떻게 돼서——

《——얼티밋 스킬 『미카엘』의 권능에 있었던 '레갈리아 도미니언(왕권발동)'입니다. 아무래도 펠드웨이는 밀림의 지배에 성공한 모양이군요.》

뭐?

아니 저기, 잠깐만?

폭주한 밀림도 위험하다는 말로 표현할 수 없을 정도인데, 펠드웨이의 끄나풀까지 돼버렸다고?!

그건 이젠 최악이라고 표현할 단계를 넘어섰는데······.

《다행히도 완전히 제어하고 있는 것 같지는 않습니다. 펠드웨이가 밀림의 지배에 모든 연산영역을 돌리더라도 간단한 명령밖에는 내릴 수 없는 듯합니다.》

아니아니, 그래도 충분하고도 넘칠 정도라고.

다만 행운이었던 점은 나를 죽이라는 명령을 받지 않았다는 것이다.

펠드웨이는 우리의 등장에 불만을 보이기는 했지만 여기서 싸울 마음은 없었던 모양이다. 우리에게 상관하지 않고 밀림에게 명령만 내린 후 가버렸던 것이다.

《밀림의 지배가 불안정해 융통성이 사라진 것이겠죠. 아니면 신수의 파괴를 우선시하고 싶거나——.》

펠드웨이의 지배력은 한번 내린 명령을 철회하거나 하진 못하는 건가?

충분히 있을 법한 이야기다.

진심으로 싸우는 밀림이 목숨을 노린다니, 상상만 해도 소름이 끼친다. 그렇게 되지 않았던 것만으로도 다행이라고 해야겠지만, 설마 이런 일이 벌어질 줄은 생각도 못했다.

《완전히 상정범위 밖이었습니다. 폭주 상태가 되면서 저항력도 사라

졌겠지요…….》

　나 또한, 펠드웨이에게도 지배계 권능이 있었다는 사실을 알았는데 밀림이 조종당하고 있을 가능성 따위 고려하지 못했다. 시엘만 나무랄 수는 없지.
　애초에 밀림은 지배계 권능에 대해서는 굉장히 강했을 텐데. 그런 건 통하지 않는다고 항상 호언장담했을 정도니까.
　폭주 상태가 아니었다면 절대로 지배 따위 성공하지 못했을 것이다.
　아니, 그게 노림수였던 걸까…….

《밀림을 폭주시키면 세계붕괴의 위기에 빠집니다. 하지만 '레갈리아 도미니언'으로 그 걱정을 제거하다니…… 너무 불리한 도박에 나섰군요.》

　시엘이 말을 흐릴 정도였으니 거의 성공하지 못할 만한 작전이었을지도 모른다.
　솔직히 그걸 실행하는 놈이 이상한 거지.
　그럼 이제는 신경 써봤자 도리가 없다.
　그보다도 펠드웨이가 밀림의 목표로 설정했던 '신수'란 건 뭐지?

《마도왕조 살리온의 수도를 수호하는 신의 나무입니다. 거대한 도시조차 감쌀 수 있을 정도의 거목으로, 이 세계의 마력요소를 안정시키며 천재지변을 막는 역할을 맡고 있다고 합니다.》

술술 대답해주는 시엘.

언제나 박식해서 든든하지만 지금의 이야기는 흘려들을 수 없었다.

나는 살리온에 간 적은 없는데 그 나라의 수도는 나무 안에 있었구나—— 아니 그게 아니고. 희미한 이미지로밖에 상상할 수 없지만 나무 속에 도시가 있다면 그 나무가 파괴되면 큰일이 날 거 아닌가.

어떻게든 저지해야 한다.

그게 무리라면——.

하다못해 주민들만이라도 피난시킬 시간을 만들어야 한다. 그렇지 않으면 대참사가 벌어질 것이 틀림없다.

"이봐이봐, 이거 일이 귀찮게 돼버렸는데."

완전히 남의 일이라는 양 기이가 말했다.

애들 글짓기도 아니고, 좀 알맹이가 있는 말을 해줬으면 좋겠다.

"뭐 불만이라도 있냐?"

"없어요. 죄송합니다."

그런 기척탐지는 필요 없어——라고 투덜거려주고 싶지만 나는 강한 쪽에 붙는 사람이다.

지금은 기분 좋게 일을 하도록 만들기 위해서라도 내가 양보해야 한다.

그런 내 대응에 감사하지도 않고, 기이는 진저리가 난다는 듯 푸념했다.

"하지만 펠드웨이 자식…… 여전히 음험해."

"응?"

"네 말에 놀아났던 게 결과적으로는 정답이었다는 소리지."

기이의 그 말에 나도 수긍했다.

이곳에 오도록 설득해 겨우 기이를 움직일 수 있었는데, 기이
가 이바라제의 내습을 경계한 나머지 이곳에 오지 않았다면 그
시점에서 끝장났을 가능성이 높았다.

기이가 베루자도를 상대해주니 내가 밀림을 상대할 수 있는 것
이다.

만약 나 혼자였다면······.

에이, 그런 가정 따위야 아무렴 어때.

넋 놓고 있을 때가 아니었다. 왜냐면 밀림이 움직이기 시작했
으니까.

기이는 자연스레 베루자도 앞으로 나섰다.

나는 나대로, 일단은 에르땅에게 소식을 전한 후 밀림을 쫓아
가기로 했으나── 어째서인지 휴대전화가 연결되지 않았다.

바쁜가보다──라기보다, 불길한 예감밖에 안 드는데.

나는 어쩔 수 없이 베니마루에게 연락하며 밀림을 추적하기로
했다.

베니마루에게 『사념전달』을 연결시키면서도 필사적으로 따라
잡아, 공격을 가해 주의를 끌고자 해보았다. 하지만 밀림은 내 공
격 따위 개의치도 않았다.

진심으로 공격한 것은 아니었지만 상당한 위력이었는데 말
이지.

그렇게 탄식하고 있을 틈도 없었다.

밀림이 포효한 것만으로도 신비한 파워가 작렬했던 것이다.

원리는 아마도 발성음의 진동으로 간섭해 분자결합을 풀어버리는 것이겠지. 나는 잘 도망쳤지만 여파만으로도 강이 말라붙었다.

괜히 밀림에게 손을 댔다간 위험이 너무 커진다. 그렇게 생각하면서도 이대로는 살리온이 순식간에 붕괴된다.

어떻게 하냐고 이거——.

고민하면서 나는 베니마루와 『사념』으로 이어진 것을 느꼈다.

《성공확률은 낮지만 한 가지 작전을 세워보았습니다.》

이젠 망설일 시간은 없었다.

음속의 수십 배라는 심상찮은 비행속도라면 살리온에 순식간에 도달하기 때문이다.

작전성공률이 낮든 말든 나는 시엘에게 전부 걸어볼 수밖에 없었다.

그렇게 해서, 평소와 같은 결론을 내린 나는 망설이면서도 베니마루에게 상황을 전달한 후 작전내용을 실행하도록 명령했다.

●

마도왕조 살리온은 사상 유례를 찾아볼 수 없는 위기에 빠졌다.

그런 가운데, 대외용이 아닌 평소의 태도를 무너뜨리지 않은 채 천제 에르메시아가 어머니 실비아에게 태평한 어조로 말을 걸고 있었다.

"근데 리뮷치는 와줄 거 같아?"

"무리래. 마왕 밀림이 폭주해버려서 그걸 막느라 나갔대."

"거짓말이지?!"

상상했던 것 이상으로 성가신 사태가 벌어져 에르메시아도 놀라움을 감추지 못했다.

"덧붙이자면 그 원인이 된 게 '백빙룡' 베루자도라던걸. 마왕 기이까지 데려갔대."

데려갔다고 쉽게는 말하지만 그런 짓을 할 수 있는 것은 리무루뿐이다.

그 사실을 잘 아는 에르메시아는 '그런 일도 있구나' 하고 흘려 넘길 수밖에 없었다.

그렇다고는 하지만 이래서는 난감해졌다.

지금 시점에서 신수에 감싸인 도시인 살리온의 수도는 자히르의 맹공에 휩싸여 지옥으로 변하고 있었다.

자히르만이라면 몰라도, 자신을 '삼성수' 자라리오라고 하는 남자까지 있어서 현장은 대혼란에 빠졌다.

"신수의 방위기구에서 한계까지 강화하고 있지만, 그래도 이대로는 상대가 안 될 거고……."

에르메시아는 고민하고 있었다.

메이거스(마법사단)가 총동원되어 대처하고 있지만, 계속해서 격파당하고 있다. 하지만 궤멸당하지 않은 것만도 대단하다고 생각하고 있었다.

살리온이 자랑하는 메이거스는 '순혈의 기사'라고도 불리는 고위 무관의 집단이다.

천제의 전권대리인이자 조정자의 자격을 가진 자들이다.

오랜 혈통을 가졌으며 격세유전으로 태어난 자만으로 구성된, 마도왕조 살리온의 최고전력——이라고 하지만, 실태는『마도조기(魔導操騎)』라 불리는 병기와 적합한 자들로 구성된 기사단이었다.

이『마도조기』—— 통칭 '메이거스'는 말할 것도 없이 국가기밀이다. 호칭이 같은 것도 기밀이 유출되지 않도록 배려한 결과였다.

높이는 5미터 정도. 마강제 외장을 가졌으며 용의 근섬유로 구동한다. 의지가 깃들어 있어 스스로 적합자를 찾는 인텔리전스 웨폰(지혜 있는 병기)이다.

그리고 이들의 진수는, 조종자가 탑승해야 비로소 힘이 해방되는 구조로 되어 있다는 점이다. 이것은 마치 정령과 동화하는 정령사의 극의와도 같다.

보통은 목걸이나 팔찌로 가공된 마법의 보석에 공간수납되어 있다.

여담이지만 카발이나 길드도 보유하고 있다. 처음에 리무루 일행과 만났던 장소에서 폭주 이플리트와 대치했을 때에도, 메이거스를 기동시킬 준비만은 해두고 있었다.

다만 타국에서 메이거스를 기동하는 것은 기밀누설죄가 적용되는 데다 틀림없이 에라루도 공국의 책임 문제가 된다. 게다가 그들의 경우 메이거스를 꺼내도 이플리트에게 이길 수 있을지 어떨지는 미지수였다. 에렌을 지키며 도망치는 것만이라면 메이거스를 꺼낼 필요도 없으리라 판단해 맨몸으로 싸웠던 것이었다.

카발이나 기도의 진짜 실력은 A랭크 상당이며, 메이거스에 탑승해도 전투능력이 배가될 정도로 달라지지는 않았다. 그런 이유도 있어서 에라루도 공작은 그들을 에렌의 호위역으로 선택한 것이다.

이처럼 개개인의 전투능력은 천차만별이며, 맨몸은 약한데 조기상태에서는 무쌍인 자도 있다. 그런 『메이거스』의 전투능력은 최저 A랭크 상당이다. 그런 것이 300기 정도, 전대를 짜 적과 대치하고 있었다.

"우리나라에 메이거스가 저렇게 많았구나."

"꾸준히 제작했으니까."

평소 서로 투닥거리는 일도 많은 자리온의 13왕가도 이번만큼은 보조를 맞추어, 전력을 아끼지 않고 투입한 모양이었다.

물론 이런 상황에서도 반발하는 자들은 구제할 길이 없으므로 에르메시아도 진심으로 저버릴 생각이었다. 그렇게 되지 않았던 것이 불행 중 다행이다.

그건 그렇고, 에르메시아와 실비아의 대화는 이어졌다.

"리뭇치네도 골렘 개발이 진행되고 있으니까 금방 우위성을 잃어버릴 것 같아."

"그때는 그때대로 공동개발을 제안할 생각이지?"

"맞아. 리뭇치도 상식적이고, 위험한 전력을 유출시키고 싶지 않다는 점에서는 의견일치를 봤으니까, 숫자를 제한하면서 분배하게 되지 않을까?"

평소에는 비밀주의이면서, 깜짝 놀랄 정도로 터놓고 이야기하고 있다.

귀를 기울이던 중진들도 여기에는 놀란 표정을 지었지만, 그것은 두 사람이 현실도피를 하고 있기 때문이다.

지금도 메이거스의 에이스가 격추당했다. 존재치 환산으로 50

만이 넘는 것으로 여겨지던 에이스급 기사조차, 자히르를 상대로는 시간을 끄는 역할조차 하지 못했다.

게다가 적의 군세에는 자히르 이외에도 특필할 만한 장수가 있었다.

자라리오는 말할 것도 없다.

그의 부하인 다리스와 니스까지도 눈에 뜨이는 전공을 올리고 있었다.

데스맨(요사족, 妖死族)의 육체를 얻은 그들은 절대적인 힘으로 메이거스를 파괴하고 있었던 것이다.

"손해막심이네."

에르메시아는 자기도 모르게 푸념했지만, 그것도 본심은 아니었다.

금전보다도 국가존속 쪽이 더 중요하다. 원군이 올 때까지 어떻게든 버텨야만 하며, 지금 이대로는 그것도 어려웠다. 그런 계산을 하다보니 푸념하고 싶은 기분이 들었을 뿐이다.

"역시 우리가 어떻게든 할 수밖에 없겠어."

실비아가 포기한 얼굴로 그렇게 말했다.

실제로 살리온 전체를 통틀어 전력상 최강인 것은 실비아와 에르메시아 모녀였다. 그런데도 이렇게 대기하고 있는 것은 장로급 중진들이 도로 불러들였기 때문이었다.

"아니되옵니다, 폐하! 실비아 님도, 부디 자중하시옵소서."

"그렇사옵니다. 이길 전망이 있다면 몰라도 이번에는 상대가 너무 좋지 않사옵니다. 절대 허락할 수 없나이다."

최장로들까지도 나서서 두 사람을 가로막았다.

그것은 두 사람을 걱정하기 때문이다.

실비아가 에르메시아의 대타를 맡고 있음을 아는 자는 적다. 그야말로 13왕가의 왕족조차 모르는 이야기다.

그런데 이번에는 두 사람이 동시에 나타나, 현장에서는 대혼란이 발생했다. 그래도 두 사람의 강함은 『마도조기』를 모르는 메이거스와 비교할 바가 아니었으므로 일시적으로 태세를 재정비하는 데 성공했다.

메이거스가 전원 출격해 시간을 끄는 데 전력을 다하고 있다. 그 이유가 바로 실비아와 에르메시아, 그 외의 주요인물들을 피신시키기 위해서였다.

여기서 두 사람이 전장으로 돌아가버리면 전사들의 노력이 허사가 되고 만다.

하지만——.

"대놓고 말하겠는데, 우리만 도망치는 건 성미에 안 맞아."

"엄마한테 찬성. 나중에 리뭇치한테 바보 취급당할 거 같으니까 나도 애써볼까."

그렇게 두 사람은 이미 각오가 되어 있었던 것이다.

"폐하!!"

필사적인 표정으로 장로 한 사람이 외쳤다.

아득한 옛날, 라플라스—— 살리온을 전장에 보냈던 대신이었다.

당시부터 그 사실을 계속 후회하고 있었다. 두 번 다시 같은 일을 반복하지 않겠다고 맹세하고, 이번만은 자신들의 손으로 경애하는 에르메시아와 실비아를 지키고자 애쓰고 있었다.

하지만 에르메시아는 위정자의 표정으로 되물었다.

"짐이 누구더냐."

그렇게 질문을 받으면 장로로서 대답해야만 한다.

"천제폐하이시옵니다."

"짐의 앞길을 가로막는 자가 있느냐?"

이런 때에 권력을 내세우다니 비겁하다──라고 대신은 내심 눈물을 흘렸다. 하지만 그것이 바로 에르메시아의 가치관임을 이해하고도 있으므로, 이렇게 된 이상 말릴 방법은 없었다.

"있을 리 없나이다."

그렇게 말하며 고개를 조아릴 수밖에 없는 것이다.

대신──현재의 최장로가 인정한 이상 다른 자들은 아무것도 할 수 없다.

13왕가의 수장들도 왕의 책무를 다해야만 한다.

천제의 첫째 부하로서, 명령에 따라 백성을 이끄는 역할을 받아들였다.

"폐, 폐하──."

"에라루도. 에렌은 리뭇치가 지켜줄 테니까 당신은 모두를 지켜주도록 해."

"소인도, 소인도 폐하와 함께!!"

"음~ 방해되는걸. 그야 에라루도는 메이거스 단장 중 한 사람이지만, 개죽음만 할 거야."

그렇게 반대한 것은 에르메시아가 아니라 실비아였다.

에라루도의 입장에서 보자면 초면──인 것 같지만 실비아가 보기에는 사랑하는 남편의 동생이다. 에르메시아인 척하고 있을 때도 몇 번이나 만났다.

그렇기에 쌀쌀맞게 내치듯 거절한 것이다.

여기에 고개를 끄덕인 것은 에르메시아의 할머니이자 에라루도의 어머니인 에리스 그림왈트였다.

13왕가 필두의 입장에서 대공작인 에라루도에게 명했다.

"물러나라, 에라루도. 다른 왕들도 듣거라."

보통은 얌전하고 조용한데, 위험으로 가득 찬 목소리로 선언한다.

"제멋대로 떠들지 말고 폐하의 뜻에 따르도록."

그 말에는 반론을 용납하지 않는 압력이 있었다.

다른 왕들도 내심으로야 어쨌든 표면상으로는 고개를 끄덕일 수밖에 없을 정도로.

"하, 하오나 어머님——."

아직도 뭐라 말을 늘어놓으려던 에라루도는 에리스가 노려보자 침묵했다.

그것은 에라루도가 처음으로 본, 어머니가 진심으로 화가 났을 때의 표정이었다.

왕 중 한 사람이 에라루도를 타일렀다.

"에리스 님께서 막지 않으셨으면 귀공은 구속되었을 걸세."

이번에는 이미 아들들에게 왕위를 양도한 고참 왕족이 에라루도의 어깨를 두드리며 말했다.

"포기해. 자네 형님 살리온 자식이 사라져버린 후로 실비아는 쭉 은거하고 있었으니, 얼마나 무서운지 모르는 것도 무리는 아닌데, 저건 폐하보다도 무섭다고."

"맞아맞아. 우리가 떼로 덤벼들어도 못 이겨. 지금은 말씀대로 도망치는 게 나아."

결코 죽었다고는 말하지 않는 것이 살리온에서의 암묵적인 규칙이었다. 아무도 실비아의 분노를 사고 싶지 않았으므로 자연스럽게 정착된 표현이었다.

그리고 모두가 자신의 무력함을 탄식하고 있었다.

또 그녀들에게 의존해 자신들만 살아남게 되는 것인가, 하고.

하지만 그것이 천제의 바람이라면 따르는 것이 신하의 책무다.

아직 어린 왕들도 그런 장로들의 분위기를 보며 눈치를 채고 있었다.

반항해봤자 소용없겠구나, 하고.

그와 동시에, 살리온은 사실 반석처럼 단결되었던 것인가 하고 놀라기도 했다.

평소에는 사이가 나빠보였던 신세대와 조부모 세대가 사이좋게 이야기를 나누고 있다. 그런 모습을 보는 것은 처음이었지만, 그것이 매우 자연스러워서 허식 따위는 느껴지지 않았던 것이다.

실비아와 에르메시아의 카리스마가 있기에 가능한 일임을 모두가 수긍할 만한 광경이었다.

기후계 최상위의 얼티밋 스킬『인드라(뇌정지왕, 雷霆之王)』를 구사하며 바즈라(금강저, 金剛杵)를 다루는 창의 달인 실비아.

그녀의 딸인 에르메시아 엘 류 살리온에게도 마도왕조 살리온의 천제라는 입장과는 다른 얼굴이 있다. 실비아에게서 나눠 받은 것 같은 기후계 최상위의 얼티밋 스킬『바유(풍천지왕, 風天之王)』에 눈떴으며, 마찬가지로 갓즈급 차크람(원월륜인, 圓月輪刃)을 자유자재로 조작해 적을 베어버리는 전투의 천재였다.

　그런 에르메시아의 실력은 실비아만은 못하지만 별로 차이가 없는 수준이었다.

　두 사람은 다시 모두의 바람을 등에 지고 전장으로 돌아갔다.

　그리고 그것이 활로를 여는 결과가 되었다.

　'하늘은 스스로 돕는 자를 돕는다'고 한다. 그녀들의 용기 있는 행동 덕에 희망은 끊이지 않고 미래로 이어졌던 것이다.

＊

　베니마루, 소우에이, 레온, 카가리, 티어 다섯 사람이 살리온에 도착했던 것은 실비아와 에르메시아가 다시 전장으로 돌아오고 시간이 꽤 지난 후였다.

　'관제실'의 영상에 비쳤던 그녀들은 두 번째 출격 후의 모습이었던 것이다. 그러므로 이미 피로에 찌들어 있었다.

　상처 입은 자들은 거대한 신수의 잎 위에서 치료를 받고 있는 듯했다.

　그러한 자들을 지키고자 실비아가 자히르를, 에르메시아가 자라리오를 상대했다. 신수가 가진 방위기구가 작동하고 있기에 모두가 어찌어찌 죽지 않을 수 있었던 그런 상황이었다.

　"역시 리뭇치, 이젠 무리 아닐까 생각했더니 정말로 원군을 보내줬어……."

　에르메시아가 감동하며 베니마루 일행을 맞아주었다.

　"리무루 님은 약속을 반드시 지키십니다."

베니마루는 웃으며 고개를 끄덕이고는 자라리오와 자히르를 노려보았다.

에르메시아와 교대하듯 레온이 자라리오의 앞으로 날아갔다. 그의 손에 들린 플레임 필러(성염세검, 聖炎細劍)이 빛을 발하며 존재감을 뿜어냈다.

자라리오의 등 뒤에는 어느샌가 소우에이가 몰래 다가와 있었다.

모두가 신수의 주위에 떠서 공중전을 펼치고 있었는데, 당연하다는 듯이 소우에이도 허공에 떠 있었다.

2대 1이지만 전력의 차이를 생각하면 레온과 소우에이 콤비 쪽이 불리하다. 하지만 소우에이는 '정정당당' 같은 말을 신경 쓰지 않았으므로 아무 망설임도 없이 기습을 노릴 태세였다.

한편 자히르 쪽의 상황은 어땠는가 하면.

"너는 용서 못 한다."

그렇게 말하며 카가리가 실비아의 옆에 섰다. 이 수준에 이르면 지상과 마찬가지로 공중에서도 발판을 만들 수 있다.

아, 이쪽은 교대해주지 않는구나──하고 실비아는 생각했지만, 조금 더 힘을 내서 싸울 수는 있었으므로 협력해주는 것만으로도 고마웠다.

"건방진……."

그렇게 이를 가는 자히르를 도전하는 눈빛으로 노려보는 티어.

3대 1로 포위당한 꼴이 되어, 전투가 막 시작되려 하고 있었다.

베니마루는 부감하듯 전황을 파악했다.

대장인 자히르와 자라리오를 제외하면, 메이거스의 전력이 크게 돌출되어 있었다. 단숨에 전황을 가다듬어 팬텀의 군세를 밀어내기 시작했다.

'자, 이제는 자히르 놈들만 쓰러뜨리면 우리가 승리하는 건데.'

그것이 간단하지 않으리란 것을 알면서도 베니마루는 대담한 웃음을 지으며 전황을 읽어나갔다.

자라리오와 대치한 레온은 여느 때처럼 무표정했지만 속으로는 지극히 언짢았다.

레온은 오해를 사기 쉽다.

말도 서툴다 보니 좋은 의도로 행동해도 원망을 사는 원인이 되기도 한다.

그런 레온의 얼마 안 되는 이해자가 스승인 실비아, 그리고 혼자서 멋대로 맹우라고 생각하는 에르메시아였다.

그런 두 사람을 이렇게까지 괴롭히다니, 레온의 역린을 건드리는 행위 중 제2위에 해당하는 소행이었다.

참고로 영광에 빛나는 제1위가 클로에에게 추파를 던지는 행위임은 말할 것도 없다.

그건 그렇다 치고, 이번에 분노한 요인은 다른 데에도 있었다.

놈들이 자신을 제멋대로 지배했던 것도 그렇고, 그 탓에 실비아에게 폐를 끼쳐버렸던 것도 용서할 수 없었다.

그 원인이 되었던 미카엘은 자기 손으로 해치우고 싶었다. 그런데 리무루에게 선수를 빼앗겨버린 듯해, 다 갚을 수 없을 정도의 빚을 져버린 자신을 한심하게 생각했다.

여기서 은혜를 갚지 못하면 더더욱 고개를 들지 못하게 될 것 같았다.

그런 상대는 실비아 한 사람이면 충분했다.

심지어, 이번 문제는 실비아와 에르메시아만의 것이 아니라 내다보고 있었다.

베루자도의 목적은 알 수 없지만, 밀림과 싸우면서 이쪽으로 향하고 있다고 한다. 밀림과의 싸움에서 발생한 여파에 말려들기라도 했다간 이곳도 금세 소멸하고 말 것이다.

레온은 그것으로 끝이라고는 생각할 수 없었다.

이곳 살리온에서 북상하면 인류가 번영한 서방 열국까지 앞을 막을 자가 없다.

서쪽으로 가면 죽음의 사막, 그 너머에는 '성허' 다마르가니아가 있다.

그리고 조금 진로를 틀어 남서쪽으로 가면 레온의 지배영역인 황금향 엘도라도에 이른다.

베루자도의 의도는 알 수 없지만, 언젠가 그곳도 표적이 될 것은 틀림없었다.

베루자도만이라면 의도가 무엇이든 대책을 세울 수 있다. 하지만 폭주하는 밀림이 상대라면 어떤 수단을 동원하더라도 이를 막기란 지극히 어려울 것이다.

그것이 베루자도의 뜻일지, 아니면 펠드웨이의 작전일지…….

'뭐가 됐든 저지할 뿐이다.'

그것이 레온의 결의였다.

레온의 신조는 즉단즉결이었으며, 무죄추정의 원칙 따위는 없다.

이번의 경우, 베루자도와 밀림을 막을 수 있을지 어떨지는 리무루 일행의 수완에 맡기고 있지만, 이곳 살리온이 방어선 중 하나로서 중요한 것은 틀림없다.

그 증거로 이곳이 적의 공격을 받고 있으며, 밀림과 베루자도가 도달하기 전에 적장을 제거할 필요가 있었다. 그러면 그 후에는 온 힘을 다해 밀림의 폭주에 대처할 수 있다.

물론 직접 싸우는 것은 자살행위지만 방향을 바꾸게 해 피해를 줄이는 정도라면 가능하리라. 무슨 일이 있어도 엘도라도 방면으로 가게 해서는 안 되며, 인류의 생존권을 위협하는 것은 애초에 논외였다.

'불모의 대지로 유도하는 게 최선인가──.'

다구류루에게는 미안하지만, 그편이 가장 낫겠다고 생각했다. 그러기 위해서라도 이를 방해받을 수는 없었다.

"훗, 밀림의 폭주를 이용하다니 펠드웨이도 간교한 수를 다 꾸미는군."

자라리오에게 그렇게 말하면서 레온은 칼끝을 들이댔다.

레온의 전투 스타일은 펜싱과 비슷하다. 찌르기를 주체로 하는 화려한 기술이 특기다.

펜싱은 애초에 결투용 검술이며 실전용은 아니다──라는 사고방식도 있지만 그렇지 않다. 온갖 검기 중에서 최강의 위력을 자랑하는 것이 찌르기이기 때문이다.

빗나가면 자세가 흐트러져 무방비해져, 위험성이 크기에 함부로 쓸 수는 없지만, 레온의 검술은 이 약점을 극복한 것이다. 실비아의 창술도 그렇지만 신속(神速)의 체술과 조합해 적의 추격을 용납하지 않도록 움직이는 것이다.

또한 레온의 권능은 속도에 특화된 것이며, 또한 그의 무기인 플레임 필러는 갓즈급이다.

진심을 발휘한 레온은 골드서클(황금원순, 黃金圓盾)에 의존하지 않는다. 방어를 무시한 최고속도와 한 점에 집중시킨 최강의 검기가 융합되어 레온은 섬광의 용사라고도 불렸던 것이다.

게다가 레온은 자신의 권능인 얼티밋 스킬『메타트론(순결지왕)』에 의해 '영자'를 마음대로 조작할 수 있다. 이에 따라 최강위력의 '디스인티그레이션'을 연발하는 것이 가능하고, 이를 막을 방법 따위 그 누구도 가지고 있지 않다.

이것이 레온이 최강이라 불리는 까닭이었다.

존재치를 비교하면 레온은 자라리오에게 크게 미치지 못한다. 하지만 전투능력을 감안한다면······.

군더더기 없는 레온의 전투 스타일은 충분히 자라리오에게 통했다.

무인은 무인을 안다.

자라리오도 레온을 인정했다.

그렇기에──.

"노리는 것은 베루도라의 인자라고 했지만, 사실 그놈들이 무슨 생각을 하고 있는지 따위는 나도 몰라. 베루자도도 마음대로 행동하고 있고, 나야말로 설명을 듣고 싶다고."

참으로 솔직하게 본심을 털어놓았다.

실제로 자라리오는 아무 설명도 듣지 못했던 것이다.

펠드웨이에게 명령받은 대로, 살리온을 함락시키기 위해 전쟁을 시작했던 것이다.

자히르도 루미너스를 노리고 있었는데 이쪽 작전에 편입되었다.

'그렇게까지 하니까 이 지역을 함락시키는 데에 의미가 있겠지만……'

의도를 모른 채 일하는 것만큼 의욕이 안 나는 것도 없다. 톱니바퀴의 역할을 요구받는 말단 병사라면 몰라도, 장수에 대한 취급이 이러니 자라리오도 불쾌하기 그지없었다.

미카엘의 지배를 거역하지 않았기에 이런 취급을 감수하는 것이다. 하지만 항상 기회를 노리던 자라리오는 미카엘이 사라진 순간에 해제의 계기를 얻었다. 그 후로 조금씩 해석을 이어나가, 이제 곧 해제가 가능해지는 단계까지 왔다.

그것을 일일이 설명해줄 의무는 없었으므로 자라리오는 말을 바꾸었다.

"그래서 레온. 네가 날 상대한다고? 아니면 뒤에서 살금살금 다가온 너도, 둘이서 상대해줬으면 하나?"

거기서 흘끔 베니마루에게도 시선을 돌린 자라리오는, 이쪽은 움직일 기미가 없다고 내다보았다. 자라리오를 얕잡아보는 것이 아니라 전장에서 전력을 적절하게 분배할 생각이리라.

그 판단이야말로 자라리오 일행을 과소평가하고 있다는 것과 동의어지만, 의욕이 없는 자라리오에게는 아무래도 상관없는 이야기였다. 명령에는 거역할 수 없으므로 적당히 되는 대로 넘길 예정이었다.

소우에이는 상대가 자신의 존재를 이미 알아차렸으리라 생각하고 있었다. 자히르와 달리 자라리오는 방심할 수 없는 분위기였기 때문이었다.

존재치만 비교하면 자히르 쪽이 위협적이지만, 성가신 것은 자라리오 쪽이다── 그것이 베니마루가 내린 결론이었다.

소우에이도 여기에는 동의했다. 그렇기에 억지로 기습을 노릴 마음은 없었으며, 철저히 레온을 서포트할 태세였다.

"들켰다면 이야기가 빠르지. 이쪽에도 여유가 없으니까 이기기 위해서는 온갖 행위를 정당화할 거라고 생각해줬으면 하네."

당당히 『반칙을 하겠다』고 선언하는 소우에이였다.

레온도 딱히 이의는 없었다.

패배하면 아무것도 안 되니, 만전을 기해 승리를 지향하는 것은 당연하다.

이렇게 레온을 주체로 하고 소우에이가 보조하는 형태로 자라리오 공략전이 시작되었다.

*

자히르를 상대로 삼인삼색의 공격이 펼쳐졌다.

실비아는 전광석화처럼 바즈라로 창격을 펼친다.

카가리는 원거리 마력탄이었다. 루인 셉터(파괴의 왕홀)로 힘을 제어하며, 갈고 닦은 마력의 덩어리를 만들어내 던진다.

그리고 티어는 가장 앞에 서서 견제의 역할을 맡았다.

제일 위험한 역할이지만 티어는 두려워하지 않았다. 몸에 분노를 담아── 풋맨을 대신해 격노하고 있었기 때문이다.

"너 같은 거 진짜 싫어! 죽어버려!!"

"닥쳐라! 무리 짓는 것 말고는 능력도 없는 쓰레기들이 지껄이기는!!"

"너나 닥쳐."

티어는 그렇게 받아치며 손에 든 대낫을 부메랑처럼 던졌다. 출발 전에 쿠로베라 불리는 키진이 준 무기였다.

레전드급 최상위, 잘못하면 갓즈급에 이를 정도로 사위스러운 오라를 풍기고 있었다. 망가져버린 자신의 대낫보다 훨씬 뛰어난 물건임을 직감했다.

그 대낫의 이름은 '티어사이스(낙루(落淚)의 대낫)'라고 한다.

목숨이 아니라 눈물을 거두는 낫이지── 쿠로베는 그렇게 말했다.

자신에게 딱 어울리는 무기라고 생각했다.

슬픈 경험은 이번으로 끝내야만 하니까.

그런 '티어사이스'가 의지를 가진 것처럼 자히르를 노린다.

그와 동시에 급격히 신체능력을 상승시키며 자히르를 향해 단숨에 접근. 그의 품으로 파고들며 강렬한 펀치를 날렸다. 그리고 신속히 이탈해, 회전하며 돌아온 대낫을 캐치했다.

그리고 그대로 아무 일도 없었다는 듯 카가리를 지키는 태세를 유지했다.

이것은 유니크 스킬 『조종하는 자(조연자, 操演者)』로 자기 자신의 육체를 조종하고 있기에 가능한 묘기다.

티어의 유니크 스킬 『무지한 자(낙천가)』는 '명령을 받을 때'라는 애매한 특정조건 아래에서만 발동한다. 그것은 티어의 자아가 희박하고 추상적이기 때문이다.

그러나 클레이만의 파편──그 '마음(심핵)'을 구성하던 '정보자'──을 부여받으면서 티어는 변했다.

강해졌다.

사라져버린 라플라스나, 몸을 빼앗겨버린 풋맨을 대신해 자신이 카가리를 지켜야만 한다고 각오를 다졌다.

············

······

···

그 순간, 누군가가 티어에게 말했다.

《당신이 승낙한다면 힘을 얻을 수 있을 것입니다.》

그것은 이 자리에 없는 자가 남긴 '목소리'였다.

잠들어 있던 티어를 해석하고, 언젠가 필요하게 되리라 심어놓았던 것이다.

티어가 자신의 의지로 힘을 원하게 되었을 때 부응할 수 있도록.

물론 대가가 필요했다.

하지만 그것은 선불로 이미 지불했다.

티어의 권능은 이미 해석되어, 무해하다는 판정을 받은 것이다. 마찬가지로 전혀 위협이 되지 않는 클레이만의 권능과 통합되면서 해는 없으리라고 여겨져, 아군으로 있는 동안에는 조금이라도 강화하는 편이 낫다는 서비스 정신에 따라 이미 심어져 있었던 것이다.

'준다면 뭐든지 받을게! 난 강해져야만 하니까!!'

티어가 망설임 없이 승낙했다.

변화는 조용히, 신속하게, 티어의 안에서 완료되었다.

티어의 유니크 스킬『무지한 자』와, 주어졌던 클레이만의 '정보자'에서 재현된 유니크 스킬『조종하는 자』가 통합되어 얼티밋 인챈트(궁극수여)『오르페우스(낙천주자, 樂天奏者)』가 탄생한 것이다.

이것은 모두 누군가(시엘)의 소행이었다.

....

......

...

이리하여 티어는 자신의 의지로 다시 태어났다.

'응! 나도 알아, 클레이만. 내가, 우리가 카가리 님을 지켜야 하는 거지!!'

티어는 맹세했다.

그러면 티어는 힘이 솟아나는 것이다. 마치 죽은 친구가 힘을 빌려주는 것처럼…….

제대로 활용하지 못하던 240만 이상의 존재치도 이제는 부족하게 느껴졌다. 매 순간 필요한 힘을 배가시키면, 자신보다 강한 자히르가 상대라도 겁나지 않았다.

일이 이렇게 되니 자히르는 짜증이 났다.

"날 우습게 보지 마라, 인형 주제에!!"

격노한 자히르가 가증스럽다는 듯 거대한 화염구를 쏘았다.

신속을 자랑하는 실비아는 그렇다 쳐도 카가리나 티어는 피할 방법이 없다. 그 일격으로 '영혼'마저 소멸한다── 소멸했어야 했다.

하지만 카가리와 티어의 모습은 일렁이듯 사라지더니 조금 떨어진 곳에 출현했다.

여기에는 자히르도 경악했다.

"뭐지? 네놈들에게 그런 힘은 없었을 텐데…… 대체 무슨 짓을 한 거냐?!"

이번에는 확실하게 간파하겠다고 자히르는 신중하게 화염구를 쏘았다.

자라리오라면 금세 간파했을 그 트릭은 아이들 눈속임처럼 간단한 것이었다. 베니마루가 『양염』으로 카가리와 티어를 지켜주었던 것이다.

베니마루를 상대로 몇 번이나 쓴 물을 들이켰던 만큼 자히르도 두 번째에는 알아차릴 수 있었다.

"간교한 짓을 하는구나!!"

금세 격노해, 그 감정에 몸을 맡기고 화염구를 연발해 카가리와 티어에게 날렸다. 하지만 그것은 베니마루의 술수에 빠졌을 뿐이었다.

베니마루는 자히르를 직접 상대하지 않는데도 그의 생각과 행동패턴을 모두 읽고 카가리와 티어에게 최적의 어드바이스를 해주었던 것이다.

그렇기에.

"오, 허점이군!"

그렇게 말하며 실비아가 창으로 자히르를 꿰뚫었다.

그 정도로 자히르가 죽거나 하진 않지만, 실비아도 약간은 울분이 풀렸다.

그리고 카가리도.

미카엘에게 받은 권능인 얼티밋 인챈트 『멜키세덱(지배지왕, 支配
之王)』은 여전히 유우키에게 빼앗긴 채였다. 그 대신 자유를 얻은
카가리는 자신의 '영혼'에 뿌리를 내린 유니크 스킬 『꾀하는 자(기
획자)』를 강화해 궁극에 가까운 권능으로까지 발전시켰다.

다만 카가리가 아무리 우수하다 해도 신이 아닌 수준으로는 한
계가 있다. 원래는 시엘처럼 권능을 자유자재로 조작하는 것이
이상하다.

그 이상함을 카가리는 꿈속에서 체험했다.

....

......

...

그 목소리는 명료했다.

《당신이 원한다면 힘을 드리지요.》

그런 영문 모를 제안이 잠든 자신에게 말을 걸었던 것이다.

말할 것도 없이 시엘의 짓이다.

미궁 내에서라면 시엘은 어지간한 일은 다 할 수 있다.

꿈이라기보다 카가리의 잠재의식 영역에서 대화를 나누고 있
었다. 그곳에서 시엘은 계약을 제시했다.

카가리의 권능을 최적화하는 대신, 그 힘을 리무루에게 쓰지
않을 것.

만약 배신한다 해도 그 권능은 시엘의 손에 있으므로…… 취미

와 실익을 겸비한 일석이조의 제안이었다. 관점에 따라서는 시엘에게만 이득이 있는 안건이라고 여겨질 정도다.

힘을 갈망하던 카가리는 여기에 동의했다.

본인은 꿈이라고 지레짐작했으므로, 속고 있다는 의심은 하지도 않았다. 용의주도한 카가리답지 않은 실수였으나, 리무루와 적대하지 않는 한 불이익은 없다. 카가리의 입장에서 리무루와 적대하는 것은 여러 가지 이유에서 바람직하지 않았으므로 아무 문제도 없었다.

....

......

...

그리고 눈을 떴을 때, 카가리는 그 힘의 존재를 알아차렸다.

그리고 이해했으며, 이제는 완전히 자신의 것으로 만들었다.

"내 풋맨을 돌려줘!!"

그렇게 외친 카가리는 그 권능── 얼티밋 인챈트 『아가스티아(예언지서, 豫言之書)』를 발동했다.

미래를 내다보듯, 그 권능은 자히르의 움직임을 예측했다. 이에 따라 힘의 차이를 메우듯 연속공격이 보기 좋게 성공하기 시작했다.

그도 그럴 것이 베니마루의 판단력, 카가리의 예측력, 실비아의 행동력, 티어의 각오가 합쳐진 것이다. 자히르의 사악한 힘이라 해도 그리 쉽게는 뒤집을 수 없었다.

게다가 베니마루는 자히르와 싸웠던 경험이 있다. 처음 봤을 때는 역량의 차이에 당황했으나 그 힘의 성질은 이미 파악한 후였다.

알고 있다면 두려워할 것이 없다.

이기지 못할 싸움은 하지 않는 리무루의 방침을, 베니마루도 확실하게 물려받았다. 그렇기에 베니마루가 이곳에 왔다는 사실 그 자체가 이길 수 있다는 계산이 있음을 의미했다.

필요했던 조각은 모두 갖추어져, 승리의 퍼즐이 완성될 순간은 눈앞에 있었다.

그 사실을 알아차리지 못한 채 자히르가 부르짖었다.

"건방진 것들! 나의 무서움을 잊었나 보구나."

화염구를 연속으로 쏘아 카가리를 노리고, 그 폭발의 여파에 몸을 숨기며 자히르가 외쳤다. 그리고 그대로 폭발을 추진력으로 바꾸어 카가리에게 급속도로 접근했다.

우선 카가리를 죽일 생각이었다.

약자부터 노리는 것은 철칙이며, 자히르의 판단은 틀리지 않았다. 하지만 그것은 너무나도 읽기 쉬운 생각이었으므로 대비하는 것도 간단했다.

모두가 생각했다.

장난하는 거지? 이렇게 싸우기 쉬운 건 처음인데—— 라고 실비아가.

알고는 있었지만 위협적인 건 리무루만이 아니었어. 아군이라면 든든하지만 적이었다고 생각하면 소름끼치네—— 라고 카가리가.

엄청 마음 놓이네—— 라고, 가장 위험한 역할을 맡은 티어가.

그만큼 베니마루의 지휘는 탁월했던 것이다.

리무루의 앞에서는 약한 소리를 하기도 하지만, 원래는 남의 위에 서는 자로서 책임감이 있는 남자다. 디아블로도 그렇지만 리무루가 없는 편이 의지할 수 있고, 열심히 일하는 것이다.

그렇게 되어 지금의 베니마루는 신경을 곤두세우고 있었다.

지휘를 받는 사람들과는 『사념전달』로 이어져 있고, 베니마루의 권능——『아마테라스(양염지왕, 陽炎之王)』의 『의사통제』로 모두가 하나의 의사를 가진 것처럼 활약할 수 있게 되었다.

그 결과가, 격이 까마득히 높은 자히르를 상대하며 호각 이상으로 싸울 수 있다는 이 현실이다.

베니마루가 혼자였다면 자히르에게 이기기란 불가능했다. 같은 계통이기에 결정력이 부족했으므로 어떤 책략을 강구해도 쓰러뜨릴 수 없는 것이다.

지난번처럼 지지는 않도록 싸울 수밖에 없었다.

하지만 지금은 다르다.

실비아라는 결정력이 있다.

카가리라는 안전장치가 있다.

티어의 서포트도 완벽하다.

질 것 같지가 않다. 그것이 지금 베니마루의 심경이었다.

*

자라리오는 곁눈질로 자히르를 보며 약간 놀랐다. 힘만이라면 자신보다도 위일 텐데, 격이 낮은 상대에게 압도당하고 있었기 때문이다.

'자히르는 바보가 아니다. 오만하지만 방심하다 지는 어리석은 자도 아니다. 다시 말해 저 남자가 그만큼 뛰어나다는 뜻인가.'

베니마루를 흘끔 보고 그렇게 이해했다.

직접 전투에 가담하지는 않지만, 요소요소에서 적절한 서포트를 빼놓지 않는다. 베니마루의 힘은 자히르와 같은 계통이므로 염열공격을 깨끗하게 무력화시키고 있는 듯했다.

염속성이란 것은 초점이 맞춰지면 절대적인 위력을 발휘하지만, 분산시키면 열효율이 뚝뚝 떨어진다. 자히르의 경우에도 마찬가지여서 권능으로 강화한 지배력으로 마력요소에 간섭해 초고온으로 변한 염열공격을 가한다. 하지만 그 열파를 다른 방향으로 유도해버리면 초점온도가 떨어지는 것도 당연하다.

그것은 간단한 이야기가 아닐 텐데도, 베니마루는 태연한 표정으로 이를 해내고 있는 듯했다. 적이지만 칭송할 만하다고, 자라리오는 솔직하게 감탄했다.

물론 에너지 양을 비교하면 자히르가 압도적으로 위였으므로 베니마루라 해도 직격을 받았다간 견디지 못할 것이다. 제아무리 마력요소에 대한 간섭력이 더 뛰어난들 제어가 불가능할 정도의 에너지를 부딪치면 방법이 없기 때문이다.

'흐음, 그렇게 되지 않도록 잘 행동하는 것 같지만, 애초에 자히르 녀석도 인내심이 한계에 달하지 않았나?'

자라리오는 그렇게 생각했다.

자히르도 마도대제로 알려진 자다. 지금 자신의 상황을 파악하면, 베니마루를 어떻게든 하지 않고서는 계속해서 불리해지리란 사실을 이해할 것이다.

'하지만 정말 훌륭하군.'

자라리오가 그렇게 생각하는 것도 무리가 아니다.

베니마루의 유도는 정말 교묘했으며, 폭발과 충격만은 엄청났다. 언뜻 보면 압도하는 것처럼 보이니 자히르가 지금의 상황을 깨닫는 것이 늦어지는 요인이 되었다.

그리고 각자의 연계에도 군더더기가 없었다. 저마다 자신의 역할을 꼼꼼하게 수행하고 있었다.

그것도 모두 베니마루가 지시하는 듯했다.

베니마루 자신도 나름대로 강한 전사인데, 대장으로 있는 편이 뛰어난 재능을 발휘하고 있었다. 자라리오는 은근히 베니마루라는 자가 위협이 된다는 것을 인정했다.

"나를 상대하면서 한눈을 팔다니, 내가 우습게 보였나보군."

신속의 검극이 교차한 후 레온이 담담히 말했다.

별로 화를 내는 기색은 없었으며 단순히 생각을 입에 담은 듯했다.

자라리오는 쓴웃음을 지으며 대답했다.

"아니, 그런 건 아니었어. 양측의 기량은 백중지간이니 당황하는 쪽이 지겠지."

그렇게 말하면서도 레온의 검을 여유있게 받아 흘려내는 자라리오.

하지만 그 말에 거짓이 있었던 것은 아니었다. 고레벨 검사가 되면 원래 차이가 생기기 어려워지는 법이다.

상대의 시선, 몸의 배치, 기척의 방향, 그러한 모든 정보에서 검의 궤적을 예측할 수 있게 된다. 그러한 수준에 오른 자들끼리 싸운다면 승패는 얼마나 페인트를 잘 성공시키느냐에 달린 것이다.

그렇게 되면 대화로 견제하는 것도 유효한 전술이 되기에, 억지로 공격에 나서 부상을 입는 것보다도 낫다는 것이 자라리오의 생각이었다.

적은 레온만이 아니라 소우에이라는 성가신 복병도 있다. 자라리오가 싫어하는 타이밍을 꿰뚫어보듯 공격을 가하니, 설령 자신보다 약하다 해도 방심할 수는 없었다.

존재치—— 신체를 구성하는 요소, 에너지 양, 각종 내성, 그러한 온갖 정보를 가미해 산출하는 수치를 말하는데, 이것은 어차피 하나의 기준에 불과하다.

실제로 위력특화형인 자히르가 속도에 특화한 상대의 공격을 뿌리치지 못하듯, 상성이 나쁘면 승부는 어떻게 굴러갈지 알 수 없는 법이다.

자라리오는 그러한 진리를 숙지하고 있었다.

존재치라는 것은 모르지만 적의 강함은 대체로 간파하고 있었다. 그렇다고 그것만으로 모든 것을 판단하면 생각지도 못한 데에서 발목을 붙들린다. 그는 전사로서 오랫동안 살아왔던 경험을 통해 그 사실을 깊이 이해하고 있었다.

그러므로 상대를 우습게 보는 것은 애초에 논외였다. 레온과 소우에이를 동시에 상대하면서도 결코 방심 따위 하지 않았다.

그러한 자라리오의 성질을, 레온도 이 짧은 시간 동안 간파하고 있었다.

'성가신 상대야. 허점이 없다는 건 정말로 상대하기 힘들어.'

자신은 뒷전으로 미뤄놓고 그런 생각을 하는 레온.

적에게 방심이 있다면 필살오의를 쓰겠지만, 자라리오에게는 그런 것을 바랄 수 없을 것 같았다. 제아무리 일격이탈 전법이 주특기인 레온이라도 필살기를 날렸을 때는 자신에게 허점시 생기고 마는 법이다. 그렇게 되지 않도록 전술을 짜나가면, 아무리 해도 장기전을 피할 수 없게 된다.

이렇게 되면, 모든 면에서 떨어지는 쪽이 불리해진다.

기량만으로 맞붙고 있는 레온에게는 이대로 가다간 패배한다는 미래가 보이고 마는 것이었다.

다시 말해, 자라리오의 방침이 정답이다.

이 정도까지 서로의 수를 읽고 있었으므로 두 사람의 대응은 매우 대조적이었다.

차분한 자라리오, 조금 여유를 잃은 레온. 그렇게 보였다…….

하지만 레온은 혼자가 아니었다.

"침착하게. 적의 말에 놀아나지 말고."

스윽 다가온 그림자에서 나온 소우에이가 레온의 귓가에 속삭였다. 그리고 그대로 무모하다고 여겨지는 돌격을 자라리오에게 감행하고, 보기 좋게 단칼에 베였다.

그것이 소우에이의 『분신체』임은 말할 것도 없다. 하지만 허실이 뒤섞인 파상공격을 받고 있으므로 이것이 의외로 통한다.

주로 검을 나누고 있는 것은 레온이지만, 피로가 쌓였을 때쯤 소우에이가 교대했다. 이를 되풀이하며 될 수 있는 한 힘을 소모하지 않고 전투를 지속할 수 있었다.

자라리오의 입장에서도, 그렇게 바람직한 상황은 아니었다.

그러한 고착상태가 이어지는 가운데, 갑자기 변화가 발생했다.

베니마루가 움직인 것이다.

"에르메시아 폐하, 부탁이 있는데——."

피로를 회복하고자 이탈 중이었던 에르메시아에게 베니마루가
말을 걸었다.

전투 중인데도 여유가 있군.

그런 생각을 하며, 들으려고 했던 것은 아니지만 귀를 기울인
자라리오.

"뭔데?"

"그쪽의 기사들, 메이거스라고 했던가? 잠깐이라도 좋으니까
나한테 지휘권을 맡겨줬으면 해."

느닷없이 무슨 소리냐 싶어진 자라리오의 신경은 금세 그쪽으
로 쏠렸다.

여기에는 레온도 울컥했다. 자신이 무시당한 것처럼 느낀 것
이다.

하지만 베니마루의 이야기에 흥미가 동한 것은 레온도 마찬가
지였다.

"뭐? 그건 좀 무리일 것 같은데——."

"무리인 것은 잘 알아. 하지만 이제 곧 밀림 님이 도달할 거라
는 보고가 들어왔어. 이대로 가다간 이 지역에 대한 피해가 걷잡
을 수 없게 될 테니까 어떻게든 저지하라는 명령이야."

"그건 리뭇치가?"

"응."

그럼 하는 수 없지——라는 표정을 짓는 에르메시아.

"보통은 말야, 아무리 우호국이라고 해도 절대 있을 수 없는 일

417

이지만~ 리뭇치가 하는 말이니 어쩔 수 없네."

상사도 상사지만 부하도 부하구나——라고 투덜거리면서도 에르메시아는 단장들을 소집했다.

그 모습을 보고 자라리오는 생각했다.

『아니아니, 진짜 그건 말도 안 되지.』

"막무가내군."

"뭐, 리무루니까."

"그 정도인가?"

"그래. 대놓고 말해서 이해불능이지."

어째서인지 적이어야 할 레온과 공감해버리고 말았다.

그건 그렇다 쳐도.

자라리오는 생각했다. 저 베니마루라는 자는 자히르를 상대하면서 무엇을 할 작정일까, 하고.

흥미롭게 지켜보고 있으려니 단장들이 투덜거리는 듯했다. 그것은 매우 당연한 반응이지만, 에르메시아가 일갈로 입을 막아버렸다.

위급존망의 시기라고 말하는 것 같았는데, 이를 증명이라도 하듯 베니마루가 무언가를 하고 있었다.

공간에 영상이 투영되었다.

보아하니 자신의 권능을 이용해 원거리의 영상을 하늘에 투사하는 모양이었다.

"저건 뭐지?"

"아무래도 신기루의 응용인가 보군. 리무루 님이 개발하신 감시 마법 '아르고스'에 베니마루가 제멋대로 개량을 더한 모양이야."

어째서인지 소우에이가 해설해주었다.

덧붙여서 전투는 지속 중이다. 지금도 격렬하게 검을 나누고 있지만, 아무래도 작업을 소화하는 느낌이 강해지는 바람에 이렇게 서로 대화를 나눌 여유도 생겨났다.

애초에 자라리오의 검기는 적을 단칼에 베어버리는 강검이다.

자라리오의 숙적인 인섹터는 외골격에 싸여 있으므로 몇 번씩 베다 보면 칼날이 상한다. 그렇게 되지 않도록 상대의 틈을 찔러 약점을 정확하게 베는 기술을 갈고 닦은 결과였다.

이계와 기축세계에서는 흐르는 시간이 다르기 때문에 자라리오의 체감시간으로는 수백억 년 이상의 긴 세월에 걸쳐 싸우고 또 싸운 것과 마찬가지였다. 그런데도 검의 기량이 더 이상 성장하지 않았던 것은 인섹터라는 적의 특성에 특화되고 말았던 탓이다. 하지만 세상에는 이상할 정도로 전투에 뛰어난 자가 있게 마련이라, 자라리오의 강함은 상상을 초월하는 수준에 이르렀던 것이다.

자라리오가 의욕이 없기에 레온과의 싸움이 성립되고 있는 셈이었다.

대치한 순간 레온과 소우에이도 자라리오의 진짜 실력을 알아차렸다. 그런데도 당황하지 않고 잡담을 나누거나 상황을 해설하고 있는 점에서 두 사람 모두 상당히 뱃심이 두둑하다고 할 수 있다.

그러저러해서 허공에 비친 영상에는 리무루 일행의 모습이 나타났다.

밀림의 상대를 리무루가, 베루자도의 상대를 기이가 맡고 있

419

다. 그리고 어째서인지 베루글린드까지 와선, 주위에 피해가 미치지 않도록 협력하고 있는 상황이었다.

"베루글린드가 도와주고 있다니. 역시 리무루. 사람 꼬드기는 재능은 무시무시하군."

"인덕이라고 말해주게."

그렇게 레온과 소우에이가 말을 주고받고 있었지만, 자라리오의 입장에서는 그럴 상황이 아니었다.

왜 밀림과 베루자도가 이쪽으로 오고 있는지, 그 이유를 알 수 없었기 때문이다.

애초에 이것이 계획대로인지도 알 수 없었다.

펠드웨이가 무슨 꿍꿍이를 꾸미고 있는지, 아니면 단순한 우연인지. 베루자도의 독단일 가능성도 있기야 있겠지만, 그 경우에는 무엇이 목적인지 상상도 가지 않는다.

하지만 만약 이것이 펠드웨이의 계략이었을 경우…….

'펠드웨이가 베루자도를 어떻게든 부추겼다고 한다면, 이 상황도 있을 수 있지. 그 경우, 목적은 뭐지?'

자라리오는 생각했다.

밀림과 베루자도가 싸우게 되었지만, 이것은 폭주하는 밀림을 베루자도가 흘려보내는 형태로 성립되고 있었다. 다른 목표를 정했다면 베루자도의 손은 비어버린다.

그렇게 되면 밀림은 모든 것을 철저하게 파괴할 테니, 이를 저지하기 위해 기이가 움직일 가능성이 높아질 것으로 보였다.

바로 그것이 베루자도의 노림수였을 것이다.

밀림과 싸우는 기이는 역시 여유가 없을 것이다. 그때를 노려

쓰러뜨리고, 자신의 충실한 종으로 만들 생각인 것이다.

여기까지는 간단히 읽을 수 있으므로 기이가 고분고분 나타났으리라고는 생각할 수 없다. 협력자를 데려오는 것은 당연할 테고, 그것이 마왕 리무루였다는 것도 수긍할 수 있는 이야기였다.

거기까지는 괜찮다.

그다음이 문제였다.

'베루자도의 노림수가 기이인 것은 명백하다. 하지만 그래서는 장소를 옮길 의미가 없는데. 그렇다면 역시 펠드웨이의 의도가 얽혀 있다고 봐야 하나……?'

자라리오는 여기까지 추측했지만, 거기서 골치가 아파졌다.

왜 일부러 자신들이 공략 중인 살리온으로 온 거지?

자신들을 지원하려고?

'아니, 그건 아니지. 펠드웨이 자식, 대체 무슨 생각이야?'

자라리오는 그 의문의 답을 찾지 못한 채 펠드웨이에 대한 불만을 드높였다.

처음부터 설명을 하란 말이다.

이 지역에 밀림을 유도해서 뭘 시킬 생각인지, 그걸 읽어내지 못하면 자신들도 말려들 수 있다. 협력해야 하는지 철수해야 하는지, 그것조차 알지 못하면 꼼짝달싹 못하게 된다.

자라리오는 생각했다.

방위전력이 실비아와 에르메시아뿐이라면 자라리오 일행만으로도 살리온은 간단히 함락시킬 수 있었다. 하지만 마왕 리무루가 원군을 파견하면서 상황은 고착상태에 빠졌다, 고 말하지 못할 것도 없다.

그렇게 되리라 내다보았기에 밀림을 보냈다……는 것은 이유로는 약했다. 그렇다면 처음에 밀림을 부딪쳐서 혼란에 빠뜨린 다음 자라리오 일행이 침공을 개시했어야 한다.

혼전상태에 빠진 다음에 밀림이 도착하게 했다는 건, 그 상황 자체에 의미가 있다고 봐야 한다.

예를 들면, 그렇다, 모두가 꼼짝할 수 없기에 밀림을 방해하지 못하고――.

여기까지 생각이 미친 자라리오는 뒤를 돌아보았다.

그곳에 서 있던 것은, 태고 시절부터 이곳에 존재했던 신의 나무.

대지에 뿌리를 펼치고, 온갖 천재지변으로부터 이 별을 수호하는 역할을 맡은 신수가, 자히르의 불꽃을 받으면서도 아직까지 건재한 모습을 과시하고 있었다.

과거 밀림과 기이가 싸웠을 때도, 그 피해가 미치지 않도록 이 땅을 수호했던 것이 이 신수였다.

북방에는 베루자도가 있었다.

마왕 루미너스가 지배하는 인류생존권은 기이와 라미리스가 수호했다.

루드라가 수호하는 나스카 지방도 베루글린드의 협력도 있어서 무사했다.

하지만 피해의 중심지였던 성역 다마르가니아는 '천통각'이 있었기에 멸망하지는 않았지만 지금도 심대한 피해의 상흔이 깊이 남아 있다. 과거의 영광은 사라진 채다.

그러나 반대로 생각하면――.

피해가 겨우 그것밖에 없었다고도 말할 수 있다.

세계는 신이 지키고 있다.

세계를 멸망시키려 한다면, 수많은 장애가 있다고 할 수 있다.

조정자인 기이는 그 가장 현저한 사례다.

인류에게서는 최강 최악의 마왕으로 두려움을 사지만, 베루다나바와의 맹약을 지키며 이 세계를 지켜왔다.

이처럼 세계를 수호하는 역할을 짊어진 존재가 몇 명 있다.

또 한 사람의 조정자인 라미리스를 포함해, 기이가 선별한 마왕들이다.

그리고 이와 대칭점에 있는 용사들.

특히 지금은 최강의 용사 루드라가 다시 태어난 마사유키가 있고, 베루글린드를 거느리고 있다.

그러한 자들과는 별도로 '천통각'처럼 신의 손이 영향을 미친 성유물도 방해가 될 것이다.

그중 하나가 바로 이 '신수'다.

'베루다나바 님을 부활시키겠다는 펠드웨이의 작전은, 미카엘이라는 숙주를 잃으면서 실패로 끝난 셈이지. 그렇다면 다음에 그놈이 노릴 것은…….'

이 세계의 멸망을 바랐다고 해도 이상하지 않다── 그렇게 생각한 자라리오는 등골이 오싹해졌다.

이 세계에 남은 성유물은 '신수'와 '천통각' 둘뿐이다. 라미리스가 만든 미궁도 있지만, 그건 다른 범주로 생각해야 한다.

그리고 방해가 될 눈에 띄는 존재는 얼마 남지 않았다.

기이, 리무루, 클로노아, 마사유키, 베루글린드, 베루도라까지 여섯 명이 그 대부분을 무력화시킨 이 상황에.

기이는 베루자도가 움직임을 막아놓았다.

리무루는 밀림의 폭주를 어떻게든 해보려고 손을 뗄 수 없다.

클로노아와 마사유키는 자유롭지만 아마도 힘을 다 써버려 한동안은 움직이지 못할 것이다.

베루글린드는 이 별을 지키기 위해 움직이고 있는 듯하다. 힘의 대부분을 할애하고 있다고 여겨지므로 위협은 사라졌다.

그리고 베루도라는, 현재 라미리스의 미궁 속에 있다.

펠드웨이의 표적이 되었음을 알아차리고 수비로 들어간 모양인데, 그것은 반대로 미궁에서 나올 수 없게 되었다는 뜻이기도 하다.

다시 말해 펠드웨이의 노림수가 자라리오의 예상대로라고 한다면, 상황은 착실하게 갖춰지고 있다는 뜻이다.

위험하다──.

자라리오는 생각했다.

솔직히 말해 자라리오에게는 파멸선망 따위 없다. 죽을 거면 혼자 죽으라는 것이 본심이며, 아무리 친구라고 해도 세계의 파멸에까지 어울려줄 마음 따위는 없었다.

애초에 친구이기에 멍청한 짓을 말렸어야 했다고 자라리오는 생각했던 것이다.

'내 예상이 맞았는지 어떤지는 모르겠지만, 그랬다고 생각하고 행동해야겠지.'

만약 잘못되었다고 해도 설명을 하지 않은 녀석이 잘못이라고 배를 째면 그만이다. 자라리오는 그렇게 결론을 내리고, 향후의 행동방침을 어떻게 해야 할지 생각을 전환하려 했다.

그리고 문득 주위를 둘러보니, 베니마루가 당당한 태도로 메이거스의 지휘를 맡고 있는 것이 보였다.

잘도 하는구나——.

자라리오는 감탄했다.

'자히르 상대로 확실하게 책략을 강구하면서, 한쪽으로는 다가올 천재지변에 대비해 준비를 게을리하지 않다니.'

그런 면에서는 자히르가 소인배로 보일 정도였다.

자히르가 마음에 들지 않았던 자라리오는 그것만으로도 베니마루에게 호감을 느꼈을 정도였다.

결판이 났구나——.

자라리오는 결단을 내리고, 레온과 소우에이에게 말을 걸었다.

"알고 있겠지만, 나는 자유를 빼앗긴 상태다. 이렇게 생각을 입에 담을 수 있는 정도까지는 지배권을 되찾았지만 아직도 미카엘에 의한 지배권이 남아있지."

"……무슨 말을 하려는 거냐?"

"같은 꼴을 당했던 너라면 내가 하고 싶은 말을 이해할 수 있지 않을까?"

"흥. 해방되는 걸 도와달라는 소리라도 하려고?"

"이야기가 빨라 다행이군."

그런 식으로 가볍게, 자라리오는 어떤 내용을 제안했고——.

＊

베니마루는 메이거스를 장악했다.

....

......

...

에르메시아가 승낙했어도 기사들에게서는 불만이 나왔다.

당연하다.

왜 남의 나라 사람이 자신들에게 명령을 내린단 말인가—— 그런 불만은 베니마루도 이해할 수 있었다.

다만 지금은 그런 소리를 하고 있을 때가 아니었다.

이를 이해해주었기에 에르메시아가 지휘권을 빌려주었고, 에라루도 공작도 마지못해 따르겠다는 뜻을 보인 것이다.

단원인 기사들은 작위를 가진 초엘리트라지만, 지금 따라주지 않으면 곤란했다. 왜냐하면 잘못 대응할 경우 밀림의 폭위에 휩쓸려 순식간에 궤멸될 테니까.

'역시 밀림 님은 무시무시해. 이미 쿠샤 산맥의 지형이 바뀌었다고 하고, 이대로 가다간 이곳도 마찬가지로 파괴당하겠지. 그렇게 되지 않도록 내가 열심히 해야 해.'

베니마루는 그렇게 결의하고 있었다.

리무루의 지령은 단순해서, 진로 예상과, 어떻게든 그것을 변경시키고 싶다는 내용이었다.

아무래도 이대로 가다가는 살리온의 수도를 지키고 있는 '신수'에 직격할 것이라고 한다.

리무루의 말은 자신이 없어 보였으나, 베니마루는 안다. 그런 때의 리무루는 예상이 빗나간 적이 없다는 사실을.

최악의 경우 모두를 대피시키라고 하지만, 우선은 최선을 다해

봐야 할 것이다.

그 열쇠가 되는 것이 메이거스였다.

리무루의 말에 따르면, 모두의 힘을 모은 공격을 밀림에게 가하면 한순간이라도 의식을 돌릴 수 있을지 모른다는 것이다.

쓰러뜨릴 가능성 같은 건 논할 단계가 아니라고 하니, 부상을 입힐 걱정 따위는 필요가 없다나.

'아무도 그런 걱정은 하지 않았지만…….'

베니마루는 쓴웃음을 지었다.

그리고 마음을 다잡으며, 에라루도가 설득을 시도하는 기사들에게 목소리를 높였다.

"들어라! 이대로 가다간 이 지역에 역사상 최악의 위기가 찾아온다. 그걸 저지하기 위해 나는 내 주군이신 리무루 님께 명령을 받았다! 너희가 여기에 따를 이유는 없겠지만, 지금은 따르라. 그렇지 않으면 너희의 고향이 깔끔쌈빡하게 파괴될 줄 알아라!!"

베니마루는 위협할 작정으로 말한 것이 아니라 그저 진실만을 말했을 뿐이었다.

여기서 리무루의 지시를 지키지 않는다면 거의 틀림없이 살리온이 멸망할 것이다. 물론 메이거스가 명령을 따르지 않는다 해도 베니마루 자신은 포기할 마음이 없었다. 전력으로 인명구조를 위해 피난유도를 돕고, 그 후 리무루와 합류할 작정이었다.

이제는 자히르 따위 베니마루가 보기에는 단순한 걸림돌일 뿐이었다. 카가리나 티어, 그리고 실비아 세 사람만으로도 충분히 쓰러뜨릴 수 있으리라 보고 있었다. 베니마루의 서포트가 있어야 가능하겠지만 그것은 짬짬이 해치울 수 있을 정도의 난이도였다.

그렇게 되어 베니마루는 밀려드는 위협에 대비하고 싶었다.

아무튼 이제는 대답을 기다릴 뿐이다.

메이거스의 대답에 따라 향후의 방침이 달라질 텐데, 여기서 베니마루는 빠르게 상황을 전달하고자 자신의 권능을 사용해 허공에 영상을 전개했다.

소우에이가 자라리오에게 해설했던 것처럼, 베니마루의 권능인『아마테라스』로 원거리의 영상을 재현한 것이다.

신기루를 참고로 해 베니마루가 편찬한 기술인데, 야외에서 운용할 때는 매우 유용했다.

그것으로 밀림과 베루자도의 상황을 비춰 보여주면, 누가 뭐래도 설득력이 높아진다. 베니마루는 그렇게 생각했지만, 이것은 상상했던 것보다 훨씬 가공할 광경이었다.

밀림이 포효하기만 해도 산과 강이 파괴되는 것이다.

강은 말라붙고, 산은 무너진다.

리무루가 필사적으로 달래려 하지만 효과는 없다. 쓸데없는 피해를 내지 않도록 베루글린드와 힘을 합치면서 밀림의 공격을 가능한 한 받아낼 수밖에 없는 듯했다.

'——아니, 그게 아니구나. 리무루 님이 밀림 님의 주의를 끌고 있으니까 저 정도 피해로 그치는 거야…….'

리무루가 밀림의 주의를 전부 자신에게 돌리고, 그 여파를 베루글린드가 막아내는 상황이었다. 리무루가 필사적인 심정이 되는 것도 당연했다.

이렇게 보면 리무루가 밀림을 유도할 수 있을 것 같지만, 그것은 불가능하리라. 비유하자면 밀림의 공격은 격류와도 같은 것이어서, 이를 견디며 받아 흘려낼 수는 있어도 방향 그 자체를 바꾸기란 무리였다.

'혹은 우리를 걱정시키지 않으려고 하시는 것뿐이고, 그 외에도 이유가 있는 건가?'

아무튼 베니마루의 입장에서는 해야 할 임무를 다할 뿐이었다.

'한순간이라도 의식을 돌리면 진로를 바꿀 수 있을지도 모른단 말이지. 어디 해보자.'

베니마루는 크게 심호흡을 했다.

실패하면 대참사. 최악의 경우 세계가 멸망할 수도 있다.

실제로 불리한 도박이기는 하지만, 그것 말고는 승산이 없으니 어쩔 수 없다고 선을 긋고, 여느 때처럼 리무루를 믿기로 했다.

베니마루는 그래도 상관없었지만, 메이거스는 그렇지 않았다.

그 **광경**을 보여주고도 동요하지 말라는 것이 무리였다.

그런 가운데, 당당한 태도의 베니마루에게 시선이 모였다.

메이거스가 조용해진 틈을 노려, 에르메시아가 입을 열었다.

"다시 말하겠는데, 베니마루 공에게 메이거스의 지휘권을 맡기겠어요. 이의 있는 사람이 있을까?"

에르메시아가 위압을 담아 그렇게 물었으나 반론은 나오지 않았다.

'뭐, 당연하겠지. 아무리 그래도 저런 걸 보고 나서 불만을 늘어놓을 바보는 없을 테니까…….'

에르메시아가 진심으로 명령을 내리면 모두가 목숨을 걸고 베니마루를 따를 것이다. 하지만 그래서는, 자신이 무엇을 위해 움직이는지 이해하지 못한 채 불만을 품고 따르는 자가 나왔을지도 모른다.

베니마루는 그것까지 생각하진 않은 듯하지만, 결과적으로는 최고의 형태로 낙착을 보았다.

....

......

...

시간이 없다는 양, 베니마루는 착착 명령을 내렸다.

상대는 타국의 기사들인데도 전혀 사양하지 않는 호쾌한 모습이었다.

반대로 그것이 든든했던 자도 많았는지, 베니마루가 의도하지 않은 곳에서 평가는 쭉쭉 올라갔다.

이리하여 준비는 착착 진행되었다.

●

살리온으로 접근하자 거대한 수목이 보이기 시작했다.

거리는 아직 꽤 있을 텐데도 똑똑히 시인할 수 있었다. '신수'라는 것이 얼마나 거대한지 그것만으로도 이해할 수 있었다.

하지만.

제아무리 거대해도 밀림의 폭위 앞에서는 견디지 못할 것이다. 그렇게 확신해버릴 만큼 밀림의 힘은 압도적이었다.

그야 뭐, 이곳에 오는 동안 진저리가 날 정도로 봤으니까.

아직도 이 별이 무사한 것은 협력을 자청해준 베루글린드 씨 덕분이다.

세계가 붕괴되면 베루글린드 씨도 곤란해질 테니 그렇게까지 고마워할 일도 아니겠지만, 그렇게 되었더라도 그녀는 차원도약으로 도망칠 수 있을 것이다. 그러니 나는 고맙게 협조 제의를 받아들였다.

마사유키의 곁에는 『별신체』를 남겨놓았다고 하니 이곳에 있는 것은 7할 정도의 힘밖에 없다. 그래도 충분히 내 도움이 되어 든든하기 그지없다.

그러므로 자꾸만 응석을 부리게 되었다.

"시시한 질문이지만요, 이대로 신수에 피해가 가지 않도록 지켜주실 수 있을까요?"

나는 베루글린드 씨에게 밑져야 본전이라는 심정으로 물어보았다.

하지만 결과는 아나나 다를까.

"여전히 바보구나. 밀림은 전혀 본심이 아닌데, 나는 온 힘을 다해 『스타 배리어(성호결계, 星護結界)』를 유지하고 있는걸? 그래도 이 꼴인데, 밀림은 '성입자'를 다룰 수 있단 말야. 드라고 노바를 정면에서 받아낼 만한 『결계』 같은 건 이 세상에 존재하지 않아."

'하아, 못 말리겠네'라고 말하듯 베루글린드 씨에게서 싸늘한 시선이 날아들었다.

쓸데없는 소리는 하지 말 걸 그랬다고 생각하면서도, 미인의 흘겨보는 눈이 가진 파괴력에 두근두근하고 말았다.

"하지만요, 드라고 노바도 반사되었다고 그러던데요──."

"밀림이 적당히 해줬던 거야. 성입자는 반사가 불가능할 테니까 기대해봤자 헛수고야."

431

아아, 그랬나요…….

적당히 해줬다기보다, 밀림은 자기 힘을 제어했던 거구나. 아니 뭐, 적군을 소멸시켜버리는 김에 별까지 박살 내버릴 수도 있으니까 전력을 다하지 못하는 건 당연하겠지만.

그런 밀림이, 현재 폭주 상태다.

적당히 해주기를 기대하는 것은 잘못이었다.

그렇게 되면 밀림이 진심으로 드라고 노바를 쏘기 전에 어떻게든 밀림에게 내려진 명령을 해제해야만 하는데.

그러면 어떻게 하느냐.

시엘이 세운 작전은 가능한 한 전력을 모아 파상공격을 가해 밀림의 의식을 그쪽으로 쏠리게 한다는 것이었다. 그 틈에 내가 펠드웨이의 권능을 중화시켜 명령을 해제시킨다.

실제로 펠드웨이의 권능으로 밀림이 조종당하고 있지만, 그건 완벽하지 않다. 그리고 나라면 그 지배를 해제할 수 있다고, 시엘이 자신만만하게 말했던 것이다.

정확하게 말하자면 내가 아니라 시엘의 힘으로 해제하는 거지만…… 그걸 성공시키려면 밀림의 의식을 다른 곳으로 돌릴 필요가 있다고 한다. 그러므로 이것은 나 혼자만의 힘으로는 이룰 수 없다는 뜻이다.

그렇다면 베루글린드 씨가 밀림을 상대하고 그 틈에 내가 명령해제를 하면——이라고 생각했지만 그 경우 여파 때문에 지상에 대참사가 일어날 수 있다고 한다. 베루글린드 씨가 부탁하지도 않았는데 와주었을 정도니, 그야 그렇겠다고 수긍할 수밖에 없었다.

가능하다면 내가 타깃이 되어 피해가 줄어드는 쪽으로 움직이고 싶다. 하지만 그럴 수도 없는 노릇이라, 얼마나 피해가 나올지 상정하기도 어려운, 무모하기 그지없는 작전이라고 할 수 있으리라.

　게다가 성공률도 높지 않다니——.

《낭보입니다. 성공률이 상승할 만한 요소를 발견했습니다.》

　어이쿠?
　비보는 싫지만 낭보라면 너무 좋죠.

《목적지 주변에서 마왕 레온과 적장 자라리오의 존재를 확인했습니다. 매우 잘 되었으니 협조하도록 요청해볼까 합니다. 허가를 부탁해도 되겠습니까?》

　물론 좋지만, 협력해줄까?
　레온은 그렇다 쳐도 자라리오는 펠드웨이의 맹우나 마찬가지인데…….

《문제없습니다. 확실하게 협력해줄 것입니다.》

　시엘의 그 자신감이 어디서 나오는지는 모르겠지만 이럴 때는 무조건 맡겨두어야 한다. 나는 생각을 포기하고 허가를 내렸다.
　그 결과가 어떻게 될지, 그것이 판명된 것은 바로 직후였다.

자라리오가 제안한 것은 레온과 소우에이에게 전력으로 공격을 받아 자신에게 부하를 건다는 방법이었다. 전력으로 권능을 행사하는 동안 펠드웨이가 걸렸던 '얼티밋 도미니언(천사장의 지배)'가 어떻게 작용하고 있는지 알아보려 한 것이다.

레온도 지배를 받고 있었을 텐데, 지금은 해방된 듯했다. 다시 권능을 사용하면 어떻게 될지는 알 수 없지만, 그렇기에 그것을 검증해 이 상황에서 벗어날 계기를 얻을 수 있지 않을까 생각했던 것이다.

레온도 여기에 응했다.

부럽게도, 레온의 경우 천사계 스킬에 편입되었던 '지배회로'가 마왕 리무루의 손에 의해 봉인되었다고 한다.

유감스럽게도 자라리오의 검정에는 도움이 되지 않았지만, 부하를 건다는 방법은 시험해볼 가치가 있다. 그렇게 판단하고 그대로 작전을 실행하고자 했다.

그때였다.

신비한 목소리가 들려왔던 것은.

《이야기는 모두 들었습니다. 여러분이 원하신다면 천사계의 권능을 재창조해 그 누구에게서도 영향을 받지 않도록 해드리겠습니다.》

정체불명의 상대로부터 느닷없이 그런 제안을 받은 셈인데, 생각해보면 말도 안 되는 이야기였다.

그런 수상한 제안에 『네』라고 고개를 끄덕일 수 있겠는가.

레온과 자라리오는 자기도 모르게 얼굴을 마주 보았다.

어떻게 할까—— 하고 서로의 시선이 서로에게 물어보고, 두 사람 모두 이것이 상대의 소행이 아님을 이해했다.

그러면 어떻게 할까 고민하는 두 사람.

레온은 이것이 리무루의 소행임을 눈치채고 있었다.

어떤 수법을 썼는지, 그런 건 생각하는 것조차 어리석은 짓이다.

'그놈이라면 신기할 것도 없지. 그렇다면 맡겨보는 것도 재미있으려나.'

레온은 그렇게 결단을 내렸다.

애초에 타인의 권능에 편입된 '지배회로'인지 뭔지를 간단히 조작할 수 있었다면 뭐든 못하겠는가. 숨길 마음조차 없이, 자신의 힘은 말도 안 되게 강하다고 선전하는 것과 마찬가지다.

레온만이 아니라 다른 마왕들의 견해를 보더라도 대개 일치해서, 『리무루는 말도 안 되는 놈』이라는 인식으로 낙착을 보고 있다.

리무루의 입장에서 보자면 오해도 이만저만한 오해가 아니지만, 시엘이 마음대로 하도록 내버려둔 시점에서 공범이므로 불만을 제기할 자격은 없다.

한편 자라리오는 극도의 곤혹감을 느끼고 있었다.

표면상으로는 냉정함 그 자체여서, 역전의 무인으로서 체면을 유지하고 있었다. 하지만 자라리오의 내면은 혼란스러웠다.

'어떻게 했지? 어떻게 내 마음에 직접 말을 거는 짓을 할 수 있지?!'

자라리오는 누군가가 자신의 마음에 직접 말을 거는 경험이 처음이었다.

레온은 무시했지만, 진지한 성격의 자라리오는 그 점이 마음에 걸렸던 것이다.

이것이 레온의 소행이라면 직접 사념을 날렸다고 판단했을 것이다. 하지만 리무루는 이 자리에 없다. 그것은 자라리오의 경험과 상식으로는 있을 수 없는 현상이었다.

그것만이 아니다.

자라리오는 당연히 온갖 정신공격을 막기 위해 심리방벽을 펼쳐놓았다. 애초에 정신생명체니까 마음(심핵)의 방어는 철벽이다.

하물며 본인의 바람과 밀접하게 관련이 있는 얼티밋 스킬에 타인이 손을 대다니, 상식적으로 생각해도 있을 수 없는 이야기였다.

'뭐가 뭔지 모르겠군. 애초에 그게 가능하긴 한가?'

도저히 가능하다고는 여겨지지 않았으나, 그 목소리가 거짓말로 속이려 하는 분위기도 아니었다.

자라리오는 자유를 얻기 위해서라면 자신을 위험에 빠뜨려도 상관없다고 각오했다.

그런데도 그 목소리는 매우 간단한 일이라도 되는 양, 이해할 수 없는 제안을 한 것이다.

그것은 자기도 모르게 웃음을 터뜨리고 말 정도여서——

『대가는 뭐지? 내가 제안을 받아들인다 치고, 네놈에게 무슨 메리트가 있나?』

——그렇게 자라리오가 되물어버리는 것도 무리는 아니었다.

그 목소리가 대답했다.

《약간의 도움을 부탁드리고 싶습니다. 저의 지시에 따라 전력으로 공격하기만 하면 되는, 매우 간단한 일이지요.》

──라고.

수상하기 짝이 없는 대답이었다.

자라리오에게 디메리트 따위 전혀 없는 것처럼 들리기에 더더욱 의심스러웠다.

그러나 반대로, 그것이 화끈하게 느껴지니 신기할 따름이었다.

『좋다. 제안을 받아들여주지.』

자라리오도 그렇게 대답했다.

이를 받아들여, 계약은 성립되었다.

《대상의 승낙을 확인── 이제부터 『얼터레이션(능력개변)』을 실행합니다.》

변화는 극적으로, 순식간에 이루어졌다.

그 후로는 수수께끼의 목소리── 시엘의 독무대였다.

레온의 권능── 얼티밋 스킬 『메타트론』은 한층 성능이 향상되어 얼티밋 스킬 『수리야(광휘지왕, 光輝之王)』로 재창조되었다.

자라리오의 얼티밋 스킬 『이스라필(심판지왕)』 또한 시엘의 손에 얼티밋 스킬 『메티스(심벌지왕, 審罰之王)』으로 개변되었다.

무사히 장기말을 확보했다고 시엘이 말했다.

레온과 자라리오에게서 협조를 얻어냈나보다.

이해할 수 없는 이야기다.

레온은 그렇다 쳐도, 자라리오는 적이잖아?

뭘 어떻게 하면 그럴 수 있는 건데?

《매우 간단했습니다. 제가 『해석감정』한 『미카엘』에는 천사계 스킬에 대한 절대지배를 가능케 하는 '얼티밋 도미니언'이 있었으므로 이를 이용했을 뿐입니다.》

있었지, 그런 반칙 기술.

적이 쓰면 짜증 나지만 아군이 사용하면 이렇게나 든든하구나…….

그렇다기보다 너무 대단해서 허망함이 찔어준다.

시엘은 권능을 통해 레온과 자라리오에게 간섭하고 교섭을 성립시켰던 것이라고 한다. 그때 '겸사겸사' 두 사람의 권능을 만져주었다는데, 취미도 이쯤 되면 대단하다고 칭찬해줘야 할 것 같다.

《우후후, 고맙습니다♪》

아니, 아직 칭찬 안 했거든?

오히려 어이없어하고 있는데, 시엘이 기뻐하는 것 같으니 가만히 있자.

아무튼.

전력이 늘어난 건 기쁜 오산이다.

레온과 자라리오는 현상유지. 싸우는 척하면서 시엘의 지시를 기다리고 있다.

나는 나대로 그때에 대비해 관계자들에게 연락을 돌렸다.

베니마루와는 긴밀히 의논해 약간의 오차도 발생하지 않도록 신경을 썼다.

베니마루는 자히르와의 전투에서 보조 역할도 맡고 있는 듯했지만 그쪽도 신경쓰지 않아도 된다고 한다. 실비아 씨만이 아니라 카가리와 티어도 함께 싸우면서, 놀랍게도 자히르를 몰아붙이는 중이라나.

자히르와 같은 계통의 베니마루가 약점을 찌르는 듯한 작전을 지시하고 있기에 성립되는 상황인 것 같다.

베니마루만 가지고는 이기지 못했을 테니, 상성이란 정말로 중요하다는 생각이 들었다.

베니마루 쪽은 맡겨놔도 안심할 수 있으니, 다른 데에도 눈을 돌리기로 했다.

소우에이에게도 사정을 설명하고, 그때가 되면 레온과 자라리오에게 협조하도록 당부했다.

에르땅에게도『사념전달』이 이어졌으므로 이쪽의 상황을 설명해두었다. 작전의 개요도 전달했으므로 메이거스에게도 전달해줄 것이다.

덧붙여서 메이거스를 처음으로 보았는데, 굉장히 놀랐다. 애니 같은 데서 등장할 법한 갑주형 로봇을 연상했기 때문이다.

조작하는 것이 아니라 커다란 갑옷을 장착하는 느낌으로, 감각을 공유하는 것 같았지만, 5미터가 조금 못 되는 정도의 거구는 내 감상으로는 로봇이었다.

여기에 대해서는 나중에 평화로워진 후 연구할 생각이다.

그런 즐거움도 생겼으니 이번 작전은 반드시 성공시켜야만 한다.

여기서 실패하면 살리온이 잿더미가 될 테니까.

나는 다시 한번 마음을 다잡고 밀림의 관찰을 속행했다.

여전히 터무니없는 오라를 두른 채, 지친 기색 따위 조금도 보이지 않았다.

지금도 한계가 보이지 않는 파워인데, 정말로 무섭다고 여긴 것은 조금씩 기척이 부풀어오르는 것 같다는 점이었다.

밀림 녀석, 이 상황에서 성장하고 있다.

아니, 정확히 말하자면 억눌렸던 힘이 해방되는 것이다.

존재치로 환산해봤자 의미는 없겠지만, 내가 쓰러뜨린 미카엘보다도 위인 것은 확실했다.

저런 녀석과 정면에서 싸우다니, 생각만 해도 소름끼친다.

하지만 해야만 한다.

결전의 때가 다가왔다.

나는 무슨 일이 생겨도 곤란하지 않도록 모든 사태를 상정하고 대책을 강구했다.

●

자라리오는 당혹감을 감추지 못했다.

　자신의 몸에 무슨 일이 일어났는지, 체감은 해도 실감은 없었다.

　이제부터 『얼터레이션』을 실행합니다── 그런 목소리가 들려온 것 같았지만, 그 직후 마음(심핵)을 묶어놓았던 사슬이 터져나간 것처럼 느껴졌다.

　그것은 자라리오의 심상풍경일 뿐이었지만, 분명히 느꼈다.

　펠드웨이가 『미카엘』의 권능을 물려받으면서 자라리오는 여전히 지배당한 상태였다. 그랬는데 순식간에 해방된 것이다.

　기껏 얻은 얼티밋 스킬 『이스라필』은 지배당한 상태에서는 차라리 버리는 편이 낫다고 생각했다. 그랬는데 어째서인지 권능은 그대로 남아있는 듯했다. 심지어 활용도가 더 좋아진 것 같았다.

　얼티밋 스킬 『이스라필』은 『우리엘』의 하위호환 같은 성능이었다. 부족한 부분을 보완하는 면도 있지만 권능의 방향성으로는 비슷한 느낌이 되었다.

　쉽게 말해 공간관리에 특화된 권능이다. 권능이 영향을 미치는 영역 내의, 온갖 물질과 파장의 흐름을 관리할 수 있었다.

　대상에서 제외되는 것은 '정보자'와 '성입자' 같은 특수한 예외뿐이었다.

　다시 말해 자라리오에게는 레온의 주특기인 영자공격── '디스인티그레이션'조차 통하지 않게 되었다.

　물론 에너지 양이 동등하다면 통하지만, 레온과 자라리오는 격차가 너무나 크다. 자라리오가 마음만 먹으면 '레온의 디스인티그레이션'을 반사하는 것조차 가능했다.

물론 이번 싸움에서는 레온이 한 번도 자신의 필살기를 꺼내지 않았다. 권능에 의구심을 품어버린 탓에 사용을 망설이고 말았기 때문이다.

그러므로 보일 기회가 없었지만, 그것은 두 사람 모두에게 행운이었다.

그런 자라리오의 권능은 시엘의 손에 의해 다시 태어났다.

얼티밋 스킬『메티스』── 대상공간 내의 온갖 물질과 파장을 마음대로 조종한다는, 얼티밋 스킬『우리엘』마저 능가하는 밸붕 스킬로.

'정보자'와 '성입자'는 조종할 수 없다지만 전투특화라 부를 만한, 최강의 일각에 어울리는 성능이었다.

자라리오는 그것을 직감으로 이해했다.

'믿을 수 없군. 어째서지? 나는 분명 제안을 받아들이기는 했지만, 같은 편이 되겠다고 말한 적은 없는데…… 그렇다기보다, 아니아니, 그 이전의 문제지.'

자라리오는 자신이 조금 혼란스러워하고 있음을 자각했다.

그것도 어쩔 수 없는 노릇이다.

얼티밋 스킬이란 것은 원래 획득하기도 지극히 어렵다. 그야말로 체감시간으로 수백억 년 이상을 살아온 자라리오가 겨우 자력으로 획득했을 정도로.

존재는 알고 있었지만 자신에게는 필요가 없다고 생각했다. 그러므로 획득할 수 없었던 것인지도 모르지만, 그렇다 쳐도 말이다.

'간단히 입수할 수 없는 건 사실. 그런 걸 이렇게 쉽게 개변한

다고? 말이 되나?! 그렇다기보다 그런 짓을 할 수 있는 건——.'

여기까지 생각하자 오싹 소름이 끼쳤다.

얼티밋 스킬이란 것은 창조주 베루다나바가 세계를 관리하기 위해 만들어낸 시스템이다. 관리자 권한이 있으면 대체가 가능하지만, 더 편리하게 특화한 권능이 있다면 그야말로 신과도 같은 힘을 행사갈 수 있는 것이다.

조건에 따라서는 리저렉션도 불가능하지 않다.

'그런, 세계의 섭리조차 간단히 박살내버릴 것 같은 권능을—— 재창조할 수 있나?'

그런 생각에 자라리오는 몸을 떨었다.

애초에 생각해보면 이상한 이야기였다.

"대체 누가 이런 짓을——."

자기도 모르게 중얼거린 자라리오에게 레온이 대답했다.

"리무루의 짓이지."

"리무루? 마왕 리무루가 했단 말인가?"

"맞아. 어렵게 생각할 것 없어. 원래 그런가보다 해."

막무가내다—— 자라리오는 생각했다.

하지만 레온이 먼 산을 보는 표정인 것을 보고, 그간 많은 일이 있었음을 짐작해버렸다.

"너희들, 리무루 님께 불경하다."

그때 소우에이가 언짢은 투로 말했다.

주인을 업신여겼다고 생각해 화를 내는 모양이지만, 자라리오는 딴죽을 걸고 싶은 심정이었다.

"너희 주인이 비상식적이란 말이다!"

"맞아."

자라리오가 자기도 모르게 반론하자 레온도 고개를 끄덕였다.

생각지도 못한 데서 의기투합해버리는 바람에 두 사람은 조금 민망해졌다.

"힘의 확인은?"

자라리오가 화제를 바꾸기 위해 레온에게 물었다.

"날 뭘로 보고. 감각으로 이해했다."

그 말에 레온이 대꾸했다.

실제로 레온은 『수리야』를 완전히 자신의 것으로 만들었다.

처음부터 자신의 힘이었다고 여겨질 정도로, 전혀 위화감 없이 받아들였던 것이다.

지금의 레온이라면 무리없이 '영자'에 간섭할 수 있다.

실제로 단순한 기량만을 비교한다면 레온이 자라리오보다도 한 수 위였다.

자라리오도 무인으로서 경험이 풍부하기는 했지만, 적은 획일적인 인섹터였으며 기술을 단련한다는 개념과는 무관했기 때문이다. 이것은 오베라에게도 통하는 말인데, 같은 상대하고만 싸우고 있었으므로 적에게 맞춰 자신의 기술이 최적화되고 말았다. 애검이 갓즈급에 이른 후로는 적의 외골격마저 쉽게 절단할 수 있게 되는 바람에 기량이 성장하는 일은 사라졌던 것이다.

그 점에서, 살아온 시간은 비할 바가 못 되지만, 레온은 수많은 적을 상대로 싸웠던 '용사'다. 이렇게 경험 면으로만 비교하면 자라리오를 웃돈다 해도 이상하지 않았다.

그렇기에 자라리오가 한 수 접어주고 있었다고는 하지만 압도적인 격차가 있는 상대에게 권능도 쓰지 않고 승부가 성립되고 있었다.

따라서 레온은——.

"네놈은 계속 권능을 쓰지 않았던 것 같은데, 괜찮나?"

그런 자라리오의 물음에 훗 웃으며 대답했다.

"문제없다. 지금이라면 사양않고 상대해줄 수 있다만, 어떻게 하겠나?"

네놈으로 증명해줄까? 라고 말하는 듯한 레온의 태도에 자라리오도 쓴웃음을 지을 수밖에 없었다.

"나중에 마음껏 상대해주지."

그렇게 받아넘기고, 시인할 수 있게 된 밀림에게 의식을 돌렸다.

●

멀리서 기다리고 있는 동료들을 둘러보며, 모두의 준비가 완료됐음을 확인했다.

역시 베니마루. 멋진 포진이었다.

이거라면 낭비없이 밀림에게 파상공격을 펼칠 수 있을 것이다.

소우에이의 모습도 보였다.

공중에서 정지한 채 가만히 서 있다——기보다 허공에 떠 있는데, 언제 봐도 섹시함이 풍긴다.

전투 중에 그런 건 필요가 없겠지만, 본인도 의도하지 않는 것 같으니 말릴 수는 없겠지.

그건 그렇다 치고 소우에이의 양옆에는 레온과 자라리오가 있다. 의기투합한 것처럼 보였으므로 시엘 말대로 정말 협력을 얻어낸 모양이다.

이건 자라리오가 배신했다기보다도 펠드웨이에게 인덕이 너무 없었던 게 아닐까.

뭐, 이번에는 그 덕분에 도움을 받았으니 나도 불만은 없지만.

이 건이 끝난 후에 어떻게 될지, 그게 문제라고 마음속 한구석에 담아놓았다.

이건 뭐, 소우에이에게라도 떠넘기기로 하고.

『베니마루, 최종확인을 하겠다만 괜찮겠나?』

『걱정없습니다. 레온 공과 자라리오 공도 제 지휘를 받아들여주었고, 우려할 점은 아무 것도 없습니다.』

자신만만한 대답에 나도 만족했다.

· 승부는 한순간이다.

음속의 수십 배 속도로 접근하는 중이므로 초동을 실수했다간 그것으로 끝이다.

밀림이 드라고 노바를 갈길 때까지 걸리는 시간 따위 눈 깜짝할 사이보다도 더 짧을 것이다.

급정지해 태세를 재정비하고, 남은 것은 쏘는 것뿐.

보고 있는 우리의 체감시간은 길겠지만 실제로는 3초 정도일 것이다.

비행 중인 밀림에게 공격을 가해도 맞지 않을 테니, 노릴 것은 그 한순간뿐. 연속공격을 펼치면서 밀림의 거동을 유도하고 그 틈에 내가 『허공지신』을 발동시켜, 펠드웨이가 펼쳐놓은 밀림에 대한 간섭사념—— '레갈리아 도미니언'을 제거하는 것이다.

레온과 자라리오가 전력공격으로 지원해주니, 성공률도 높아졌으리라 생각한다.

메이거스의 파상공격에 이어 베니마루, 소우에이, 레온, 자라리오, 이상 4명이 뿜어내는 최종오의니까 말이야. 밀림도 움직임을 멈추고 다소는 방어할 것이다.

작전의 개요는 이상이다.

그리고 결행의 순간이 찾아왔다.

밀림이 신수에 공격을 가하고자 공중에서 정지했던 것이다.

메이거스의 공격이 시작되었다.

깔끔하게 연출한 것처럼 일사불란한 움직임으로 빔 포가 차례차례 방사되었다.

보통 때였으면 넋을 놓고 바라보았겠지만 지금은 그럴 때가 아니었다.

저 한 줄기의 광선이 핵격마법: 뉴클리어 캐논 상당이라는 고위력 열선임을 알 수 있었다. 저걸 연사할 수 있는 로봇 병기라니, 에르땅도 굉장한 비밀병기를 가지고 있었구나.

그건 뭐, 다음에 천천히 이야기를 나눠보기로 하고.

아니나 다를까, 밀림에게는 통하지 않네.

베니마루의 적확한 지휘 덕에 광선이 한 점에 집중되고 있다. 그 초점온도는 억을 넘어 위험한 지경에 이른 것 같지만, 밀림에게는 통하지 않는다.

왜냐하면, 방어태세조차 취하지 않고 무시하고 있거든.

보기에는 요란하지만, 이 공격, 의미가 있었나?

《밀림의 주의를 분산시켜 약간이나마 시간을 끌었습니다.》

　그, 그래…….

　거의 무의미하지만 역할은 제대로 수행했구나.

　아, 밀림이 두 팔을 앞으로 내밀었다.

　전혀 주의가 분산된 것 같지 않고, 이대로는 내가 뭔가 해봤자 통하지도 않겠지.

　이렇게 되면 베니마루 쪽의 공격에 기대할 수밖에 없다.

　처음에 움직인 것은 소우에이였다.

　"천수영살(千手影殺)."

　소우에이의 그림자가 늘어나더니 천 개의 팔이 되어 밀림을 포박했다.

　그러나.

　소우에이의 권능인 얼티밋 기프트『츠쿠요미(월영지왕, 月影之王)』를 전력으로 발동시켰는데, 밀림의 움직임을 한순간 막는 것조차 불가능했다.

　하물며『일격필살』따위 통할 리 만무했다. 처음부터 상정한 대로이기는 했지만, 유감스럽게도 아주 약간의 주의를 끄는 것조차 불가능한 채 끝나버린다——고 생각했더니 그걸로 포기할 소우에이가 아니었다.

　놀랍게도, 밀림을 직접 두 팔로 붙잡고자 그녀의 뒤로 다가갔던 것이다.

《안심하십시오. 저것은 소우에이의 『별신체』입니다.》

아, 그렇구나.

엄청 편리하게 써먹는다고 감탄해버렸다.

이렇게 소우에이는 밀림의 움직임을 막는다는 목적은 달성하지 못했으나, 약간이나마 동작을 저해하는 데에는 성공했다.

그리고 그런 소우에이와 겹쳐지듯 궁극의 파괴광이 난무했다.

"티끌이 되어 사라져라, 헌드레드 브레이커(백렬쇄광영패, 百裂碎光靈覇)!!"

레온의 필살오의다.

광휘 하나하나가 사람을 집어삼킬 정도의 사이즈인 데다 레온의 뜻대로 궤도를 변화시키는 '디스인티그레이션'이라는, 생각할 수 있는 것 중 최강의 기술이었다.

말할 것도 없이 소우에이의 『별신체』는 순식간에 티끌이 되었다.

그러나.

밀림은 움직이지 않는다.

드라고 노바의 발동태세에 들어선 순간부터, 밀림을 감싸듯 눈에 인비지블 배리어(불가시장벽)가 발생한 것이다. 그것은 '성입자'의 광채를 띠고 영자공격마저 완벽하게 방어해냈다.

틀림없이 『우리엘』의 『절대방어』보다도 위였다.

레온의 오의는 나조차 고전할 만한 것인데, 별다른 효과도 없이 끝나버렸다.

하지만 공격은 이걸로 멈추지 않는다.

레온의 결과가 나오기도 전에 자라리오도 움직이고 있었다.

"인새니티 해시(신패강참렬섬, 神覇剛斬裂閃)."

강직함의 표본과도 같은 자라리오는 베니마루의 지시를 저항 없이 받아들인 모양이었다.

협력하겠다고 약속한 이상, 약속을 어길 생각은 없겠지.

적이라 해도 지휘관을 따르는 것이 군인의 본분이라고 생각하 는지, 적이지만 의외로 신뢰할 수 있는 남자였다.

자라리오는 소우에이의 공격과 동시에 기술을 펼쳤다.

내가 알 방법은 없었지만, 그것은 레온과 소우에이를 상대했을 때에도 보여주지 않았던 기술이었다.

아리오니움 외골격조차 일도양단하는 자라리오의 강검은 그저 휘두르기만 해도 필살의 위력을 내포하고 있다. 그것이 지금, 필 살의 의지를 담고 밀림에게 향한 것이다.

존재치 상정 2천만 오버는 장식이 아니었다.

소우에이와 레온의 공격을 합친 것보다도 고밀도의 검압을 담 아, 우직할 정도의 신속으로 휘두른 일격이었다.

그러나.

밀림의 인비지블 배리어가 아찔해질 정도의 빛을 뿜기는 했지 만, 그것으로 끝나고 말았다.

그것은 믿기 힘든 광경이었다.

어느 하나만을 보더라도 경시할 수 없는 위력이었을 텐데도.

그런데도 밀림에게는 별다른 의미가 없는 듯했으며―― 세 사 람의 동시공격은 이렇게 실패로 끝나는 것 같았다.

밀림의 드라고 노바를 발동시키기까지 남은 시간은 이제 겨우

1초.

　하지만 그 정도만 있으면 충분하다고 생각하게 만드는 것이 베니마루라는 사나이다.

　베니마루 본래의 호전적인 성격을 여실히 보여주듯, 그의 입가에는 대담한 웃음이 맺혀 있었다.

『자, 이제부터가 진짜다!』

　실제로 목소리를 냈던 것은 아니지만 그 신호에 맞춰 소우에이, 레온, 자라리오가 움직였다.

　처음부터 예정대로였던 것이다.

　베니마루가 손에 든 '홍련'이 아름답게 붉은 광채를 뿜어내고 있었다.

　온갖 물질을 연소시킬 가공할 적광이, 베니마루의 거무죽죽하게 물든 오라(패기)와 섞여간다――.

　"프로미넌스 액셀러레이션(양광흑염패 가속여기, 陽光黑炎覇加速勵起)――!!"

　그것은 검은 태양과도 같은 광채였다.

　홍련의 불꽃에 에워싸인 칠흑의 어둠.

　흉악할 정도의 폭위를 내포한 검고도 붉은 햇빛은 동양의 용과도 같은 형상을 띠었다. 그리고 마치 의지가 있는 것과도 같이 꿈틀거리며 밀림을 집어삼키고자 짓쳐들었던 것이다.

　여기에는 밀림도 반응하지 않을 수 없었다.

　왜냐하면 베니마루의 프로미넌스 액셀러레이션은 순간적이지만 수천만을 넘는 에너지를 기록하고 있었으니까.

　…………

......

...

위력이란 것은 출력과 에너지양의 관계성에 따라 산출되는 것이다.

제아무리 에너지양이 많아도 출력이 낮으면 위력도 약하다. 반대로 아무리 출력이 커도 에너지양이 적으면 고위력은 낼 수 없다.

베니마루의 경우, 출력은 나무랄 데 없었다. 에너지의 총량도 적지는 않았으나, 밀림을 상대하기에는 너무나도 부족했다.

그런데 베니마루는 어떻게 이만한 초고위력의 필살기를 쓸 수 있었을까?

《──마스터의 힘을 대여했습니다.》

엥?

난 아무런 자각증상이 없었는데, 시엘? 자기 맘대로 뭘 한 거야?

아니, 그걸로 모두가 살 수 있다면 문제는 없지만서도, 처음에 설명이라도 좀 해줬으면 좋겠는데…….

《아직 실험단계였으므로 성공한 후에 보고드릴까 생각했습니다.》

으~음, 여전히 완벽주의가 지나치네.

시엘이 보기에는 가벼운 실험이었겠지만, 내가 보기에는 중요한 일인데.

아니, 그런 불만은 뒤로 미루자.

지금은 무슨 일이 일어났는지 설명을 요구하기로 했다.

시엘이 말하길.

내 권능인 얼티밋 스킬 『아자토스』에서는 『허무붕괴』라는 다루기 어려운 에너지가 무진장 솟아나고 있다나. 이걸 활용하기 위해 시엘이 운용방법을 검토하고 있었다.

그러한 실험의 일환으로, 일부 간부들에게 교섭을 청했다는 것이다.

그럼 내가 직접 실험하면 되지 않느냐고 생각했더니——.

《마스터를 위험에 빠뜨리다니, 그럴 수는 없습니다.》

그렇게 냉큼 부정했다.

미궁 내에서라면 안전할 거라고 생각하지만, 시엘은 그것도 허용할 수 없었나보다.

과보호가 지나치지만 대상이 나니까 감사해야겠지…….

그건 둘째치고, 시엘은 나와 '영혼의 회랑'으로 이어진 몇몇 이들에게 몰래 『허무붕괴』의 에너지를 공급하는 시스템을 고안하고 구축했다.

그야말로 시엘 선생님의 진가가 발휘되었던 것이다.

원리는 『수요와 공급』의 응용이라는데, 얼티밋 스킬 『아자토스』나 『슈브 니구라스(풍요지왕)』를 통합한 시엘 선생님이니까 할 수 있는 비기겠지.

이 시스템은 아직도 미완성이라는데, 베니마루의 힘이 순간적으로 급상승한 비밀이 이것——『허무공급』이었던 것이다.

…………

……

…

프로미넌스 액셀러레이션은 밀림을 휘감듯 달라붙었다.

이것을 꺼려하며 떨쳐내기 위해, 밀림은 움직임을 멈추었다.

"조사요참진(操絲妖斬陳)."

소우에이의 요사가 밀림을 포박했다.

"헌드레드 프리즌(백렬폐광령감, 百裂閉光靈監)."

레온의 의지에 따라 '디스인티그레이션'의 감옥이 완성되었다.

인비지블 배리어가 별과도 같이 찬란하게 빛나지만 밀림의 드라고 노바는 발동하지 않았다. 이것으로 시간은 충분히 끈 셈이다.

덧붙여 자라리오는 포박계 기술이 없는지 오라(패기)를 뿜어 압력을 가하고 있을 뿐이었다. 충분히 효과적이었지만 좀 부족하다고 느꼈던 것은 비밀이다.

각설하고, 이로써 이상적인 상황이 갖춰졌다.

내 쪽도 준비만전. 모두의 노력을 헛되이 하지 않기 위해서라도 반드시 성공시켜야만 한다.

부탁해, 시엘 선생님!

《맡겨만 주십시오.》

정작 중요할 때 스킬에 의존하는 것도 그렇지 않나 싶지만, 시엘과 나는 일심동체니까 내가 애쓰는 거나 마찬가지지.

그렇게 완벽한 이론무장을 한 다음, 나는 긴장하며 결과를 기다렸다.

《──리셋(영향소거, *影響消去*)──.》

너무나도 쉽게, 그것은 성공했다.

시엘도 『미카엘』의 권능을 이해하고 있기에 중복시켜 영향을 상쇄시킨 듯했다.

이렇게 밀림에게 영향을 미치던 펠드웨이의 '레갈리아 도미니언'은 순식간에, 완전히 효과를 상실했던 것이다.

*

작전 성공. 만만세.

모두의 건투를 칭송하고 싶어도, 밀림은 여전히 폭주상태 그대로다.

신수를 파괴하려는 밀림에 대한 명령은 해제되었지만, 여기서부터도 문제였던 것이다.

이대로 여기서 계속 싸우면 전투의 여파만으로 살리온에 심대한 피해가 나오고 말 테니까.

장소를 옮길 필요가 있는데…… 살리온 주변에도 우르그레이시아 공화국 같은 곳이 있고, 바다를 건너면 레온의 나라도 있다.

반대 방면에는 서방열국이 펼쳐져 있으므로, 가장 피해를 적게

낼 만한 루트라면 해상을 경유해 불모의 대지까지 유도하는 것이 최적일지도.

다구류루의 지배영역에 영향이 생기겠지만, 그거야 새삼스러운 소리지.

다만 그곳에 사는 주민에게는 피해를 주고 싶지 않았으므로 피난유도는 확실하게 해야 할 것이다.

이럴 때는 소우에이다.

『소우에이, 지금부터 밀림을 불모의 대지로 유도할 생각인데 다구류루의 백성들에게 피해를 주고 싶지 않다. 할 수 있겠나?』

나는 요점을 전달했다.

그러자 역시나, 기대했던 대답이 돌아왔다.

『맡겨만 주십시오. 그런 일도 있지 않을까 해서『분신체』를 남겨두었으니 즉시 움직일 수 있습니다.』

역시나 소우에이. 일 하나는 확실하다. 빈틈이 없다.

보통은 '그런 일도 있지 않을까 해서' 같은 생각은 아무도 하지 않을 텐데, 소우에이라면 수긍이 간다.

또 소우에이가 능력 있는 남자의 모습을 보여주고 말았지만, 보통 같으면 아니꼽게 여겨졌을 텐데도 지금은 기쁘다.

이제는 어떻게든 되지 않을까 하는 안도감이 굉장하니까 이 자리는 맡기도록 하자.

그렇게 안심했지만, 여기서 큰일이 생겼다.

시간이 멈춘 것이다.

누군데, 분위기 파악 못 하고 쓸데없는 짓을 한 게!! ──라고 내심 한껏 푸념을 해버렸다.

아니, 밀림도 멈춰주면 문제없겠지만 당연하다는 것처럼 움직이고 있으니까. 게다가 시간정지 중에는 세계의 방어력이 0이 되니까 폭주하는 밀림은 위험천만한 존재가 되고 말았다.

안 그래도 위험한데 지금이라면 건드리기만 해도 아웃이다.

여기서 싸워서는 안 되고, 유도할 곳은 죽음의 사막밖에 없다.

밀림이 날뛰기 전에 밀림의 주의를 끈 것까진 좋았지만, 이대로 유도해버리면 소우에이에게 의뢰했던 피난유도가 늦어지고 만다.

세계에는 사람이 없는 장소가 거의 없으며, 그 이전에 생태계를 파괴해버리는 것은 그건 그거대로 문제다.

"이쪽이다, 밀림!"

나는 그렇게 외쳐 밀림의 주의를 끌며, 일단은 무조건 이동하기 시작했다.

너무 마음에 안 드는 전개지만 '정지세계'에서 밀림과의 공중격투전이 시작되고 말았다.

시간정지에 대응할 수 있게 되지 않았더라면 이 시점에서 끝장이었다. 그 점은 감사하지만 이 상황에서 밀림과 싸우는 것은 괴롭다.

체력이 쭉쭉 깎여나가는 실감이 들었다.

반면 밀림의 힘은 무한히 솟아나고, 심지어 점점 증가 중이다.

어느 쪽이 먼저 힘이 떨어질지는 초등학생 수준의 수학으로도 답이 나올 만큼 명백했다.

이대로 가다간 끝장이다.

세계붕괴 직전이고, 그래선 곤란하다고 생각은 하지만, 애초에 시간을 멈춰버린 것이 누구의 소행인지도 알 수 없고——.

클로에는 제외다.

기이와 베루자도일 가능성은 있지만, 둘 다 정지세계 속에서 움직일 수 있는 자니까 의미는 없을 것이다.

누군데, 쓸데없는 짓을 한 게…….

펠드웨이인가?

그야 시비를 걸 용도로는 완벽하지만, 과연 이 타이밍에 쓸까?

그렇게 범인이나 찾고 있을 때가 아니었지만, 이 상황을 어떻게든 하려면 누구의 소행인지 밝혀두고 싶었다.

그때였다.

『리무루, 들리는가?』

베루도라가 『사념전달』로 말을 걸어왔던 것이다.

정확히 말하자면 '영혼의 회랑'을 경유한 『사념정보』를 전달하고 있었다. '정지세계'에서는 마력요소를 이용한 스킬은 거의 쓸 수 없게 되므로, 우리 같은 예외를 제외하면 정보전달조차 어렵다.

근데 베루도라도 시간정지의 영향을 안 받는구나.

역시나 대단하다고 해야 하나, 당연하다고 해야 하나…….

『네네, 들리고말고요.』

『어디서 태평한 소리를 하고 있나! 이쪽의 상황 말이네만, 시온과 루미너스가 위기일세! 아다루만 같은 자들도 고전을 면치 못하고 있네만 다구류루의 『시간정지』에 대항할 자가 없네.』

『응? 시간 멈춘 게 다구류루였어?』

『음, 그렇다네. 냉큼 승부를 내려고 했는지, 다구류루 놈이 말일세!』

459

그랬구나. 갑자기 범인이 판명됐다.

시온 일행과 싸우게 되었다는 건, 역시 우려했던 대로 전군이『공간전이』를 했다는 뜻이겠지. 그건 그렇다 쳐도, 다구류루가 진심을 발휘하게 만들 정도로 시온 일행이 열심히 싸워줬던 거겠지.

'정지세계'는 약자를 걸러내는 것 말고는 의미가 없지만, 대응할 수 없는 자를 상대할 때는 더할 나위 없이 유용하다. 나도 여기에 당했는데, 설마 다구류루까지 쓸 줄은 몰랐다.

자, 이제 어떻게 할까.

여기서 문제가 되는 것은 두 가지.

첫째는, 아무도 도와주러 가지 않는다면 시온과 루미너스 쪽은 전멸하리라는 것.

그리고 둘째가 어려운데, 이동수단이다.

시간정지 중의『공간전이』는 '정보자'를 날려 주위의 정보를 파악할 필요가 있기 때문에 기본적으로는 불가능하다. 시인이 가능한 범위라면 전이하지 못할 것도 없지만, 평범하게 움직이는 편이 빠르니 의미는 없다.

왜냐하면 근거리, 원거리를 불문하고 전이할 곳의 좌표정보를 '정보자'에 간섭해 읽어내야만 하기 때문이다.

어차피 '정보자'를 오가게 해야 한다면 그대로 자신이 이동하는 편이 빠른 것이다.

이번 경우, 지금부터 구조하러 간다 해도 루벨리오스까지의 거리를 이동하는 동안 다구류루에게 완전제압당하고 말겠지.

내가 가도, 베루도라에게 부탁해도, 결과는 마찬가지다.

게다가 나는 밀림을 상대하고 있으니까, 부탁할 거라면 베루도라밖에 없는데…….

『베루도라, 설령 늦는다고 해도 지금 당장 구조하러 가줄 수 있을까?』

『그 말을 기다렸네!』

원래 같으면 베루도라에게는 미궁의 최종방위를 맡기고 싶었다. 하지만 지금은 그런 소리를 할 때가 아니었다.

남은 것은 이동수단인데, 이럴 때는 기합으로——.

『리무루 님, 울티마와 『사념』이 이어졌습니다. 좌표정보를 베루도라 님께 보내겠습니다.』

오오?!

여기서 이야기에 끼어든 것은, 놀랍게도 디아블로였다.

《원거리여도 좌표정보만 알면 '정지세계'라 해도 『공간전이』는 가능합니다. 현지에는 울티마가 있으므로 그녀의 감각과 인식을 공유해 정보를 획득시켰습니다.》

그, 그렇구나?

그건 다시 말해 나와 '영혼의 회랑'으로 이어졌으니까 가능하다는?

《그렇습니다.》

당당히 단언하는데, 시간정지 중의 원거리 전이라니, 반칙급 비기라고.

보통은 못 해.

'정지세계'를 인식할 수 있는 자들끼리 '영혼의 회랑'으로 이어져 있다는 것이 너무나 예외라 말도 안 나왔다.

이렇게 되면 이제는 안 되는 게 없구나.

하지만 사양하지는 않는다.

『울티마, 부탁해!』

『네, 리무루 님! 맡겨만 주세요!! 베루도라 님, 이러면 되나요?』

『음, 수고했네! 크와하하하, 드디어 내 차례가 왔구나!!』

베루도라의 웃음소리가 든든하다.

게다가 디아블로와 울티마가 '정지세계'를 인식할 수 있게 되었다는 사실도, 이런 상황이 된 지금은 매우 든든했다.

그리고 베루도라가 전이하는 기척이 느껴지고——.

세계가 다시 움직이기 시작했다.

믿었던 대로 베루도라가 잘해준 모양이다.

나는 안심하고 작전을 재개했다.

폭주상태인 밀림의 주의를 끌고자 유도하면서, 불모의 대지를 향해 날아갔다.

●

자히르는 카가리 일행을 상대하며 갈 곳 없는 울분을 품고 있었다.

수준 떨어지는 피라미들이라고 생각했는데, 결정적인 대미지를 입히지 못하고 있다는 그 사실에 분노를 금할 수 없었다.

하지만 사고는 냉정하다.

그렇기에 주위에서 무슨 일이 일어나는지도 확실하게 인식할 수 있었다.

'말도 안 돼, 믿을 수 없어……. 설마 용황녀의 파워가 저렇게 까지 엉터리였다니…… 아니, 그보다도——.'

자라리오의 배신이 문제였다.

뭐가 어떻게 해서 그렇게 됐는지는 모르겠지만, 자라리오까지 밀림을 구속하는 데에 협력했던 것이다.

이것은 심각한 문제다.

딱히 펠드웨이에 대한 충성 같은 것은 아무래도 상관이 없었다.

자히르의 입장에서는, 이 지역에 의지할 아군이 사라졌다는 것이 문제였다.

카가리 일행만이라면 이대로도 쓰러뜨릴 수 있을 것이다.

하지만 자라리오까지도 자히르의 적으로 돌아선다면 도망치기도 곤란해질 것이 틀림없다.

『펠드웨이, 이건 이야기가 다르잖나!!』

자히르는 노성과도 같은 『사념전달』로 펠드웨이에게 울분을 터뜨렸다.

한동안 침묵한 후, 펠드웨이가 중얼거리듯 대답했다.

『자라리오가 배신했다고……?』

『넋 나간 소릴 할 때가 아니야! 이대로는 나도 위험하다. 후퇴할 텐데, 상관없겠지?』

자히르는 그렇게 말하면서도 이미 후퇴할 준비에 나서고 있었다.

피라미를 상대하면서 후퇴라니 굴욕이었지만, 이 주의깊은 자세야말로 자히르가 이제까지 살아남았던 이유였다.

그렇지 않았다면 이미 옛날에 밀림의 공격을 받아 소멸했으리라.

자히르는 오리진 블러드(신조의 혈창)을 거머쥐었다. 그리고 이제까지 사용하지 않았던 힘을 해방시켰다.

오리진 블러드의 힘은 강하다. 자히르는 억지로 자신을 주인이라고 인식시키고 있지만, 반발도 크기 때문에 자주 사용하면 위험하다.

하지만 여차할 때는 의지가 되는 궁극의 무기인 것도 사실이다. 그 위력과 자히르의 권능이 합쳐지면 대국이라 해도 증발시켜버릴 수 있을 만한 이블 블러드 웨이브(광범위 혈마열파(血魔熱波))가 되어 맹위를 떨친다.

원리는 소위 말하는 기화폭탄과 같다.

광범위하게 살포한 마력요소를 단숨에 연소시켜, 폭발화재를 발생시킨다.

자히르는 이제까지 아무렇게나 싸웠던 것이 아니다.

티어와 실비아의 공격을 흘려 넘기면서, 몰래 마력요소도 살포하고 있었다.

그리고 그것은 전장을 가득 채울 정도로 확산되어, 자히르의 마음대로, 언제든 살의로 충만한 지옥의 불꽃으로 변화할 수 있었다.

'이놈들이라면 내 이블 블러드 웨이브에도 견딜 수 있겠지만.'

군대용 광범위기이므로 강자에 대한 결정타로 쓰기에는 부족하다. 그러나 상위마인 정도라면 살아남기는 불가능할 것이다.

광범위하게 살포된 마력요소는 살리온의 메이거스들을 뒤덮고 있다. 자라리오의 부하들도 함께 태워버리게 되겠지만, 그런 건 자히르가 알 바 아니다. 자신이 살아남기 위한 연막으로는 충분할 테니 망설임 없이 실행에 옮길 뿐이었다.

"부스러기들아, 나의 위대함을 똑똑히 깨닫거라!!"

그렇게 외치며 자히르는 이블 블러드 웨이브를 단숨에 폭발연소시켰다.

신수는 불길에 휩싸였다.

표피가 초고열에 터져나간다.

신수를 지키고자 상하좌우로 전개했던 메이거스도 순식간에 불꽃에 휩싸였다.

자히르의 정면에 서 있던 실비아와 티어, 조금 뒤에 있던 카가리도 반응조차 하지 못한 채 고스란히 불길을 받았다.

"깔깔깔깔깔! 뒈져라, 버러지들아!! 나에게 대들었던 것을 저세상에서 후회하거라!"

자히르는 가가대소하면서도 몰래 불꽃 속에 숨어 도망쳤다.

…………

……

…

타오르는 불꽃은 대기마저 태워버릴 기세였다.

하지만 자히르의 기척이 사라진 순간——.

"나 원, 주의력이 없는 놈이라 살았군."

그런 베니마루의 목소리와 동시에, 모든 불꽃이 사라졌다.

대참사가 벌어질 줄 알았건만, 뚜껑을 열고 보니 피해는 경미했다.

실비아, 티어, 카가리 세 사람은 화상 하나 없다.

가장 위험했던 메이거스들도 전원 무사했다.

순간적인 열량에 휩싸였던 『마도조기』는 움직이지 못하는 기체도 있는 듯했지만, 그 속의 육체는 보호를 받고 있었으므로 큰 부상도 없이 끝났다.

신수는 크게 타오르고 있었지만, 표면에 그을음은 남았어도 잔가지 하나하나에 이르기까지 싱그러움이 남아 있었다. 보기만큼 큰 대미지가 없다는 증거였으며, 이 정도라면 며칠 안에 원래대로 돌아갈 것이다.

"나 원, 자히르에게 들키지 않도록 공기를 조작하는 거 정말 힘들었거든?"

"역시 에르메시아 폐하이십니다. 제 기대대로 적절한 조치였습니다."

투덜거리는 에르메시아를 달래듯 베니마루가 산뜻하게 웃었다.

이 대화로 알 수 있듯, 이블 블러드 웨이브의 피해가 적었던 것은 베니마루가 뒤에서 움직였던 덕이었다.

베니마루의 작업량은 몇 인분에 이를 정도로 엄청났다. 그만한 대활약이었다.

밀림 제지작전을 감행하면서, 자히르를 상대하는 카가리 일행을 서포트했다. 여기에 더해 자히르의 꼼수를 알아차리고, 이를 저지하기 위해 에르메시아와 교섭해 피해를 미연에 방지했던 것이다.

자히르의 권능으로 확산된 마력요소는 정확하게는 블러드 미스트(혈마분무, 血魔噴霧)라고 하는, 가연성 특수물질이다.

뱀파이어가 이를 이용한 기술을 쓸 경우가 있는데, 이것은 오리진 블러드의 권능 중 하나였다.

아주 미미하기는 했지만 자연에서 유래된 마력요소와는 다른 냄새가 있었다. 베니마루는 정밀한 『마력조작』으로 이를 간파하고, 자히르가 무슨 꿍꿍이를 꾸몄는지 알아차렸던 것이다.

이 이변을 깨달았던 것은 사실 베니마루 이외에도 한 사람이 더 있었다.

실비아였다.

실비아는 즉시 위험을 감지했지만, 대처방법이 떠오르지 않았다. 가능한 한 피난시키면 위기를 모면할 수 있겠지만, 그래도 피해를 입는 자가 나온다. 게다가 이쪽에서 움직임을 보이면 자히르가 행동을 서두를 우려도 있었다.

그렇게 되면 피해는 더 커지리라 예상했으므로, 어떻게 해야 할지 고민하며 베니마루에게 의논을 청했다.

그 덕에, 이변을 알아차리고 있었던 베니마루도 상황을 정확하게 파악했다.

그것만으로도 대단하지만, 해결방법을 떠올렸던 것은 아니었다.

답은 하늘에서 내려왔다.

《에르메시아의 얼티밋 스킬 『바유』로 블러드 미스트만 모아, 얼티밋

스킬 『아마테라스』로 마혈만을 연소시키는 것입니다.》

그 말을 듣자마자 베니마루는 의심도 하지 않고 행동했다.

세상에는 깊이 추궁하지 않는 편이 좋은 일도 있다.

리무루에게서 『허무붕괴』의 에너지 회로가 이어졌을 때도 그 '목소리'가 들렸다. 하지만 베니마루는 아무 것도 깨닫지 못한 것으로 하고 모든 것을 받아들였다.

'모든 것은 리무루 님의 뜻대로——란 거지. 이 하늘의 목소리가 리무루 님께 이익을 가져다주며 움직인다면 나도 고분고분 따를 뿐이다.'

베니마루는 그렇게 선을 긋고, 표면에서도 이면에서도 활약했다. 그렇게 에르메시아와 실비아의 도움을 받아 이번에도 어려움을 넘어섰던 것이다.

이렇게 베니마루, 실비아, 에르메시아의 활약으로 자히르의 간계는 좌절되었다.

자히르 본인의 도주는 허용하고 말았지만, 베니마루는 여력이 없는 지금의 상황에서는 무리를 해선 안 된다고 판단했으므로 이것이 최선의 결과다.

그렇게 모든 것이 정리되고, 베니마루가 쓰러졌다.

자히르가 도망친 것을 지켜본 후 긴장이 풀린 것이다.

이를 예상했는지 소우에이가 재빨리 부축했다.

"무리도 아니지. 이만한 대활약을 했으니."

기절한 베니마루를 보는 에르메시의 눈에는 경의가 넘쳐났으며, 그 말은 다정했다.

에르메시아의 입장에서 보면 베니마루는 살리온의 위기를 구해준 영웅이다. 베니마루가 얼마나 활약했는지를 잘 알기에 그런 반응도 당연했다.

다만 베니마루는 괜찮다 쳐도, 에르메시아에게는 아직도 일이 남아있었다.

그중 가장 큰 것이 자라리오와, 아직 건재한 그의 군단에 대한 대응이었다.

우려하는 에르메시아.

자히르의 도주로 전장은 소강상태를 유지했다.

두 진영은 상대가 어떻게 나올지 눈치를 살피는 상황이었지만── 과연 이대로 전쟁을 재개해야 할지 어떨지, 에르메시아도 고민하고 있었다.

베니마루는 자히르의 공격 그 자체를 무력화하도록 움직였으므로 자라리오의 군세에도 피해는 나오지 않았다.

다시 말해 전력은 맞버티는 상태라기보다도, 약간 살리온 측이 불리했다.

말단 병사는 그렇게까지 위협이 되지 않지만, 겨우 두 명의 적장이 매우 성가셔서──.

그렇게, 고민은 끊이질 않았다.

애초에 적이 정전에 응해줄지 어떨지도 알 수 없었다.

여러 가지 가능성을 시뮬레이션하며, 에르메시아는 초고속으로 생각을 굴렸으나──.

결과가 나오기도 전에, 그 고민은 해결되었다.

자라리오 군의 통솔은 다리스와 니스가 맡았다.

그들의 심복이었던 자들은 지난번 데스맨 수육경쟁에서 패배해 자아가 소멸되고 말았다. 스로네(좌천사)로는 의지박약이었던 것이다.

오랜 시간을 싸워왔는데…… 아니, 반대였다.

오랜 시간 변화도 없이, 같은 작업을 되풀이하기만 했기에 '영혼'이 마모되어 자아가 흐려졌던 것이다.

자라리오가 무인 기질이었던 것도 원인 중 하나로 꼽을 수 있을 것이다.

대조적이었던 것이 오베라의 군단이었다.

이쪽은 동료 의식이 강하고 모두 오베라를 흠모했다.

전사자도 많고, 부관도 오마밖에 남지 않았지만, 모두가 오베라를 위해 목숨을 걸 수 있는 용맹한 전사들이었다.

반면 자라리오의 군단은 일사불란한 통솔이 이루어진, 기계적일 정도의 군대였다. 여기에 자아는 필요가 없었으며, 단순한 톱니바퀴가 되어 명령받은 일만을 수행하면 결과가 나오는 환경이었다.

그렇기에 자라리오에게 진정한 동료라 부를 수 있는 자는 얼마 없었다. 지금 와서 보면 다리스와 니스 두 사람뿐이었다.

그런 두 사람이, 자라리오에게 다가와 물었다.

"저 베니마루라는 자, 무슨 생각을 한 건지 우리까지도 지켜준 것 같습니다. 결과적으로 전투는 일시 중단되고 말았습니다만, 재개하시겠습니까?"

"자라리오 님, 괜찮으신 겁니까? 펠드웨이 님을 배신하는 꼴이 되고 만 것 아닌지요?"

다리스는 사무적으로 담담하게 확인하고.

니스는 자라리오를 걱정하며 암암리에 향후의 방침을 물었다.

전혀 방향성이 다른 질문이었지만, 그렇기게 자라리오는 재미있다고 생각했다.

'의외로 개성이 생겨나는 법이군.'

이제까지 신경도 쓰지 않았지만, 자라리오의 부관들에게도 자신의 의견이라는 것이 있었던 모양이다. 그 사실이 자라리오는 기뻤다.

"훗, 너희는 성실하구나."

""——?!""

자라리오가 웃음을 보여, 다리스와 니스는 경악했다.

경천동지할 만한 놀라움이었다.

그도 그럴 것이, 자라리오의 웃음이란 그들의 기억 속에 존재하지 않았던 것이다.

"자, 자라리오 님?"

"혹시 이것도 뭔가 책략이었습니까?! 아니면 저희를 시험하시는 겁니까?"

동요하는 부관들을 손으로 제지하고 자라리오가 말을 이었다.

"진정해라. 이 이상의 전투는 무의미하다고 판단했을 뿐이다."

"그럴 수가?!"

그것은 자라리오의 입에서 정식으로 발령된 전투 종료 선언이었다.

다리스는 놀랐지만 반대 의견은 딱히 없었다. 고분고분 따라 전군에 명령을 전달했다.

"그리고 말이다, 니스. 내가 펠드웨이를 배신한 게 아니야. 반대다. 놈이 나에게서 자유의지를 빼앗아, 친구로서의 신뢰에 먹칠을 했던 거다!"

조용한 분노를 담아, 자라리오는 그렇게 내뱉었다.

그것은 결별의 선언이었다.

"그러면 앞으로는 펠드웨이 님과도……."

조심스레 되묻는 니스에게, 자라리오는 고개를 크게 끄덕였다.

"그렇다. 나는 펠드웨이와 절교하기로 했다."

그 발언에 니스만이 아니라 다리스도 헛숨을 삼켰다.

자라리오의 말이 이어졌다.

"너희는 다행히도 얼티밋 스킬을 획득하지 않았으니까. 얼티밋 인챈트를 받지도 않았고, 자유로운 자아를 지키고 있다. 이대로 나를 따라도 좋고, 펠드웨이에게 가도 좋다. 일각의 유예를 줄 테니 좋을 대로 선택하거라."

느닷없는 제안에 다리스와 니스는 혼란에 빠졌다.

"저, 저희는 이제 필요 없으신 겁니까?"

"호, 혹시 제가 무언가 실수라도 저질렀던 겁니까?"

그렇게 동요하지만 자라리오가 달랬다.

"아니야. 나도 지배에서 해방되어, 자유라는 것의 소중함을 재인식했던 거다. 너희도 이 세계의 아름다움에 눈을 돌려보거라."

그 말에 두 사람은 새삼 주위를 둘러보았다.

하늘은 구름 한 점 없이 맑아 조금 전까지의 전쟁이 거짓말이었던 것처럼 아름다웠다.

밀림의 위협으로부터 지켜낸 신수는 그을린 표피도 눈에 띄었지만 웅장하게 우뚝 솟아나 있었다. 가지는 하늘을 떠받치는 것처럼 크게 드리워져, 싱그럽고 거대한 잎사귀를 무성히 펼치고 있었다.

나뭇잎 위에 모여 있는 자라리오 일행에게 기분 좋은 바람이 불었다.

그것은 이제까지의 낡은 생각을 날려버리는 듯한, 상쾌한 바람이었다.

"계속 적대했던 인섹터 놈들과도 지금은 휴전상태지. 친구의 부탁이라고 생각해 펠드웨이를 따를 생각이었다만, 놈의 방식은 허용할 수 없게 됐다. 나는 이제 새로운 삶을 찾아볼 생각이다."

자라리오는 그렇게 말했다.

의리를 저버리는 짓을 당했는데도 따를 마음은 없다고, 명확하게 선언한 것이다.

게다가 자라리오는 무인이기는 해도, 일부러 새로운 적을 발견하려는 취미는 없었다. 필요하기에 싸워왔을 뿐, 전투 그 자체가 삶의 보람이었던 것은 아니었다.

계속 싸움을 강요당했지만 슬슬 다른 일에 눈을 돌려야 할 때가 왔는지도 모른다. 자라리오는 그렇게 생각하고 있었다.

그리고 그 생각에 부관들도 공감했다.

"——사실은 저도 데스맨에게 깃든 후로 여러 가지로 생각을 하게 되었습니다. 아무래도 이 몸에는 누군가의 의지가 깃들어 있는 것 같아서, 허락된다면 싸움 이외의 취미도 발견해보고 싶었습니다."

다리스가 망설이면서도 그렇게 털어놓았다.

그래도 되지 않겠느냐고, 자라리오는 고개를 끄덕였다.

"저는 딱히 생각하는 건 없습니다. 이대로 계속 자라리오 님을 따라갈 뿐입니다."

니스의 뜻은 확고했다.

자라리오에게 도움이 되는 것만이 일관된 니스의 바람이었다.

"허락하마."

자라리오는 그 청을 인정했다.

자라리오는 자유롭게 살아가기로 결의했지만 무책임하지는 않았다. 자신을 흠모하는 자들이나 따르는 부하들을 결코 저버리지 않는다.

"그러시다면 저도."

"괜찮겠나? 취미를 찾는 걸 말릴 생각은 없다."

"후후후, 취미를 찾는 것도 재미있겠지만 그건 서두를 필요가 없으니까요. 다들 자리를 잡은 다음의 즐거움으로 남겨두죠."

그것도 좋겠다고 자라리오는 생각했다.

자신들의 삶은 앞으로도 계속된다. 천천히, 무엇을 해야 할지 다시 바라보는 것도 나쁘지 않으리라.

다만——.

그러기 위해서는 세계를 평화로 이끌어야 한다.

"그렇다면 우리의 다음 목표도 정해졌군."

세계는 이렇게나 아름답다.

그런데도 펠드웨이는 눈을 돌리려 하지 않았다.

지금 와서 생각해보면 펠드웨이야말로 이 세상을 어지럽히는 존재가 되었던 것이다.

친구로서 그 폭거를 간과할 수는 없다── 자라리오는 그렇게 생각했다.

"들어라! 적은 펠드웨이다! 망상에 사로잡힌 놈의 야망을 타파하고 세계에 안정을 가져와야 한다!!"

『""존명!!""』

자라리오의 군단은 톱니바퀴처럼 의사통일이 이루어져 있다.

이번에도 만장일치로 방침이 결정되었다.

자라리오의 호령에 따라 전 장병이 일제히 무장을 해제했다.

"나는 이 이상의 전투행위에 의미가 없다고 생각하네만, 귀공들은 어떤가?"

혼자 에르메시아의 앞까지 나온 자라리오가 그렇게 말했다.

이 뜻을 받아들여 에르메시아도 동의를 보였다.

"동감이야. 보아하니 그쪽도 본의 아닌 싸움이었던 것 같고, 무승부였던 걸로 해서 서로 검을 거두기로 할까."

에르메시아의 발언은 전쟁책임을 묻지 않겠다는 선언과도 같았다.

위정자로서는 침략자로부터 배상을 뜯어내야 하겠지만, 에르메시아는 억지로라도 전쟁 종결로 이끌고자 이 제안을 꺼낸 것이었다.

각 왕가는 이를 지지했다.

아니, 지지할 수밖에 없었다.

사실상 이 이상의 전투지속은 국가 존망의 위기로 이어지기 때문이다.

메이거스의 피해도 막대했지만, 『마도조기』는 수리가 가능하다. 그러나 이 이상 전투가 계속되면 전사자도 속출할 것이다.

인적 피해는 금전으로 때울 수 없으며, 국가전력의 저하는 면하기 힘들다. 앞으로도 펠드웨이의 동란이 이어질 것으로 보이는데 여기서 전력을 낭비할 수는 없었다.

다행히 지도자 중 그것을 모르는 어리석은 자는 없었다.

천제의 결정에 이의는 없었으며, 모두가 이에 찬성했다.

에르메시아와 자라리오의 정상대담으로 무사히 종전협정이 체결되었다.

이에 이어 공동투쟁 선언이 발표되었다.

이리하여 당분간은 자라리오 군이 살리온에 체류하며, 앞으로 닥칠 전무후무한 위기에 대비하게 되었다.

●

천상에서 모든 것을 굽어보듯 펠드웨이는 모든 전장을 파악하고 있었다.

"자라리오가 날 배신하다니……."

그것은 펠드웨이에게 충격이었다.

얼마 안 되는 심복이자 오랜 벗. 그런 자라리오의 이탈은 펠드웨이에게 상상할 수도 없었던 사건이었다.

그렇기에, 미쳐버렸다.

미카엘을 잃고, 자라리오에게도 배신당했다.

잃고 나서야 비로소 그것이 얼마나 소중했는지를 이해했던 것이다.

'너까지 나를 저버린단 거냐? 그렇다면 이제는 망설이지 않겠다. 이 몸을 걸고 신의 존재를 증명해주지!!'

펠드웨이의 마음은 더욱 일그러지고 무너져갔다.

누구도 모르는 채로, 걷잡을 수 없을 만큼.

"어떻게 하려고, 펠드웨이?"

베가가 물었다.

이쪽은 정말 태평했다.

아무 책임감도 없이, 자신의 목적과 쾌락을 위해 자유롭게 살아간다.

그런 베가에게 시선을 돌리며 펠드웨이는 멍하니 웃었다.

"훗, 전부 예정대로지."

"하지만 밀림이 거목을 자빠뜨려야 하는 거 아니었어?"

"그건 어느 쪽이어도 상관없었어. 나중에라도 부술 수 있으니까."

자라리오의 이탈은 예정에 없었지만, 펠드웨이의 계획에 차질이 없는 것도 사실이었다. 그러므로 펠드웨이의 자신은 흔들리지 않았다.

운명의 순간이 다가왔다.

희미하게나마 마음에 남아있던 망설임도 자라리오에게 배신당했다는 생각으로 사라졌다.

지금의 펠드웨이는 단 하나의 목적으로만 나아가고 있는 것과 마찬가지였다.

그렇기에, 이제는 멈추지 않는다.

"베가, 넌 디노와 손을 잡고 미궁 공략을 나가라."

"오? 겨우 내 차례가 왔군!"

베가는 기뻐하며 웃었다.

펠드웨이의 시선을 받아, 곁에 대기하고 있던 마이도 일어났다. 베가는 '열쇠'를 받지 않았으므로 '천성궁'에서 나갈 수 없다. 마이라면 '열쇠'의 복제를 맡았기 때문에『순간이동』으로 베가 일행을 보내줄 수 있다.

덧붙여 이계에서 '천성궁'에 이르는 '열쇠'는 펠드웨이도 가지고 있지만, '천성궁'에서 지상으로 이어지는 '천통각'의 '열쇠'—— 진정(眞錠)은 베루자도만이 가지고 있다.

물론 펠드웨이 일파가 소지한 '열쇠'에도 기축세계를 등록해두었으므로 이동의 불편함은 사라졌다. 마이 같은 이는 복제된 '열쇠'를 얼티밋 인챈트에 편입시켰으므로 어디서도 '천성궁'까지 이동할 수 있게 되었다.

이 '열쇠'는 디노에게도 주어졌는데, 별로 좋아하지는 않았다.

"어? 나도?"

라며, 지금도 언짢다는 반응을 보이는 디노. 하지만 펠드웨이는 그의 반응을 무시했다.

베루도라라는 최대 전력이 미궁에서 사라진 지금, 그야말로 절호의 기회가 도래한 것이다. 디노가 무슨 소리를 하든 결정은 뒤집지 않는다.

"낭보를 기대하라고."

베가는 그런 말을 남기고 떠나갔다.

안내하기 위해 마이가 앞장서고, 고개를 푹 숙인 디노가 그 뒤를 따르고, 피코와 가라샤도 못 말리겠다는 양 따라갔다.

이리하여 '천성궁'에는 정적이 찾아왔다.

홀로 남은 펠드웨이는 매우 유쾌하다는 듯이 웃었다.

그것은 어딘가 광기를 머금은 홍소였다.

그리고 지상을 내려다보던 펠드웨이는, 마지막 마무리로 자신 또한 움직이기 시작했다.

종장

리무루 소실

Regarding Reincarnated to Slime

밀림을 유도하며 불모의 대지를 향해 나아가던 나는 문득 불길한 예감이 들었다.

언짢은 생각이 떠올라버렸던 것이다.

지금의 내 행동 그 자체가 펠드웨이의 의도대로인 것은 아닐까 —— 하는.

그것은 시엘의 의도대로 움직이는 경우가 많은 나이기에 알아차린 감각이었으리라.

아니, 단순한 지레짐작일 수도 있지만…….

갈 곳이 그곳밖에 없다는 상황 그 자체에 의문을 느꼈다.

유도한다면 그곳—— '천통각'인 것은 틀림없다.

그도 그럴 것이 그 안은 미카엘의 공격조차 완봉할 만큼 강인한 신의 유물이니까. 주변에 펼쳐진 죽음의 사막도 밀림의 피해를 이 이상 내지 않게 한다는 목적과 맞아떨어졌다.

다구류루에게는 미안하지만 지금은 적대 중인 것도 마침 다행이었다. 내 양심이 아프지 않기 때문이다.

아니, 미안하다고는 생각했지만 적대하고 있으니 어쩔 수 없다고는 생각한다. 그렇게 되어 이것은 불가항력이라고 선을 그을 수 있었다.

따라서 밀림을 유도한다면 '천통각'밖에 없을 텐데, 그걸 내다

보고 있었던 건 아니겠지?

아니, 지나친 생각인가…….

《……설마.》

펠드웨이가 시엘의 상정을 웃돌 거라고도 생각하지 않는다.

실제로 조금 전의 전투만 봐도 자라리오의 협력이 없었으면 이루지 못했을 위업이었고, 거기까지 내다보진 않았을 것이다.

만약 자라리오가 배신할 것을 알고 있었다면 그거야말로 달리 방법이 있었을 테고…….

으음, 여기서 고민해봤자 도리가 없겠지만, 왠지 불길한 기분인데.

그런 생각을 하고 있었기 때문일까.

라미리스에게서 불길한 보고가 날아왔다.

『잠깐만 리무루, 큰일났거든?!』

그래그래, 이쪽도 큰일났거든── 이라고 대답하려 했지만 그보다도 먼저 라미리스가 말을 이었다.

『디노네가 쳐들어왔어! 이쪽은 요격태세에 들어갔는데, 스승님이 없어서 불안하거든?!』

아아, 진짜 싫다.

베루도라에게 부탁하지 않았으니 아직 '정지세계' 그대로일 것이다. 다구류루의 힘은 '용종' 수준이니까 상당히 오랫동안 시간을 멈출 수 있을 거고.

그런 상태로 폭주 밀림이 제멋대로 날뛰게 놓아두면 신수도 이미 옛날에 파괴되고 어디로 불똥이 튀었을지도 예상할 수 없다.

그러므로 내 판단에 잘못은 없었을 텐데…….

『힘내라고밖에 못하겠네.』

『잠깐만, 그런 대답을 듣고 싶었던 게 아니거든?!』

『아니, 이해해. 근데 말야, 나도 지금, 필사적으로 밀림을 상대하느라…….』

『베니마루하고도 연락이 안 돼! 그러니까 네가 빨리 돌아와주지 않으면 나도 곤란하다구.』

라미리스가 불안해하는 건 이해했다.

베니마루와 연락이 되지 않는 건 아마 지나치게 무리한 탓이겠지. 무사한 건 확인했고, 상태이상 같은 것도 없는 듯했으니 금방 회복될 것이다.

『아무튼 한동안은 열심히 버텨줘!』

『알았지만, 진짜, 빨리 돌아와 줘…….』

투덜투덜하며 라미리스는 겨우 통신을 끊었다.

지금은 내가 더 위로를 받고 싶다.

하지만 농담이나 하고 있을 때가 아닌 것도 사실이다.

기이와 베루자도의 싸움은 제삼자의 개입도 불가능한 채 상황 불명.

미궁에는 침입자가 있고, 전투는 격화될 것 같고.

밀림은 지금도 폭주 중이고, 어떻게 멈춰야 좋을지 실마리조차 잡지 못하고 있고.

《아주 잠깐만이라도 누군가가 밀림을 상대해준다면 '레갈리아 도미

니언'으로 움직임을 봉할 수 있을 텐데…….》

  그건 심정적으로는 싫지만 최악의 경우에는 어쩔 수 없겠지.
  근데 그 누군가가 없으니 곤란한 거 아니냐고.
  펠드웨이의 명령을 해제하는 것만으로도 베니마루가 쓰러질
정도로 고생을 시켰는데. 같은 일을 한 번 더 부탁하려 해도 체력
이 회복된 다음이 아니면 무리일 것이다.
  그렇다기보다, 이 상황으로 봤을 때, 적은 이쪽의 수를 본 후
적절히 대응하고 있는 느낌이 든다. 쳐들어오는 쪽이 유리하다고
는 하지만 이렇게까지 일방적으로 놀아날 줄은 몰랐다.
  어떻게든 반격의 기회를 엿보고 싶은데…….
  이렇게 이것저것 생각하고 있으니 여유가 있는 것처럼 보일지
모르지만 밀림의 맹공은 절대 방심할 수 없다.
  유도한다는 것은, 다시 말해 밀림에게 표적이 된다는 뜻이니까.
  펠드웨이를 어떻게 할 여유 따위 있을 리 만무하고, 상당히 필사
적으로 밀림의 공격을 무력화시키면서 나는 '천통각'으로 향했다.
  그리고 겨우 보이기 시작했다.
  '천통각'이라면 밀림의 공격에도 견뎌줄 것이다. 그 안에 들어
가버리면 나도 조금은 편해지겠지.
  하지만 슬프게도 불길한 예감일수록 잘 맞아떨어지는 법이었다.
  "기다렸다, 마왕 리무루여."
  밀림과 맞붙고 있던 내 귀에 하늘로부터 목소리가 전해졌다.
  그것은 지상으로 강하하고 있는 펠드웨이의, 악의에 찬 목소리
였다.

"빌어먹을, 역시 노리고 있었던 거냐고!!"

나도 모르게 혀를 찼지만 때는 이미 늦었다.

이젠 어떻게 할까를 생각할 틈도 없이 시엘이 다급하게 충고했다.

《당장 그곳에서 철수하십시오!》

시엘의 보기 드문 분위기에서도 지금이 긴급사태란 것은 의심할 여지가 없었다.

철수라고는 했지만 요컨대 '도망쳐라'라는 것이다.

나도 그러고 싶은 마음은 굴뚝같지만 무리라고.

밀림하고 싸우고 있으니까.

이 상황이 바로 펠드웨이가 노렸던 대로겠지.

최악이다.

내가 당황하지 않았던 것은 앞으로의 전개를 완벽하게 읽어버렸기 때문이었다.

펠드웨이의 다음 행동은——.

"자아, 밀림이여! 다시 나를 따르거라. '레갈리아 도미니언'——!!"

아아, 역시.

내가 아까부터 고민하던 최종수단을 망설임 없이 실행하고 앉았다.

밀림에게서 힘이 빠져나갔다. 그 분위기로 추측컨대 다시 펠드웨이에게 지배당해버린 듯했다.

밀림의 폭주가 멎은 것은 좋지만, 그녀의 폭위가 나를 향할 것은 틀림없고── 이건 소위 말하는 체크메이트란 거구나.

펠드웨이에 더해 밀림까지 상대해야만 한다면, 내가 이길 가능성은 0이다.

"웃기지 마, 비겁하게!!"

패자의 변명, 꼬랑지 만 개의 울음소리, 뭐라 생각하든 상관없지만 불만 한마디 정도는 하게 해줬으면 싶었다.

그런 나를 펠드웨이가 내려다보며 비웃었다.

"꼴사납구나, 마왕 리무루여. 방해만 되던 네놈은 여기서 사라져줘야겠다."

그것은 나를 비웃는 것이 아니라 인정했던 것일지도 모른다.

왜냐하면 펠드웨이는 나와의 결판으로부터 도망쳤기 때문이다.

밀림이라는 장기말을 얻은 펠드웨이라면 여기서 2 대 1로 나를 없애려 할 것이 틀림없다──고 각오했는데, 의외로 그러지 않았던 것이다.

"시공의 끝까지 날아가버리거라── '크로노 샐테이션(시공도격진패, 時空跳激震覇)'──!!"

그것은 본 적도 없는 현상이었다.

얼마 전에 베루글린드 씨를 이 세계에서 날려버렸던 것과 같은 공격으로── 거기까지 생각하고 내 의식은 암전되었다.

나는 펠드웨이의 '시공전송'에 의해 과거, 미래, 현재, 그 어디인지도 확실치 않은, 어디인지도 모를 '장소'로 날아가 버린 것이다.

후기

겨우 20권을 다 썼습니다.

이번에는 마감을 늘려야만 하겠다고 얘기했는데, 그 정도가 아니라 이것저것 문제가 산적해서 정말 힘들었던 실정이었습니다.

구체적으로 말하자면, 슬럼프였습니다.

정신적으로 쓸 마음이 전혀 들지 않는다……기보다는, 씬은 떠오르는데 그걸 문자로 옮기는 단계에서 집중할 수 없게 되는, 그런 상황에 빠져버렸던 거죠.

서적 본편의 집필 이외에도 이것저것 일이 겹쳐져서 기력이 상당히 깎여나갔던 것도 사실입니다. 하지만 그렇다 쳐도 이렇게까지 쓸 마음이 들지 않았던 것은 처음이었습니다.

어쩔 수 없이 쓸 환경을 갖춘다는 최종수단을 결행. 어떻게 될지 불안했지만 도쿄로 나가 호텔 생활을 만끽, 어흠어흠. 호텔에 체류하며 집필생활을 열심히 해보았습니다.

물론, 자비로.

아뇨 그게, 출판사 쪽에서 내주실 수도 있다고 했지만, 그렇게 되면 쓰라는 압력이 더 강해질 것 같아서 기분상 내키지 않았거든요. 쓰지 못했을 때가 불안해져서, 이 이상 궁지에 몰리고 싶지 않고, 스스로 내겠다고 하고 거절했습니다.

그 결과 3개월 동안 쓰지 못했던 게 거짓말이었던 것처럼, 매일 할당량을 차곡차곡 달성해 무사히 탈고할 수 있었습니다.

역시 환경은 중요하네요. 규칙적인 생활을 하면서 집필의 리듬을 조정하는 게 무엇보다도 중요하다는 걸 알면서도 그게 영 어려워서…….

호텔 분들께는 큰 신세를 졌습니다. 매우 쾌적해서 돌아가고 싶지 않을 정도였어요.

담당 I씨에게서는 "안 돌아가도 되지 않을까요?" 하고 진지하게 말씀하셨지만, 농담으로 안 들렸어…….

I씨는 아마 진심이셨을 테니까 그렇게 되지 않도록 열심히 해보겠습니다. (쓴웃음)

도쿄 체류 중에 작가 선생님들과 뵐 기회도 있었지만, 저와 비슷한 상태에 빠진 분도 계셨습니다. 코로나 때문에 외출을 할 수 없게 되어 정신적으로 상당한 대미지를 입은 케이스가 많더군요.

코로나의 영향으로 자택 작업이 늘어난 분도 많으리라 생각합니다만, 자기관리가 어려운 저 같은 타입은 비슷한 괴로움을 많든 적든 맛보고 있었을지도 모릅니다.

그럴 때는 기분전환이 중요하죠!

여러분도 기분전환을 염두에 두면서 무리하지 않는 생활을 하시기 바랍니다.

졸작『전생했더니 슬라임이었던 건에 대하여』가 여러분의 마음에 평안을 가져다주는 데 조금이나마 도움이 되기를 기도하며. 앞으로도 완결을 향해 열심히 써보겠습니다.

그럼 다음 권에서 또 만나요!

TENSEI SITARA SURAIMU DATTA KEN Vol. 20
©2022 by Fuse / Mitz Vah
All rights reserved.
First published in Japan in 2022 by MICRO MAGAZINE, INC.
Korean translation rights reserved by Somy Media, Inc.

전생했더니 슬라임이었던 건에 대하여 20

2024년 12월 15일 1판 1쇄 발행

저　　　자 후세
일 러 스 트 미츠바
옮 긴 이 김민재
발 행 인 유재옥
담 당 편 집 정영길

이　　　사 조병권
출판본부장 박광운
편 집 1 팀 박광운
편 집 2 팀 정영길 조찬희 박치우
편 집 3 팀 오준영 이소의 권진영 정지원
디자인랩팀 김보라 이민서
디지털사업팀 김경태 김지연 윤희진
콘텐츠기획팀 박상섭 강선화
라이츠사업팀 김정미 이윤서 임지윤
영업마케팅팀 최원석 이다은 윤아림
물 류 팀 허석용 백철기
경영지원팀 최정연
인쇄제작처 ㈜코리아피엔피
발 행 처 ㈜소미미디어
등　　　록 제2015-000008호
주　　　소 서울시 마포구 토정로222, 502호 (신수동, 한국출판콘텐츠센터)
판매 및 마케팅 (070) 8822-2301

ISBN 979-11-384-1522-4 04830
ISBN 979-11-5710-126-9 (세트)